Michèle Minelli
Wassergrab

aufbau

Michèle Minelli

Wassergrab

Kriminalroman

aufbau

FSC
www.fsc.org
MIX
Papier aus verantwortungsvollen Quellen
FSC® C083411

ISBN 978-3-351-03543-3

Aufbau ist eine Marke der Aufbau Verlag GmbH & Co. KG

1. Auflage 2013

Umschlaggestaltung hißmann, heilmann, Hamburg
unter Verwendung eines Motivs von Quadriga Images/getty images
Satz LVD GmbH, Berlin
Druck und Binden CPI – Clausen & Bosse, Leck
Printed in Germany

www.aufbau-verlag.de

Für Michael T. Fetzer

November

Kapitel 1

Umzüge aber waren das Schlimmste. Verreisen, Taschen packen, irgendwohin fortzufahren, um diese Taschen wieder auszupacken – kein Wunder, dass sein letzter Urlaub Jahre zurücklag. Nie würde er sich freiwillig auf eine Reise begeben, und er verstand sie nicht, seine Kolleginnen und Kollegen, die das Jahr für Jahr aufs Neue taten. Manche sogar mehrmals.

Ein fast unmerklicher Schauer fuhr durch seinen Körper wie über ein Xylophon; wenn er noch länger so vor der Türe stehenbliebe, hätte es sich bald ausgetropft, und sein Mantel wäre trocken. Behutsam hob er einen Fuß, der Boden machte schmatz. Ein halber Blick zurück durch den langen Flur, dann drückte er die Klinke.

Imogen war schon da. Sie saß hinter ihrem Schreibtisch, in sich gedrängt, kompakt wie eine Kröte. Die braunen Haare locker ums Gesicht. Der Grüntee dampfend in der Tasse. Ihre Finger prasselten als Flageolett-Glissando über die Tastatur. Ihre Stirn lag gewellt, ihre Zunge ruhte im Mundwinkel, ein Zeichen, dass sie in Konzentration gefangen war und damit meilenweit entfernt.

Er drehte sich um und streifte seinen Mantel ab. Sorgfältig hängte er ihn an die Garderobe. Mit der flachen Hand strich er die Ärmel glatt. Letzte Tropfen glitten über den Saum und fielen in die Geräuschlosigkeit. Am Boden standen in einer Plastikschuhschale ein paar kleine weiße Gummistiefel, modisch verziert mit pinkfarbenen Kätzchen. Imogen trug demnach ihre Büro-Shape-ups. Als er sich umdrehte und auf die Kisten und Ordner und Akten und Mappen, über die Stapel auf und neben seinem Tisch blickte, schwang sich ein kurzer hoher Ton in seinem rechten Ohr zu einem Pfeifen. Und verschwand. Wie auf ein Zeichen hin schaute Imogen über den Rand ihrer Schreibbrille.

»Dann bist du jetzt also da. Willkommen im neuen Büro, Leandro Scheu.«

Unendlich langsam bewegte er sein Gesicht zu ihr hin. »Dann bin ich jetzt also da, ja.«

Sie schaute schon nicht mehr. Stirnfalten, Zunge, Finger, alles am rechten Platz, tippte sie weiter an ihrem Bericht. Jeder Anschlag saß. Wie ein gut einstudiertes Fingerspitzenkonzert. Auf ihren Lippen die Spuren eines Lächelns.

Draußen trommelte der Regen. In seinem Kopf prasselten leere Worthülsen zu Boden. Was hätte man nicht alles darauf antworten können, wenn man wortgewandt wäre! Wenn man schlagfertig wäre und locker. Aber das war man nicht, nicht, wenn man Leo Scheu hieß, und nicht im Umgang mit den Kollegen. Die rechten Worte fand man offenbar stets nur mit denjenigen, denen man im Leben kein zweites Mal begegnen würde. Nun, das stimmte so auch nicht. Ehrlicher wäre, und das wusste Scheu, es war ihm zutiefst präsent und unangenehm, ehrlicher wäre, sich einzugestehen, dass einem die rechten Worte immer da fehlten, wo man in freundschaftliche Beziehung hätte treten sollen. Oder können. Wollen. Müssen. In Sachen Beziehungssabotageakte hätte Scheu einen Bestseller mit integriertem 12-Punkte-Plan verfassen können. Na ja, schreiben war auch nicht so seins.

Er fuhr sich mit beiden Händen zwei-, dreimal durchs Haar und wandte sich dem Einrichten seines neuen Arbeitsplatzes zu.

»Wo keine Hoffnung ist, ist Schicksalsergebenheit«, murmelte er ungehört. Wie immer hatte Imogen ihre Ohren abgeschottet, die Menschen redeten ohnehin meistens aneinander vorbei, so unklug war Imogens Verhalten demnach nicht. Dennoch stimmte es Scheu moros, dass auch sie keinen Sinn für Zwischentöne zeigte, und dass er ausgerechnet zu ihr ins Büro wechseln musste, war schon ein Schlag ins Gesicht. Deutlicher hätte es Meier nicht ausdrücken können. Ich mag dich nicht, ich will dich nicht, ich ekle dich hinaus.

Imogens Büro war dafür bekannt, im Sommer das heißeste und

im Winter das kälteste zu sein. Kam hinzu, dass Imogen selber offenbar temperaturunempfindlich war, ihr Fenster stand sommers wie winters offen, Regen oder Sonnenschein. Eine Amphibie eben, an dieser Frau perlte alles ab.

Zurückgelassen hatte Scheu sein eigenes Büro: klein, fein. Und still. Ein Büro, in dem er ungehindert denken, wirken, kombinieren konnte. In dem seinen Worten, die er gerne vor sich hin murmelte, keine Hindernisse im Weg standen, in dem er sich sicher fühlte beim Bilden von Sätzen, sicher und stark, und seine Einvernahmen, das wusste er, waren gerade wegen dieser Sicherheit und Stärke seine Kernkompetenz. Seine Stimme, die stets ruhig blieb, nie Ungehaltenheit oder Gereiztheit zeigte, seine väterlich wirkende Fürsorglichkeit und schließlich die Fähigkeit, sich ganz in die Geschichte seines Gegenübers einzugeben, ohne Werturteil und ohne den Zwang, unbedingt Erfolg haben zu müssen – das alles löste den meisten Tätern die Zunge und befreite sie von einem Gewicht, einem moralischen Dilemma, von dem Scheu nur erahnen konnte, wie schwer es lastete. Aber da hatte er sich unbeobachtet fühlen dürfen in seinem Einerbüro ... wie sollte das in einem Zweierbüro funktionieren? Eingekeilt zwischen fremden Möbeln und einer wasserundurchlässigen Berufskollegin mit Fingern, die über den rund sechzig Tasten, die man für den täglichen Gebrauch benötigte, nur so auf und ab sausten. Vorsichtig linste er hinter einer Kiste hervor, sie benutzte tatsächlich alle zehn.

»Bringt René noch mein Holzregal, wie ich es angeordnet habe? René – von der Logistik?« Auch darauf antwortete sie nicht. Vermutlich würden sich seine Befürchtungen bewahrheiten.

Alles hier war elegant und weiß. Ein Sonntagsbüro. Wie die anderen Büros, die mittlerweile mit diesem modernen Modulsystem aufgemöbelt worden waren. Scheu vermisste jetzt schon seinen altgedienten Holzrollladenschrank. Die Beamtengarnitur der 1960er-Jahre. Oder noch älter. Egal wie alt. Alt ist nicht immer schlecht. Alt heißt auch altbewährt.

Scheu stapelte die grauen Bundesordner, einen nach dem anderen, zu einem schiefen Turm. Alterprobt. Einzelne Aktentheks und Mäppchen sichtete er grob und verteilte sie im Schrank, auf dem Boden, auf dem Tisch ... von alters her gut ... rechts vom Computerbildschirm, altmeisterlich, links vom Computerbildschirm. Altehrwürdig, er seufzte das Wort. Mitte vierzig darf man das. Dann blätterte er gedankenverloren in der obersten Mappe und ließ sie an einer bestimmten Stelle offen liegen. Mit der Handkante fuhr er den Falz entlang, bis sich die Seiten ergaben. Er schaltete seinen Computer ein, blickte prüfend auf die Kabel, schob die Maus ein paar Mal hin und her und stieg mit dem Kopf ins Flimmern des Bildschirms hinein.

»Hm, alles da«, murmelte er. Es beruhigte ihn, die eigene Stimme zu hören. Und er wäre auch nicht im Traum dazu bereit, diese Eigenheit aufzugeben. Seine Idee war es nicht gewesen, das Büro zu wechseln. Ausgerechnet zu Imogen Kant, dieser Streberin, die machte einem doch das Leben schwer. Dabei hätte er gar nicht zu sagen gewusst, womit. Allein, dass sie da war, genügte, diese kleine Person, die immer so viel Kompetenz ausstrahlte, dass es beinahe wie Großmannssucht aussah.

Vermutlich wollte Dienstchef Meier, dass er von ihr lerne. Von ihr, die sie einwandfreie Rapporte verfasste, die sie die besten Zahlen vorzuweisen hatte, die sie auf der internen Statistik – Scheu war überzeugt, dass Meier insgeheim eine führte – seit Jahren Platz eins für sich beanspruchte und deren Qualifikationsgespräche ein Plauderstündchen mit dem Chef waren, weil sie ihre Zielvereinbarungen jedes Mal übersprang wie eine Hochsprungweltrekordhalterin. Ganz im Gegensatz zu ihm. Ermittler Leo Scheu, der nun auf der »Watch list« stand, sich neu bewähren und in sechs Monaten noch einmal antraben musste zwecks Standortbestimmung, weil irgendein idiotischer Nadelstreifenanzugfatzke, Verteidiger oder Richter, Meier rückte mit dieser Auskunft nicht heraus, sich schriftlich darüber beschwert hatte, dass seine Rapporte nicht genügten, dass sie »uneindeutig abgefasst« seien, mit »Wiederholungen«, die »läppisch« wirkten, und in einer »zuweilen fast infantilen Sprache«, so dass man »damit nicht arbeiten« könne. »Vermehrt«, wie es hieß, und Scheu wusste, dass das stimmte.

Die Namen seiner Deutschlehrer konnte er noch immer von der ersten bis zur neunten Klasse verzögerungslos herunterbeten. Sie hatten sich ihm eingraviert mit Feststellungen wie »Das einfache Aneinanderreihen von Wörtern lernt heute doch jedes Kind« oder »Großes schreiben wir groß und Kleines klein«. Alles, was er nach neun Jahren Volksschule in dieser Hinsicht noch besaß, war eine einfache Gebrauchssprache, die er in Anwesenheit derer, die er insgeheim schätzte, lieber für sich behielt. Teambildungsanlässe waren der reinste Horror für ihn. Supervisionen eine Qual. Wann immer er das Wort ergreifen und über sich und seine Gefühle sprechen sollte, wurde ihm brandheiß, und der Hals schnürte eng. Mit Worten etwas darzustellen, ob mündlich oder schriftlich, empfand Scheu als sein größtes Manko, und er verdrängte den Gedanken daran regelmäßig und schnell.

So hatte er denn auch beinahe vergessen, dass ihm Dienstchef Meier durchaus auch Lob entgegenbrachte, für solide Einvernahmen, für seine Fähigkeit, sich innerlich vorzubereiten, und überhaupt für seine Genauigkeit, seine Gründlichkeit, mit der er jedem neuen Fall begegnete. Dranblieb. Nicht aufgab. Und dabei noch nicht einmal verbissen wirkte, sondern »zugänglich und entspannt«, so hatte Meier das genannt. »Dir schlüpft nichts durch die Maschen, Leo, du hast eine phänomenale Kombinationsgabe, kannst Fäden zuordnen, die in der Luft herumschwirren«, alles harte Faktoren, die »zählen in einem Ermittlerleben«. Und erst die weichen! Sein Verhalten gegenüber jedermann, das klar und höflich war, sein Auftreten im Großen und im Kleinen – Scheu wusste nicht, was damit gemeint war, er hatte längst auf Durchzug geschaltet –, »nur die Rapporte, Mensch«. Ja, die Rapporte, »die müssen einwandfrei sein, wie stehen wir denn sonst da als Dienstabteilung«.

Wie stehe ich jetzt da? Dass sein Büro für Theophil Lutz benötigt wurde, weil der nach einer längeren Auszeit wieder zurückgekehrt war, konnte nur ein Vorwand sein.

Wie hatte Imogen noch gleich gesagt? »Dann bist du jetzt also da« – Begrüßungsphrase eines Cerberus.

Mit einem vernehmbaren Seufzer wandte er sich seinen Notizen im Mäppchen zu, den hingekritzelten Worten, aus denen er einen Bericht machen sollte. Was, gemäß Meier und wie ihm das Fräulein gegenüber noch immer rhythmisch tippend bewies, für gewisse Menschen offenbar keine Kunst war.

Ohne dass ein Klopfen vorausgegangen wäre, sprang die Tür auf, und im Rahmen erschien das rosige Gesicht Windlins. Er war der Jüngste im Team und noch nicht allzu lange beim Dienst »Leib und Leben«. Seine Stimme hatte in ihrer Lebendigkeit stets etwas von kindlicher Neugier mitschwingen. »Habt ihr schon gehört, wir sammeln für Meier. Er feiert ja demnächst seinen Sechzigsten.« Windlin wedelte mit einer übergroßen Karte und ließ mit der anderen Hand den Inhalt einer Kartonbox rascheln und klappern.

Imogen war nicht nur Amphibie, sie war offenbar auch Mäuschen: Augenscheinlich besaß sie die Gabe des lautlosen Handelns. Die Tasche auf den Schoß, geöffnet und beide Hände drin, und schon reichte sie Windlin fünfzig Franken. »Genügt, oder?«

»Sicher, klar! Und du? Gibst du Meier auch etwas? Wir sammeln für eine Privatführung im Zoo und dann noch für einen Gutschein vom Transa. Spezialist für Outdoor-Ausrüstungen. Es machen alle mit.«

Scheu zog sein Portemonnaie aus der Hosentasche und griff mit zwei Fingern hinein. Da waren ein Hunderter und zwei Fünfziger. So Großes hatte er nicht geben wollen. Aber Kleingeld zu geben ging auch nicht. »Ich habe grad nichts da. Muss noch auf die Bank heute«, sagte er in den Beutel hinein.

»Macht nichts, ich leih dir was«, sagte Imogen und hielt Windlin einen zweiten Fünfziger hin, »den kannst du mir später zurückgeben, Leo.«

»Ah. Danke vielmals.« Scheu verzog das Gesicht.

»Bist jetzt also hier, Leo? Gut angekommen? Schon eingelebt?«

Scheu schaute Windlin entgeistert an.

»Ich sehe schon, du hast zu tun.« Und als er sich zum Gehen wandte, rief ihm Scheu hinterher: »Wenn du René siehst, sag ihm, ich brauche mein Holzregal!«

Ein Windhauch erfasste Scheus Mantelkragen, als die Tür ins Schloß fiel. Er war noch immer fleckig und nass. Draußen regnete es seit Tagen.

Als sich Scheu wieder seinem Bildschirm zuwandte, blieb sein Blick kurz auf Imogens Gesicht haften, die ihn anstarrte. Er schluckte. Mit einer unsicheren Bewegung versuchte er das wellige schwarze Haar aus seiner gerunzelten Stirn zu streichen.

»Musst noch den Bericht schreiben? Brandschatzung in Binz, ja? Till Schmassmann ist ganz schön sauer, dass der *Blick* dermaßen übertrieben hat«, sagte sie.

»M-hm.«

»Hast du gut gemacht, übrigens.« Dann, nach einer Fuge der Stille: »Wir haben letzte Woche beim Kegelabend darüber gesprochen. Wirklich beeindruckend. Ich staune jetzt noch, dass der Typ gestanden hat. Und so zügig.« Wieder flüsterte der Hauch eines Lächelns auf ihren Lippen. Ihre Oberlippe war breiter und flacher als die untere. Das wirkte beruhigend.

Er würde schon mit ihr zurechtkommen. Irgendwie. Wenn er Schritt für Schritt vorginge. Wenn er ihre Triumphe ausblendete. Sich all das Weiß im Zimmer braun vorstellte. Den Kunststoff als Holz. Oder diesem Büro überhaupt keine Aufmerksamkeit schenkte. Wenn er, so wie immer, einfach das tat, was als Nächstes anstand.

Diesen Bericht verfassen zum Beispiel. Das Klingeln in seinem Ohr ignorierte er, als er seine Finger auf den Tasten platzierte. Mit vieren kam er ganz gut voran, wer sagt denn, dass es fürs

Maschineschreiben zehn braucht. Und durch den Bildschirm hindurchsehen konnte diese Imogen auch nicht.

Sein eigenes kleines Tippkonzert folgte zwar einem deutlich langsameren Rhythmus, aber es klang doch flüssig, es klang sogar gut. Wenn er sich anstrengte, könnte ihm dieser Bericht bis heute Abend gelingen.

Keine zwei Zeilen und es klopfte. Imogen tippte ungerührt weiter. Scheu schnaufte laut auf und rief dann zur Türe hin: »René! Ja, endlich!«

Die Tür öffnete sich zögerlich. Herein trat eine schlanke Frau mit langen Haaren. Verdutzt schaute Scheu. Und brauchte einen Moment. Man ist ja nicht allein im eigenen Büro, vermutlich eine Besucherin für Imogen. Eine Freundin ... Ein Pausenschwatz. Die Frau stand da, unschlüssig, weder draußen noch drinnen, eine Damenledertasche mit matt polierten Goldgriffen am Ellenbogengelenk. Und dann passierte alles gleichzeitig: Imogens Telefon klingelte, die Frau sagte irgendetwas an Scheu gerichtet, und schon sprang Imogen von ihrem Stuhl auf mit einem fröhlichen »Komme gleich« in den Hörer hinein und schlängelte sich neben der Fremden zur Tür hinaus.

In all den Jahren, in denen Leo Scheu bei der Kantonspolizei Zürich in Diensten stand, war es noch nie vorgekommen, dass eine Fremde unangemeldet in seinem Büro erschien. Fremde kamen nur, wenn sie vorbestellt waren, und dann wurden sie unten beim Empfang abgeholt und von Scheu selbst nach oben begleitet. Irgendjemand muss diese Frau – ohne mir vorher telefonisch Bescheid zu geben! – hierhergeführt haben. Der junge Windlin vielleicht. Einen kurzen Moment war Scheu in Versuchung, sein neues Telefon auf Funktionstüchtigkeit zu überprüfen, dann aber stand er lieber auf, wie sich das gehörte, und sagte, was er in dieser Situation für angemessen hielt: »Ja, bitte?«

»Sie sind Leandro Scheu, Ermittler bei der Kantonspolizei Zürich?«

»Der bin ich«, antwortete er, irritiert ob des heiseren Timbres, des ungewöhnlichen Akzents. Ein fremder Takt, der in ihrer Sprechweise mitschwang, obwohl ihr Deutsch grammatikalisch einwandfrei schien. Wenigstens für seine Ohren.

»Oh«, machte sie und dann noch einmal: »Oh. Ich bin so froh, dass ich Sie gefunden habe.«

»Wer hat Sie, Entschuldigung, hereingelassen?«

Sie überhörte seine Frage, oder sie wollte sie nicht beantworten. Stattdessen sagte sie den einen Satz, der auf Scheu wie ein Déjà-vu wirkte: »Dann bin ich ja nun angekommen«, und blickte ihn mit ernsten Augen an. »Bitte helfen Sie mir. Ich will meine Mutter wiederfinden.«

Scheu tat langsam einen Schritt hinter seinem Schreibtisch hervor. Das klang nun nicht nach einem Kapitalverbrechen. Das klang viel eher nach einer Vermisstensache. Dennoch, er wusste nicht, weshalb, zog er der Frau einen Stuhl heran und bat sie, sich doch bitte erst einmal hinzusetzen. Erst jetzt bemerkte er, dass sie ein grünes Seidenfoulard in ihren Händen umkrampft hielt. Vermutlich hatte sie es zum Schutz gegen den Regen getragen. Ihr Haar war zimtfarben, und nur an den Spitzen zapften Wassertropfen. Es sah aus wie verkochte Spargeln. Sie hatte lange schmale Hände mit langen schmalen Fingern und konisch zulaufenden Nägeln. Die Ringe, der eine milchig-grün besteint, der andere milchig-gelb, mussten Spezialanfertigungen sein. Wie sonst sollten sie an den beinahe glatten Fingergliedern halten, deren Knöchel keinerlei Verbreiterung bildeten? Er schätzte sie auf Mitte dreißig. Aber vielleicht war sie auch schon etwas älter und wusste ihr Alter zu kaschieren, manche Frauen waren meisterlich darin. Bei genauerem Hinsehen zerfächerten feine Haarrisslinien die blasse Haut um ihre Augen. Und auch um den Mund, der ein schmaler, ungeschminkter war, hatten sich diese Zeichnungen festgesetzt. Sie wirkte sanft und zerbrechlich. Verloren wie eine Elfe. Mit Schrecken merkte Scheu, dass er sie taxierte.

Sie lächelte kurz auf, ein Blitzen in ihren Augen, und Scheu spürte sie, er spürte sie ganz eindeutig: die zitternde Unversehrtheit, die Angst vor der Entdeckung eines Bruches, einer Beschädigung, die das vormalige Ganzsein irreparabel in Stücke sprengen würde. Er hatte diese Empfindung schon öfter gehabt, sie kam mit seinem Beruf. Sie war gefangen in dem Moment, der Nichtwissen von Wissen trennte. Dann zum Beispiel, wenn er einer Familie den gewaltsamen Tod eines Angehörigen beizubringen hatte. Oder dann, wenn er eine Mutter darüber aufklärte, dass ihr Sohn nicht der brave Junge war, den sie sich in ihrer Liebe ausgemalt hatte, sondern ein gemeiner Schläger. Scheu nannte diesen Zustand den Ruhepol des Nichtwissens, und es widerstrebte ihm jedes Mal, wenn er derjenige war, der Aufruhr in diese Ruhe bringen musste. In seinen Blick legte er dabei jeweils so viel Mitgefühl, wie ihm gestattet war, um dem harten Aufprall wenigstens ein bisschen die Wucht zu nehmen. Man musste dabei den Menschen Pausen gewähren. Stille zulassen. Aushalten. Nur ungern erinnerte er sich, wie Lutz in solchen Situationen mit vielen Worten versucht hatte, die Atmosphäre zu dominieren. Worte, die ja doch nie das eine zu sagen vermochten, es würde alles wieder gut, weil es das eben nie wieder werden würde, und nichts anderes aber wollte gehört sein, weil nichts anderes erträglich war. Außer eben Stille.

Diese Stille stand hier wie eine dritte Person im Raum. Nur dass nicht er sie aufgeboten hatte, sondern diese Frau hatte sie mit sich hereingetragen wie einen Schatten. Oder eine Erkältung, die einem im Nacken hockt.

Scheu räusperte sich. »Sie suchen also Ihre Mutter, habe ich das richtig verstanden?«

»Meine Mutter ist seit 1974 verschwunden. Sie war eine Zürcherin, sie stammt aus dem Seefeldquartier – warten Sie!« Das Tuch flatterte zu Boden, als die Frau beide Hände in einer Geste der Beschwichtigung hob. »Ich habe die Adresse im Kopf, sie wohnte damals an der Dufourstrasse ...«

1974? Das war ja nun schon einige Jahre her, du meine Güte.

Scheu räusperte sich etwas energischer und unterbrach die fremde Frau. »Sie sind aber nicht hier geboren, oder?«

»Doch. Doch doch doch, eben doch. Ich bin zwar adoptiert, aber gebürtige Schweizerin. Ich bin aus Rīga angeflogen. Aber ich stamme aus Schweden. Meine Eltern sind Schweden-Letten. Es ist alles ein bisschen kompliziert.«

Jemand auf dem Flur lachte, ein Zweiter stimmte ein. Scheu fiel auf, wie die Tür einen Spaltbreit geöffnet wurde. Seine Miene verdüsterte sich. Er durchmaß das Zimmer mit wenigen Schritten und schob die Türe sachte mit dem Fuß zu. Da hatte sich wohl einer einen Bubenstreich erlaubt. Eine Verwirrte zu ihm zu führen, das sah ihnen ähnlich. Ein Einstandspräsent. Vermutlich war beim Kegelabend nicht nur sein Binzer Ermittlungserfolg durchgehechelt worden, sondern seine nur knapp genügende Mitarbeiterbeurteilung ebenfalls. Wie nett, dass man ihm seinen ersten Arbeitstag in der Zweierzelle mit einem Klischee versüßen wollte: Polizeibeamter und geheimnisvolle Schöne – also wirklich.

Aber diese Fremde war nun einmal da, saß steif vor ihm, die Hände nun wieder im Schoß in ein Tuch gefaltet, die Augen flehend. Unter ihrem rechten fleckte braune Wimperntusche. Vielleicht, überlegte Scheu, war sie vom Regen in der Schweiz überrascht worden?

Der Binzer Bericht musste noch einmal warten.

Er würde dieses Gespräch schon hinauszuzögern wissen; hatte man sich ein Scherzlein mit ihm erlaubt? Nun, dann sollte man auch die Pointe dazu haben. Aber dann, wenn er sie für gekommen hielt. Sollten die anderen ruhig den Flur auf und ab laufen, bis sie Kamelfüße hatten. So schnell würde er dieses Scherzlein nicht aus der Hand geben. Zumal es für die Frau, die ihm da gegenübersaß, kein Scherzlein war, sondern ... Scheu blickte in bittere, kühle Augen.

Aufmunternd probierte er: »Gemäß Klimatabelle regnet es im November in der Schweiz im Durchschnitt zehn Tage. Das heißt, wenn man es genau nimmt, dürfte es jetzt gar nicht mehr regnen.«

Ihre Schultern strafften sich, ihr Rücken wurde steif.

»Aber das Wetter hält sich nicht an Klimatabellen«, fuhr er fort und schloss dabei das Fenster, an dem kleine glitzernde Tropfen klebten.

Dann setzte er sich ihr aus einem plötzlichen Trotz heraus – war es das fehlende Holz, waren es Imogens Stiefelchen, Windlins Pappkarton? – schräg gegenüber auf seinen Stuhl, stützte die Handflächen auf den Oberschenkeln ab und sagte nicht ohne Güte: »Erzählen Sie. Es wird schon nicht die Sintflut sein.«

Kapitel 2

In dieser Nacht schlief Leo Scheu schlecht. Ihm träumte, er schaukle in einem Boot auf weiter See durch eine opake Dunkelheit, ganz ohne Stern. Er wusste, dass er träumte, und beobachtete sich selbst im Traum. Kein Land in Sicht. Nur er, ganz allein. Und als er endlich doch etwas neben sich auszumachen schien, ein fremdes Wesen mit ihm im Boot, und danach griff, schlüpfte es ihm zwischen den Händen durch, versank und verschwand lautlos im Schwarz des Meeres ...

Er wachte auf. Langsam, zusammen mit den heimlichen Geräuschen der Nacht, fand das Bewusstsein zu ihm zurück. Draußen nieselte es, was der Dunkelheit einen fahlen Schleier verlieh. Scheu setzte sich in seinem Bett auf. Einer nach dem anderen glitten seine Füße auf den Boden. Er stützte sein Gesicht in beide Hände.

Dann drehte er den Kopf nach links, da war sein Bücherregal. Rechts lag seine Lesebrille auf dem Nachttisch. Daneben das Buch, das er gestern angefangen hatte. Keine Ahnung mehr, wovon es handelte, er war unkonzentriert gewesen. Das Wasserglas, die PET-Flasche.

Seine Zehen versanken im Flor des Bettläufers, ein Geschenk seiner letzten Beziehung, damals bestürzend dankbar entgegengenommen, dieses Zeichen eines möglichen gemeinsamen Lebens, kurz bevor es in die Brüche ging. Wie die wenigen anderen davor. Scheu war wohl zu überschwänglich gewesen, man hatte sich halt nicht zurückhalten können und gleich von Familie und Vertrautheit geschwafelt. Dabei war die Frau eine kürzlich Geschiedene. Man hätte sich nicht so aufdrängen sollen in seiner Dankbarkeit. Frauen wollten ohnedies keine dankbaren Männer, wenigstens keine, die das so zeigten wie er, Scheu.

Der Parkettboden war kühl und vertraut unter seinen Füßen. Scheu ging leise durch die drei Zimmer seiner Wohnung, schritt sie ab wie einen Tatort. Wann hatte er diesen Impuls zur Familiengründung in sich zum letzten Mal gespürt? Wann hatte er ihn gemeuchelt, gemordet, umgebracht? Und verscharrt?

Er wusste, dass man ihm allgemein Gentleman-Manieren nachsagte, alte Schule, er wusste, dass man das auch lachhaft finden konnte, sogar grotesk. Aber er konnte nun einmal nichts dafür, dass er in diesem steten Widerspruch lebte von zu viel und dann wiederum zu wenig Nähe. Seine Beziehungslosigkeit stand seinem Wunsch nach Geborgenheit diametral gegenüber, und er, Scheu, um die rechte Balance ringend, auf dem Drahtseil, das zwischen den beiden gespannt war.

Bei der Balkontüre blieb er stehen und schaute auf den Hürstwald hinaus. Um die Tannenwipfel hing der feuchte Nebel, der dem Winter gewohnheitsmäßig vorausging. Kein Ast rührte sich, die zurückgebliebenen Vögel, sie schliefen.

In Scheus Ohren flimmerte der Tinnitus fast schon wie ein Wiegenlied. Scheu beschloss, eine Weile wach zu bleiben. Ihm ging eine Idee im Kopf herum. Zuerst fand er eine CD mit der Musik des schwedischen Pianisten Jan Johansson. Er suchte weiter. Dann hielt er sie in Händen, die unscheinbare Disc des Komponisten Arvo Pärt. Enttäuscht stellte er fest, dass Pärt Este, nicht Lette war. Aber genau diese Musik mit den lang gestrichenen Bogen wollte er jetzt hören. *Spiegel im Spiegel*, komponiert für Violine und Klavier. Scheu legte die Scheibe ein und lauschte den ersten drei Anschlägen. Dann lehnte er sich zurück.

Eigentlich hätte er so zur Ruhe finden wollen. Aber etwas in ihm stachelte ihn an, der Hahn mit Adrenalin war aufgedreht und tröpfelte Stress in seine Bahnen. Als hätten das auch die Finger mit den milchig besteinten Ringen sein können, die langen, ewig schmalen, auf der Tastatur. Dem Hahnknauf zum Adrenalin.

Scheu streckte sich und zog ein Akkordeon heran. Arvo Pärts

Dreiklänge waren wie eine Einladung zum Vergessengehen. Schwer seufzte der Blasebalg, und Scheu suchte sich seinen Einstieg.

Manchmal dauerte es fast eine Minute, bis er den nächsten Ton anschlug, der sich etwas ungelenk, aber ehrlich in die Harmonien mischte.

Er hielt seine Augen geschlossen. Und so bemerkte Scheu nicht, wann er dann doch wieder eingeschlafen war.

Als er aufwachte, war von der Nacht nur mehr ihr nieseliger Schleier übrig. Die Sicht auf den Wald war verhangen. Die Regentröpfchen mussten winzig sein, erst ihre Anzahl machte sie stark. Scheu rieb sich die Ohren aus. Da das Geräusch andauerte, realisierte er, dass es das Telefon war, das nach ihm rief.

»Mmh«, machte er in den Hörer hinein.

»Leo? Koni Meier am Apparat. Ein Hölderlin, Detektiv der Stadtpolizei Zürich, hat angerufen. Du hast ein Tötungsdelikt. Eine weibliche Leiche mit eingeschlagenem Hinterkopf, soweit man das feststellen konnte.«

Scheu kratzte seine Stimme im Hals zusammen. Unwillkürlich dachte er an die Lettin, klickte das Bild aber weg, klickte sich durch das Stereoskop seiner Kindheit, einen kleinen Plastikfernseher, durch den man 3-D-Dias reihum klicken konnte; das letzte Bild war immer weiß. Dann erkundigte er sich nach dem Brandtour-Offizier, der den Einsatz vor Ort leitete.

»Tschäppat. Das Rösslispiel ist schon am Laufen. Sie sind alle aufgeboten, die Kriminaltechnik ist vor Ort.«

»Bin schon unterwegs.«

Bevor er die Tür zur Wohnung hinter sich verschloss, erinnerte er sich an etwas. Er ging noch einmal zurück und versorgte das Akkordeon an seinem Platz auf einem tiefen Bord neben drei gerahmten Fotografien. Die Bilder zeigten Menschen mit Wohnwagen. Auf einem, das hirschbraun verfärbt war, war ein Mann mit einem Akkordeon im Arm zu sehen. Schräg über dem Rahmen hingen drei geflochtene Armbändchen aus Leder. Scheu berührte sie kurz, zögerte, dann machte er sich auf den Weg.

Knapp nach sieben war der Berufsverkehr schon dicht. Mit seinen Fingern tippte Scheu aufs Lenkrad und schlug einen Takt zum quietschenden Gesang der Scheibenwischer. In seinem Hirn öffnete sich ein leerer Raum, eine weiße Kammer, in die er alle Eindrücke würde aufnehmen können, die seiner warteten.

Er fand sich in provozierend unvorsichtigem Morgenverkehr wieder – bei diesem Wetter! Von Rechtsvortritt schien keiner eine Ahnung zu haben, und das rechtzeitige Anhalten vor Fußgängerstreifen war den Zürchern einfach nicht gegeben. Diese kurze Fahrt in die Innenstadt strengte ihn über Gebühr an, und er war froh, als er den Blinker setzen und von oben her in eine Seitenstraße, seine Zielgerade, abbiegen konnte. Da sah er sie alle. Dienstchef Koni Meier, der, wie er selber auch, Pikett hatte, die uniformierte Patrouille der Stadtpolizei, darunter wohl dieser Detektiv Hölderlin, weiters Brandtour-Offizier Georges Tschäppat, Brandtour-Staatsanwalt Robert Schoop, die zwei Ärztinnen vom Institut für Rechtsmedizin, Dr. Isa Glättli und Dr. Marina di Angelo, die Mitarbeiter des Kriminalfotodienstes sowie drei oder vier Personen, die er nicht auf Anhieb zuzuordnen wusste.

In einer Ecke drückte sich eine Handvoll Arbeiter in orangeblauer Schutzkleidung und gelben Helmen herum und schaute mutlos auf den Boden. Scheu lenkte seinen Wagen vorsichtig aufs Trottoir und parkte ihn parallel zum Schulhaus Wolfbach in einem Parkfeld. Als er ausstieg, trampte er prompt in eine Pfütze.

Dienstchef Meier winkte ihn zu sich heran, blickte von ihm zu Brandtour-Offizier Tschäppat und sagte dann: »Leo, dein Fall.«

Schwang in seiner Stimme eine leise Aufforderung mit? War dies der Fall, mit dem er, Leandro Scheu, sich zu beweisen hätte? Der in ein Zweierbüro degradierte Ermittler mit seiner gnädig hingeworfenen Chance?

»Was macht das Bestattungsamt hier?«, fragte Scheu unwirsch, als er den dunklen Wagen ganz unten Ecke Kantonsschulstrasse/ Heimstrasse stehen sah.

»Detektiv Hölderlin von der Stadtpolizei war übereifrig«, sagte Meier, »kümmere dich nicht drum. Die pfeifen wir zurück. Die brauchen gar nicht alles mitzubekommen; ich mach das. Schau dir lieber dieses Schlamassel an.«

»Und was machen die von der Wasserschutzpolizei hier?« Seine Stimme überschlug sich fast, Scheu war es nicht gewohnt, den starken Mann zu mimen.

»Die haben wir gerufen«, sagte jemand mit Entschuldigung im Ton. Scheu drehte sich um und sah einem der Arbeiter ins Gesicht. »Also unsere Zentrale. Ich habe gesagt, sie sollen den Toni Müller anrufen. Weil ich den kenne. Seit Jahren schon.«

Dann mischte sich ein zweiter Arbeiter ein: »Das machen wir immer so, wenn irgendetwas da unten ist. Wir von der Stadtentwässerung informieren zuerst den Toni Müller von der Wasserschutzpolizei der Stadt Zürich.«

»Und Sie beide sind?«, fragte Scheu ohne Umweg.

»Cavelti, Andrin. Kanalinspektor.«

»Fellini, Giuseppe. Mit dem Regisseur nicht verwandt. Aber aus derselben Heimatstadt. Rimini. In Italien. In der Schweiz seit 1967. Eingebürgert seit 1982. Seit 1989 Betriebsmitarbeiter Kanalisation.«

Hoppla. Scheu erkundigte sich nun etwas behutsamer: »Wurden Sie schon einvernommen?«

»Der Mann dort drüben hat unsere Personalien aufgenommen. Wir haben die Frau, also die Tote, gefunden. Wir zwei und natürlich unsere Kollegen dort ...«

»... Gheorghe Codreanu und Mladen Cebić ...«

»... wir hatten Frühschicht ...«

»... der Kanal wird ja saniert ...«

»... weil der Boden auskolkt ...«

»Was für ein Kanal?«

»Wir waren eigentlich auf einem anderen Abschnitt eingeteilt. Aber weil eine Mieterin angerufen hatte ...«

»... von der Kindertagesstätte ...«

»... und sich schon mehrfach darüber beschwert hatte, dass ein Schachtdeckel nicht richtig schließe ...«

»Was für ein Kanal?«

»... das ist für die Kinder beim Spielen im Hof gefährlich ...«

»... man kann darüber stolpern ...«

»... so sind wir eben hier noch vorbeigekommen ...«

»... dann haben wir die Tote gesehen ...«

»... wir haben sie nicht angefasst ...«

Dienstchef Meier zupfte Scheu jetzt ungeduldig am Ärmel. »Hast du keinen Schirm dabei? Keinen Hut oder so? Egal. Dort unten brauchst du den ohnehin nicht. Dort ist es nämlich trockener als hier. Komm mit. Wir haben eine *Kanalleiche*. Sieht eindeutig nach einem Tötungsdelikt aus, was ich höre. Hier drüben, komm, komm. Sie liegt da unten im Wolfbachkanal.«

Scheu ließ sich von Meier durch die Menge der Herumstehenden und Wartenden leiten bis in den Hof hinter das Schulhaus Wolfbach, wo er vor einem geöffneten Kanaleinstieg stehenblieb. Der Deckel lag zur Seite geschoben. Zwei Männer in weißen Mondanzügen suchten nach verwertbaren Spuren. Einer war mit Ausmessen und dem Anfertigen von Skizzen beschäftigt.

Bevor Scheu einen genaueren Augenschein nahm, drehte er sich noch einmal zu Meier um und sagte: »Könntest du das Zelt holen lassen? Ich will nicht, dass wir hier Gaffer haben, dort vorne bei der Mauer stehen schon ein paar Punks herum.«

Dann trat er dicht an den offenen Schacht heran.

Er starrte hinunter in ein rundes Loch von zirka sechzig Zentimetern Durchmesser, vielleicht drei Meter tief. Oder etwas tiefer. Die Dunkelheit verschluckte seinen Blick, so dass er nicht viel erkennen konnte. Aber zwei Füße sah er. Der eine steckte noch im Schuh. In ungesundem Winkel. »Haben wir kein Licht?«

»Es gab einen Kurzen. Die neuen Lampen sind schon unterwegs.«

Detektiv Hölderlin von der Stadtpolizei trat hinzu. »Sieht übel aus. Gehst du runter?«, fragte er, als wäre Scheu ein alter Kumpel.

»Waren Sie drin?«

»Nur ganz kurz. Eine Frau, Bauchlage, ihr Hinterkopf ist eingedellt. Ach ja, und wir haben Rattenfraß.«

»Leo, wir können sie auch raufholen lassen«, meinte Meier.

Scheu blies die Backen auf und nickte langsam, dann sagte er: »Ich gehe runter.«

»Warten Sie« – jetzt siezte ihn der Detektiv wieder –, »Sie bekommen eine Schutzausrüstung verpasst. Die lassen niemanden ohne runter. Und machen Sie sich auf etwas gefasst.«

Meier fügte an: »Wir haben die Stiefel schon für dich geordert. Neununddreißig, das ist doch deine Größe, stimmt's?«

Als der Wagen der Stadtentwässerung vorfuhr, brachte er eine Auswahl an Kleidungsstücken und weitere Betriebsmitarbeiter mit. Leo Scheu zog sich einen orange-blauen Overall über, schlüpfte Finger für Finger in die ausgepuderten Latexhandschuhe und stieg in Stiefel, deren Schaft ihm bis an seine Hüfte ragte. Ein Mann reichte ihm einen gelben Schutzhelm, ein zweiter eine Taschenlampe. Geredet wurde nicht viel und wenn, dann in Satzfetzen. Scheu hörte, wie ein Betriebsmitarbeiter sagte, das sei schon etwas anderes als damals, als die Nachtbuben sämtliche Schachtdeckel in die Limmat geworfen hätten und er und die Kollegen morgens um vier mit Ersatz hatten ausrücken müssen.

»Wie viel wiegt so ein Deckel?«, erkundigte sich Scheu.

»Neunzig Kilogramm. Den hebt man nicht ohne Hilfsmittel«, kam die Antwort mit stolz geschwellter Brust, »manche sind schon über hundertjährig.«

Als sich Scheu anschickte einzusteigen, wurde er von Cavelti zurückgehalten. »Es gibt keinen Zutritt zur Kanalisation ohne Begleitung durch Fachpersonal.«

»Entschuldigung?«, fragte Scheu jetzt fast ungeduldig.

»Und einen Selbstretter brauchen Sie. Hier! Einmal am Gurt festmachen, *bitte*.« Cavelti drückte Scheu eine Büchse in die Hand zusammen mit einem Ledergurt. »Sobald man sich horizontal verschiebt in der Kanalisation, muss man das mitnehmen. Diese Büchse ist plombiert. Wenn man sie braucht, hier am Bügel einmal aufreißen, dann kommt ein Sack raus, da ist die Alkalipatrone drin.«

Scheus Gesicht zeigte Unglaube.

»Jeder Bergmann im deutschen Bergbau hat so eine Büchse mit, wenn er ins Loch runtersteigt!«, beharrte Cavelti. »Die gibt für eine gute Dreiviertelstunde Sauerstoff. Sie ist ein reines Fluchtgerät, verstehen Sie? Wenn das Mehrstoff-Messgerät etwas detektiert, wenn es da unten also *piept*, dann heißt es für Sie: nichts wie raus!«

»Ist es jetzt gut?«, kam es schärfer über Scheus Lippen, als dieser gewollt hatte.

»Moment noch«, meinte Cavelti unbeirrt, und zu zwei Betriebsmitarbeitern sagte er: »Ihr geht da rüber, und öffnet das nächste Loch, und nehmt den Triopan mit!«

Scheu sah noch, wie die Arbeiter mit einer Spitzhacke und einem Warndreieck abzogen, um den nächsten Schachtdeckel, etwa hundert Meter weiter, als Sicherheitsausstieg zu öffnen.

»So. Jetzt dann gleich. Wir nehmen Sie ins Sandwich«, sagte Cavelti abschließend und ging voraus.

Scheu beugte sich über das Loch und schaute Cavelti zu, wie dieser sich die senkrecht in den Schacht gelassenen eisernen Einstiegsbügel entlang nach unten hangelte. Dann war er an der Reihe. Er setzte sich auf den regennassen Boden und tastete mit dem Fuß nach dem obersten Einstiegsbügel. Bügel um Bügel ging es in die Tiefe.

Als sein Kopf über den Tellerrand des Horizonts abtauchte, tauchte er gleichsam in eine neue Geräuschkulisse ein. Das Rauschen der feuchten Autoräder auf nassem Asphalt verebbte, dafür traten bunte Tröpfel- und Rinngeräusche an dessen Stelle und nahmen den Raum für sich ein.

Unten angekommen, platzierte Scheu je einen Fuß auf einem der Bankette, schmalen Stege, die links und rechts der Schmutzrinne entlang der Seitenwandung angebracht waren. Zwischen seinen Beinen purzelte Zürichs Abwasser. Der Wolfbachkanal erreichte an dieser Stelle etwa einen Meter achtzig an Höhe und hatte die Form eines umgestülpten Eis. Die breiten Steinquader dämmten jegliche Geräusche, die von einem Oben oder Außen hätten hereindringen wollen. Hier unten war eine eigene Welt.

Nur der Leichengeruch war das, was er immer war. Penetrant und unverkennbar.

Zeit, sachlich zu werden. Sich einen Überblick zu verschaffen. Ermittler zu sein. Professionell. Mit dem Lichtkegel seiner Funzel fuhr Scheu den Körper der Frau ab. Klein, nicht mehr als eins sechzig. Nicht dick. Nicht dünn. Nicht nackt. Sie lag schräg auf dem Bauch, den Kopf zur Seite gedreht. Unwillkürlich zuckte der Leuchtstrahl in eine andere Richtung. Scheu hielt den Atem an. Detektiv Hölderlin hatte mit dem Rattenfraß recht gehabt. Dennoch, allzu lange konnte die Frau hier noch nicht gelegen haben, dafür waren die Verwesungsspuren zu gering. Dann schaute er wieder hin. Scheinbar gefasst. Er wusste, dass man der inneren Bilder nur dann Herr werden konnte, wenn man sie in Details, in Arme, Beine, Hände, Füße, Finger, Zehen, Nägel, splittete und in noch kleinere Einheiten, die man sachlich irgendwo im Innern verwahrte, auf dass sie einen nicht unerwartet heimsuchten als Gespenster.

Arme, Beine, Hände und Füße der Frau lagen wie nicht zugehörig zu ihrem Körper, fast so, als könnte man sie abschrauben und neu ansetzen. Sie schien mit Wucht aufgeschlagen zu sein, mehr hinuntergeworfen als hinuntergelassen. Zum Verschwinden liegengelassen in einem feuchten Stadtkanal, ein Grab im dunklen ewigen Nass. Soweit Scheu das feststellen konnte, waren die Hände der Frau leer, keinen Henkel einer Damenhandtasche hielten sie, nichts. Ihre Haare waren tiefschwarz, kleine Kiesel klebten darin, vermischt mit Blut und dem Unrat, den das Wasser herangeschoben hatte. Einzelne Strähnen bewegten sich mit der sanften Strömung, so als trügen sie noch einen Hauch Leben in sich.

Die Kleidung der Toten bestand aus einem Rock und einem Pullover, zerschlissenen Strümpfen, einem Kurzmantel, Farbe Blau. Ein weißes Stück bestickter Stoff, ein Schuh, das waren die Utensilien, die auf dem Steg lagen, der zweite Schuh haftete noch am Fuß, der aufgedunsen war. Das war auf den ersten Blick alles.

Noch einmal richtete Scheu seine Lampe auf den Kopf der Frau, diesmal vorbereitet. Dennoch war es erneut wie ein Schlag. Das Gesicht oder das, was davon übrig war, reflektierte blutverkrustet. Der hintere Teil des Kopfes war einwärts gewölbt. An einzelnen Stellen löste sich die Haut ab. Die Augen der Frau, groß, schräg über hohen breiten Wangenknochen, starrten tot an die Kanalwandung. Hämatome an Hals und – jetzt sah es Scheu – an einem Handgelenk, das aus dem Mantel lugte. Scheus Brustkorb hob und senkte sich. Und wieder zündete er horizontal in den Schacht, ins Leere, verschaffte sich einen Moment lang Luft und fragte, an keinen der beiden Männer gewandt: »Wo kommt man da hin?«

»Da geht's runter ins Niederdorf, unter der Staatskellerei durch zur Kantorei, dann weiter bis in den großen Limmatkanal.«

»Und da?«

»Da geht's rauf. In Richtung Dolder. Bis in den Wald beim Adlisberg. Dort fließt der Wolfbach noch frei als Bach.«

»Das ist ein Bach?«

»Wir haben es hier mit einem Mischwasserkanal zu tun. Das, was da vorne, da und da, von den Seitenanschlüssen herunterfließt, kommt von den Straßendolen. Das ist der Novemberregen.«

»Hat es hier immer nur so wenig fließend Wasser?«

»Zwanzig bis dreißig Zentimeter. Das ist normal. Dieses Jahr wohl ein bisschen mehr, bei dem November! Da. Das ist alles Rattendreck, sehen Sie. Der bleibt oft liegen. Bei einem heftigen Gewitter kann es aber auch etwas mehr Wasser sein. Besonders im Niederdorf gehen öfter mal die Deckel hoch.«

Scheu leuchtete Cavelti ins Gesicht. Dieser verzog es zu einer Grimasse.

»Das war aber in den letzten Tagen nicht der Fall. Es nieselt ja bloß.«

Scheu drehte sich um und leuchtete nun den Betriebsmitarbeiter an, der hinter ihm stand. Ein dünner, altersloser Mann. Der blinzelte, blieb aber stumm.

Noch einmal betrachtete Scheu die tote Frau.

»Wie lange sie wohl schon hier liegt ...«, sagte Cavelti.

Scheu seufzte. Dann zog er sich die Bügel zurück nach oben, gerade so weit, dass er über den Schachtrand hinausblicken konnte. Dienstchef Meier stand noch immer da.

»Was ist?«, fragte er.

»Was meinst du, sollten wir im Diensthundezentrum anrufen?«

»Du willst doch nicht etwa einen Hund da runterlassen mit seiner superfeinen Nase?«

»Ich überlege noch.«

»Wo? Da unten?«

»Haben die von der Wasserschutzpolizei den Kran dabei? Oder rufen wir besser die Feuerwehr an. Ich will jetzt noch einmal runter, ein Stück weit den Kanal entlang.«

»Wir haben hier übrigens schon etwas gefunden, Leo. Einen Pflasterstein. Mit Blut dran und Haaren.«

»Gut. Gut so. Eintüten. Ich komme gleich. Ich *verschiebe mich* nur noch ein paar Schritte *horizontal*.«

Damit tauchte Scheu zum zweiten Mal ab.

»Wo soll's also langgehen?«

Scheu glaubte in Caveltis Stimme Besorgnis zu erkennen. Es

schien, als hätte er plötzlich genug. Als wollte er sofort nach draußen und am besten gleich nach Hause. Verständlich. Bei jedem der rund ein Dutzend Tötungsdelikte, die der Kanton Zürich pro Jahr zu verzeichnen hatte, war es eine besondere Herausforderung, mit der Leiche konfrontiert zu werden. Selbst manche Ermittler konnten das nicht. Und wenn sich schon er, Scheu, konzentrieren musste, um die Nerven zu behalten und aufnahmefähig zu bleiben, so bedeutete die unmittelbare Nähe einer Frau mit einem Mantsch als Kopf für sie, die Kanalarbeiter, bestimmt eine noch viel größere Belastung.

Er wäre ja gerne alleine gegangen, aber das hätte Kanalinspektor Cavelti nie zugelassen. Versöhnlich sagte Scheu: »Nur ein paar Meter weiter da runter.«

Cavelti stieg kurz nach oben und erteilte seiner Mannschaft Instruktionen. Dann setzten sich die drei Männer im Kanal, Scheu im Sandwich, bachabwärts in Bewegung.

Kapitel 3

Wortlos leuchteten die Männer den Kanal ab. Die Innenwandung. Die Schmutzrinne. Die Anschlüsse, die auf beiden Seiten unterschiedlich hoch und voneinander entfernt angebracht waren. Die Rattenkötel.

Harfenspiel. Die Bewegung des Wassers klang wie Harfenspiel, hin und wieder unterbrochen von einer Spülung, die oben, in der Welt der Ordnung und Normalität, gezogen wurde. Dann rutschte ein Häufchen Fäkalien, Papier oder anderes herunter, blieb auf dem Bankett liegen oder mischte sich in den Fluss des Wolfbachs und ließ Wasserwellchen mit kleinen Kieseln über sich trudeln.

Scheu fühlte sich seltsam geborgen hier unten.

In regelmäßigem Abstand wurden die Schachtdeckel gehoben, die Tag-Mannschaft ging mit. »Unsere Lebensversicherung. Irgendeiner muss ja Alarm schlagen können, wenn was ist.«

Aber es war nichts. Nichts außer drei Männern, die Schritt für Schritt in einer Röhre abwärtswateten.

»Wie alt ist dieser Kanal?«

»So ganz genau lässt sich das nicht sagen«, antwortete Cavelti, »etwas weiter vorne findet sich aber in die Wand gemeißelt die Jahreszahl 1864.« Und wie zum Plaudern aufgelegt oder einfach um das Erinnerungsbild der toten Frau abzuwehren, berichtete er: »In der Stadt Zürich haben wir eintausend Kilometer öffentliches Kanalnetz. Die ganzen Kilometer privater Anschlüsse nicht mitgerechnet. Zwei Drittel des öffentlichen Kanalnetzes sind unbegehbar. Der Durchmesser liegt dort bei zweihundertfünfzig bis eintausend Millimeter. Ein Drittel aber ist begehbar, weil größer als tausend.«

Scheu konzentrierte sich auf den Boden, der hier glitschig und beinahe spiegelglatt war. Cavelti bemerkte es und sagte: »Obacht!«, seine Stimme wohlmeinend. Dann fuhr er mit seinem Bericht fort: »Wir prüfen den Zustand des Netzes in Intervallen. Wenn der Boden auskolkt, wenn sich also die Sohle durch die stete Wasserströmung so wie hier vertieft, müssen wir sanieren. Sie glauben ja nicht, was wir bei dieser Arbeit nicht schon alles gefunden haben! Portemonnaies, Taschen, ganze Registrierkassen sogar. Weggeworfene Hehlerware. Einmal einen Fuchs, der lebte noch. Der musste dann abgeschossen werden. Das dumme Tier. War hinabgefallen und kam nicht mehr heraus.«

Vermutlich hatte diese Erinnerung Cavelti zu dem Bild, das er vermeiden wollte, zurückgeführt, denn der Kanalinspektor verstummte abrupt.

Sanft fragte Scheu: »Ist Ihnen bekannt, ob man bei der Frau eine Tasche gefunden hat?« Das Bild zu leugnen, wusste er jedenfalls, nützte nichts.

»Wir haben keine gesehen. Das hat uns der andere Polizist auch schon gefragt. Wir haben das alles schon gesagt.«

»Wem?«

»Einem Herrn Lutz.«

»Der ist auch hier?«

»Ihm haben wir alles schon gesagt.« Und ungesagt: Da gibt's nichts mehr zu sagen.

»Hoppla, was ist denn hier plötzlich?«, fragte Scheu, als sie nach einigen Metern stummen Vorantastens zu einem Streckenabschnitt gelangten, dessen Decke wie angehoben war.

»Hier sind's über vier Meter. Wir wissen nicht, weshalb man das damals so hoch gebaut hat.«

»Was befindet sich da oben?«

»Die Staatskellerei.«

Wortlos gingen sie weiter. Das Bächlein platschte und leckte an den Ufern, als wär's unterwegs im Walde. Jetzt, wo die Leiche mit ihrem Überangebot von süßlich faulendem Geruch mehrere

Biegungen zurücklag, empfand Scheu fast so etwas wie Gewöhnung. Die steten Geräusche, die verlässliche Dunkelheit, die Kötel der Nagetiere, die eine oder andere unbeirrbare Spinne, der Lichtkegel, der die nächsten Schritte vorgab. Der Mann vor ihm und der Mann hinter ihm. Alles schien folgerichtig und in der dick abgewandeten Stille fast wie ein Platz im Universum, an dem das Gesetz von Ursache und Wirkung noch stimmte. Ein Platz, an dem eins und eins zwei ergab und nichts verwirrend war, nichts irreführend. Es ging entweder nach unten, in Richtung Limmatkanal, oder es ging nach oben, zum Wolfbachtobel im Wald. Die Steinquader waren aus gutem altem Jurakalk geschlagen, die Rinne im Fundament holperig ausgekolkt oder bereits saniert und gerundet. Wenn man achtgab, rutschte man nicht aus. Scheu gab acht.

»Nun wird's eng, aber Sie sind ja ein Schlanker«, spöttelte überraschend Cavelti und duckte sich für einen Streckenabschnitt, bei dem die Röhre die begehbare Durchschnittsweite von einem Meter wohl nur knapp überstieg. Scheu zog Kopf und Bauch ein. Er war kurz und stämmig gebaut; dass er zugenommen hatte, merkte er in letzter Zeit immer öfter.

Bald folgte wiederum eine hohe Stelle, bei der sich die Männer zwischen Stangen hindurchschlängeln mussten, da hier die Decke abgesprießt war. Scheu gab sich alle Mühe. Das Harfenspiel. Er hätte ewig so weitergehen können.

Wenig oder auch lange später, hier unten konnte er die Zeit, die vergangen war, nicht richtig einschätzen, rief einer durch einen geöffneten Schachtdeckel aus der Oberwelt: »Langt's jetzt?«

Cavelti drehte sich zu Scheu herum. »Was meinen Sie? Wollen Sie noch weiter oder können wir zurück?«

Scheu hatte nichts Auffälliges entdecken können. Er überlegte für einen weiteren Moment. Es gab keinen Grund, länger unten zu bleiben; auch spürte er Caveltis Ungeduld. Harfenspiel allein genügte eben nicht. Scheu registrierte innerlich ein Ziehen. Ihm kam es so vor, als ob er Abschied nehmen müsse. »Gut. Gehen wir raus«, sagte er resigniert.

Die Läden am Neumarkt hatten noch nicht geöffnet, und so war da kaum Publikum, als zwei Angestellte der Stadtentwässerung und ein Ermittler der Kantonspolizei Zürich dem Schacht des Nike-Brunnens entstiegen: ein junger Halbstarker mit grün gefärbtem Haar und eine Frau, die ihr Schmuckgeschäft aufschloss.

Das fahle Taglicht befremdete Scheu. Im Schacht war ihm wohler gewesen. Er senkte den Blick und tat es den anderen gleich, die ihre Stiefel mit Wasser aus dem Brunnen benetzten. »Nur fürs Ärgste«, sagte Cavelti, »den Rest besorgt der Regen.« Dann trotteten sie hintereinander her durch die Gassen bis zurück auf den Hof des Schulhauses Wolfbach.

Wir gehen, als wären wir noch begrenzt von einer unsichtbaren Innenwandung, dachte Scheu und wappnete sich vor weiteren Eindrücken und Erinnerungsbildern, die auf ihn einstürzen würden. Was wenige wussten und worüber man auch im Korps nicht groß sprach: Die Erinnerung war ein unberechenbarer Gefährte. Manchmal dauerte es lang, sehr lang, bis einer über gesehenes Unrecht hinwegkam. Scheu kannte das. Und ihm graute.

Auf dem Hof standen nun schon eine ganze Menge mehr Menschen herum. Der Einstieg in die Kanalisation war gesichert, unweit davon wurde ein weißes Zelt aufgebaut. Darin würde man später die Legalinspektion vornehmen, die Leichenschau vor Ort. Geschützt vor den Blicken Neugieriger.

Das, was die Einsatzzentrale Rösslispiel genannt hatte, rotierte mit hoher Drehzahl. Dennoch war jetzt Warten angesagt. Warten, bis die Leute vom Forensischen Institut fertig waren mit der Sicherstellung von Mikrospuren, dem Vermessen der einzelnen Gegenstände und ihrer Position, warten, bis die Feuerwehr mit ihrem Hebekran so weit war, warten, bis die Legalinspektion zuerst mit, dann ohne Kleider vorgenommen worden war.

Scheu überprüfte, welche Beamten man ihm vom Kriminaldienst als zusätzliche Ermittler auf Platz geschickt hatte. Wer von seinem Team womit beschäftigt war. Den grauen Wuschel von Lutz sah er nirgends. Wo steckte der, wenn man ihn einmal brauchte? Hätte gleich daheimbleiben können.

Hochstrasser wippte beim Warten wie gewohnt auf seinen abgelatschten Schuhsohlen vor und zurück. Eine fast unmerkliche Bewegung, die in sein Erscheinungsbild überfloss wie zugehörig. Die schwarz verwaschenen Hosen allenthalben ausgebeult, der Bauch leicht überhängend, und nur sein raspelkurz getrimmtes Haar signalisierte Entschlossenheit. Das Bild eines nachlässigen Mannes täuschte. Jeder im Team wusste, wie intensiv und drastisch sich Armin Hochstrasser einer Aufgabe verschreiben konnte, wie energisch er eine Position verteidigte, seine Karriere verfolgte er rigoros. Drei Kinder, eine Frau und zwei Hunde hatte er zu versorgen, Vanessa Hochstrasser ging in ihrer Mutter- und Familienrolle gänzlich auf. Scheu neidete ihm dieses Glück von Zeit zu Zeit, ohne es ihm zu missgönnen. Jetzt trat er zu ihm hin und bat ihn, Cavelti und Fellini, die beiden Unglücklichen, die die Leiche entdeckt hatten, aufs Revier zu bringen und dort noch einmal schriftlich einzuvernehmen. »Und bitte nimm von sämtlichen Angestellten der Stadtentwässerung, die hier herumstehen, die vollständigen Personalien auf. Das artet ja zum reinsten Zirkus aus.«

Scheu vollführte eine halbe Drehung und blickte dabei dem einen oder anderen neu Dazugekommenen in die Augen. Was machten die alle hier? Er war noch dabei, die peripheren Umfeldabklärungen vorzunehmen – Wo hatte es allenfalls Kameras, deren Material man auswerten konnte? Wer gehörte zur Mieterschaft dieses Hauses? Wer hatte wegen des unsachgemäß verschlossenen Schachtdeckels Meldung erstattet? –, dann drehte er sich flugs noch einmal um, gerade rechtzeitig, bevor Cavelti verschwand. »Herr Cavelti, da wäre noch etwas.« Er trat nahe an den Kanalinspektor heran und konnte nun dessen unterdrücktes Atmen hören, das zwischen halb geöffneten Lippen festhing, roch das Bouquet der aufgewühlten Magensäfte. »Mit Erinnerungen ist das so eine Sache. Wir haben keine Macht darüber, was uns zur Erinnerung wird und was nicht.«

Cavelti schaute ihn ausdruckslos an. Bleich ist er geworden, dachte Scheu. »Welche Geschichten uns nachts noch über die Bettdecke laufen, welche Bilder uns wieder verlassen und welche in uns wohnen bleiben – das haben wir nicht im Griff. Es tut mir leid, dass ich Ihnen das zugemutet habe.«

»Es gibt keinen Zutritt zur Kanalisation ohne ausgebildetes Fachpersonal. Sobald man sich horizontal verschiebt ...« Der Rest von Caveltis Erwiderung blieb ungesagt. Scheu nickte verständnisvoll.

An den Rändern seines Gesichtsfeldes nahm er indes erhöhte Geschäftigkeit wahr. Wolldecken wurden herangetragen und aufgespannt, um den Gaffern den Einblick zu verwehren. Er sah den Dienstchef Mediendienst, Till Schmassmann, mit den ersten zwei Journalisten sprechen. Weitere würden folgen. Er sah den einen oder anderen Kopf im Fenster des Hauses, er sah weiße Gummistiefel mit pinken Kätzchen ...

Unmittelbar neben seinem Ohr hörte er Dienstchef Meiers Stimme: »Ich habe sie herbeordert. Das ist eine wüste Sache. Ich will, dass wir möglichst rasch zu ersten Ergebnissen kommen.«

Der Feuerwehr oblag die Aufgabe, die tote Frau im Leichensack nach oben zu befördern, mit so viel Würde, wie bei einem solchen Unterfangen möglich war. Ein Betriebsmitarbeiter der Stadtentwässerung meinte zwar, mit einem Rössligeschirr wäre das auch gegangen, »so machen wir das, wenn einem von uns schlecht wird«, aber dass Angestellte der Stadtentwässerung eine Leiche nach oben bugsieren, das hätte man weder der Toten zumuten wollen noch der Presse gegönnt.

»Du warst unten, ja?«, fragte Imogen.

Scheu schob etwas nassen Kies vor sich her, baute mit der Stiefelspitze ein Berglein. »Man kann sogar stehen da unten ...«

»Das hätte ich nicht gedacht.«

»Ein ganzes Netz. Tausend Kilometer. Das ist wie von hier nach ... nach ...«

»... nach Rom«, ergänzte sie, »oder sogar noch weiter. Meinst du, der Täter ist unten langgeflüchtet?«

»Aber dann hätte er den Deckel nicht schließen können. Komm«, sagte er, plötzlich froh um diese Kollegin, die so unkompliziert neben ihn getreten war und ihn als Leiter dieser Ermittlung akzeptierte – so wie immer, so wie einst –, »ich will jetzt mal aus den Überkleidern raus und vor allem aus diesen Rübezahlstiefeln.« Es hätte einen tatsächlich schlimmer treffen können bei der Bürozuteilung. Wohl wahr.

Wenig später drängten sie sich in das enge Zelt, das gerade mal genügend Raum bot für die Leiche und die beiden Rechtsmedizinerinnen. Isa Glättlis Mimik sprach Bände, und Marina di Angelo blickte nicht einmal auf. Ihren Job hätten die zwei hier lieber ungestört gemacht. Scheu hatte durchaus Verständnis dafür. Aber war man nicht auf dem Prüfstand? Musste man jetzt nicht besonders genau sein und gewissenhaft? Also. Er wartete mit hochgezogenen Brauen.

Endlich sagte Isa Glättli: »Es sieht so aus, auf den ersten Blick zumindest, als sei die Frau erschlagen worden und in den Kanal hinabgeworfen. Sie weist allerdings auch Schürfungen und Verletzungen auf, hier an Brustkorb, Rippenbogen, Hüften, Schenkeln, die wir noch nicht zuordnen können. Aber bitte, vorläufiger Befund: Schädelhirntrauma. Ich glaube, sie liegt schon ein paar Tage da unten.«

»Wie alt schätzt du sie?«

»Ich?«, fragte Imogen zurück. Sie besah sich die Frau, die nackt vor ihnen lag. Ihren Körper, die zur Seite geglittenen Brüste mit dunklen Warzen, die Schrammen und Wunden, die Hämatome, die Zehennägel, brüchig, rotlackiert, den unförmigen Kopf mit den irgendwie schräg liegenden Augen, die Haut, die keine natürliche Farbe mehr hatte, aber doch dunkler schien als die von Europäern, wie Walnusshaut. »Schwer zu sagen. Dreißig oder etwas älter vielleicht?«

»Ist das ein indigenes Gesicht, vielleicht?«

»Können wir jetzt weiterarbeiten, *vielleicht*? Ihr kriegt von uns dann schon noch den Befund«, warf Isa Glättli ein. Ihr blonder Rossschwanz wippte entschieden, als sie den Kriminalisten den Rücken zukehrte.

»Nur etwas noch: Was ist das da für ein Kleidungsstück?« Scheu zeigte auf das weiße bestickte Stück Stoff, das bei den sichergestellten und eingetüteten Kleidern der Frau offen obenauf lag.

»Das? Das ist am ehesten so etwas wie ein Schürzchen. Es gibt auch noch ein Häubchen dazu.«

»Das weiße Stück Stoff? Ein Schürzchen?«

»*Jaha*, lass liegen! Ihr erfahrt schon noch alles, wenn ihr uns jetzt machen lasst.«

Als sich Scheu ungeschickt bückte, um aus dem Zelt zu kommen, verwickelte er sich in der Plane, so dass er sie noch einmal ordentlich aufschütteln musste, bevor er sie hinter sich schließen konnte.

Mittlerweile war auch der Hundeführer eingetroffen. Zdenko Kováč, ein Freund aus Ausbildungszeiten. Die beiden Männer lachten sich an, als sie sich erkannten.

»Was Besseres ist dir nicht eingefallen für ein Wiedersehen, was?«

»Etwas Besseres als die Stille da unten gibt es gar nicht, Zdenko! Das Beste – und nur für dich.« Es folgte eine kurze Umarmung mit kräftigem Rückenabklopfen. Dann ein Blick in treuherzige Augen; Scheu hatte Zdenko schon immer gemocht.

»Na, ob das meiner *Meite von der Osterburg* gefallen wird, ich weiß nicht.«

Scheu sah zum Hund, einem Deutschen Schäfer, ungewöhnlich hell, der erwartungsfroh aus schwarzen Kirschaugen zu seinem Meister hochschaute. Ihm gefiel, wie die beiden scheinbar telepathisch kommunizierten. Mit Zdenko ging das. Das war schon früher so gewesen, ein Zucken des kleinen Fingers, und er verstand. Man sollte endlich wieder einmal etwas Zeit für seine Freunde aufbringen. Wenn das vorbei und vorüber war, sollte man das wirklich tun.

Als sich Scheu zu den Kriminaltechnikern umwandte, die sich feixend eine Zigarettenpause gönnten, verspürte er Irritation, ohne seinen Argwohn greifen zu können. »Und? Was gibt's von eurer Seite her zu vermelden?« Und tatsächlich, viel kam nicht heraus, viel hatte er auch noch nicht erwartet, aber das eine, das kam, eben auch nicht, und das war, was Scheu so wütend machte, weil es mit Regenwasser und einem Kurzschluss von Lampen zu tun hatte und in ihm eine Ahnung aufquoll, noch bevor der andere überhaupt zu Ende geredet hatte. »Was? Ihr wart noch gar nicht unten, bevor ich kam? Geht's noch? Ja, gopferdeckel, da wäre ich doch nicht reingegangen, wenn ihr das noch nicht gesichert habt!«

»Das IRM war unten. Körper- und Umgebungstemperatur wurden aufgezeichnet und ...«

»Das reicht doch aber nicht! Und überhaupt: Was hat das mit euch zu tun!«

Die beiden mussten sich nun wohl oder übel passende Überkleider und Stiefel geben lassen und in den Wolfbachkanal steigen. »Und zwar zweihundert Meter rauf und zweihundert Meter runter. Ich fasse es nicht.« Bei sich dachte er, dass er das Meier nie würde erklären können. So einen kapitalen Fehler. Das Lob des Dienstchefs beim Qualifikationsgespräch, wie gründlich Scheu doch sei, hämmerte wie Hohn in seiner akustischen Erinnerungskammer. Aufgerieben kramte er nach den Familiennamen der beiden Techniker. Dummheit oder Bosheit – eines von beiden war meistens beteiligt bei Pflichtverletzung. *Pelegrini* und *Döbeli*. Die würde er sich merken müssen.

»Wissen wir denn schon, was den Schachtdeckel hat aufsitzen lassen?« Und als keine Antwort kam: »Gopf noch einmal. Haltet wenigstens die Augen offen, wenn ihr zwei da unten seid.« Es klang eher gedrückt.

Einer jener Mitarbeiter der Stadtentwässerung, die neu dazugekommen waren, führte den Trupp an. Ein kleiner, runder. Scheu sah ihm nach und glaubte in seinem Gesicht ein Lächeln kurz aufleuchten gesehen zu haben. Man muss aufpassen, dass man nicht paranoid wird, dachte er. Es sind einem ja schon nahezu alle suspekt! Unwillig blickte er einem zweiten Mitarbeiter nach, der einstieg, um das Sandwich abzuschließen. Danach kletterte ein dritter nach unten.

»Leo?«

Scheu überlegte, was er als Nächstes tun wollte.

»Leo?«

Er blickte an der Häuserfassade hoch und sah aus den Fenstern des Parterres aufgeregte Kinderaugen schauen. Eine ganze Kinderpyramide in Bewegung, ein Rangeln und ein Stoßen. Weiter oben auch die Augen von Erwachsenen. Das Schulhaus Wolfbach. War hier nicht die Knabenmusik der Stadt Zürich untergebracht? Und von einem Hort, einer Kindertagesstätte war die Rede gewesen. Und wenn ihn nicht alles täuschte, war auch eine Abteilung der Pädagogischen Hochschule in dem Gebäude beheimatet. Du meine Güte, kein Wunder, dass die Tatortabsperrung dermaßen verstärkt werden musste.

»Leo!«

»Was ist?«

Imogen legte den Kopf zur Seite. »Wollen wir kurz ins Trockene? Eine Schale trinken? Wir könnten den Moment nutzen und uns abgleichen.«

Scheu starrte seine Kollegin ratlos an. »Ja. Gehen wir für einen Moment.«

Zusammen querten sie die Straße beim Zebrastreifen und trabten auf dem Trottoir zum Kunsthausrestaurant. Das Wasser spritzte mit jedem vorbeirauschenden Wagen.

Wischen von Schlagzeugbesen anstelle von Harfenklang.

Dieses Lokal mied er für gewöhnlich. Die Akustik in dem modern designten Raum war dermaßen schlecht, dass sich sein Tinnitus sofort verstärkte. Jetzt aber, um diese frühe Zeit, waren nur zwei Tische mit je einem Gast besetzt. Der eine trug einen rosarot-gelb-blau geringelten Pullover und war geschminkt, der andere schien ein Geschäftsmann, verbarrikadiert hinter seiner Neuen Zürcher Zeitung. Scheu beäugte beide aufmerksam.

Als er und Imogen zwischen den Tischen hindurchgingen, kreuzte ihr Weg den eines Videojournalisten, der, die Kamera geschultert, offenbar soeben das Personal interviewt hatte. Er machte sich eilends aus dem Staub. Scheu steuerte auf den Kellner zu. »Was hat der gewollt?«

»Wissen, ob ich was gesehen habe.«

»Und? Haben Sie?«

»Von welchem Fernsehen sind denn Sie?«

»Von keinem«, mischte sich Imogen ein, »Kantonspolizei. Imogen Kant, und das hier ist *Chef*-Ermittler Leandro Scheu.«

Scheu musste schmunzeln.

»Ach«, sagte der Kellner, »kommt ihr also auch schon.«

»Wenn Sie dann nachher ein paar Minuten Zeit hätten, setzen Sie sich doch für einen Augenblick zu uns. Für den Moment reicht es, wenn Sie uns einen Krug Kaffee bringen und viel geschäumte Milch in einer Kanne. Wir sind dann da hinten«, versuchte Scheu die Beleidigung wegzureden. Vor Imogen hatte er keine Lust, jetzt schon als bärbeißig dazustehen.

»Wieso? Wieso haben sie die Leiche entdeckt?«, fragte Imogen berechtigterweise, Milchschaum auf ihrer Oberlippe. Sie leckte ihn weg.

»Weil es gerochen hat. Anders als normal. Das zumindest habe ich den einen sagen hören. Sie haben den Deckel, anstatt ihn einfach wieder zu verschließen, erst einmal vollständig weggehoben und hinabgeschaut.«

»Ist das üblich? Macht man das so? So viel Arbeitseifer?«

»Nicht alle Staatsangestellte sind faule Eier.«

»Du hast ja richtig Humor, Leo.«

Scheu verzog das Gesicht. Unvermittelt nahm er sein Handy hervor und telefonierte. Jemand solle die Personalien der beiden Herren, die vorne im Kunsthausrestaurant saßen, aufnehmen und sich nach dem Namen des Videojournalisten erkundigen, der hier soeben Aufnahmen gemacht habe. *Jawoll, jetzt.*

»Lutz«, sagte er mit einem Augenrollen, unsicher, ob Imogen sich mit ihm verbünden würde. Dann wurde er wieder ernst. »Also. Weiter im Text. Die Kanalarbeiter haben ihre Zentrale informiert, und die hat die Wasserschutzpolizei aufgeboten. Toni Müller. Die wickeln das immer so ab, wenn was im Wasser ist, im eigenen Korps.«

»Der hätte besser gleich bei uns angerufen«, stellte Imogen fest.

»Nun ja, Detektiv Hölderlin hat es dann ja richtig gemacht. Er hat's bei uns gemeldet, und schließlich bekam ich meinen Anruf von Meier.«

Der Kellner trug ein Körbchen mit Croissants auf. Als er wieder außer Hörweite war, sagte Scheu: »Komisch nur, dass der auch noch das Bestattungsinstitut informiert hat. Meier meinte zwar, er sei einfach übereifrig gewesen ...« Da war es wieder, das Misstrauen, das sich in Scheu einrichten wollte. Er spürte es wie Helium, das einen Ballon aufbläst. Wenn man bloß die Bodenhaftung nicht verliert.

»Und jetzt läuft das Rösslispiel«, sagte Imogen nachdenklich.

»Und jetzt läuft's.«

»Was haben wir noch?«, fragte sie nach einer Pause, in der beide einvernehmlich Croissants gegessen hatten.

»Einen Pflasterstein mit Blutspuren.«

Sie taten einen Schluck. Es war eine gute Idee gewesen, sich hierher zu begeben. Aufwärmen, den Mantelkragen trocknen lassen. Scheus Schale bestand etwa zu einem Drittel aus Kaffee und zwei Dritteln aus Milch. Mit dem Löffel hob er Schaum obenauf, dann schlürfte er geräuschvoll. Sein Blick streifte nach draußen, durch die hohen Glasscheiben, an denen Regentropfen einsam Rinnen bahnten. Wenn sie übereinanderliefen, beschleunigte sich ihr Tempo rasant. Er starrte durch sie hindurch ins Leere und spürte seinem Tinnitus nach. Im Kanal hatte er ihn kaum bemerkt.

»Wie ist es da unten? Stinkt es nicht bestialisch?«, fragte Imogen weich.

»Die Leiche halt. Sonst geht's.«

Das nachfolgende Schweigen löste sich auf ohne Belastungsmerkmale. Dann berichtete Imogen in formellem Tonfall, was sie notiert hatte. Nichts Auffälliges. Alles ganz normal, kein Wort, das dem anderen im Wege stand. Aber doch verblieb die Unklarheit betreffend der Handtasche. Man hatte nur etwas Kleingeld sichergestellt, das zwischen den Kieseln am Boden lag und im Kanal. Scheu fand, eine Frau, voll bekleidet, habe eine Handtasche mit sich zu führen. Die matt polierten Goldgriffe einer Damenledertasche traten vor sein geistiges Auge und wölbten sich wie zu dem Portal eines Justizpalastes.

Imogen zuckte die Achseln. »Meinst du, die hat der Täter mitgenommen?«

»Möglich wär's.« Er räusperte sich. Ohne Ausweis, das könnte dauern. Kurz forschte er, ob ihm bei seiner gestrigen Recherche für die Lettin eine neue Meldung über eine vermisste Person aufgefallen war. Nein. Da waren nur die altbekannten.

Aus dem Handgelenk winkte er den Kellner heran. Den müsste man dann auch noch einvernehmen. Lutz. Lutz müsste den noch einvernehmen. Dann tat der wenigstens nichts Dümmeres. Überhaupt müsste man den jetzt ein wenig auf Trab halten, wenn er meinte, er könne von einer Auszeit einfach so mir nichts, dir nichts zurückkehren und ein fremdes Büro für sich beanspruchen. Sollte der ruhig den Beweis erbringen, dass er das auch wert war.

Der letzte Schluck stürzte nur zum Teil Scheus Kehle hinab; in Ermangelung einer Serviette nahm er den Hemdärmel zu Hilfe.

Als der Kellner vorbeischaute, um sich zu erkundigen, ob die Herrschaften noch etwas bestellen wollten, nutzte Scheu die Gelegenheit, ihn selbst zu befragen. Es wurmte ihn eben doch, dass ihm ein Journalist zuvorgekommen war. Der Kellner aber wollte nichts gesehen haben, seine Antworten waren zurückhaltend und unergiebig. Allein seine Stimme schnitt durch den Raum wie ein Pausensignal durch leere Schulhausflure. Oder das Trillern eines Schiedsrichters, der ein Foul pfeift. Und außer dass sich die Kollegin vom Spätdienst bei ihm über die zunehmende Anzahl von Asozialen und Punks beschwert habe – »die vermehren sich wie die Karnickel, sobald es auf Weihnachten zugeht, an jeder Straßenecke einer, ein richtiges Spießrutenlaufen, bis man überhaupt zur Arbeit gelangt« –, wusste er nichts zu berichten. »Ich habe gehört, es sei eine halb nackte Frau?«, versuchte er nun seinerseits, Neugier zu stillen.

Imogen erwiderte: »Sie sollten wirklich nicht alles glauben, was Ihnen ein Journalist als Köder hinhält.«

»Demnach war's also ein Mann?«

»Sie werden's schon noch erfahren.«

Imogen legte das abgezählte Kleingeld auf den Tisch. Zu Scheu sagte sie: »Keine Bange, das brauchst du mir jetzt nicht zurückzugeben. Das geht auf mich.«

Kurze Zeit herrschte Schweigen. Auch dieses: ohne Last. Schließlich ließ es sich nicht mehr länger hinauszögern, und so machten sich Leo Scheu und Imogen Kant auf, hinauszutreten, wo ihnen die Nässe in den Kragen kroch und wo sie für die nächsten Stunden festsitzen würden. Zweifellos.

Kapitel 4

Der Regen fädelte sich noch immer fleißig von endlosen Spulen aus einem unergründlichen Himmel herab, als Scheu abends um acht das Bürogebäude an der Zeughausstrasse 11 verließ. Er schlug den Mantelkragen hoch. Eine unangenehme Kühle pflasterte um seinen Hals. Zum *Hotel St. Gotthard* waren es zwar nur knappe zehn Minuten zu Fuß, aber Scheu entschied sich dennoch für den Sprung ins Tram. Von der Sihlpost bis zum Löwenplatz zwängte er sich zwischen ausgehhungrige junge Menschen, die auch der hartnäckigste Novemberdauerregen nicht von ihrer Absicht, Spaß zu haben, abhalten konnte. Dabei war Dienstag.

Wasser perlte ihm den Nacken hinab und von den Händen, als er ins Hotel trat. Er blickte sich im Foyer um. Er sah sie nirgends. Also ging er zur Rezeption und fragte nach einem weiblichen Gast aus Lettland.

»Ihr Name?«

»Den weiß ich eben nicht. Ich kann ihn nicht aussprechen.«

»Sie können Ihren eigenen Namen nicht aussprechen?«

Scheu stutzte. Dann sagte er kleinlaut: »Scheu. Leandro Scheu.«

Der Hotelangestellte griff zum Telefon und wandte Scheu diskret den Rücken zu. Dennoch war jedes Wort zu verstehen, das der Receptionist mit artikuliertem Bühnenflüstern in die Muschel pustete. »Da ist ein Herr *Scheu* für Sie, Madame. *Jawohl*, Madame. Ich werde es ihm ausrichten. *Merci*, Madame!«

Schwungvoll drehte er sich zu Scheu um und sagte, Madame komme gleich. Die beiden Männer blieben einen Augenblick stehen wie Hirsche, deren Geweih sich ineinander verkeilt hat. Dann gab sich Scheu einen Ruck und wandte sich ab. Er überlegte, wann er zum letzten Mal in diesem Hotel gewesen war. Das musste während seiner Lehre als Automechaniker gewesen sein.

Nur mal so aus Neugier; damals hatte er sich mit Kollegen im Bistro verabredet und über die betuchten Leute gestaunt mit ihren Hütchen, Hündchen und dem Hang, den kleinen Finger abzuspreizen. Heute wirkte die Lobby um ein Vielfaches geschrumpft. Weniger mondän als im Kabinett seiner Erinnerung. Und weniger wächsern. Das Bistro war nicht mehr. Ein paar Sofas, Sessel und Fauteuils. Ein Angestellter, der ihm seine Erhabenheit vorführte, indem er ihn mit Blicken maßregelte. Sogar ein Concièrge ist dreister als ich.

Scheu mochte sich nicht setzen. Er fühlte sich zerfließen wie die Regentropfen auf seinem Mantel.

»Herr Scheu, wie schön! Sie haben ja doch daran gedacht!«

»Frau Bersch ... *äh* ...«

»Nennen Sie mich Ieva.«

»Ieva. Guten Abend.«

»Darf ich Leandro sagen?«

»Leo tut's auch.«

»Gehen wir, Leandro?«

»Gehen? Wohin?«

»Wo essen Zürcherinnen und Zürcher für gewöhnlich?«

»In einem Restaurant?«

»Na, dann?«

Erst jetzt bemerkte er, dass er ein paar Zentimeter kürzer war als Ieva. Und das lag vermutlich nicht nur an den Schnürpumps, die sie an den schmalen Füßen trug; Scheu hatte kein Gardemaß, mit seinen großmütig aufgerundeten Einssiebzig war er sogar recht weit davon entfernt. Unwillkürlich musste er an ihre langen schlanken Finger denken und sah sich mit der Frage konfrontiert, wie gleichermaßen schmale Füße in einem Leben ihren Stand behaupten konnten.

Ieva knüpfte sich das Seidenfoulard um den Kopf, das sie schon bei ihrer ersten Begegnung bei sich gehabt hatte. Scheu hielt ihr so lange die Handtasche, den dünnen, aber schweren sandfarbenen Lederbeutel mit seinen mattgoldenen Metallringen als Henkeln, die unangenehm kühl in der Hand lagen. Eine junge Dame mit Zopfschneckenfrisur kam die Treppe heruntergerauscht, der Uniform nach ein Zimmermädchen. Hastig flüsterte sie letzte Worte in ein Handy und bedachte die beiden mit einem argwöhnischen Blick, bevor sie, völlig beiläufig, mit einem Federbusch über einen Bilderrahmen zu wedeln begann.

An einen Schirm hatte Scheu nicht gedacht. Also schlug er vor, das Tram zu nehmen. Er löste für Ieva ein Billett, und sie stiegen in den Siebner. Am Central wechselten sie in den Vierer, mit dem sie bis zum Rathaus fuhren.

»Es regnet immer noch.«

»Gemäß Klimatabelle dürfte es das wohl nicht«, antwortete sie freundlich. »Wo gehen wir hin?«

»Ins *Franziskaner*. Da war ich früher oft, schon als Jugendlicher.«

»Ihr Lieblingsrestaurant?«

»Das kann man so nicht sagen.« Scheu war erstaunt über ihre Lockerheit. Ihrer beider Lockerheit. Es war, als kannten sie sich schon lange. Nicht erst seit gestern Vormittag.

Sie wollte aber zu dir, sie war gar nicht davon abzubringen, hatte Hochstrasser gesagt, ein wüstes Echo davon hing noch irgendwo in Scheus Ohren. Ob es nicht doch einfach nur Zufall war, ein blöder geschmackloser Zufall, dass diese Frau ausgerechnet jetzt, ausgerechnet zu ihm gekommen war? Nachdem Scheu gestern die Übung nach vierzig Minuten abgebrochen und diese Schweizer-Schweden-Lettin mit aller gebotenen Höflichkeit hinauskomplimentiert hatte – gerne hätte er sich im Lift die Ohren ausgerieben, aber solch eine auffällige Bewegung hatte er neben ihr nicht zu machen vermocht –, war er stracks in sein Büro zurückgekehrt und hatte sie dort alle vorgefunden, Kant, Windlin, Hochstrasser. Imogen schwenkte lachend auf ihrem Drehstuhl hin und her, die beiden anderen hatten lässig gegen Scheus neuen weißen Tisch gelehnt.

Aus Scheu war es herausgeplatzt: »Tolle Idee! Was habe ich mit einer verrückten Lettin zu schaffen?«

»Sie wollte aber zu dir, sie war gar nicht davon abzubringen. Wir dachten halt, wir könnten dich mit einer kleinen Überraschung aufheitern, dir den Einstand im neuen Büro erleichtern.«

Sein flachsblondes Haar hatte gebebt, so sehr hatte sich Windlin bemüht, nicht loszuprusten. Eilfertig hatte er hinzugefügt: »Armin hat sie hereingelassen, ich habe ihr nur den Weg zu dir gezeigt.«

»Ja, und du hast dich geschmeidig verzogen, was, Imogen?«

»Immerhin hast du es eine Stunde lang mit ihr ausgehalten.« Sie hatte immer noch leise gelacht. Als Einzige und völlig unbeirrt. Fast schon wie ein Friedensangebot.

Kleinlaut hatte Scheu gesagt: »Vierzig Minuten. Die fehlen mir jetzt für meinen Bericht«, und dann mit einem Grinsen: »Schöne Kollegen seid ihr.« Wo Hoffnung fehlt, hilft Schicksalsergebenheit.

Als die anderen dann schließlich abgezogen waren, hatte ihn Imogen gefragt: »Was hat sie denn gewollt, die Schöne?«

»Eine Vermisstenangelegenheit. Sie sagt, sie sei auf den Spuren ihrer Mutter. Einer gewissen Claudia Stein, geboren 1958 in Zürich, vermisst seit 1974 und verschollen seit 79.«

»Und was will sie *jetzt*?«

»Das habe ich eben auch nicht begriffen. Ich werde sie an Hubschmid weiterleiten von der Personenfahndung.«

»Du *wirst* sie weiterleiten?«

»Ich *habe* sie weitergeleitet! Und jetzt lass mich diesen Binzer Bericht tippen, bevor sich meine sämtlichen Vorurteile gegen Zweierbüros verfestigen.«

Einen Moment schien es, als ob Imogen überlege, bevor sie sagte: »Plapper einfach nicht so viel dabei.« Schmunzelnd.

Das *Franziskaner* hieß inzwischen *Henrici* und bot auf schwarzen Tafeln Flammkuchen an. Diese unerwartete Tatsache katapultierte Scheu unsanft ins Jetzt zurück.

»Das ist ja nicht gerade typisch schweizerisch, oder täusche ich mich?«

»Nein, Entschuldigung. Daran habe ich nicht gedacht. Wir können auch wieder gehen, wenige Meter von hier hat es ..., gibt es ein ...«

»Ist schon in Ordnung.« Scheus Begleiterin knöpfte mit sparsamen Bewegungen ihren Mantel auf, der eng über ihrem dunklen Wollkostüm lag.

»Wenn Sie wollen, gehen wir morgen Abend aufs Fondueschiff. Das fährt vom Bürkliplatz bis nach Rapperswil und zurück. Das ist traditionell«, hörte Scheu sich zu seiner Überraschung sagen.

»Das wäre schön.«

Befriedigte man also das Bedürfnis nach Wiedergutmachung. Erstaunlich. Bei einer gänzlich Fremden.

Sie hatte sich an einen Tisch gesetzt und die Hände parallel vor sich hingelegt, dünn und leblos wie abgestreifte Handschuhe. Die beiden Ringe, milchig-gelb und milchig-grün, ragten als schamlose architektonische Kunstwerke empor. Die Adern ihrer Hände waren blau, und Scheu konnte das Blut in seinen Ohren rauschen hören. Dann kam wieder dieser hohe Ton, und Scheu rieb sich beide Ohren kurz mit kräftigem Druck aus, bevor er sich zu ihr setzte, aber der wellende Lärm schwappte weiterhin über seine Felsenbrecher.

»Tinnitus?«

»Mhm.«

»Ist es Ihnen denn nicht zu laut hier?«

»Das vergeht gleich wieder. In Zürich findet man kaum ein Restaurant, das seine Gäste nicht mit Dezibelüberflutung plagt.«

Der Ober reichte die Karten mit leichtem Vorwurf im Gesicht. Aber vielleicht kam das Scheu auch nur so vor. Weil er sich selber Vorwürfe machte. Weil er sich in der Lokalität ganz offensichtlich vertan hatte. Weil er mit Mitte vierzig eigenbrötlerisch war wie mit Mitte sechzig. Weil er noch nicht einmal wusste, wann in Zürich aus einem Restaurant ein anderes wurde, weil er nicht wusste, was er hier tat.

Weil er nicht wusste, was er reden sollte, wie er Konversation betreiben sollte.

Weil seit Ievas Auftauchen sein Kopf nicht mehr bei der Sache war.

Weil er seine Wut gegen Imogen nicht hatte aufrechterhalten können und auch nicht gegen Windlin und nicht gegen Hochstrasser oder Dienstchef Meier oder diesen bummeligen René, der es bis heute Abend nicht geschafft hatte, sein gutes altes Holzregal in sein neues Büro zu bugsieren, so dass er sich schließlich dazu genötigt gesehen hatte, einen Teil seiner Akten und Ordner eben doch in die modernen Gestelle zu sortieren.

Weil er irrational handelte und ihm abwechselnd heiß und kalt wurde und er es besser wusste und es doch nicht besser konnte.

Weil er so war, wie er war: unvollkommen, schadhaft und beschädigt.

»Flammkuchen dann also?«

»Flammkuchen«, willigte er ein und ahnte es da bereits, dass er wegen dieser Frau ins Schlingern geraten sollte.

»Haben Sie noch etwas über meine Mutter herausgefunden?«

Diese Frage verlangte nach Sachlichkeit, und mit Sachlichkeit ließ sich noch so manche Unbeholfenheit wegwischen.

»Nicht viel, leider. Nichts, was Sie mir nicht auch schon gesagt hätten. Sie wurde von ihren Eltern, Herbert und Annemarie Stein, als vermisst gemeldet am 2. Oktober 1974. Da war sie schon vierundzwanzig Stunden verschwunden. Von den zirka einhundertfünfzig Vermissten, die wir im Kanton Zürich jährlich verzeichnen, ist sie eine der ganz wenigen, die nicht wieder aufgetaucht ist. Seit gut zwanzig Jahren sind nicht mehr als dreizehn Erwachsene nicht auffindbar geblieben. Und Ihre Mutter gilt schon länger als verschollen.«

Scheu atmete einmal durch. Sie musterten einander einen Augenblick. »Aber so ein Mensch fällt ja nicht aus dem Raster, nur weil er als verschollen gilt. Er bleibt«, Scheu korrigierte sich, »*Ihre Mutter* bleibt im System.«

Klang das verständlich oder unbeholfen? Scheu war dankbar, dass der Ober die Bestellungen aufnahm und ihm damit Zeit verschaffte, sich innerlich neu aufzustellen.

»Die örtliche Polizeistation hat damals die Vernehmungen gemacht. Der Vater, die Mutter, die Nachbarn, die Schulkameraden, die Lehrer, man hatte alle befragt, aber keiner wusste, wo Ihre Mutter verblieben war. Sie war ja erst sechzehn, das ist ein Alter, in dem so einige von zu Hause ausreißen.«

»Meine Mutter war ein gefallenes Mädchen, so sagt man doch.«

»So etwas steht nicht in den Rapporten. Und ich wüsste auch nicht, wie man dazu sagt.« Und für sich dachte er: So wurden damals viele genannt.

Scheu versuchte sich daran zu erinnern, was über Ievas Vater in den Akten stand, er war als Erzeuger abgehandelt worden. Irgendjemand hatte die Musik aufgedreht, für einen kurzen Moment war es obszön laut. Dann schob ein guter Geist den Regler zurück, zumindest ein bisschen, und Scheu ließ die Luft aus seinen Wangen strömen, die er vor lauter Schreck aufgeplustert hatte.

Erst als sie sich mit ihren Getränken zuprosteten, schauten sie sich versuchsweise wieder in die Augen. Es war Scheu, der das Wort ergriff, er musste fast schreien: »Sagen Sie, Ieva« – ihr Name schmeckte noch neu und fremd auf seiner Zunge –, »wie kommt es, dass Sie ausgerechnet an mich gelangt sind?«

Sie lehnte sich vor, seinem Körper entgegen. Er erschrak und begriff zugleich. Ungelenk hielt er ihr sein rechtes Ohr hin, nicht ohne ihren Duft nach Veilchenwasser aufgeschnappt zu haben. Sie sagte, nun jedes einzelne Wort ihres kurzen Monologes einzeln betonend: »Ich bin nicht ausgerechnet an Sie gelangt. Ich war zuerst auf der Quartierwache Riesbach, bei der Stadtpolizei. Ich dachte, dort wäre ich richtig. Aber als ich sagte, dass es sich um ein Kapitalverbrechen handelt, hat man mich zur Kantonspolizei geschickt. Und ein Beamter, der gerade mit der Dame am Empfang sprach, sagte, ich solle mich an Sie wenden. Ich habe Sie nicht gesucht, Leandro. Ich habe Sie gefunden.«

Unangenehm berührt über diese Wortwahl, lehnte sich Scheu zurück und begab sich mit seinem Rücken in Deckung. Die Stuhllehne vermittelte Halt. Jemand log. Sein Kollege Armin Hochstrasser oder diese Ieva Ber-*irgendwas*.

Er orderte mit dem halbleeren Glas ein weiteres Bier.

Man hatte ihn seines Büros beraubt, seines angestammten Reviers, so müssen sich Panther fühlen oder Tiger, wenn sie von Zoo zu Zoo weitergereicht werden. Man hatte ihn zum Narren gehalten, sich ein Späßchen auf seine Kosten erlaubt ... Da war man nun seit gut zwanzig Jahren bei der Kapo, und plötzlich war man niemand mehr. Ein Heimatloser, ein Vertriebener. Weil man sich nicht so gewandt ausdrücken konnte, wie das manch einer gerne hätte, nur damit der sich selber besser fühlte in der eigenen Position.

Dieses Bier schmeckte frisch und kalt, die Schaumkrone war eine luftige Blume. Eine Welle der Entspannung flutete Scheus Gehirn, als die Musik unerwartet verstummte und man wieder das Gemurmel der Gäste, das Scharren von Füßen, das Klingen von Gläsern vernahm, die im Prost einander zugehalten wurden. Mit einem Mal sah die Welt um ihn herum weniger grimmig aus. Vielleicht war ja doch keine interne Verschwörung gegen ihn im Gang. Vielleicht, und das wäre durchaus wahrscheinlicher, wäre diese hier, diese Frau B-*irgendwas,* die wahrhaft Tückische. Man müsste ihr einmal etwas auf den Zahn fühlen.

»Ieva« – wieder dieser fremde Geschmack –, »Sie sprechen von einem Kapitalverbrechen, als ob Sie sich sicher wären.«

»Meine Mutter ist nicht einfach so verschwunden. Oder in einem anderen Land in einer Hippiekommune untergetaucht. Ihr ist etwas zugestoßen. Das weiß ich ganz gewiss.«

So etwas hatte sie bereits am Morgen behauptet. Von einem Brief war da die Rede gewesen oder einem Tagebucheintrag, einem Schriftstück jedenfalls. Ihr Körper war straff. Die beige Chiffonbluse unter ihrem Kostüm spannte. Alles signalisierte Alarmbereitschaft, aber ihre Hände lagen noch immer ordentlich nebeneinander. War das ein Widerspruch? Versuchte sie ihn zu täuschen? Kein Stückchen Brot zwischen ihren Fingern. Ob aber ihre Füße unter dem Tisch Veitstänze vollführten, das festzustellen, dazu hätte man die Serviette fallen lassen und sich hinunterbeugen müssen. Man hätte es tun können, aber man tat es nicht. Man erkundigte sich lieber scheinbar nebensächlich: »Verzeihen Sie, aber was sind das eigentlich für Steine? Ich muss sie die ganze Zeit anschauen. Sie sind so verwaschen wie vom Regen.«

»Jade. Jade und Bernstein. Ich handle mit Schmuck, aber das habe ich Ihnen doch gestern Vormittag schon alles gesagt.«

»Ach, ja. Ja, entschuldigen Sie.« Wie sie das immer wieder schaffte, einen abzukanzeln. »Aber Sie müssen verstehen, dass es schon etwas unglaubwürdig, oder nein, *warten Sie,* schwer nachvollziehbar ist, was Sie da erzählt haben. Es war auch ein bisschen ... viel.«

»Soll ich noch mal?«

Er schaute sie hilflos an. Vielleicht waren zwei Bier in so kurzer Zeit und auf beinahe nüchternen Magen – hatte man heute überhaupt schon etwas gegessen? Ein Croissant? Zwei? – doch nicht die klügste Wahl gewesen. Und da war er wieder, der Veilchenduft, als sich Ieva ihm über den Tisch entgegenbeugte.

»Meine biologische Mutter verschwand, als sie sechzehn war, da war ich noch ein Baby. Ihre Eltern waren schon alt damals, und sie wollten mich wohl nicht haben, ich weiß es nicht. Sie haben mich weggegeben. Wie genau, kann ich nicht sagen. Aber die Dokumente über meine Adoption, die in Schweden vorliegen, scheinen in Ordnung. Das alles ist ja Jahre vor dem Haager Abkommen passiert. Damals war es noch nichts Ungewöhnliches, dass Kinder von Land zu Land zur Adoption gereicht wurden. Damals hieß es, je weniger bekannt wäre, umso besser für alle Beteiligten. Es geisterte zudem noch das alte Gespenst der *Vererbung* herum.«

»Bekannt.« Scheu nickte knapp. Allmählich gelang es ihm, Augenkontakt mit ihr zu halten. Sein Nacken fühlte sich weniger verspannt an, eigentlich saß er ihr sogar recht offen gegenüber. Beinahe zugewandt.

»Ich bin also nach Schweden gekommen. Zu meinen Adoptiveltern Jānis und Milda. Die beiden stammen ursprünglich aus Lettland. Mein Vater war noch ein Kind, als seine Eltern, Edijs und ebenfalls eine Milda, mit ihm übersetzten. Eine Flucht, in einem Boot, über die Ostsee. Edijs war ...«

»Funker, nicht wahr?« Endlich wieder ein Dialoganfang, der gelang!

Auf Ievas Gesicht glitzerte ein kurzes Lächeln auf. »Ja. Aber nicht nur das. Mein Großvater Edijs hat in seine Funksprüche Liedgut verpackt als Code, um den Schweden anzuzeigen, wann neue Flüchtlinge übersetzten. Seine Balladen haben nationale Berühmtheit erlangt. Man nennt sie die *Bērziņš Balladen*. Er hatte es sich zur Gewohnheit gemacht, seinen Funkdienst jeweils mit ein oder zwei Strophen eines bekannten Liedes, eines Kinderliedes oder Volksliedes, abzuschließen. Die leitenden Organe dachten, was für ein Einfaltspinsel, und ließen ihn gewähren. Und indem er die Strophen veränderte, die Worte absichtlich falsch oder anders funkte, wussten die Schweden, an welchen Koordinaten das Boot in etwa in schwedische Hoheitsgewässer eindringen würde. Und konnten ihm entgegenfahren. Viele Flüchtlinge konnten gerettet werden.«

»Nach Schweden, aus Riga übergesetzt ...« Scheu prüfte im Kopf seine Geografiekenntnisse.

»Liepāja, aus Liepāja setzten sie über. Mein Großvater Edijs war Fluchthelfer, bis er und seine Frau mit dem kleinen Jānis, meinem späteren Adoptivvater, selber das Land verließen. Und sie wurden *Swedish Aliens*.«

Leo runzelte die Stirn.

»So nennt man das. Jānis, mein Vater, wuchs in Schweden auf. Aber zu Hause sprach man lettisch, lebte man lettisch, war man lettisch. Nur vor der Tür war Schweden. Er hat oft nicht verstanden, weshalb seine Heimat nicht seine Heimat war. Ich glaube, das hat in ihm einen Riss hervorgebracht, der sein Ich in zwei Hälften schlug. Wie bei einem Baum mit gesplittetem Stamm und einer Wurzel. So kam er mir vor. So kommt er mir noch heute vor. Jānis arbeitete später für eine Firma, die Kühlschränke und Staubsauger anfertigte. Dort traf er auch seine Frau, Milda. Sie wurden meine Eltern. Es war ein Zufall, so sagt man. Aber doch war ich das eine Stück Holz, das den geteilten Stamm wieder ganz werden ließ, die Lücke füllte mit Lebendigkeit. Ein befreundetes Ehepaar nämlich, der Mann arbeitete auch in der Firma, hatte die Papiere für mich unterschrieben, es waren eigentlich die beiden, die mich adoptieren wollten. Aber als die Frau unmittelbar danach ihre eigene Schwangerschaft feststellte, gaben sie mich weiter. An Jānis und Milda. Zu meinen Eltern bin ich also gekommen wie das Kind zur Jungfrau. Sind Sie religiös, Leandro?«

»Eher weniger.«

Ieva lächelte. »Meine Eltern leben heute noch in Schweden. Ich pendle hin und her. Ich habe Niederlassungen in vier verschiedenen Ländern, es läuft gut mit dem Schmuck. Sehen Sie nur, was man alles erreichen kann, wenn man frei und ohne Vergangenheit in ein neues Leben gelangt.« Sie lachte scheinbar heiter.

»Aber diese Vergangenheit, die interessiert Sie jetzt doch?«

Ievas Blick ging in die Ferne. Ihre schmalen Augen waren zusammengekniffen, sie blinzelte die Bilder einzeln über ihre Netzhaut. Schnell. Stakkatoartig. Scheu dachte an sein Stereoskop.

»Mein Herz ist lettisch. In Rīga gibt es direkt neben meinem Laden ein kleines Café, das seine Wände mit den codierten Funksprüchen meines Großvaters Edijs geschmückt hat. Unsere Heimatlosigkeit ist dort gewissermaßen künstlerisch verewigt. Sie sehen, Leandro« – ganz, ganz nahe jetzt –, »über mein Leben in Schweden und in Lettland kann ich Ihnen alles erzählen. Aber wie ich aus der Schweiz nach Schweden gelangt bin – keine

Ahnung. Darüber gibt es nichts. Mein Vater, Jānis, sagte mir alles, was er weiß, und das war nicht eben viel.«

Scheu schluckte. In ihm kamen Großer-Bruder-Gefühle auf für diese rätselhafte Frau. »Und Ihre leiblichen Großeltern? Haben Sie es bei ihnen überhaupt versucht?«

»Ja.«

»Und?«

»Ihr Grab wurde aufgelöst. Das macht man hier offenbar so.«

»Äh, ja, nach fünfundzwanzig Jahren ist das die übliche Vorgehensweise, wenn niemand zahlt.« Augenblicklich bereute Scheu seine Bemerkung.

Er tat einen Schluck. Das Bier schmeckte nun schon etwas weniger frisch, die Blume war verkümmert.

»In Lettland wäre so etwas undenkbar. Wir haben so viel Platz! Die meisten Letten lassen sich auch nicht kremieren. Sie wollen in einem Sarg begraben werden, je größer, je besser. Haben Sie einmal den Urnenfriedhof in Barcelona gesehen, den Cementiri de Montjuïc?«

»Ich verreise nicht allzu oft«, murmelte Scheu.

»Wie ein orientalisches Felsendorf! Bunte aufgetürmte, übereinandergestapelte Kästchen wie Häuschen oder nein, warten Sie, wie ein Städtchen im italienischen Cinque Terre, so sehen die Grabnischen aus, winzig, verschachtelt und eng.«

»Ja, eben. Wie ich schon gesagt habe: Ich verreise nicht allzu oft.«

»Gespensterig, finde ich.«

»Gespenstisch, man sagt: gespenstisch.«

»Gespenstisch, ja. Man zahlt bei uns nur einmal, und dann gehört einem der letzte Ruheplatz. Auf ewige Zeiten dein.«

Scheu stellte sich ausgedehnte Friedhofsflächen vor, von Gras umwuchert und durch und durch verkrautet.

»Da fällt mir ein: Es gibt eine eigentümliche Tradition, einen alten Brauch. Wir Letten feiern Friedhofsgeburtstage, wussten Sie das? Einmal im Jahr, das Datum ändert sich immer wieder, selbst von Friedhof zu Friedhof, wird ein Friedhofsgeburtstag festgelegt. An diesem Tag gehen wir unsere Freunde, Verwandten und Bekannten, die gestorben sind, besuchen und tragen Blumensträuße ans Grab. Wir säubern die Grabstätte. Und manchmal singen wir auch Dainas. Das sind unsere Lieder, die Dainas. Man bringt Friedhofswodka mit, selbst gebrannten, man trinkt, man ist beisammen und erinnert sich der alten Zeiten.«

Leo nickte ahnungslos.

»Wir Letten haben sieben große Städte: Rīga, Daugavpils, Liepāja, Jelgava, Jūrmala und Ventspils. Alles andere ist ländlich. Viele Letten wachsen auf dem Land auf, machen in der Stadt Karriere und kommen zum Sterben zurück aufs Land. So ist das. Ein Kreislauf. Man muss wissen, wo man herkommt, damit man eines Tages dorthin zurückkehren kann.«

Als der Ober die Flammkuchen endlich auftrug, räusperte sich Scheu und beugte sich dankbar über das flache Brett. »Guten Appetit.«

»*En Guete*.«

»Woher kennen Sie diesen Begriff?«

»Ich habe mich informiert über Ihre Sprache. *Meine* Sprache. Bevor ich hergekommen bin. Und zudem hatte ich einmal einen deutschen Freund – durch die Liebe lernt man doch am schnellsten, finden Sie nicht, Leandro?«

Das kleine Mütlein, das Scheu noch vor wenigen Momenten neu beseelt hatte, verflüchtigte sich.

Sie aßen stumm. Ieva hatte, wie es den Anschein machte, alles erzählt, was sie hatte erzählen wollen, und Scheu klopfte innerlich das Echo ihrer Worte ab, klopfte aus reiner Gewohnheit und ohne sich dessen bewusst zu sein.

Scheu war nicht geübt in Small Talk. Aber höflich sein, das wenigstens wollte er unbedingt. Sollte er etwas über sich selber berichten? Was gäbe es da groß herzusagen? Endlich fragte er Ieva zwischen zwei Gabeln, wie viele Sprachen sie denn sonst noch spreche.

»Insgesamt vier. Schwedisch hatte ich in der Schule, Lettisch sprachen wir zu Hause. Englisch studierte ich an der Universität. Für meine Geschäftsbeziehungen sind Sprachen unerlässlich. Und in der Liebe«, sie lachte, »in der Liebe, Leandro, hilft das miteinander Sprechen ungemein.« Scheu fand das fast frech, wie sie da weiter über die Liebe schwadronierte. Und sie lachte immer noch. Sie behauptete, wenn man einem anderen Menschen gefallen wolle, dann gebe es gar überhaupt keine Hindernisse. Verwirrt sah er ihr zu, wie sie das Besteck weglegte und mit der rechten Hand das Tischtuch glattstrich.

»Sie haben die Sprachen wohl im Blut, ein sprachliches Musikgehör.« Versachlichen wäre jetzt vielleicht das Beste. Weg von allen emotionalen Unterströmungen.

»Nein. Ich habe Disziplin.«

Das kam hart und abrupt wie ein Degenstoß. Scheu straffte die Brust und sagte dann mit aller Unverbindlichkeit und Distanz, die er zwischen sich und diese Lettin zu legen vermochte: »Und Sie machen also in Schmuck?«

»Wieso nicht?«

Diese Art des Antwortgebens! So spitz, so feindselig und beharrend. Er gabelte in seinem Flammkuchen herum, bis er ein Stück Teig vom Belag befreit hatte. Das spießte er schließlich auf und schob es sich in den Mund.

»Dass Sie jetzt hier sind ...«, mampfte und sagte er gleichzeitig.

»Was ist damit?«

Er schluckte den Brocken hinunter. »Ich meine nur, wieso ausgerechnet jetzt? Sie sind ja auch nicht mehr ... äh, noch nicht ... äh, Entschuldigung, ich meine, gibt es einen außergewöhnlichen Grund dafür?«

»Dass ich endlich wissen will, was mit meiner Mutter passiert ist? Genügt das als Grund?«

»Vermutlich. Schon.«

Zum zweiten Mal legte sie das Besteck weg – die Knappheit

der Bewegungen hatte etwas Abschließendes – und platzierte ihre Hände parallel. »Hören Sie zu, Leandro. Das ist mein fünfter Besuch in der Schweiz. Jedes Mal, wenn ich hier war, habe ich versucht, jemanden zu finden, der mir hilft. Der mir Glauben schenkt. Das braucht auch Mut.« Sie schöpfte Atem. *Ich habe Disziplin*, war es nicht das, was sie grad eben gesagt hatte? War das Disziplin, was ihm da gegenübersaß? Oder nicht viel eher Versteiftheit, Plan?

»Ich kann Ihnen den Brief zeigen, den mir meine Mutter damals geschrieben hat. Ein Ausriss aus ihrem Tagebuch. Sie hat ihn mir geschrieben, verstehen Sie das, mir, *ihrem Baby.* Welche Mutter, so frage ich Sie, und ganz egal, ob sechzehn oder sechsunddreißig, welche Mutter schreibt einem Säugling einen Brief voller schöner Zukunftsgedanken und verschwindet tags darauf auf Nimmerwiedersehen? Ich bin sicher, so ein Verhalten gilt auch in der Schweiz als *außer*gewöhnlich.«

Scheu atmete schwer. Er fand ja, dass gerade ein Brief ein Indiz sein könnte. Wieso sollte eine Mutter ihrem Kind schreiben, wenn sie bei ihm blieb? Gut, Ieva nannte es einen Tagebuchausriss. Wenn das stimmte, könnte man ihrer These Glauben schenken. Wenigstens für den Anfang. Viele Frauen schrieben ihre Gedanken in Tagebücher, durchaus auch in Briefform. Aber innerlich blieb er doch dabei, dass etwas an dieser Darstellung fehlte. Da war ein Loch, eine große Leere. Das Trauma des verlorenen Kindes. Das Trauma der verlorenen Eltern. Scheu brauchte einen Moment, um die Fassung wiederzuerlangen. Als er den Blick vom Holzbrettchen, auf dem noch gut die Hälfte seines Flammkuchens lag, hob, sah er in Stechginsteraugen. Sie forderte ihn heraus. »Ich sehe Ihnen doch an, dass Sie wissen, wovon ich spreche.«

Scheu wusste nicht, ob sie damit wirklich die Fahndungssache meinte. Und er befand es für sicherer, nicht danach zu fragen, sondern weiterzukauen, bis sein Flammkuchen aufgegessen war.

Kapitel 5

Mittwoch. Tag eins nach dem Leichenfund. Im Abstandszimmer randalierte jemand. Zwei Uniformierte öffneten die Türe und versuchten ihn zu beruhigen. Scheu wusste nicht, um welche Sache es sich handelte. In den meisten Fällen verhielten sich die Befragten ruhig und warteten voller Geduld, wenn man sie zwecks einer Pause dorthin verbrachte. Oder voller Ungeduld. Aber meistens ruhig.

Als die beiden Uniformierten mit der Person herauskamen, sah Scheu, dass es sich um eine Frau handelte. Drogendelikt, folgerte er ihrem Aussehen nach. Vermutlich ging es nun erst einmal zurück in die U-Haft rüber. Ein Aufenthalt im Propog, dem provisorischen Polizeigefängnis im Hof des Kasernenareals, zur Beruhigung. Das wirkte. Zuverlässig.

Solche kurzzeitigen Zellenaufenthalte waren für viele eine schockierende Erfahrung. Die meisten wollten nicht mehr dahin zurück. Einige wurden dennoch zu Stammgästen. Es schien der Weltenlauf.

Einmal aber, als ein Freund drei Wochen lang in U-Haft einsaß, drückte es Scheu fast das Herz ab. Fritjof Gruber war ein freiheitsliebender Mensch. Die endlosen Stunden in der Zelle mit schmaler Pritsche und nur mit einem Papiertuch als Überzug hämmerten eine Abneigung gegen die Polizei und alles, was mit ihr zu tun hatte, in ihn und hinterließen Abdrücke auf seiner Seele wie gepunzte Bilder. Scheus Beteuerungen, dass man ihn so rasch als möglich laufen lassen würde, sobald sich der Irrtum – er nannte es damals tatsächlich Irrtum – aufgeklärt habe, waren ebenso Worte in den Wind gesprochen wie auch die kleinen Annehmlichkeiten – ein heißer süßer Kakao, ein Cervelat, den er ihm zwischen zwei Verhören in ebendieses Abstandszimmer gebracht hatte – Fritjof Gruber nicht milde zu stimmen vermochten. Scheu blieb in dessen Augen ein Überläufer, ein Abtrünniger, einer, der das System nährte, das den Seinen den Lebensschnauf nahm, und damit auch einer, dem man zwei- oder lieber dreimal auf die Finger schauen sollte, und wenn nicht Grubers Frau Livia und deren Nichte Seraina gewesen wären, hätte Fritjof diesem Scheu schon lange Hausverbot erteilt. Noch jetzt lief es Scheu kalt den Rücken hinab, als er im Flur das Echo der Abgeführten als stummen Schrei von Wand zu Wand widerhallen hörte.

Sowie er die Türe zur Kripoleitstelle öffnete, schlug ihm der Geruch routiniert ehrgeizig arbeitender Männer und Frauen entgegen, und augenblicklich wurde ihm wohler; hier war er zu Haus. Hier lösten sich Fragen, enträtselten sich Mysterien, die für die Täter zumeist nicht mehr als bloße Denkspiele oder, schlimmer, Zufallsabläufe bedeuteten. Der Raum war völlig fensterlos. Die Wände sollten Platz bieten, um sämtliche Ermittlungsergebnisse festzuhalten und stetig zu ergänzen. Whiteboards auf Rollen, Magnetwände, Computer, Telefonanlagen, Beamer, alles war da, alles war bereit für einen ersten Abgleich der Informationen.

Scheu räusperte sich. »Na, dann wollen wir mal.«

»Kommt Staatsanwalt Schoop nicht auch noch?«, fragte Dienstchef Koni Meier.

»Ich hab grad vorhin mit ihm gekabelt«, sagte Scheu, »er ist verhindert. Irgendein Notfall mit seinem Basset.«

»Der Hund geht vor? Bei Robert?«, fragte Hochstrasser. Seine Fingernägel machten in den Haarborsten ein Geräusch wie Drahtfedern.

»Ich sag's ja. Ein Notfall. Sprich ihn besser nicht drauf an. Wollen wir?«

Jedes Ermittlungsergebnis, jedes Gespräch und Telefonat, jede Überlegung, die Scheu erwähnte, wurde von Imogen Kant ins Journal im PC geschrieben. Das war so üblich, auch, dass Imogen tippte. Wenigstens das bleibt beim Alten, dachte Scheu flüchtig, während er rapportierte, dass die Kriminaltechniker Pelegrini und Döbeli ihrer Pflicht nicht ordnungsgemäß nachgekommen seien. Die beiden konnten sich auch damit nicht herausreden, dass alles so schnell gegangen sei und man mit einem Abwasserkanal als Fundort erst einmal klarkommen müsse. Döbelis Einwand, Scheu sei schließlich auch, ohne mit ihnen Rücksprache zu nehmen, eigenmächtig runtergestiegen, wischte Dienstchef Meier vom Tisch, und Scheu nahm mit einer gewissen Genugtuung wahr, dass er ihm den Rücken stärkte. Man ist also noch nicht ganz abgeschrieben. Die Chance ist echt gemeint.

Als er zum Bericht aus der Rechtsmedizin kam, wurde es still. Scheu war der einzige Ermittler, der bei jedem seiner Fälle beharrlich darauf bestand, bei der Obduktion anwesend zu sein. Eine Marotte in den Augen seiner Kollegen. Aber genau wie der Mitarbeiter des Kriminaltechnischen Fotodienstes, der Obduktionen fotografisch dokumentieren musste, wusste Scheu, dass Hinsehen oftmals das einzige Mittel gegen die Gewalt im Kopf war. Also sah er hin. Regelmäßig. Und ausnahmslos. Auch dieses Mal.

»Schlimm. Gar nichts Schönes«, begann er. »Wir haben es hier mit einer der drei Problemleichen zu tun.«

»*Fäulnisleiche, Brandleiche, Wasserleiche*«, betete eine junge Frauenstimme herunter. Sabrina Wyniger, eine Praktikantin, die seit einer Woche nicht von Brandtour-Offizier Tschäppats Seite wich. Scheu war der Einzige im Team, der sie siezte; solange sie noch nicht zu ihnen gehörte ...

»Richtig, Frau Wyniger. Eine Wasserleiche. Zudem weist sie im Gesicht erheblichen Rattenfraß auf. Gut ein Viertel ist verschwunden.« Dem neuen Präparationsgehilfen war schlecht geworden, er hatte den Obduktionssaal verlassen müssen. »Nachwuchsförderung ist und bleibt eben ein Thema«, hatte Dr. Isa Glättli trocken diagnostiziert.

Als Scheu bemerkte, dass Imogen mit Tippen innehielt, fuhr er fort:

»Zuerst mussten wir natürlich die forensische Fragestellung klären: Woran ist die Frau gestorben? Dieses vorab: Es bestehen keine Ertrinkungsbefunde. Sie wurde erschlagen. Aber der Reihe nach – Imogen, schreib bitte auf: Die Frau hat Waschhaut an den im Wasser exponierten Stellen wie Händen und linker Fuß. Hände, Ohren, Wangen, Lippen weisen Fraß- und Nagespuren, tiefe Kratzspuren und kleine Bisswunden auf. Der Fäulnisprozess ist nicht so gravierend aufgrund der Kälte«, und zur Praktikantin gewandt, »das ist für unsere Ermittlungen von Vorteil. Weil die Befunde so besser erhalten sind.« Dann wieder in sachlicherem Tonfall: »Hast du das, Imogen?«

»Hab ich.«

Für einen Augenblick starrte Scheu seine Kollegin unverhohlen an. »Gut. Dann weiter im Text. Dr. Isa Glättli und Dr. Marina di Angelo sind zu folgendem Ergebnis gelangt: Die tödlichen Verletzungen müssen der Frau mit einem schweren, rauen Gegenstand beigebracht worden sein, mit an Sicherheit grenzender Wahrscheinlichkeit durch den Pflasterstein, den wir gefunden haben. Diese Überprüfung läuft noch. Ich sag nur: Rattenfraß. Man wird die Verletzungen virtuell abbilden. Die geometrische Datendokumentation in 3-D gibt uns dann auch Aufschluss über weitere verletzungsverursachende Werkzeuge. Da ist nämlich noch mehr.«

»Leo – die virtuelle Autopsie, das ist doch das Verfahren, bei dem der Körper postmortal mit Kontrastmittel für eine Computertomografie gefüllt wird, ja?«

Scheu schoss seinen Blick Windlin wie einen Pfeil entgegen. Es störte ihn, dass er jetzt nach einem Privatissimum verlangte. Oder wollte er der Praktikantin imponieren? Nicht allzu lange her und Windlin war selber Praktikant bei ihnen gewesen … Windlin strahlt ja geradezu …

Da die anderen offenbar nichts dagegen einzuwenden hatten, reckte Scheu den Hals, er war nur ungern der Kleinste im Team, und führte dozentenhaft aus: »Die virtuelle Autopsie vereint verschiedene bildgebende Verfahren für das postmortale Imaging: CT und Magnetresonanztomografie sowie 3-D-Oberflächenscan. Punktgenau. Aber das wirklich Gute ist, dass auf diese Daten jederzeit – auch Jahrzehnte später noch – zurückgegriffen werden kann, selbst wenn das Blut längst faul geworden und der Körper zu einem Häufchen Staub zerfallen ist.« Scheu lieferte dazu ein Lächeln, probeweise, um festzustellen, wer bereit war, sich mit ihm über seine neue bildhafte Sprache zu freuen. Er stand den Moment durch und führte dann aus: »Wir haben heute am Institut für Rechtsmedizin an der Universität in Zürich die besten Apparate weltweit. Andere Länder müssen dazu auf Spitäler ausweichen. Wir können kleinste Gefäße darstellen lassen! Robotergesteuerte Aufnahmen mit essentiellen Farbinformationen, Details der Verletzungen, ein Oberflächen-Scanning, CT – all das wird mittels Merging zusammengefügt, um ein Relief herzustellen. Im Prinzip nichts anderes, als was wir hier in der Kripoleitstelle mit Worten machen, wird dort oben 3-D animiert.« Scheu überprüfte, wie nun dieser Vergleich im Team ankam. Er war ihm soeben eingefallen. Das wäre vielleicht eine Lösung für sein Berichtschreibeproblem, mehr mit der Sprache spielen. Oder weniger? Er hüstelte. »Am besten, ihr unternehmt alle einmal einen Bildungsausflug ins IRM anstatt der feuchtfröhlichen Kegelabende.« Und endlich holte er Luft. Als er sah, dass Imogen Kant vor sich hin schmunzelte, führte er seinen Bericht zu einem Ende, das er für gut befand: »Mittels Magnetresonanz werden die Weichteile untersucht. Die Bilder sind hochaufgelöst, da sieht man Details im Hirn, im Herzen, in der Leber, der Milz, im Magen, den Nieren und so weiter.«

»Was kostet so eine virtuelle Autopsie mit allem Drum und Dran?«, fragte die Praktikantin.

»Die Kosten sind von Staatsanwalt Robert Schoop gutgeheißen worden.« Scheu hatte keine Ahnung. Diese Frage hatte ihn nie interessiert.

»War er auch oben?«, wollte Dienstchef Meier wissen.

»Kurze Zeit, ja. Aber dann kam das mit seinem Hund. Imogen, ich fahre fort.«

Und Scheu zählte scheinbar unbewegt die weiteren Verletzungen und Spuren auf. Doppelkonturierte Hautunterblutungen am linken Oberschenkel und am linken Oberarm, die durch einen Stock, einen stabähnlichen Gegenstand, Dr. Glättli hatte von der Möglichkeit eines Geißfußes gesprochen, verursacht worden sein könnten. Zudem befanden sich an beiden Oberarmen und an den Handgelenken Griffspuren. Die Hautunterblutungen waren oval, Abdrücke wie die von Fingern.

Auch gab es Griffspuren an der Innenseite der Oberschenkel, die von einer manuellen Spreizung herrühren konnten. »Von außen waren sie nicht sichtbar, aber beim Aufschneiden sah man sie dann, diese fingerartig geformten Einblutungen im Fettgewebe.«

»Eine Vergewaltigung?«, fragte die Praktikantin. Eine ganz Beflissene, man musste sie etwas im Auge behalten.

»Man sieht nur, dass sie Geschlechtsverkehr gehabt hat. Ob es eine Vergewaltigung war? Das lässt sich so nicht eindeutig sagen. Auf alle Fälle wurde fremde DNA unter ihren Fingernägeln und in ihrem Schamhaar sichergestellt. Aber, und das ist interessant: Wir haben zwar Samenflüssigkeit gefunden, aber keine Spermien drin. Der Mann, mit dem sie Geschlechtsverkehr gehabt hat, war demnach unterbunden.«

»Oha.« Machte Brandtour-Offizier Tschäppat.

»Wir können also davon ausgehen, dass dieser Mann über dreißig war oder älter. Eine Unterbindung macht man bei jüngeren Männern nicht so schnell«, sagte Scheu.

»War's das von deiner Seite?«, fragte Meier.

»Noch nicht ganz. Im Weiteren sind da Schürfungen an den Knien und an den Handgelenken. Im rechten Handgelenk sind Knochen gebrochen. Die Kleidungsstücke sind zum Teil zerrissen; sie werden in der Abteilung für forensische Genetik ausgewertet.« Unter Berücksichtigung des Lernwillens der Praktikantin versuchte Scheu nun auch von sich aus, die relevanten Zusammenhänge zu betonen. Je schneller sie sich in den Usanzen und Dienstwegen auskannte, desto besser wäre es dereinst für das ganze Team. Sie lutschte nachdenklich an ihrem Kuli.

»Wir vermuten, die Frau ist aus einem fahrenden Wagen gesprungen und hat sich dabei die Schürfungen und die Brüche im Handgelenk zugezogen. Wie schnell der Wagen gefahren ist, ist Bestandteil weiterer Abklärungen. Ebenso sind die Kleidungsstücke noch nicht fertig ausgewertet, aber das habe ich, glaube ich, schon gesagt.« Scheu blätterte in seinen Notizen. »Und nun noch zum Kopf. Am Hinterkopf weist die Tote Hautabschürfungen auf und Rissquetschungen. Bei der Obduktion wurde klar, dass sie einen Schädelbruch erlitten hat, und zwar, wie gesagt, durch den Pflasterstein. Den Bruchlinien des Schädelknochens nach zu urteilen, schlug der Täter nur zweimal zu. Wir haben es hier mit einem starken Täter zu tun. Imogen: Blutungen im Gehirn, Quetschungen am Hirngewebe. Das ist es. Ja, das ist alles, was ich habe. Ich führe das so genau aus, weil der endgültige Bericht vom IRM erst morgen gemailt werden kann. Sie sind zur Zeit, was Personal anbelangt, limitiert wegen Schwangerschaft und Urlaub, und sie haben das Haus grad voll mit S-Bahn-Leichen, offenbar gleich zwei Suizide.«

Lutz, dessen Blickkontakt Scheu bislang zu vereiteln gewusst hatte, sagte: »Jetzt, wo's auf Weihnachten zugeht, sterben sie wieder im Doppelpack.« Typisch Lutz. Scheu hob den Blick von seinen fleckigen Schuhspitzen. Einmal musste man der Gegnerschaft ja ins Auge sehen, nicht? Lutz, also. Lutz? Trug der jetzt eine medizinische Halskrause zur Arbeit? Tatsächlich? Ton in Ton mit seinen vergilbten Schmuddellocken. Konnte ihm die einmal irgendjemand ausreden, bitte? Abschneiden, vielleicht?

Und dann, nach einer atemlosen Pause der Fassungslosigkeit, sagte Scheu: »Sie war schon tot, als man sie in den Kanal geworfen hat.« Wenigstens das, dachte er für sich. Mit jedem Mal, dass er einen zu Tode gebrachten Menschen sah, einen Körper, aus dem alle Vergangenheit, alle Gegenwart und Zukunft getrieben worden war, fühlte er sich selber ein bisschen tiefer unterkammert. Als hause da in ihm, tief innen und tief unten, ein zweiter Leo Scheu, der sich in seinem Loch verschloss gegen das Böse, das Unrecht, das in Affekthandlungen und in vorsätzlichen Morden gleichsam wirkte und ihm damit von seiner – wie er es nannte – *Lebensillusion* wegstahl. Vielleicht war das gut so. Dass dieser zweite Leo Scheu, der innere, der ja kein unwichtiger war, dableiben durfte. Dass er seinen Platz in ihm gefunden hatte an einem Ort, an dem er nicht weiter störte. Bloß da war. Und mitlebte.

»Wie lange?«, stellte Hochstrasser eine nicht unwichtige Frage.

»Unter Berücksichtigung der Kälte dort unten gehen wir von einer Todeszeitschätzung von drei Tagen aus. Die Totenstarre befand sich bereits in Lösung, da war nur noch eine partielle Reststarre bei einzelnen Gelenken.«

»Lässt sich das Gesicht so fotografieren, dass wir das Bild allenfalls rausgeben könnten?«, wollte der Dienstchef Mediendienst Till Schmassmann wissen. Seine Krawatte glänzte neu und seidig. Der Duft nach Apfelshampoo war unverkennbar, der ganze Mann blitzte.

»Nein, tut mir leid, Till. Dieses Gesicht willst du so nicht öffentlich machen. Aber eine Gesichtsbiometrie ist möglich«, zur Praktikantin gewandt, »dabei wird die Physiognomie von den vorspringenden Punkten errechnet und das ursprüngliche Gesicht rekonstruiert.«

Ihr war es offenbar gar nicht peinlich, dergestalt mit Wissen gefüttert zu werden, sie notierte dankbar auf ihrem Schreibblock.

»Wie steht es mit den Zähnen? Haben wir wenigstens einen klaren Zahnbefund?«, fragte nun Imogen. Für den Bruchteil einer Sekunde glaubte Scheu in ihren Augen so etwas wie Mitgefühl zu erkennen. Mitgefühl – mit wem? Der toten Frau? Mit ihm? Oder dem Leo Scheu in seinem unterirdischen Kämmerchen? Er schüttelte den Gedanken ab wie Regentropfen. Aber wie Regentropfen perlte er an seiner Peripherie entlang und blieb als Spur haften. Um sich der Sachlichkeit seiner Empfindungen zu versichern, fuhr er in kühlem Tonfall fort: »Die Leiche hat einen schlechten Zahnstatus. Keinerlei Zahnarbeiten, und demnach schließen wir auf ein Herkunftsland, das über kein ordentliches Zahnarztsystem verfügt. Konkret: kein Land der sogenannten Ersten Welt. Ich vermute da Kolumbien, Panama oder Chile oder Ekuador.«

»So kann man das aber nicht sagen«, protestierte Hochstrasser.

»Ihr Gesicht sieht irgendwie südamerikanisch aus. Die eher dunkle Haut, die Wangenknochen, die leicht schräg liegenden Augen ...«

»Es könnte auch asiatisch sein«, warf Windlin ein.

Sie redeten noch eine Weile hin und her, hörten sich die Ergebnislosigkeit von Zdenkos Suche und seiner Meite an, schulterhängend schon alle außer Hochstrasser, den ein solches Nichts nur immer in eine noch größere Leistungsbereitschaft versetzte. Imogen schrieb auf und schrieb auf und schrieb auf, bis sie dann doch um eine Pause bat, die alle Beteiligten ihr – und damit auch sich selbst – gerne gewährten.

Danach wurden die Aufgaben verteilt. Videoaufnahmen auswerten, vielleicht hatte man irgendetwas übersehen. Eine Datei mit Fingerabdrücken, einem zumutbaren Foto und dem Signalement der Toten via Interpol in Bern europaweit und an alle Staaten Südamerikas verschicken.

Lutz sollte eine Liste anfertigen mit sämtlichen Personen, die am Tatort gewesen waren, und sie in den Datenbanken überprüfen, eine vorwiegend sitzende Tätigkeit; man sollte ihm, Scheu, nicht etwa Kollegenschinderei anhängen können.

Jeder kannte das, es war ein festgeschriebenes Ritual. Jetzt, in der Anfangsphase, würde sich das Team täglich zwei- bis dreimal treffen und alles durchgehen, besprechen, was getan worden war, und besprechen, was weiter zu tun wäre. Die weißen Wände würden sich mit Informationsmaterial, Fotodokumentationen, Vergrößerungen von Abbildungen, Befunden füllen, und keiner würde ein Fenster vermissen, denn die Fenster wären all diese Dinge selbst, Puzzlesteine wie aus buntem Glas, oder besser noch: Momentaufnahmen in einem Stereoskop, Klick für Klick für Klick für Klick, und jeder Klick für sich ein Blick nach draußen, in die Welt eines möglichen Tathergangs, wenn man nur zu sehen vermochte.

Scheu, schon in der Türe, verabschiedete sich von seinen Kollegen fürs Erste mit einem Kopfnicken. Er würde zur Stadtentwässerung an die Bändlistrasse hinausfahren und das Gespräch mit dem Leiter Abwasser und Kanalisation aufnehmen. Vorher wollte er noch kurz bei Staatsanwalt Schoop anrufen und ihn über alle Schritte im Stenografiestil informieren. Das müsste reichen. Der hatte den Kopf momentan sowieso anderswo. Eiligen Fußes schritt Scheu auf sein Büro zu.

Zuerst in die falsche Richtung.

Kapitel 6

Unterwegs zur Bändlistrasse, als das Regenwasser in schmutzigen Fontänen von den Reifen über die Trottoirs getrieben wurde, fiel ihm plötzlich die Lettin ein. Ieva! Sie hatte er ganz vergessen. Hatte er ihr nicht versprochen, sie aufs Fondueschiff auszuführen? Das Treffen war gestern ausgemacht worden. Gestern – wie weit weg das schon wieder war. Die Zeit verhielt sich subjektiv. Auf Zeitempfinden war niemals Verlass, das wusste er auch von Zeugenaussagen.

Hatte man sich heute Abend treffen wollen? Oder hatte man den Zeitpunkt, den Termin, das eigentliche Rendezvous noch nicht bestimmt?

Es ging gar nicht anders, er musste sie anrufen.

Scheu steuerte seinen Dienstwagen an den Straßenrand und hielt an. Er loggte sein Handy ein und suchte online nach der Nummer des *Hotels St. Gotthard*. Als ihn der Receptionist mit dem Zimmerapparat verband, klingelte es endlos. Ob Ieva schon abgereist war? Weil Scheu ihr nicht half, sie keiner ernst nahm, die Gräber in der Schweiz aufgehoben, der Fall ad acta gelegt worden war?

Gerade als er auf Beenden klicken wollte, knackte es in der Leitung, und das Klingeln verstummte. Da sich niemand meldete, fragte Scheu in sein Handy hinein: »Hallo? Frau Bersch ...?«

»Oh, der Polizist. Guten Tag, Leandro.«

Er atmete auf. Unerwartet mühsam schilderte er, dass er mitten in den Ermittlungen zu einem Mordfall stecke, »und wir haben relativ selten Mordfälle, letztes Jahr waren es vierzehn« – wie dumm, wie dumm, warum sag ich das? – und dass er »alles geben« müsse – sind das wirklich meine Worte, die da aus meinem

Mund fallen? –, »um einen Schritt weiterzukommen« – muss ich dieser Frau tatsächlich von meinem Leerlauf berichten? –, da man nicht wisse, wer die Tote sei. Er hörte sich reden, und er hörte sich zugleich denken, und Scheu fühlte sich so richtig schlecht dabei. Mit keinem Wort hatte er sich bisher bedankt für den gestrigen Abend, mit keinem Wort das Fondueschiff erwähnt. Er drückte sein Ohr fest an das Handy. Würde sie überhaupt antworten? Oder würde sie –

»Oh. Dann haben Sie nun also zwei Frauen: eine, von der Sie nicht wissen, wer sie ist, aber sehr wohl, wo sie sich befindet, und eine zweite, von der Sie wissen, wer sie ist, aber nicht, wo sie sich befindet.«

»Äh, dann hab ich ihn also noch? Ich meine, den Fall Ihrer Mutter?«

Den Fall Ihrer Mutter, man müsste sich geschickter ausdrücken können, präziser. Flinker, selbstsicherer, gekonnter, eloquenter. Mit Sprache spielen.

»Gewiss. Den haben Sie noch.«

Scheu wusste nicht, weshalb er sich bei Gesprächen mit Ieva immer blöd vorkam. Allein schon wenn er an sie dachte, fühlte er beides zugleich, Anziehung und Fluchtimpuls, und er wusste, dass da irgendetwas auf ihn lauerte, dem er sich jetzt oder nie mehr stellen sollte.

»Dann gilt unsere Abmachung also noch?«

»Ich werde auch heute Abend da sein und auf Sie warten.«

Die Anzüglichkeit, der Spott, der in ihren Worten mitschwang, verletzte ihn. Er nickte stumm und vergeblich, das Handy am Ohr, startete den Motor und sagte dann immerhin: »Gut, bis später.«

Dennoch erleichtert, legte er auf.

Man würde heute Abend schauen müssen, was man daraus machte. Jetzt war Konzentration gefordert. Spürsinn. Sorgfalt. Professionelle, ungeteilte Aufmerksamkeit.

Die Bändlistrasse entlangfahrend, betrachtete er die vielen Wohnwagen, die hinter einem Drahtzaun auf dem Schaustellerplatz im Regen standen. Sie gaben ein trauriges Bild ab. Graue und braune Verfärbungen um Fenster und Türen. Kein Licht brannte. Kein Räuchlein schlängelte sich durch einen Abzug empor. Wie tot und verlassen standen sie da, während ein plötzlicher Wind anhob und den Regenschauer anfachte wie ein Blasebalg das Feuer. Wo Fritjof Gruber jetzt wohl war? Seit seiner Haftentlassung hatte Scheu ihn nicht mehr gesehen. Ob er unterwegs war? So lange, bis der Schnee kam? Oder ob er zu Hause im Eichrainquartier in Zürich-Seebach den kleinen Tumulten der Regentropfen lauschte, die ebenso unabänderlich aufs Dach klopften, wie Fritjofs Leben in unabänderlicher Weise die immer gleichen Bahnen zog? Sommers draußen, winters drin?

Nur wenige Stadtquartiere weiter nördlich und doch so fern.

Als Scheu mit dem Wagen in einen der Seitenarme der Bändlistrasse einbog, konnte er sie riechen. Die fauligen Gerüche des Klärwerks drangen durch die feuchte Novemberluft und verrieten ihm, dass er angekommen war. Er parkte auf einem der Besucherparkplätze. Die kurze Zeit, die er dafür benötigte, seine Mappe zu fassen, die Türe zuzudrücken und zum Haupteingang zu sprinten, reichte, um ihn zu durchnässen. Sein Wagen quittierte derweil den Druck auf den Schlüsselanhänger mit einem übermotivierten Tschirpen. Dann war Scheu im Trockenen.

»Das ist ein Wetter heute«, begrüßte ihn eine junge Frau am Empfang. Sie hatte ein herzförmiges Gesicht mit Mandelaugen und eine Stimme, die wie bröckelige Kohle klang, warm und lebendig. Gemütlichkeit verheißend. Scheu dachte an Marroni, an Einfachheit und Klarheit.

»Ja, wirklich.«

»Eigentlich dürfte es gar nicht mehr regnen diesen November«, sagte sie fröhlich.

»Sie meinen wegen der Klimatabelle?«

»Haben Sie auch Meteo geschaut?« Das Leuchten in ihren Augen war unverbraucht. Scheu schätzte sie frisch ab der Lehre. Was einen jungen Menschen dazu bewegen mochte, ausgerechnet hier zu arbeiten, konnte er sich nicht ausmalen. Vielleicht ihr Familienname? Er endete auf -ić. Nicht viele junge Leute mit serbischen oder kroatischen oder albanischen Nachnamen konnten die Lehre machen, die sie sich wünschten. Und später, bei der Stellenwahl, wurden sie auch nicht gerade bevorzugt. Scheu hatte sich schon oft gefragt, wie man das aushalten konnte, ohne aggressiv gegen diese Bünzlischweizer zu werden. Die junge Frau strahlte keinerlei Aggression aus. Wie muss man wohl aufwachsen, um so zu sein – mit Anfang zwanzig?

Das Schild stand stolz auf dem Tresen.

Scheu lächelte verlegen seinen tropfenden Mantel weg, hob schulterzuckend einen Fuß vom nassen Boden und stellte sich ihr vor. »Mein Name ist Leandro Scheu. Ich habe einen Termin um Viertel nach eins bei Herrn Balz Egle.«

»Einen Moment bitte«, sagte die junge Frau in kunstgerecht geschäftlichem Ton. Dann rief sie eine interne Nummer an und meldete Scheu. »Ja, ist gut, ich werde es ihm ausrichten.« Sie legte den Hörer schwungvoll auf. »Herr Egle wird Sie gleich abholen.«

»Danke bestens, Frau Ilić.«

Wenige Minuten später trat ein etwas dicklicher kleiner Mann, bereits im besten Rentenalter und mit Sonnenstudio-Teint, durch die Glastür und reichte Scheu fast militärisch straff die Hand. Sein Händedruck war dann aber enttäuschend feucht und klebrig. Balz Egle, Leiter Abwasser und Kanalisation, wirkte wie aus der Zeit gefallen. Als ihm Scheu die Treppe hinauf bis zu seinem Büro folgte, bemerkte er, dass auf Egles um sich greifender Glatze ein dünner Schweißfilm lag.

Aus einem Büro drang gehetztes Reden, gefolgt von einer Schimpfkanonade. Scheu kam es so vor, als bewegten sie sich auf das Gelärme zu. Unvermittelt drehte sich Balz Egle um und sagte laut und deutlich, fast wie bei einer Theaterprobe: »Der Lift ist ausgefallen. Das passiert sonst nie. Manchmal kommt eben alles zusammen.«

»So? Was kommt denn alles zusammen?«, hakte Scheu ein.

»Ach, Sie wissen schon: das üble Wetter, Mitarbeiter, die sich krankmelden, und dann auch noch eine Kanal*leiche*.« *Leiche*. Dieses Wort sprach Egle betont melodiös aus, wie den Clou eines Witzes. »Und seit heute früh eben der Lift. Bitte, hier sind wir schon.«

Mit diesen Worten öffnete er die Türe zu seinem Büro. Scheu erfasste in Sekundenschnelle: ein großzügiger Raum, langgezogenes Fünfeck mit zwei Wänden und hohen Fensterfronten nach drei Seiten. Ein Stadtplan mit Kanalnetz hing an der einen Wand, ein Jahresplaner an der anderen. Bunte Fähnchen und Zettelchen überklebten einzelne Wochendaten.

Der schwarze Rauchglastisch war viel zu massig und umfangreich für einen so kleinen runden Herrn, empfand Scheu, er war ordentlich belegt mit Stapeln, auf denen Scheu kein Stäubchen ausmachen konnte, ein Füllfederhalter lag ohne Kappe da. Die Mitte des Raumes nahm ein dunkelroter Teppich ein, der dichte Flor steil aufgerichtet wie frisch gekämmt, ein Ausstellungsstück, das auf dem Boden lag. Wenn das Streitgespräch tatsächlich aus diesem Raum gekommen war, dann musste es sehr laut gewesen sein. Die beiden Herren, die mit zwei Armlängen Abstand voneinander bei der Wand standen, schienen Scheus Blicken zu folgen. Seinem Gedankengang. Sie sagten nichts. Scheu nahm sie einstweilen in Augenschein und wartete. Warten war eine Spezialität von ihm.

Beflissen löste Balz Egle die Situation auf: »Darf ich vorstellen: Das ist mein Vater, Maximilian Egle.« Scheu tat ein paar höfliche Schritte, reichte dem Alten die Hand, nicht ohne darauf zu achten, seine nassen Schuhe vom Teppich gebührend entfernt zu halten. Egles Vater war ein Greis. Hager, vornübergebeugt, aber mit agilen Bewegungen. »Und mein Bruder Fritz: Friedrich Egle.« Ein ähnlich dürres Kaliber.

Scheu sagte: »Sehr erfreut.«

Beide, Vater und Bruder, hatten staubtrockene Gesichter und ebensolche Hände. Trocken und leblos. So als sei vor Urzeiten alle Farbe in ihnen aufgebrochen und Stück für Stück abgefallen. Die Haut des Alten fältelte sich über markante Schädelknochen, vom eckigen Hang der Wangen fiel sie unbewegt herunter. Um seine schmalen Lippen hatten sich rasiermesserscharfe Striche eingekerbt, in seinen Mundwinkeln klebte weiß der Speichel. Die Augen eintönig grau. Scheu verspürte eine kurze Übelkeit. Das Gesicht des Bruders, Friedrich, kam ihm bei seinem zweiten Streifblick auf undefinierbare Art bekannt vor. Es war ein Allerweltsgesicht, eines, das der ehemalige Nachbar, der Bäcker, der Gärtner tragen konnte. Zur Schau tragen konnte, blitzte es in Scheu auf. Eines, das eine unbewusste langweilige Vertrautheit auslöste.

Weshalb Vater und Bruder anwesend waren, war eine offene Frage. Scheu tat, was er sehr gut konnte: Er beobachtete. Er schaute. Er wartete.

»Mein Vater hat mir diesen herrlichen Teppich geschenkt! Ein Geburtstagsgeschenk«, bemerkte Balz Egle.

»Sie haben heute Geburtstag? Dann gratuliere ich Ihnen doch recht herzlich«, sagte Scheu nüchtern.

Balz Egle winkte ab. »Aber nein. Der war letzten Monat. Aber das Geschenk, dieser Teppich, den hat mir mein Vater heute gebracht.«

Scheu musterte ihn, seinen übertriebenen fidelen Ausdruck, als er einen etwas zu großen Schlucken Mineralwasser aus einer PET-Flasche hinunterdrückte. Der Jahreszeit ungemäß braun gebrannt, vielleicht Solarium, vielleicht kürzlich eine Reise, mit modischer Brille ohne Rand, aber in ausgebeulter Kordhose, dunkelblau oder schiefer, und einem feinen Hemd, die hellblauen Karos auf der weißen Grundfläche nur ein Hauch Spinnfäden, Button down. Alles so gegensätzlich, alles anachronistisch.

»So ist das«, sagte er dann und wusste nicht im mindesten, was denn nun genauso war. Die Erklärung des Leiters Abwasser und Kanalisation hatte ihn nicht schlauer gemacht. Dessen Erscheinungsbild noch weniger. Und Scheu fand es äußerst befremdend, dass zwei Verwandte im Raum mit anwesend waren, wenn er einen Gesprächstermin in einer Mordsache wahrnehmen wollte.

Um ein verspätetes Geburtstagsgeschenk zu betrachten. Und – zumindest der Jüngere der beiden – schuhspitzenscharrend irritierende Geräusche zu machen. Und damit Scheus Konzentration vom Wesentlichen ablenkte.

Noch bevor Scheu etwas dazu vorbringen konnte, meldete sich Balz Egle zu Wort: »Ich habe meinem Vater und meinem Bruder von dem grausigen Fund erzählt. Einiges hast du ja schon auf Tele Züri mitbekommen, nicht wahr, Paps? Und weil es mich halt ganz direkt betrifft, sind beide heute vorbeigekommen. Und zudem: Fritz arbeitet ja auch hier.«

»Inwiefern meinen Sie?«

»Was?«

»Sie sagten, dass Sie der Fund im Kanal ganz direkt betreffe. Inwiefern meinen Sie, dass er Sie ganz direkt betrifft?«

»Nun ja« – Balz Egle suchte Blickkontakt mit seinem greisen Vater, dessen Miene nach wie vor versteinert war, so dass man die Rillen und Rinnen auf seinen papierenen Wangen für fossile Spuren hätte halten können –, »nun eben ..., wann immer etwas mit der Stadtentwässerung ist, betrifft es mich halt ganz direkt. Ob das ein verstopfter Abzugskanal ist, ein verirrter Fuchs oder eine ... eine ...«

»Was mein Sohn zu sagen meint, ist, dass wir Egles mit der Stadtentwässerung eng verbunden sind – persönlich verbunden seit Jahrzehnten. Meine Söhne sind gewissermaßen dort unten groß geworden.« Maximilian Egle legte eine gewichtige Pause ein. Sein Gesicht aber blieb, wie es war: ohne Mimik. Scheu hatte den Eindruck, er müsse hier ein Rätsel erraten. Das lief so gar nicht, wie er sich das vorgestellt hatte. Genervt sog er Luft zwischen seinen Lippen ein.

»Ich« – und dieses Wort betonte Maximilian Egle ganz besonders – »war der Leiter der damaligen Abwässerbetriebe, bevor sie nach einem kurzen Intermezzo mein Sohn übernommen hat; ganze fünfundzwanzig Jahre lang. Dieses Kanalsystem bildet gleichsam unser Nervensystem. Wir sind damit *genealogisch* verbunden, verstehen Sie das? Wissen *Sie*, wie das ist, wenn man mit einer Sache *genealogisch verbunden* ist, in einer Reihe mit seinen Vorfahren steht, Herr Scheu?«

»Ich denke schon. Und da es Sie alle so *persönlich* betrifft« – auch Scheu wusste, wie man eine Betonung gekonnt anbrachte –, »wäre es jetzt wohl das Beste, wenn ich mit Ihrem Herrn Sohn« – er nickte einvernehmlich zum Vater hin – »und Ihrem Herrn Bruder« – ein Nicken zum Bruder hin – »*alleine* sprechen könnte. Ja? Ein Gespräch mit nur einem aus der Reihe? Ginge das? Vielen Dank, die Herren.«

Scheu bemerkte, wie sich Maximilian Egles Kinn um wenige Millimeter anhob. Dünkel reizte ihn. Schon immer. Er blies die Luft aus seinen Wangen.

Der kleine dürre Bruder, Fritz oder Friedrich, stand noch immer bedeutungslos im Raum. Wie ein einzelnes Schilfrohr am Ufer. Oder ein Bambusspross, weitab vom Hain und nur durch unsichtbare Wurzeln mit diesem verbunden. Erst als der Familienvater seinen Hut griff und den Mantel fasste, erwachte dieser Ableger. Scheu konnte sich des Gefühls nicht erwehren, dass in seiner Gefolgschaft auch eine Macht lag, ein stiller Erfolg. Das Wissen vielleicht, diese Gefolgschaft aufkünden zu können. So es ihm denn beliebte. Ein bisschen der verwöhnte Sohn, der seinen Vater höhnte, anstatt ihn als Oberhaupt anzuerkennen. Scheu machte sich einen Eintrag in seinem Gedächtniskatalog, den er später, wenn er sich denn endlich würde setzen und mit Balz Egle reden können, in seine Mappe übertragen wollte. *Machtverhältnisse ungeklärt*, lautete die eingravierte Notiz.

Noch einmal musste er den betonten Schliff des Herrn Vaters über sich ergehen lassen, als ihm dieser die Hand zum Abschied bot. Und er hörte genau, wie er zu seinem Sohn, Balz, sagte, er solle abends dann bitte zu ihm hochkommen, er hätte da noch etwas mit ihm zu besprechen. Und »viel Freude mit dem Teppich!«, dann war er weg. Den zweiten Sohn im Schlepp.

Abends noch hochkommen? Konnte es sein, dass Vater und Sohn sich ein Haus teilten? Und: Teppich-Geschenk? Dies war die zweite und die dritte Notiz, die sich Scheu in sein Gehirn prägte. Nicht mehr lange, und Balz Egle bat ihn, Platz zu nehmen.

Scheu schlug seine Mappe auf dem dunklen Rauchglastisch auf. Er verkniff sich den Impuls, einfach probehalber den offenen Füller Egles zu nehmen, und kramte stattdessen seinen eigenen Kugelschreiber hervor. Väter und Söhne. Söhne und Väter. Für die Dauer des Gesprächs brachte er den Begriff *Familienangelegenheiten* nicht mehr aus seinem Sinn. Gerne hätte er ihn irgendwie eingewoben. Aber er wusste nicht wo und nicht wie.

Beim Gehen rief ihm Loredana Ilić heiter einen schönen Nachmittag zu, da drehte er sich noch einmal um und fragte: »Wie haben die denn heute diesen großen Teppich nach oben zu Herrn Egle ins Büro geschafft, wenn der Lift nicht fährt?«

»Welchen Teppich?«

Auf der Rückfahrt schoben die Scheibenwischer ein wüstes Geschliere hin und her, die Blätter gehörten dringend erneuert. Alle Farbe der Welt schien mit einem breiigen Gelbgrau vermischt, und nur die roten Rücklichter der vor ihm fahrenden Wagen setzten vereinzelte Akzente. Die äußere Welt war wie ein Abbild der Inneren, beschmutzt.

Das Gespräch hatte sich in dem gewollt gemütlichen Tonfall Balz Egles verfangen, dem älteren der beiden Brüder, der ja kurz vor seiner Pensionierung stand und dem es gelungen war, in die Fußstapfen des Vaters zu treten nach einem – wie hatte Egle senior dazu gesagt: *Intermezzo*. Offenbar war die Besetzung von Kaderstellen bei der Stadtentwässerung kaum ein öffentliches

Problem. »Meine Wahl war relativ vernünftig, wissen Sie. Ich hatte schon vorher in den unteren Chargen gewirkt und dann ad interim das Seewasserwerk Lengg geleitet. Ich habe mich bewährt und mich ordentlich beworben, und die Medien, Herr Scheu« – das sagte er doch wirklich, *Herr Scheu*, wie ein Telefonmarketingleiter –, »die Medien, die haben damals auf so etwas noch nicht reagiert.«

Scheu überlegte, was der andere damit hatte sagen wollen.

»Als der Nachfolger meines Vaters noch vor seinem Stellenantritt wegen eines Herzinfarkts vom Stellenangebot zurücktrat, war ich auf dem Plan. Letztendlich war es eine regelrechte Rochade, die vollzogen wurde. Der Nachfolger bekam eine etwas weniger stressbelastete Stelle im Seewasserwerk Lengg zugeteilt, und ich wurde Leiter Abwasser und Kanalisation. Meinen Vater hatte man noch um die fachliche Prüfung meiner Bewerbung gebeten, bei der Entscheidung aber war er in Ausstand getreten. Alles ganz korrekt.« Balz Egle war die Ruhe selbst geblieben.

Auch die für zumutbar befundenen Bilder der Toten hatte er sich in aller Gemächlichkeit besehen, keine Wimper hat gezuckt, nein, er kenne die Frau nicht, habe sie nie vorher gesehen und wisse auch nicht, was sie da in seinem Kanal – *meinem Kanal* – verloren habe. Ihr Leben, Sie Unmensch, hätte ihm Scheu gerne entgegengehalten, ihr Leben hat sie da verloren! Aber noch hatte er sich im Griff. Er spürte zwar, wie der Ärger, die Frustration, die Unsicherheit und Kränkung der letzten Tage an seiner Festung rüttelten, aber noch hielt er an sich und meinte sich stabil. So ließ er sich denn auch scheinbar ungerührt die Kopien der Personalblätter der Kanalarbeiter, welche die Leiche gefunden hatten, aushändigen und fotografierte die Karte mit dem Kanalnetz mit seinem Handy ab. Kurz bevor er ging, fragte er Balz Egle aus einem plötzlichen Impuls heraus: »Was war das Schlimmste, was Ihnen in Ihrem Leben jemals passiert ist?«

Der Leiter Abwasser und Kanalisation hatte erstaunt die Augenbrauen angehoben, nach Luft geschnappt und dann mit einem jovialen Lächeln und unschuldig auseinandergebreiteten Armen gesagt, so dass ihm ein Happen Wasser aus der offenen PET-Flasche schwappte: »Dieser Teppich – ist er nicht einfach grauenhaft?«

Im Reden war er flink, ja ja. Das musste man ihm lassen. Er konnte richtig gewinnend sein. Anders als sein wortkarger Bruder. Dieser Fritz. Der war offenbar weder im Reden noch im Handeln ein Gewinner, war er doch ein einfacher – *ungelernter!*, wie Balz Egle zu betonen wusste – Kanalarbeiter geblieben. *Zurück*geblieben. Das einzelne Schilfrohr. Der Bambusspross. Der hochflorige Teppich. Das permanente Schwitzen des Leiters Abwasser und Kanalisation. Die Genealogie. Nichts ergab einen Sinn. Sein Instinkt sagte Scheu, dass bei den Egles etwas im Verborgenen lag. Etwas, über dem er den Deckel des Schweigens vielleicht hochwuchten könnte, wenn er es geschickt anging.

Oder hatten die Nachtbuben diesen Deckel bereits angehoben, und er wusste es noch nicht? Konnte er es nicht sehen im Dunkel des Schachts?

War es dieser Deckel? Der Deckel über dem Wolfbachkanal?

Was war da?

Was?

Aber manchmal reagierten Menschen eben so auf Polizisten und auf Kriminalbeamte ganz besonders. Jeder und jede hatte doch irgendetwas zu verstecken. Die Frage war nur, wie wichtig einer das nahm. Oder wie schuldig er sich damit fühlte. Indem er einzelne Worte aufgriff, damit hartnäckig zurückfragte – so dass sich der Stachel der Angst wie ein feines Widerhäkchen ins Fleisch biss und dort stichelte und störte –, hatte Scheu noch so manchen zum Reden gebracht. Und dabei immer wieder auch ganz Nebensächliches erfahren. Spontangeständnisse, persönliche Mikrotragödien, Blödheiten und Selbsttäuschungen auf den Bühnen, auf denen sich Menschen inszenierten. Oft hatten diese überhastet vorgebeichteten Geschichten gar nichts mit dem eigentlichen Fall zu tun – oder eben nur am Rande. Einmal schilderte ihm eine mit Botox optisch verjüngte Frau, bei der man Versicherungsbetrug vermutete, wohnhaft in einer Villa am oberen Zürichberg, sie habe ihre Schildkröte mit einem Hammer erschlagen – *wieder und wieder habe ich da draufgehauen, sie war ja fast nicht kaputtzukriegen!* – und im Garten hinter dem Haus die zersplitterten Überreste und das rohe Fleisch beerdigt. Sie sei es einfach leid gewesen, das Tier Jahr für Jahr einzuwintern und es ebenso Jahr für Jahr aufzutauen. Dabei sei ihr die eigene Vergänglichkeit zu schmerzhaft vor Augen geführt worden. Ein andermal beichtete ihm ein Familienvater, der in einer Einbruchsache als Zeuge vernommen wurde, schluchzend, dass er im Grunde seiner Empfindungen homosexuell sei, sich aber doch nur ab und an im Bahnhof Zürich Enge einen One-Night-Stand leiste und seine *Frau um Gotteswillen nichts davon erfahren* dürfte. Und bei der Ermittlung eines außergewöhnlichen Todesfalles in einem Pflegeheim gestand ihm eine sechzigjährige, an dem Todesfall völlig unbeteiligte Schwester, die unter zunehmender Mysophobie litt, dass sie es sich zur Gewohnheit gemacht habe, ganze Packungen von Latex-Handschuhen mit nach Hause zu schleppen, um ihrem Wasch- und Putzzwang zu frönen. In einem Aufwallen von Wut und Verzweiflung hatte sie Scheu ihre aufgerauten Hände gezeigt und auf Vergebung gepocht. Und weil er desinteressiert blieb, schmetterte sie ihm entrüstet Beschimpfungen hinterher, die in ihrer altertümlichen Unflätigkeit beinahe etwas Komisches hatten.

Obwohl diese kleinen Offenbarungen nirgendwo hinführten, jedenfalls nicht für ihn, Scheu, hatten sie für die Betroffenen durchaus Erlösungs- und Befreiungscharakter. Die Lust, sich endlich loszumachen, indem tief innen Gehaltenes regelrecht ausgespuckt wurde, wuchs, je gleichgültiger ein Ohrenzeuge war.

Aber manchmal. Manchmal waren diese kleinen und großen Gewissenserleichterungen zielführend. Man musste nur aufpassen. Und zu unterscheiden wissen.

Man musste wachsam sein. Und das Rechte tun.

Scheu rief Imogen an.

»Hoi. Bin schon auf dem Rückweg. Ja, ich schaff's auf unsere Sitzung um drei. Sag, könntest du bitte einmal nachprüfen, ob die Herren Egle, Balz, Friedrich und Maximilian, allenfalls ein und dieselbe Wohnadresse teilen? In Männedorf. Und bitte bestell sämtliche Kanalarbeiter, die unten waren, einzeln zum Gespräch. Ich bringe deren Personalblätter mit. Wenn es geht, bald. Ich will mir da noch einmal ein Bild verschaffen. Besonders jetzt, auch in Bezug auf deren Chef, Balz Egle. Und – oh! Das hätte ich beinahe vergessen: Könntest du für mich auf dem Fondueschiff für heute Abend zwei Plätze reservieren? Damit ich jetzt gleich losfahren kann und nicht noch lang die Nummer raussuchen muss? Merci. Bin in Kürze da.«

Zwei Minuten später rief ihn Imogen zurück. Das Fondueschiff kursiere ausschließlich an Dienstagabenden. Heute war Mittwoch.

Scheu würde sich für Ieva etwas Neues einfallen lassen müssen.

Kapitel 7

Die zweite Sitzung an diesem Mittwoch hatte knapp bis sechs Uhr abends gedauert. Dann waren alle in ihren Büros verschwunden. Einzelbüros. Nur Scheu war in der Kripoleitstelle geblieben. Die Auswertung des Videomaterials durch Armin Hochstrasser hatte bislang nichts gebracht. Autos, die bei Rot stehenbleiben und bei Grün fahren. Ein Krankenwagen, der mit Blaulicht Richtung Unispital rast. Regen auf Pflaster. Keine Unregelmäßigkeit, keine Passanten. Und eine Kamera, die Einblick in den Schulhof gewährt hätte, existierte nicht. Diejenige oberhalb der Westtüre war eine Attrappe.

»Und die Einvernahmen von Cavelti und Fellini?«, hatte Scheu nachgefragt.

»Nichts«, hatte Hochstrasser bedauert, »nichts Neues. Sie bleiben dabei. Sie waren mit der Sanierung eines anderen Kanals zugange, als sie besagten Anruf erhielten. Gheorghe Codreanu und Mladen Cebić stützen übrigens diese Version. Sie alle seien dann rüber in den Hof gefahren und haben den Schachtdeckel geschlossen respektive wollten es tun, wäre da nicht dieser penetrante Geruch gewesen.«

»Haben sie das so gesagt?«

»Fellini hat gesagt, er erkenne die Gerüche der Zürcher Kanalisation blind. Ein gängiger Scherz sei lange Zeit gewesen, dass man ihn bei *Wetten dass …?* anmelden würde: als Kanalsanierer, der die Duftmoleküle der Zürcher Kloake einzelnen Gassen und Straßenabschnitten zuordnen kann.«

»So viel zum Selbstbild mancher Zürcher.« Kommentar Lutz. Stammte der nicht ursprünglich aus dem Kanton Nidwalden? Mit seinem Larifari-Dialekt? Ein gebürtiger Odermatt war das doch eigentlich. Nur leider hatte dessen Mutter in zweiter Ehe einen Deutschen geehelicht, einen Lutz eben. Für den Urkantönler, den wahren Eidgenossen, eine Schmach.

Imogen hatte vermittelnd eingewandt: »Jeder Beruf bringt spezielle Fähigkeiten hervor.«

»Nun ja«, war Hochstrasser fortgefahren, »aber Fellini sagt, der Geruch habe ihm gleich nichts Gutes verheißen. Es sei ja nicht das erste Mal, dass unten etwas krepiert sei.«

»So gesagt? Dass etwas krepiert sei?«

»Jap. Daraufhin angesprochen, hat er von Füchsen, Mardern, Eichhörnchen, entsorgten Meerschweinchen und natürlich Ratten gesprochen. Und gesagt: Totes riecht nun einmal eindeutig nach Totem.«

»Womit er ja nicht unrecht hat. Sonst noch was?«

»Nichts, eben leider.«

Windlin hatte bestätigt, dass Bild und Signalement der Toten an die verschiedenen Staaten geschickt worden seien. Wegen der Zeitverschiebung wäre aber bis frühestens morgen keine Antwort aus Südamerika zu erwarten.

Überraschenderweise hatte Imogen Kant ausgeführt, dass alle drei Egles in Männedorf tatsächlich an ein und derselben Adresse hausten, und diese Mitteilung wie mit einem stimmlichen Fragezeichen versehen. »Ich habe die Gegend mittels Google Street View erkundet, es handelt sich bei besagter Adresse um ein großes weißes Gebäude inmitten einer penibel angelegten Gartenlandschaft, Kieswege, Biotop. Ein Anruf bei der Gemeinde hat ergeben, dass der Vater, Maximilian Egle, die Penthouse-Maisonette im dritten Stock bewohnt und seine beiden Söhne, Friedrich und Balz, die Wohnung unter ihm.«

»Beide zusammen? In einer Wohnung?«, hatte Scheu nachgefragt, und Imogen hatte noch einen draufgesetzt, indem sie geantwortet hatte: »In nur dreieinhalb Zimmern. Dann weiter: Die Gesprächsprotokolle mit den Herren der Wasserschutzpolizei findest du in deinen Unterlagen.«

Allein die Vorstellung von den beiden Brüdern auf so engem

Raum ließ Scheu schaudern. Damals, als er mit knapp zwanzig mit Fritjofs Familie im Wohnwagen unterwegs gewesen war, ein ganzes Jahr lang mit ihnen zusammenlebte, bevor er sich zum Aufnahmeverfahren bei der Polizei angemeldet hatte, übertrübte die Enge des Wohnens die Freude über das Gemeinschaftsgefühl. Sie waren quer durch die Schweiz gefahren und dann über endlose Ebenen durch Frankreich bis hinunter ans Meer sogar. Aber das ewig Neue! Kaum hatte sich der Blick in eine Landschaft gebettet, musste man sie schon wieder hinter sich lassen. Und mit ihr die Geräusche, die Gerüche, die Düfte, selbst das Kreischen, Rufen oder Prusten eines Flusses, in dessen Nähe man sein Lager aufschlug, war einem wie ein Fremder, der gegen die Türe klopfte.

Blieb Lutz. Für ihn hatte Scheu nur mehr ein gekünsteltes Lächeln übrig gehabt, das er ihm mit einem müden Schnaufer tangential über den Tisch entgegengeblasen hatte. Und Lutz hatte aufgerüstet. Jetzt galt es wohl vor allem, sich vor Dienstchef Meier zu beweisen, deutlich zu machen, dass der Entscheid, ihn für die letzten vierundzwanzig Monate seiner Karriere zurückkehren zu lassen, der richtige war. Auf meine Kosten, dachte Scheu niedergeschlagen.

»Die Einvernahme der Restaurantgäste, namentlich der Herren Gabriel Sulzer und Joachim Jucker, hat ergeben, dass der eine – Sulzer – Stammgast im Kunsthausrestaurant ist, dort allmorgendlich sein Croissant isst und seinen Orangensaft und zwei Espressi trinkt und dabei speziell die Finanzseiten der NZZ studiert, und der andere – besagter Jucker – ein Arbeitsloser, Entschuldigung: erwerbsloser Student oder viel eher Doktorand der Sozialwissenschaften. Er war an diesem Morgen zum ersten Mal da. Beide haben nichts Auffälliges gesehen, beide sind die nächsten Wochen über zu Hause, der eine wohnhaft an der Sonneggstrasse …«

»Schon gut, schon gut, Theophil«, hatte Dienstchef Meier mit einem Blick auf seine Uhr unterbrochen, und Scheu hatte die Gelegenheit genutzt, um ein würziges »Noch etwas von Belang?«

einzuwerfen. Dass sich Lutz in seine Halskrause hineinschnäuzte, bevor er weiterfuhr, schoss den Vogel ab. Umständlich hatte er seinen Aktenthek ausgeräumt und Blatt für Blatt hochgehalten, um die Einvernahmeprotokolle und Handnotizen zu den Gesprächen zu zitieren, die er, der wiedergekehrte Theophil Lutz, trotz der Kürze der Zeit bereits mit dem Videojournalisten Beat Sutterlüti, dem Kellner Joseph Hotzenköcherle und der Kellnerin der Spätschicht, Soma Chochlowa, halb Russin, halb Inderin, zum Teil telefonisch geführt hatte.

»Im Weiteren bin ich zusammen mit dem Fotodienst dabei, die Bilder der umstehenden Passanten auszuwerten. Vielleicht finden wir ja den einen oder anderen Bekannten.«

»So, meinst du. Vielleicht finden wir den einen oder anderen Bekannten, also wirklich, Theo.«

»Leo? Brauchst du mich hier noch?« Meier hatte ganz offensichtlich keine Lust gehabt, Publikum für eine Privatfehde zu stellen. Die anderen schauten betreten zur Seite.

Durch die beiden Techniker, Pelegrini und Döbeli, war erwartungsgemäß nichts Verwertbares dazugekommen. Von diesen Galööris wird man ganz schön in den Seich geritten. Es durchfuhr Scheu auch jetzt noch heiß und kalt, wenn er an deren Versäumnis dachte. Und an seine Verantwortung.

Wieder im neuen Zweierbüro, diesmal hatte Scheu die richtige Abzweigung erwischt, lehnte er sich in seinem Stuhl zurück, verschränkte die Hände hinter dem Kopf und machte »tsss, womit haben wir es hier bloß zu tun«. Sein Blick streifte wie suchend durch das Zimmer. Die Ordner lagen noch immer gestapelt auf dem Boden, weit und breit kein Holzregal. Renés Arbeitsmoral ging ihm gehörig auf die Nerven. Als seine Aufmerksamkeit an Imogen Kants kindlichen Gummistiefeln hängenblieb, kam ein neues Gefühl in ihm auf. Beinahe wie Heimischsein. Er schüttelte es nicht ab.

»Du, Leo«, hörte er Imogen sagen.

»Hmm?«

»Wozu brauchen wir eigentlich das Fondueschiff?«

»Das hat nichts mit den Ermittlungen zu tun.«

»Sondern?«

Scheu holte tief Luft, bevor er antwortete: »Ich zeige Ieva ein bisschen unsere Tradition. Touristikprogramm, nichts weiter.«

»Ieva? Du meinst doch nicht etwa diese Lettin von Montag?«

»Doch.«

»Leo Scheu! Ich wusste gar nicht, dass du so ein Schwerenöter bist!«

Scheu setzte sich bolzengerade in seinem Stuhl auf und legte beide Hände auf den Tisch. »Bin ich auch nicht. Es handelt sich um eine Vermisstensache, und ich unterstütze Frau Bersch... da ein bisschen.«

»So, so. Wo wohnt sie denn eigentlich, deine Ieva?«

»Im *St. Gotthard*. Und sie ist nicht *meine Ieva*.«

»Du meine Güte!«, schoss es aus Imogen heraus. »Weißt du, wie viel dort eine Nacht kostet? Mehrere Hundert! Mensch, dabei dachte ich immer, die Letten seien arm.«

»Ieva handelt mit Schmuck. Sie hat eine eigene Ladenkette, soweit ich weiß ...«

»Moment, doch nicht etwa IB-Gems & Jewellery? Wie heißt sie noch mal mit Nachnamen, deine Lettin?«

»Bersch..., Bers..., Berschw...«

»Bērziņa? Ieva Bērziņa?«

»Wohl so, ja.«

Nun lichtete sich Imogens Gesicht. IB-Gems & Jewellery hatte den alternativen Businesspreis aufstrebender Staaten gewonnen und war im Medienorchester rauf- und runtergegeigt worden, weil Ieva Bērziņa – ähnlich wie Max Havelaar – für faire Handelspreise einstand, und das vom ersten Posten der Handelskette bis zum letzten, den ein Edelstein bis zu seiner Fassung erlebte. Ihre Kollektionen waren dementsprechend teuer, zu ihren Kundinnen gehörten keine Hinz und Kunz ...

»Warum erzählst du mir das alles?«

Scheu ärgerte sich, dass Imogen seine Abneigung gegenüber allen, die Geld besaßen, anstachelte.

»Ich möchte nur, dass du Bescheid weißt.«

»Was soll das nun wieder heißen? *Dass ich Bescheid weiß*. Dass sie fünf Ligen höher spielt als ich? Oder dass ich Bescheid weiß, wo Geld im Spiel ist, ist Verbrechen nah? Oder – was? Drück dich aus, Mensch!«

Imogen verzog keine Miene. Man könnte ja mal die Länge ihres Atems testen, dachte Scheu.

Schließlich, wohl auch um den jungen Bürofrieden nicht zu gefährden, lenkte sie ein: »Was machst du jetzt mit ihr? Geht ihr auf ein anderes Schiff? Oder führ sie doch ins *Crazy Cow*, Älplermakronen essen – nein?«

»Weiß nicht. Ich habe auch noch anderes zu tun, als mich mit meiner Büropartnerin über reiche Lettinnen zu unterhalten.«

Da war er wieder. Sein Zorn. Seine Frustration darüber, ein Büro mit einer teilen zu müssen, die Kätzchenkleber auf ihren Stiefeln prangen hatte.

Unten, in der Polizeigarage, hingen die Dienstwagen an ihren Schläuchen wie Patienten auf einer Intensivstation. Die Batterien mussten stets geladen sein, die Fahrzeuge wurden bestens unterhalten. Nicht selten blieb Scheu für einen kurzen Schwatz oder zwei bei den Mechatronikern in der Garage, erinnerte sich an alte Zeiten, als er selber eine Lehre als Automechaniker gemacht hatte. Renato Holzer war beim selben Garagisten in die Lehre gegangen wie er, nur eben zwölf Jahre später.

Scheu winkte Renato nur mit der Mappe zu und duckte sich dann durch den Türrahmen. Unkonzentriert fuhr er in die Regenwand.

Ein bisschen herumfahren, ein bisschen nachdenken vielleicht.

Die großen Gunten brausten auf, wenn die Reifenprofile nach Boden griffen. Beim Central kam Scheu nur im Schritttempo voran. Wogen von Schirmträgern schnitten von allen Seiten in die Straße ein, die Zebrastreifen ließen sie außer Acht. Vor dem *Starbucks* buckelte sich eine Rotte Jugendlicher mit Haarfarben wie bemalte Weihnachtskugeln gegen die Blicke einer Gruppe Japaner ab. Scheu vermutete einen Joint, der die Runde machte.

Den ganzen Seilergraben hoch zählte er die Dolendeckel, die er erfasste. Nicht wissend, welche tatsächlich hinunter in einen Schacht führten und welche beim Vorbeifahren nur so aussahen wie Deckel zur Kanalisation. Die Mitarbeitenden des Elektrizitätswerks und des Gaswerks, selbst der Kabelnetzbetreiber, sie alle hatten ihre eigenen Zutritte in die Unterbodenwelt Zürichs. Dorthinein, wo Geschlossenheit war und kompakte Stille. Raum zum Denken. Nicht so wie in seinem neuen Büro, wo alles weiß war und glatt und steril und sich kein Gedanke irgendwo festmachen ließ, wo durch das geöffnete Fenster beständig Kühle einfloss und eine Kollegin mit zehn Fingern in die Tasten haute wie bei einem Klavierwettbewerb. Man würde wohl öfter mal Auto fahren müssen, den Wagen als Druckausgleichskammer nutzen.

Links von ihm glitt der steinerne Mann die ehemalige Stadtmauer entlang, ein Relief mit Namen *Springer*, das Ernst Suter in den 1940er- oder 50er-Jahren geschaffen hatte. Scheu hatte einmal einen Schulaufsatz über dieses Manndli an der Mauer geschrieben, der allerdings nicht sehr gut benotet worden war. Es war ihm offenbar nicht gelungen, seine emotionale Verwandtschaft mit diesem Menschen, der stets auf dem Sprung war und keinen rechten Halt, wenigstens nicht für lange, zu haben schien, darzulegen. Dr. Dunst hatte damals nur schulterzuckend gesagt: »Aber du hast ja einen Halt im Leben, Leandro! Eine Familie, die sich um dich sorgt, einen festen Wohnsitz – was willst du jetzt so unbedingt mit diesem Springer zu schaffen haben?«

Auch jetzt spürte sie Scheu wieder, die Gabe der Konzentration, die Weltversunkenheit und Geschicklichkeit des Springers, die Fähigkeit, den Anstoß zu etwas Großem zu geben. Den Schritt, nein: den Sprung wagen zu können auf etwas zu, das auf der anderen Seite lag – selbst wenn man als Betrachter diese andere Seite gar nicht sah.

Fast wie in einem luziden Traum gelangte Scheu schließlich in die Umgegend der Fundstelle. Er parkte seinen Wagen auf dem Heimplatz vor dem Kunsthaus. Der anschwellende Regen sollte ihn nicht hindern.

Beim Aussteigen nickte er einem jungen Taxichauffeur zu, der ihn unverhohlen anstarrte. Vielleicht waren sie einander schon einmal begegnet. Vielleicht auch nicht. Die Dienstwagen der Kantonspolizei Zürich waren keine Batmobiles, die jeder sofort erkannte. Nichtsdestotrotz gab es Menschen, die den Blick dafür hatten.

»Man hat ja schon eine Paranoia, dass es nicht mehr schön ist«, grummelte Scheu vor sich hin.

Der Taxichauffeur sagte: »Ebenfalls einen schönen Abend«, und warf seine zum Stummel gerauchte Zigarette auf den Boden. Ihr Glühen verzischte im Flug.

Als Scheu die wenigen Schritte zum Fußgängerstreifen ging, der den Heimplatz mit dem Kunsthaus verband, glaubte er im Augenwinkel eine Frau gesehen zu haben, die Ieva hätte sein können. Ihr Seidenfoulard versank in der Menge. Zu schnell, um das Muster zu erkennen. Grüne Ranken auf schlammigem Grund. Aber die Farben konnten täuschen, der vom Himmel herabfallende Regen dunkelte nicht nur die Gemüter ab.

Geschützt unter dem Dach zwischen Kunsthaus und dem gleichnamigen Restaurant, stand ein Leierkastenmann. Er drehte an seiner Orgel und spielte zugleich mit Marionetten. Noch einmal hob Scheu den Blick, stellte sich auf die Zehenspitzen, um über die Köpfe der Menschen hinwegzusehen. Die meisten waren späte Touristen. Zürcher hatten nicht die Zeit, stehenzubleiben und ihr Geld wegzuwerfen. Ob er die Frau mit dem Seidenfoulard noch einmal erhaschen könnte?

Nichts. Nur Regen, der dort aufs Pflaster schlug.

Eine Bettlerin hatte sich in unmittelbarer Nähe des Leierkastenmannes aufgestellt und hoffte darauf, dass ein kleiner Obolus auch für sie abfiele. Aus Großmut vielleicht. Oder aus Erbarmen. Um ihre Beine wickelte sich ein weißer Schäferhundwelpe, sein Fell struppig verfärbt und nass. Man konnte jede Kralle einzeln sehen, die dem Hund schwarz zwischen den Zehenballen hervorblitzte. Er wedelte überfordert mit dem Schwanz. Die Ohren zuckten, unruhig nach unten geklappt. Es war ein sehr junger Hund, einer, der mit zu viel Information nicht umzugehen wusste.

Scheu blieb stehen und betrachtete die Szene, die Frau, die untertänig ein Lächeln versuchte bei jedem Passanten, der seinen Geldbeutel zog für den Musiker, und der Welpe, der mit alldem noch nichts anzufangen wusste. Die seltenen ein, zwei Male, in denen auch sie einen Franken oder fünfzig Rappen in ihrer Geldbörse verschwinden lassen konnte, machten aus ihr einen glücklicheren Menschen. Oder einen gierigeren. Dann fiel sein Blick wieder auf das Fellknäuel. Das Leben auf der Straße würde den Hund abhärten, abstumpfen. Er würde sich mit der Zeit ganz auf seine Begleiterin verlassen, würde sein Revier immer dort erkennen, wo ihr Umfeld war. Das Band, das so viele Obdachlose mit ihren Hunden verknotete, war eben dieses Leben auf der Straße, einer Straße, die beide zueinander und damit zu einem imaginären Zuhause führte.

Als sich eine Lücke bildete und sich die Menge schließlich auflöste – der Touristenstrom wellte einer anderen Attraktion entgegen –, nutzte Scheu den Moment und trat an den Musiker heran. Kurz gab er sich zu erkennen. Ob er allenfalls schon öfter, vor ein paar Tagen vielleicht hier gestanden und gespielt habe? Der Leierkastenmann bejahte mit östlichem Akzent.

»Irgendetwas Ungewöhnliches gesehen?«

»Näin.«

»Ungare?«, fragte Scheu.

»Slowene«, antwortete der Mann. Anstandshalber hängte Scheu noch ein, zwei Fragen über den Leierkasten an. Die Spielbewilligung, die der Mann mühsam hervorkramte, wollte er nicht anschauen. Deshalb war er nicht hierhergekommen.

Weshalb war er hierhergekommen?

Weshalb war er *hier*hergekommen?

Da war eine tote Frau gefunden worden, eine Frau, die einmal ein Leben gehabt hatte, es vielleicht auch gelebt hatte, wie man so schön sagte, voller Hoffnung und voller Pläne.

Wen hat man da bloß gefunden?

Womit hat man es da zu tun?

In Scheu brandete eine Welle des Selbstzweifels auf, die seine sonstige Ermittlersicherheit unterspülte. Indem er sich wie ein Mantra herunterbetete, dass es sich lediglich um die Rapporte handelte, *lediglich um die Rapporte, die Rapporte* und nicht um sein Vorgehen allgemein, nicht um seine Ermittlungsarbeit, nicht um ihn als Person, eilte er mit ausholenden Schritten zurück über die Straße. Der Taxichauffeur war mittlerweile weitergefahren, der Platz neben seinem Dienstwagen stand leer.

Scheu schaute nach links und nach rechts und überquerte auch noch die Heimstrasse, bog in die Florhofgasse ab und drehte scharf rechts.

Auf dem gekiesten Innenhof des Schulhauses Wolfbach erkannte er im Lichtkegel seiner Taschenlampe den Schachtdeckel wieder, der ihn in das Abwassersystem Zürichs eingelassen hatte. Mit der nass eingefärbten Schuhspitze tappte er darauf; der Deckel saß fest. Seine Rillen bildeten ein Karomuster, das an der Außenrundung in sicheren Linien ins Nirgendwo führte. An seiner breitesten Stelle zählte Scheu acht Karos rechts und acht Karos links der ovalen Öffnung, die im Mittelpunkt des Deckels jegliche Aufmerksamkeit wie ein schwarzes Loch nach unten zog. Die Rillen waren ein eigenes Kanalsystem, durch das das Regenwasser floss. Ein eigenes Netz, wie das Netz der Menschen, die mit seiner Ermittlung zu tun hatten ..., sie alle kreuzten irgendwann und aus irgendeinem Grund den Weg dieser Ermittlungen, standen für einen Augenblick oder zwei in deren Zentrum – oder zumindest im Interesse – und verliefen sich dann wieder hinaus in ihre eigenen Wichtigkeiten und Werte.

Scheu bückte sich. Er ahnte die Geräusche, die unter ihm zu erfassen wären, das Rieseln und das Tröpfeln. Die wanddicke Stille im ausgehöhlten Raum. War da noch ein letzter Schrei, bevor sie erschlagen und hinabgeworfen worden war?

Der Regen orchestrierte mittlerweile stärker, er blies Scheus Illusionen mit Posaunen fort. Lebensillusion, dachte er, es ist nur eine Illusion, das Leben, ein Fingerschnippen, und es ist weg.

Moment – war da etwas? Scheu horchte. Da! Er kniete sich auf den nassen Boden und presste sein Ohr an den eiskalten Schachtdeckel. Wieder! Seine Nackenhärchen stellten sich auf. So etwas wie Stimmen aus dem Schacht, anders als das melodiöse Gluckern. War das möglich? Kanalarbeiter da unten um diese späte Zeit? Er stand auf, tat ein paar Schritte zur Mauer hin, zur Straße, Triopane sah er keine. Scheu hastete zurück und kniete sich erneut auf den Boden. Angestrengt horchte er. War da unten ein Mensch zugange? Mehrere?

Er wartete bebend. Er hoffte, und er wusste nicht worauf.

Aber sosehr er sich auch anstrengte, da war kein Geräusch mehr, keines jedenfalls, das ihm verdächtig vorkam.

War da überhaupt eines gewesen? Eine akustische Täuschung? Wunschhören am Ende? Als ob da ein Täter seine Kanalspaziergänge munter fortsetzen würde, Leichenfund hin oder her!

Als in seiner Hosentasche das Handy vibrierte, schreckte Scheu zusammen. Für einen Moment war es ihm wie eine Erschütterung vorgekommen. So wenig standfest war man also schon. So klapperig. Kopfschüttelnd begab er sich zur Hauswand und drückte sich unter ein kleines Vordach. Das Display leuchtete ihm eine SMS entgegen. Imogen hatte getextet: »KED meldet gef. Münz 2FrStk = loser Deckel. Könnte von Opf stammen oder Tät. lg ik.«

So, da hatte der Kriminaltechnische Dienst doch noch etwas Arbeit geleistet. Gut, gut. Damit wäre wenigstens die Ursache des undichten Schachtdeckels geklärt. Als er die SMS wegdrückte, fiel ihm die Uhrzeit auf: halb acht. Augenblicklich durchfuhr es ihn, Ieva konnte er nicht auflaufen lassen. Mit ausholenden Schritten eilte er über den Kiesplatz, dann in die Heimstrasse und rüber zu seinem Dienstwagen.

Drinnen schälte er sich ungeschickt aus seinem durchnässten Mantel und warf ihn zerknüllt nach hinten auf den Sitz. Er streckte sich, zupfte die nassen Hosenbeine zurecht und betrachtete sein Gesicht im Spiegel. Mit allen zehn Fingern fuhr er sich durchs Haar, das nass noch schwärzer schien. Seine unrasierten Wangen zeigten Erschöpfung an. Seine Augen verströmten einen traurigen Glanz.

Müde ließ er sich gegen die Lehne fallen und senkte die Lider.

Der Regen pochte aufs Autodach. Mit einem Seufzen kramte er aus seiner Mappe eine CD hervor und schob sie in den Player. Noch einmal lehnte er sich zurück, diesmal ohne sich dabei den Hinterkopf an der zu hoch angebrachten Nackenstütze zu stoßen, und schaute seinen Nasenrücken entlang über die Windschutzscheibe. Zu den nun empordrängenden Klängen von Arvo Pärts Komposition rannen Regentropfen das gewölbte Glas hinunter.

Wo manövriert man sich da nur hinein?, dachte Scheu, als er den Wagen schließlich anließ.

Kapitel 8

Ieva unterhielt sich in der Lobby angeregt mit einer geblondeten Frau. Als sie Scheu erblickte, seinen nass gefärbten Mantel, die dunklen Stellen auf seinen Hosen, dort, wo er sich hingekniet hatte, verengten sich ihre Augen zu zwei schmalen Schlitzen. Dann lachte sie ihn an und ging mit ausgebreiteten Armen auf ihn zu. »Da ist er ja, der Mann, der mir seine Hilfe versprochen hat!« Die Szene wirkte überspannt.

Scheu murmelte *Guten Abend* und nickte der Blonden zu. Sie hatte blau gefärbte Wimpern und trug den Schmuck in schweren Lagen um den Hals.

»Dann gehen wir also aufs Schiff!« Ieva hakte sich überschwänglich bei Scheu unter.

Sein Dienstwagen wartete direkt vor der Lobby. Er hatte dazu extra seinen Polizeiausweis vorzeigen müssen, und nun stand er schon wieder im Regen und öffnete Ieva die Türe zum Beifahrersitz.

»Hatten Sie nicht ein Kopftuch, so ein grünes Seidenfoulard, Ieva?«, fragte er mit schrägem Blick. Heute trug sie ihre Haare offen, mit einem strengen Seitenscheitel über den schmalen Kopf gelegt. Das untere Drittel hatte sie sich aufgelockt. Anstelle einer Antwort schaute sie ihn ratlos an. Scheu stolperte ungehalten in den nächsten Satz hinein, und schon wieder war da das Gefühl der Unzulänglichkeit, des Nichtgenügens. Vielleicht hatte Imogen ja recht mit ihrer Warnung: Man spielte in unterschiedlichen Ligen.

Als er noch einmal zu Ieva hinüberluchste, sah er, dass die Ratlosigkeit Betroffenheit war. Sie sagte kühl: »Wo haben Sie nur Ihren gesunden Menschenverstand, Leandro.«

Er war sich nicht bewusst, dass man ihm seinen Ermittlerton

so einfach anhören konnte. Er hatte die Frage ganz unverfänglich zu stellen gemeint.

»Wenn Sie glauben, Sie müssten eine Untersuchung gegen mich starten, nur weil eine Tochter nach Jahren endlich Gewissheit über ihre Mutter haben will ...«

»Nein, nein« – Scheu hob die Hand vom Steuer, das hätte besänftigend aussehen sollen –, »das ist es nicht.«

Er suchte nach den passenden Worten. Worten, die ihn retten würden, doch noch retten vor dem Untergang. »Es ist nur, dass ich grad sehr beansprucht bin von den Ermittlungen zu diesem Mordfall. Ich habe es Ihnen schon gesagt. Und heute, als ich deswegen beim Kunsthaus war, hatte ich gedacht, ich hätte Sie da gesehen. Mit Kopftuch. Das ist alles. Nur das, das müssen Sie mir glauben.«

Ieva drehte sich in ihrem Sitz zur Seite, so dass sie einen guten Blick auf Scheu hatte, der den Wagen nun angestrengt ruhig durch die Wasserlachen führte.

»Ein Mord? Beim Kunsthaus? Sie dürfen darüber nicht sprechen, nehme ich an?«

»Sie nehmen richtig an.« Für eine Weile redete keiner der beiden. Dann bemerkte Ieva: »Sagen Sie einmal, Leandro, die Straße zum See, geht sie nicht in eine andere Richtung?«

»Ah, das habe ich ganz vergessen zu erwähnen: Wir fahren nicht zum Zürichsee. Das Fondueschiff kursiert mittwochs nicht. Ich habe mir überlegt, ich fahre Sie zu einem anderen See, zum Katzensee. Da gibt es ein Restaurant, das ist unkompliziert und sicher geöffnet. Und es gibt da Schweizer Küche. Fondue, Rösti. Oder Wurst-Käse-Salat. Vorher will ich nur kurz bei mir vorbei und mir ein frisches Hemd anziehen und eine andere Hose vielleicht auch.«

Und wie um diese Notwendigkeit zu bedeuten, ruckelte er ein paarmal mit den Schultern, an denen die nassen Sachen klebten.

Ieva schwieg wieder.

Scheu, dem diese Art Stille unangenehm war, drückte den CD-Knopf. Sein Grinsen, das aus jedem seiner Lächelversuche einen Hohn machte, war ihm selbst zuwider. Dennoch sagte er, genauso dreinschauend: »Kein Landsmann von Ihnen. Aber immerhin ein Balte.«

Ieva erkannte Arvo Pärt sofort. »*Spiegel im Spiegel.* Eine wunderbare Musik! Arvo Pärt hat einmal gesagt, dass ein einziger Ton genüge, wenn er schön gespielt ist.«

»Sie hätten vielleicht eher Musikerin werden sollen ...«

»Oder Sie Musiker?«

»Na ja, so eine brotlose Arbeit mit Musik im Vergleich zur Produktion von exklusiven Luxusartikeln ...«

»Was ist falsch daran, sein Geld mit Schmuck zu verdienen?«

Scheu zuckte die Schultern.

»Ein Schweizer kann das nicht verstehen. Ich sehe schon. Ihr. Die ihr alles habt. Die ihr euch mittels wiederholter Einforderung von Grabmieten sogar an den Toten bereichert.«

Das war heftig. Besser, man würde abwarten. Besser, man würde schweigen. Die Musik wischte das Gesagte Takt für Takt hin und her, die Gehässigkeit blieb haften wie das Geschliere draußen auf der Frontscheibe. Am liebsten hätte Scheu ein Fenster geöffnet und alles, zusammen mit seiner Bestürzung, hinausgewedelt.

Vor der Wohnsiedlung Isengrind angelangt, dachte er: Dieser Koloss mit seinen über hundert Wohnungen wird sie schon beschwichtigen. Wenn sie sieht, dass nicht alle alles haben. Er parkte auf einem blauen Parkfeld – Glück gehabt – und bat sie mit in das Wohnsilo hinein. Eine geschwungene Rampe aus Gussbeton führte in eine Art Halle, in der Dutzende von Briefkästen mit bunten Klappen standen. Durch eine Glasschiebetüre ging es in den eigentlichen Treppenhausbereich, wo Scheu den Aufzugsknopf drückte.

Merkte sie schon, dass es sich um sozialen Wohnungsbau handelte? Nur vereinzelte waren freitragend.

Wortlos trat sie vor ihm in den Lift.

Im fünften Stock stiegen sie aus. Der Flur war für das anhaltende Schweigen schlichtweg zu lang. Beinahe unerträglich. Endlich schloss Scheu eine Türe in einer langen Reihe zwischen anderen Türen auf, und plötzlich wirkte diese Flucht aus bunt bemalten Eingangstüren auf ihn wie der Korridor eines Altersheims. Man könnte ihr jetzt schwerlich sagen, dass dieser Wohnblock auch Geschichte hat. Dass viele der Türen zu Maisonette-Wohnungen führten, die links und rechts, oben und unten in andere Maisonette-Wohnungen verschachtelt waren. Egal, wie man es anginge, es wäre risikobehaftet. Man musste das jetzt wirken lassen, wie es war, ohne einzugreifen.

»Bitte sehr, es dauert nur einen Moment. Sie können hier kurz warten.« Damit ließ er sie im Eingang seiner bescheidenen Wohnung stehen und verschwand im Schlafzimmer.

Als er mit frischen und vor allem trockenen Sachen wieder nach vorne kam, bemerkte er, dass sie eingetreten war und sich umgesehen hatte.

»Sie spielen ja doch ein Instrument!«

Er blickte auf das Akkordeon. »Das gehört mir nicht. Das ist nur eine Leihgabe. Ich darf lediglich ein bisschen drauf üben. In Ordnung? Wollen wir dann?«

Im *Waldhaus Katzensee*, einem beliebten Ausflugsziel für Spaziergänger, erwartete Scheu eine herbe Enttäuschung. Entgegen jahrelanger Gewohnheit hatte der Restaurantbesitzer sein übliches Menü über den Haufen geworfen und eine *Schlemmerwoche Fernost* angesetzt. Mit Entsetzen las Scheu auf der Karte Gerichte wie *Pomelosalat mit Limetten-Zimt-Lachs, pochierte Pouletbrust in Sake mit Zuckerschoten und Kokosreis* sowie *Sorbets von Papaya, Guave und Kalamansi mit Dattel-Wan-Tans*. Dass der Wirt auch noch *Heuschreckenknusperchen* feilhielt, würde Ieva hoffentlich großzügig übersehen.

Er schämte sich.

Ieva proklamierte: »So ist die Welt. Was oben sein sollte, ist unten, und umgekehrt. Essen wir trotzdem hier. Ich habe jedenfalls einen Wolfshunger.«

»Bären, man sagt Bärenhunger.«

Gemeinsam entschlossen sie sich zu einem Tofu-Eintopf, dessen Schärfe Scheu das erste Mal am heutigen Tag so richtig warm werden ließ.

Er versuchte durch den Abend zu führen, indem er Ieva nach ihrer Kindheit, ihrem Leben in Schweden und nach Lettland befragte. Sie hatte in Schweden Wirtschaft studiert und ihren Master gemacht.

Einmal, bereits als Unternehmerin, hatte sie in Ventspils an der Universität zwei Semester lang Wirtschaft unterrichtet. Damals hatte sie Lettland schon gekannt und sich dem Land verbunden gefühlt. Damals war es ihr schon Zuhause. Als sie jedoch das erste Mal nach der Öffnung im Jahr 1991 nach Riga geflogen war, die Füße auf lettischen Boden setzte, hatte sie nichts anderes empfunden als basses Erstaunen: *Es existiert also wirklich!*

Ein Land, in dem man auch vor der Haustüre ihre Sprache sprach! Ein Land, das ihr immer nur Sehnsucht war, jetzt zum Anfassen, real.

Scheu hätte sie gerne gefragt, wie sie das Leben in zwei Welten bewältigte, wie sie die Gräben überwand. Aber stattdessen hörte er ihr zu, wie sie von ihrer Großmutter erzählte, die, wie ihre Mutter, Milda hieß. Offenbar ein sehr verbreiteter Name in Lettland. Sie erzählte ihm vom Freiheitsmonument, das an der Freiheitsstraße in Riga thronte, der Frauenfigur, die drei Sterne hielt und ebenfalls Milda genannt wurde. Ein Name, der blieb, selbst wenn die Straße den ihren im Lauf der Geschichte mehrmals geändert hatte. Aus Leninstraße war Hitlerstraße geworden und aus Hitlerstraße Freiheitsstraße – und das waren noch nicht einmal alle Namen. Weltgeschichte auf einem Stadtplan, Blaupausen der einzelnen Ausgaben brächten sie zutage.

Die Schärfe des Essens heizte Scheu bis hinter die Ohren ein.

Er konnte jetzt nicht mehr unterscheiden, was seine eigene Unsicherheit war und was Reaktion auf das Menü. Aber er war froh, dass ihm das Lachen leicht genug gelang und sich sein Körper allmählich entspannte. Wenn man nicht hinsah, was man aß, ging das alles flutsch. Und wenn man noch ein zweites Bier ..., vielleicht?

Später fühlte er sich beinahe ausgelassen, wie er so mit ihr dasaß und zuhörte, wie von einer Klammer befreit, die sich in der Stadt, in seinem Alltagsleben, um ihn spannte. Man war doch hoffentlich nicht auf derselben abschüssigen Route unterwegs wie dieser Halskrause tragende Theophil Lutz? Man war doch nicht etwa selber burn-out-gefährdet? Als er wieder in Ievas Augen blickte, vermutete er, dass der Ausdruck seiner Lippen etwas Dämliches hatte, aber er kümmerte sich nicht darum. Er war rettungslos begeistert ob des Timbres ihrer Stimme, die nun wieder über Schmuck und Steine parlierte, war bedürfnislos verloren in den Tiefen einer Sehnsucht, von der er nicht wusste, dass sie in ihm wohnte. Scheu merkte, wie sein Lidschlag schwerer wurde. Man könnte ihr ewig lauschen, wie sie da erzählt.

»Wissen Sie, eigentlich alles, was ich an der Universität gelernt habe, hätte mir auch meine Großmutter Milda beibringen können. Sie ist eine einfache Marktfrau, aber sie kennt die Gesetze des Marktes genau. Früher, als sie noch einen Stand unterhielt, pflegte sie zu sagen, es lohne sich nicht, an einem Montag oder Dienstag aufzumachen, nur um eine Handvoll Kartoffeln an den Mann zu bringen. Man müsse von Mittwoch bis Sonntag dort sein, denn sonntags hätten die Familienväter frei und Zeit, ihr Geld auszugeben. Die Montage und die müden Dienstage konnte man sich sparen. Heute verhält es sich mit den online-Bestellvorgängen nicht anders: Sonntage sind die besten Verkaufstage. Weltweit.«

»Was macht Ihre Großmutter jetzt? Lebt sie noch?«

»Sie lebt noch, ja. Sie ist uralt, schon über neunzig Jahre. Und sie strickt noch immer Socken.« Ieva lachte perlend, ganz perlend. »Wadenhohe Socken mit bunten Ringeln in allerlei Farben. Ich habe es arrangiert, dass diese Socken im Flughafenshop in Rīga verkauft werden. Kapitalismus. Den haben wir jetzt in Lettland auch.« Scheu war ganz hingerissen von diesem Lachen. »Meine Großeltern sind nach der Wende zurückgekehrt. Sie leben in Jūrmala.«

Begeistert schluckte er sein letztes Stück Tofu hinunter. Nun war er wohlig satt. Und ihm war wohlig warm.

Derweil er es geschafft hatte, lediglich zwei Flecken auf seinem neuen Hemd zu platzieren, war es Ieva gelungen, unbeschadet durch das ganze Menü zu gelangen. Ihre altrosa Bluse unter dem korallenroten Seidengilet sah teuer aus. Geschmackvoll. Prächtig. Apart.

Sie saß links von ihm in einer schnuckligen Koje, die mit Holz getäfert war.

Dieser Platz war ihm lieb. Das kleine Tischchen in der Koje. Er musste den Kopf gar nicht weit drehen, um sie zu betrachten. Sie saß in seinem Radius.

Plötzlich langte sie mit ihren langen schmalen Händen an ihm vorbei – für den erschreckenden Augenblick einer Sekunde dachte Scheu, sie wolle ihn berühren – und griff an ein Türchen, das im Holzfurnier eingelassen war.

»Ein Geheimnis?«, fragte sie.

»Ein Geheimnis«, antwortete er, als sie beide sahen, dass die Luke leer war.

»Was ist das? Ein Spiel des Wirts?«

»Manchmal ist etwas drin. Ein Engel. Eine Kerze. Ich weiß nicht, wer das hineintut und warum. Es ist halt einfach ein Kästchen in einer Wand. Möchten Sie, dass ich den Wirt danach frage?«

Sie flüsterte belustigt: »Ein Geheimnis.«

Er nickte und traute sich: »Was mich noch interessieren würde«, murmelte er nur halb so laut und sicher, wie er es sich in seiner

Vorstellung eben noch hatte sagen hören, »so ein Hotelzimmer im *St. Gotthard* – wie viel kostet das eigentlich?«

Ievas Augen schnürten sich zu Strichen. Er blieb stet und betrachtete aufmerksam ihr Gesicht. Dann sagte sie: »Ich bewohne im *St. Gotthard* eine Junior Suite. Je nach Belegung und Saison kostet das im Normalfall vierhundert bis neunhundert Schweizer Franken die Nacht. Ich bezahle einen Sonderpreis. Ich bin mit der Besitzerin des Hotels bekannt. Wir sind Geschäftspartnerinnen.«

Scheu nickte und wusste nicht, was er damit eigentlich bestätigte. Konnte es je einen Grund geben, der eine solch teure Übernachtung rechtfertigte?

»Wir sind alte Freunde.«

Da war einem von dieser Imogen Kant ganz schön Gift in die Venen gejagt worden, dachte er. Freunde, Freundschaften, das gab es ja auch noch auf der Welt; ich werde es ihr sagen müssen.

Beim Kaffee kam Scheu von sich aus noch einmal auf Ievas Mutter zu sprechen. Er gestand, dass er die nächsten Tage kaum Zeit haben werde, sich selber um die Sache zu kümmern, dass er die Anfrage aber, wie gesagt, weitergegeben habe ins Staatsarchiv und an den Dienstchef Personenfahndung. Insgeheim hoffte er, Ieva möge nicht erspüren, dass er beides erst noch vor sich hatte. Dass er es schlicht vergessen hatte. Auch das.

Ihr Ovalgesicht mit der bleichen Stirn, ihre helle Haut und die ausdrucksstarken Augen, die immer ein bisschen wie Gewehrmündungen aus einem Hinterhalt blitzten, verwirrten ihn. Sie entstammt einer Familie von Täuschern, sie weiß mit Codes umzugehen.

»Jetzt haben wir so lange von mir gesprochen. Erzählen Sie mir etwas von sich, Leandro, von Ihrer Arbeit oder, wenn Sie das nicht können, aus Ihrem Leben.«

Eins so schlimm wie's andere, dachte Scheu. »Nun ja. Im Moment habe ich nicht so sehr ein Leben. Die Ermittlungen zu einem Mordfall sind kein Kinderspiel. Es ist mühselig. Armselig auch, wenn man an all die verschiedenen Fährten denkt, denen man nachgeht, nachgehen muss, von denen dann am Ende doch immer nur die eine zielführend ist. Nur welche, das weiß man eben nicht. Instinkt ist wichtig und Genauigkeit. Pragmatismus. Man sollte sich nicht provozieren lassen, man steht ja für den Staat in diesem Job. Was noch? Was noch soll ich Ihnen von meiner Arbeit erzählen?«

»Worum geht's? Können Sie mir das sagen?«

»Eine Frau ist tot aufgefunden worden. Opfer eines Gewaltverbrechens. Die Geschädigte weist Spuren auf, die auf einen handfesten Streit hindeuten.«

»Wie ist es, wenn man ihre Verwandten unterrichten muss? Machen Sie das jeweils allein?«

»Keine Verwandten bislang. Wir wissen nicht einmal, wer sie war. Das alles ist Teil der Ermittlungen.«

»Oh – handelt es sich dabei etwa um die geheimnisvolle Frau mit dem Häubchen, die *Häubchenleiche*?«

»Woher –?« Aber da durchfuhr es Scheu, und er musste wieder daran denken, dass Schürze und Schute durch die Presse geschleust worden waren. Ein Reporter musste beides aufgelinst haben mit seinem Objektiv, anders war das nicht zu erklären. Ein kurzer Klick nur im richtigen Augenblick und in die richtige Richtung, als er und Imogen das Zelt mit der toten Frau verließen und die Schleuse etwas zu lange offen gehalten hatten. Er hatte sich noch gewundert, dass in der Kripoleitstelle keiner darauf zu sprechen gekommen war. Vielleicht wollte man auch nicht noch mehr Ungemach über ihn bringen. Er war etwas aus der Rolle gefallen, ja, man könnte es gerne zugeben, aber dieser Lutz mit seiner Halskrause war ja wirklich eine wandelnde Zumutung für das gesamte Team!

Vermutlich wurde er, Scheu, genau von diesem Team bemitleidet. Er. Der Loser vom Dienst. Der Zweierbüroinsasse, bedauernswerter Tropf.

»Man darf nicht alles glauben, was die Presse schreibt«, sagte er knapp und bedeutete das Gespräch über seine laufenden Ermittlungen damit als beendet.

Mit ihrer rauchigen Stimme, die im Grenzbereich zwischen männlich und weiblich saß und irgendwo aus der Tiefe kam, fragte Ieva nun: »Tut Ihnen so ein Mensch noch leid? Oder sind Sie dagegen immun?«

»Wogegen?« Er schaute sie verständnislos an.

»Entschuldigen Sie bitte die Frage.« Ieva zog sich zurück. Und ihre schmalen Augen blitzten wieder gelb wie Mündungsfeuer.

Als sie auf die Rechnung warteten, fügte Scheu seinem vagen Bericht das hinzu, was er als unverfänglich und deshalb als Versöhnungsversuch betrachtete. »Es gibt auch keine Zahnbefunde, keine eingesetzten Gelenke, nichts, wonach wir in irgendeiner Datei suchen könnten.«

»Sie suchen also nach einem Geist. Jemandem, den es gar nicht gibt. Oder« – jetzt lachte sie wieder ihr Jungmädchenlachen – »eigentlich suchen Sie sogar nach zweien!«

Scheu wollte ihr dann noch etwas zeigen. Der Regen trudelte nur vereinzelt, die graue Wolkendecke war hier und dort aufgerissen und gab den Blick frei auf einen mit Sternen reich bestückten Himmelsbaldachin, der sich barmherzig über die Erdhalbkugel wölbte.

Wieder parkte er beim Wohnblock im Isengrind, wieder offerierte er ihr durch seine geöffnete Hand den Vortritt, und wieder fuhren sie mit dem Lift nach oben, diesmal aber bis ganz hinauf in den elften Stock. Eine Treppe noch und dann noch eine zweite, damit war endgültig die letzte Etage erreicht. Mit seinem Schlüssel öffnete er eine Türe.

»Vorsicht, Stufe«, sagte er und ließ Ieva nach draußen treten. Sie befanden sich nun auf dem Dach, einer rund dreihundert Quadratmeter großen Fläche, die nur zu einem Teil gedeckt und die von links nach rechts mit Wäscheleinen bespannt war, an denen in diesem November freilich keine Wäsche flatterte. Scheu berührte Ieva kurz am Ellenbogen, die einzige Berührung, die er sich bei ihr zugestand, und bedeutete ihr, ihm zu folgen.

An der westlichen Brüstung blieb er mit ihr stehen. »Schauen Sie, das dort drüben, was im Mondlicht so geisterhaft leuchtet, das ist Regensberg.«

»Dort scheint es, hat der Regen aufgehört.«

»So scheint es. Und das da unten, das ist der Katzensee.« Die Erinnerung an eine andere Frauenleiche, die man vor ein paar Jahren aus ebendiesem See gezogen hatte, schwappte kurz hoch. Zum Glück konnte Ieva nicht durch sein Gedankenstereoskop blicken. Sie hätte sein Weltenbild höchstwahrscheinlich als allzu negativ geprägt befunden. Prädestiniert für lebenslanges Schwarzsehen.

»Hier oben lässt sich im Sommer bestimmt gut sonnenbaden«, meinte sie stattdessen, was gut war. »Das ist ja fast eine schwimmbadgroße Terrasse.«

»Noch besser: Im Herbst kann man hier ganz wunderbar Sternschnuppen zählen.«

»Tun Sie das, Leandro? Sternschnuppen zählen?«

»Man kann. Ich sagte, *man kann*.«

Als das Schweigen verging – es hatte diesmal keine Spuren hinterlassen –, raffte sich Leandro auf. »Wollen wir? Ich fahre Sie gerne wieder zurück. Ich selbst gehe noch einmal ins Büro. Ich habe einen Bericht fertigzutippen.« Er fühlte sich zugleich entkrampft und erfüllt, und er war sicher, diese Stimmung für den nötigen Schwung nutzen zu können, den er brauchte, um mit dem Binzer Bericht endlich zurande zu kommen. Aber eine Frage brachte ihn so aus dem Tritt, dass er sich am Geländer festhalten musste. »Liegt Ihr Büro im selben Gebäude wie das Kriminalmuseum?«, fragte Ieva. »Ich habe, als ich auf Sie gewartet hatte, ein bisschen gegoogelt. Würden Sie es mir vielleicht noch zeigen? Als Abschluss eines schönen Abends? Bei uns gibt es so etwas nicht.«

Das Kriminalmuseum mit seinen Exponaten. Damit war alles Weiche, alles Zugängliche an ihm wieder hart und schalig geworden.

Scheu grummelte bloß, man würde sehen, was möglich wäre und was nicht.

Für heute jedenfalls brächte er sie ins *Hotel St. Gotthard* zurück.

Kapitel 9

Tag zwei nach dem Leichenfund. Scheu kam soeben von einer Besprechung mit Staatsanwalt Robert Schoop zurück. Dieser hatte noch immer ganz angeschlagen gewirkt, weil er seinen Hund Slobber hatte beim Tierarzt lassen müssen. Zwangsernährung. Und wenn er gar nicht mehr wolle, würde er eingeschläfert. »Schon eigenartig«, diese Worte hatte Scheu von ihm noch in den Ohren, »einen Hund erlöst man, wenn es der Schmerzen zu viel wird, und bei Menschen, die gehen wollen, veranstalten wir so ein Tamtam.« Scheu hatte nichts zu erwidern gewusst, und Schoop war fortgefahren: »Mich hat das immer gestört, und heute ..., wo Slobber ..., nun ja, es ist ja noch nicht aller Tage Abend.«

Scheu und Schoop hatten dann die nächsten Schritte besprochen. Noch wollte man zuwarten mit der letzten aller Möglichkeiten, ein bearbeitetes Foto der Toten für die Presse freizugeben. Noch hoffte man auf Antwort aus einem der angemailten Länder. Scheus Begehren, erneut in die Kanalisation hinabzusteigen und sich dort umzusehen, konnte Schoop zwar nicht nachvollziehen, aus mehreren Gründen nicht, wobei die Hygiene noch nicht einmal der vorderste war, aber er hatte ihm dann doch entsprochen. Wenn Scheu dort unten klarer denken könne, meinte er, den Hergang deutlicher erspüren, ihn wittern, sehen, ertasten könne, oder wie auch immer er das machte, dann sollte er ruhig gehen. Er, Schoop, musste ja nicht mit. Auch die erneute Befragung sämtlicher beteiligter Kanalarbeiter, welche diesmal Imogen Kant vornehmen sollte, war ganz in Schoops Interesse. Alles, was auch nur ein bisschen Licht ins Dunkel zu bringen vermochte, wäre ihm recht. Die heutige Schlagzeile zur *Häubchenleiche* trieb zu erhöhter Eile an. Die Sache war dringend. Ebenso dringend, wie Scheu sich endlich Schirm und Stiefel kaufen sollte, wollte er diesen November auch nur einen Tag trockenen Hauptes und mit warmen Füßen erleben.

Bis Scheu bei der Tramstation anlangte, waren seine Schuhe bereits wieder nasskalt.

Es war zwar nicht nichts, was man hatte, aber es war bedenklich wenig. Die Suche nach weiteren Videokameras, die keine Attrappen waren, hatte sich aufwändig gestaltet, Schauspielhaus, Kunsthaus, Pro Helvetia, Obergericht, die Knabenmusik Zürich, die Stadtpolizei und verschiedene Privatliegenschaften waren angegangen worden, sogar die Kinderkrippe. Die wenigen Bänder, die gesichert werden konnten, hatten leider allesamt nichts Auffälliges zutage gebracht. Überall wieder dieselben Autos, die bei Rot standen und bei Grün fuhren. Kein Nummernschild erkennbar. Hochstrasser sollte noch die Taxichauffeure, welche um den vermuteten Todeszeitpunkt des Opfers auf dem Heimplatz ihre Wagen stehen hatten, befragen, und dann müsste man weiterschauen. Ob nicht doch etwas auszumachen sei, eine Spur, ein Fitzelchen nur. Ein Zipfel, an dem man sich festhalten konnte.

Nach einigen mühsamen Minuten, die Scheu mit Balz Egle am Handy verbracht hatte, konnte er endlich dessen Okay quittieren. Er machte das mit einem leicht gehässigen *Danke vielmals*. Egle hatte partout nicht einsehen wollen, weshalb Scheu darauf bestand, noch einmal in den Wolfbachkanal zu steigen. Der organisatorische Aufwand – *es gibt in unserer städtischen Kanalisation keine horizontale Verschiebung ohne unsere Männer, die Sie oben und unten sichern* – schrecke ihn ab. Da müsse er zuerst einen extra Begleittrupp aufbieten, und das dauere schon eine Stunde oder zwei oder drei. »Oder ist man bei euch im Kanton etwa chronisch überbesetzt, hä? Also.«

Er war richtig ausfällig geworden, dieser PET-Flaschen-Egle.

Nun denn. Scheu hatte genug zu tun. Die Wartezeit auf den Begleittrupp und die Spezialkleidung nutzte er unter anderem damit, einen Abstecher in ein Antiquariat zu machen. Er brauchte ein kleines Zeichen der Entschuldigung dafür, dass er Ieva so wortkarg zurück in die Stadt chauffiert und beinahe noch wortloser hatte aussteigen lassen gestern Nacht. Ein unerfreulich hölzerner Abschied. So konnte er die Dinge zwischen ihm und ihr nicht stehenlassen. Obwohl er auch bei genauerer Betrachtung nicht zu sagen vermocht hätte, was denn diese Dinge wären, die da zwischen ihm und ihr standen. Pflichtschuldigst hatte er jedenfalls heute früh als Erstes im Staatsarchiv angerufen und auch mit Hubschmid von der Personenfahndung gesprochen. Diese Sache zumindest hatte er endlich aufgegleist. Hier würden andere für ihn weiterarbeiten und hoffentlich etwas finden, was diese Lettin auf irgendeine Weise glücklich machen könnte. Oder auch nur: zufrieden. Ihr Frieden bringen für sich selbst und mit ihrer Familiengeschichte. Scheu wusste, wie wichtig genau diese Zufriedenheit für das eigene Leben war.

Und wie verstörend ihr Gegenteil.

Das Warten zog sich hin.

Wie schwer konnte es sein, ein paar Kanalarbeiter für einen polizeilichen Sonderauftrag loszueisen? Als Scheu die Männer endlich kommen sah, blickte er in lauter unbekannte Gesichter. Keiner, der vorgestern dabei gewesen war. Vermutlich besser, so waren sie unbelasteter.

Sein Ansprechpartner trug einen dürren rotblonden Zopf, der ihm unter dem Helm herauswuchs. Er hieß Felix Luginbühl, einer der wenigen Kanalarbeiter mit Schweizer Familiennamen.

»Wo soll's denn hingehen?«, hatte er gefragt und mit einer ausladenden Bewegung beider Arme nach links und dann nach rechts gezeigt.

»Zuerst den Hang hinauf, dann nach unten in Richtung Limmatkanal«, hatte Scheu geantwortet und seine Stablampe, die ihm einer der Arbeiter reichte, in den Gürtel gesteckt, an dem schon die Büchse hing. Dann schlüpfte er in die Latexhandschuhe und setzte den gelben Helm auf: Er war gerüstet.

Luginbühl kletterte als Erster in den Schacht. Scheu hörte ihn etwas sagen und beugte sich über das offene Loch. Kaum merklich löste sich die Stablampe und rutschte ihm aus dem Gürtel. »Obacht!«, rief er noch, aber da prallte sie schon auf Luginbühls Helm und Schulter auf. Peinlich berührt, stieg Scheu ihm nach.

»Die ist hin«, stellte Luginbühl lakonisch fest.

»Sind Sie hart getroffen worden?«

»Aus Gummi ist sie nicht. Aber dafür haben wir ja die Helme auf. Hier, nehmen Sie meine. Marko, gib mir deine.« Marko Tomaš, der dritte Teil des Sandwichs, war ein schon etwas angegrauter stoppelbärtiger kleiner Arbeiter.

Schweigend setzten sich die Männer in Marsch. Denn das war das Gute am Mannsein, dass man nicht zu reden brauchte.

Abschnitt für Abschnitt wurden die Schachtdeckel von der Tagmannschaft geöffnet und wieder verschlossen, Triopane gesetzt und wieder verschoben, Abschnitt für Abschnitt mussten sich die Männer bücken oder schlängelten sich vor, wichen Fäkalienhäufchen aus oder rutschten auf der schleimigen Fundamentplatte zwei, drei Zentimeter weiter. Und wie beim ersten Mal auch bedeutete die abgeschottete Stille, die hier unten herrschte, Scheu alles. Es schien, als könnten seine Gedanken in sämtliche Richtungen gleichzeitig stromern, weil sie durch keinen Ton, keinen störenden Lärm abgeblockt wurden. Die Anzahl unterschiedlicher Geräusche, welche die Kanalisation von sich gab, war überschaubar. Wie ein Familienorchester mit eindeutig zugeordneten Instrumenten – selbst die Lieder schienen sich nach einer Weile zu wiederholen. Zumindest blieb sich das Thema gleich, auch wenn die Melodie leicht variierte.

Als sie lange genug aufwärtsmarschiert waren, Boden und Wände überprüft und in jedem Zufluss geforscht hatten, gab Scheu das Kommando zum Umkehren.

Noch einmal leuchtete er gründlich die Schmutzwasserrinne, die Überfallschwellen, die Bankette, die gesamte Innenwandung dieses umgestülpten Eis ab.

»Runter auch noch«, bestätigte Scheu, als sie wieder auf Höhe des Schulhauses Wolfbach angelangt waren.

Mist, dachte er. Hier kommt man nicht weiter. Was oben ist, ist unten. Was unten ist – muss hoch. So oder ähnlich hat Ieva doch gesagt, als wir im Restaurant waren. Die ganze Welt steht kopf.

Dann muss man eben einen Handstand machen.

»Wie bitte?« Luginbühl drehte sich zu ihm um.

»Nichts. Ich habe nur laut gedacht.«

Wie sich über ihnen die hohe Wölbung auftat, die sich unterhalb der Staatskellerei befand, kontrollierte Scheu noch einmal alle Wände bis zur Decke hinauf.

»Gefällt's Ihnen hier unten bei uns so gut?«

»Man kann sich dran gewöhnen.«

»Ich nehm Sie mal mit, wenn Hochwasser ist! Oder in Gegenden, wo etwas öfter gespült wird. Sie glauben ja nicht, was man da alles findet!«

»Oh, doch, leider schon. Und ich meine jetzt nicht nur wegen der toten Frau. Der Mensch ist ein furchtbares Wesen, alles, was denkbar ist, ist für ihn grundsätzlich machbar. Auch die schlimmsten Sachen.«

»Aha, Ihnen brauche ich also nichts zu erzählen, was. Wollen Sie noch weiter? Da vorne wird's kurzzeitig eng.«

»Ein Stückchen noch.«

Zuerst gingen sie schweigend. Dann konnte Luginbühl der Gelegenheit doch nicht widerstehen, also hob er zu einer Erzählung an: »Ich hab schon einmal mit der Polizei zusammengearbeitet«, begann er bedeutsam, »da ging's um eine Übung. Da haben wir den Sicherheitsdienst einer größeren Bank, ich sag mal nichts Näheres dazu, arg erschreckt, als wir plötzlich mitten im Atrium ausgestiegen sind und so von innen her an die Schalter traten – in voller Montur. Wir waren mit dem Bus gefahren, einem VBZ Car, so einem unauffälligen Wägelchen der Verkehrsbetriebe Zürich. Ich, wir, die ganzen Polizisten – alle in Montur! Und drunter hatten die ihre Maschinenpistolen. Dann sind wir neben so einen Schacht gefahren, haben das Loch noch vom Bus aus geöffnet und sind via Bus direkt eingestiegen. Etwa einen Kilometer mussten wir uns verschieben, dann sind wir mittendrin, im hell erleuchteten Atrium der Bank, aufgetaucht.«

»Wie konnten Sie denn aber den Deckel von unten öffnen? Ich dachte, das sei nicht möglich.«

»Das ist schon möglich, aber es ist eine Tortur. Man muss wissen, wie. Wir hatten auch Glück: Denn wenn so ein Schacht längere Zeit nicht aufgemacht worden ist, dann ist er zuzementiert, fast wie Beton, mit all dem Staub und den feinen Steinchen im Spalt zwischen Rahmen und Deckel. Von Hand aufmachen kannst du den nicht und mit dem Kopf wegdrücken auch nicht. Der wiegt neunzig Kilogramm.« Luginbühl lachte, dann sagte er noch: »Bei hohem Staatsbesuch sichern wir von unten. Das haben Sie nicht gewusst, was? Aber Terrorismus kann auch von unten kommen, wenn Sie verstehen, was ich meine. Wir sind für alles da. Was die Welt nicht sehen will, das sehen wir.«

Nun meldete sich Marko Tomaš: »Und weißt du noch, bei der Mühle?«

»Ho!«

»Wie war das bei der Mühle?«, fragte Scheu. Wenn man dadurch etwas länger hier unten bleiben könnte ... die Stille war ja nicht verschwunden, sie war ja immer noch da. Nur überdeckt. Genauso wie bei einem Musikstück, dessen einzelne Notenabfolgen von den dazwischenliegenden Fugen der Stille zusammengeklammert wurden, die dem Stück letztlich seinen Charakter verliehen. Wenn man sich anstrengte, konnte man sie zwischen den einzelnen Worten wispern hören.

Luginbühl erzählte, dass sie vor drei, vier Jahren in einem Werkkanal, der zu einer Mühle gehörte, spritzen mussten. »Sandstrahlen und Betonspritzen. Die hatten da eine Turbine, die Strom lieferte für ihren Mühlenbetrieb, und im Werkkanal haben sie Wasser abgezweigt. Und dort unten war es, da habe ich, was sag ich: da haben wir Hunderte und Aberhunderte von Ratten gesichtet, die vor uns davonwuselten. Unglaublich war das, ganz unglaublich! Ein riesiger dunkler Teppich, der sich wölbt und bewegt, fast wie eine Teerschicht auf dem Meer.«

Ein Teppich von Ratten.

»Und Kakerlaken«, fügte Marko Tomaš an.

»Riesige Kakerlaken, du!«

»Aber Alligatoren hattet ihr noch keine, was?«, frotzelte Scheu.

»Ne. Aber Kanalsurfer.«

»Stimmt diese Geschichte etwa doch?« Scheu erinnerte sich, einmal von Jugendlichen gelesen zu haben, die heimlich durch die Kanäle surften und dabei minütlich ihr Leben riskierten. Es konnte von denen ja keiner wissen, wann und wo ein Hochwasserentlastungsüberlauf in genau den Kanal überging, in dem sie surften.

»Ne. Zeitungsente. Sommerloch. So dumm kann ja keiner sein. Stell dir mal vor« – Luginbühl war nun fest zum Du übergegangen –, »im Werdhölzli laufen bei Gewitterregen maximal sechstausend Liter Wasser pro Sekunde durch die Kläranlage. In den Zulaufkanälen der Abwasserreinigungsanlagen des Kantons Zürich kommt aber eine viel größere Menge Wasser Richtung Kläranlage. Über Entlastungsbauwerke wird die Zulaufmenge, die die sechstausend Liter übersteigt, in einen Vorfluter, also in einen Bach, Fluss oder See, entlastet. Das verhindert den Rückstau. Wir haben hier in Zürich eine Schwemmkanalisation, und wer damit nicht vertraut ist, sag ich dir, bringt sich hier unten in Lebensgefahr. Und nicht nur dann, wenn ein Gewitter kommt.«

In regelmäßigen Klangfolgen tröpfelte das Regenwasser durch die Anschlüsse. Je nach Stand der Sanierung war der Boden holperig oder rutschig, waren die Wände bröckelig oder glatt. An einer besonders porösen Stelle, die überdies zahlreiche vertikal gezogene Kerben aufwies, leuchtete Scheu zweimal hin. Luginbühl, dem sein Interesse aufgefallen war, erläuterte: »Ein ehemaliges Kanalisationsrohr. Heute nicht mehr in Betrieb.«

»Und die Kerben?«

»Keine Ahnung. Ist das von Hand gemacht? Man erkennt es ja kaum. Als ob einer die Jahre seiner Haft abgestrichen hat. Aber so schlimm ist es wirklich nicht, hier unten zu arbeiten, was meinst du, Kamerad? Haha!«

Unwillkürlich erinnerte sich Scheu an die Stimmen, die er gestern aus dem Kanal zu hören geglaubt hatte. Er erkundigte sich, ob es Nachtarbeiten gegeben habe. Möglich schon, hatte Luginbühl erwidert, aber nicht wahrscheinlich.

Der hintere Arbeiter verneinte ebenfalls. »Wir sind überall gut im Plan. Es gibt zur Zeit keine Nachtarbeiten.«

Während sie weitergingen, plauderte Luginbühl nun sonnig über den Wolfbachkanal und dass dieser einst ein ganz normaler Stadtbach gewesen sei, »eine Runse, die durch Zürichs Altstadt floss und in die man seinen Abtrittkübel leerte«.

Mit der Kloakenreform von 1867 seien die letzten Runsen eingedolt worden. »Man war des Gestanks überdrüssig. Weißt du, jeder schiss durch die Erkerlöcher in die Ehgräben hinein, das war ein Stinken und ein Riechen in der Stadt, so bestialisch, dass man es sich heute nicht mehr vorstellen kann. Nicht zum Aushalten! Es gab sogar einmal ein Gesetz, diese Ehgräben betreffend: Kein Graben durfte enger sein, als dass sich ein einjähriges Schwein darin um die eigene Achse drehen konnte. Offenbar ist es ein paarmal zum plötzlichen Schweinetod gekommen, weil diese Vielfraße sich vor lauter Gier zu Tode trampelten. Übel, sag ich dir, Kamerad, übel.«

Fäkaliengruben, Ehgräben – schmalste Gassen zwischen zwei Stadthäusern, auf welche die Toilettenerker hinausgingen –, Abtrittkübel, Straßenrunsen, Dolen und Kameraden unter Tag ... Scheu drehte der Kopf vor lauter mittelalterlicher Abwasserentsorgungsbildern. Klick, klick, klick machte das Stereoskop. Klick.

Auf dem Opfer blieb es stehen, das letzte Bild im Stereoskop und zugleich das erste, das man von der Frau als Tote erfasst hatte.

Die Lage, die das Opfer aufwies, deutete klar auf eine Handlung im Affekt hin, da war kein lang gehegter Plan dahinter. Sonst hätte man sie hingelegt, drapiert vielleicht, den Deckel ordentlich verschlossen. Nein, da musste jemand mit allergrößter Hast vorgegangen sein, unbesonnen. Unbedacht. Jemand, der nur kurzfristig denkt oder dem zum Denken im Moment der Tat keine Zeit gelassen wurde. Der von seiner Tat vielleicht selber überrascht war, weil sie ihn überrasch überkommen hatte, die Gier – oder die vermeintliche Notwendigkeit – zu töten. Das Opfer lebte noch, nachdem es Geschlechtsverkehr gehabt hatte. Aber bei dem, was sich danach abspielte, müssen sich die Brüche und Schürfungen, die Prellungen und Hämatome ergeben haben. Wobei die Strümpfe vielleicht schon vorher zerrissen waren. Je nachdem ob es sich um einvernehmlichen Sex oder um eine Vergewaltigung gehandelt hatte. Scheus Gefühl sagte ihm Vergewaltigung. Die Beschreibung der Fingerprints, hervorgebracht durch eine manuelle Spreizung auf den Schenkelinnenseiten, sagte Vergewaltigung.

Die Schute und die Schürze. Man müsste der Herkunft dieser Objekte nachspüren, hatte das schon einer gemacht? Hatte man jemanden damit beauftragt?

»Schau mal, Kamerad« – überall wurde einem das Denken missgönnt! –, »wir haben hier in Zürich ein ganz tolles Abwassersystem.« Luginbühl leuchtete die Wände ab. »Eine Cloaca Maxima wie die Römer freilich haben wir nicht. Auch keine so imposanten Kanäle wie die Wiener, aber seit der Kloakenreform haben wir eine Abwassertechnik, die funktioniert. Ich kenne hier jeden Anschluss, jedes Rohr. Ich kenne die rechtwinkligen Kanäle, und ich kenne jeden Kanal mit Maul-Profil. Und natürlich auch diese hier, Kanäle englischer Technik. Das sind die Kanäle mit Ei-Profil. Die stellen sicher, dass auch bei geringer Wassermenge die Schwemmwirkung erhalten bleibt. Wie an der Stelle, an der wir eingestiegen sind. Das erinnert mich daran: Willst du nicht langsam Schluss machen, Herr Kommissar?«

Scheu ergab sich. »Also gut, kehren wir um.«

Luginbühl drängte sich zuerst an ihm und dann an Marko Tomaš vorbei. Nur wenige Schritte gingen sie zurück bis zum letztpassierten Schacht, der von der Tagmannschaft bewacht wurde. Dort leuchtete Scheu plötzlich beunruhigt den Kanal hinauf und hinab. Etwas in ihm verzögerte. Etwas war noch nicht bereit, wieder nach oben, in die Tagwelt, aufzusteigen. Er bat um einen Moment.

»Da vorne war doch der Anschluss, der nicht mehr im Betrieb ist, der mit den Kratzspuren? Da will ich noch einmal hin.«

Luginbühl verdrehte die Augen. Schlurfend und nur zögerlich setzte er sich in Gang. Scheu folgte ihm auf den Tritt. Als sie an besagter Stelle anlangten, bat Scheu Luginbühl, ihm zu leuchten.

»Diese Toilette, die einmal da oben war, gibt es nicht mehr. Da wurde umgebaut. Hab ich dir vorhin schon gesagt, Herr Kommissar.«

»Aber es gibt noch ein Rohr, nicht wahr?«

»Ja, warum?«

»Weil ich mich frage, warum dieses Rohr zugestopft ist – wenn es ohnehin nicht mehr in Betrieb ist, ergibt das doch keinen Sinn, oder?«

»Stimmt. Jetzt, wo du das sagst, frag ich mich das auch. Das muss wohl einer zugemacht haben.«

»Das muss wohl einer zugemacht haben, ja.«

»Ich war halt schon lange nicht mehr im Wolfbachkanal.«

»Zugemacht mit Steinen und Kieseln, die regennass sind.«

»Das will nichts heißen, hier unten ist vieles nass. Das könnte schon ewig so aussehen.«

»Oder aber, Luginbühl, Sie haben noch nie so genau auf dieses Rohr geachtet. Wann war denn dieser Umbau gewesen?«, fragte Scheu, noch immer Steine und Steinchen aus dem Rohr klaubend. Die harten Stückchen spitzte er mit seinem Kugelschreiber heraus.

»Ah! Was weiß ich, vor hundert und drei Jahren vielleicht!«

»Wer war daran beteiligt?«

»Wer Dienst hatte? Das musst du den Egle junior fragen. Der hat die ganzen Einsatzplankopien.«

Kleine Staubfahnen zirbelten lotrecht nach unten, das Rieseln der losgelösten Teilchen vermengte sich angenehm mit den Tröpfelklängen der Kanalisation.

Scheu sagte schließlich nur ein Wort, er sagte nur: »Da.«

Als hätte er geahnt, dass er hier etwas finden würde. Als hätte er's gewusst.

Luginbühl leuchtete neugierig in das marode Rohr hinein. Als Scheu einen Lederbeutel hervorklaubte, pfiff Marko Tomaš durch die Zähne. Keiner der Männer sagte etwas. Stumm schauten sie auf Scheus Handinnenfläche, in die aus dem Beutel Schmuck gepurzelt war.

Kapitel 10

Nun ging das Rösslispiel noch einmal von vorne los. Der Kriminaltechnische Dienst, Pelegrini und Döbeli, wurde subito ins Loch geschickt, Fotos von der Fundstelle, Lage und Beschaffenheit des Schmucks angefertigt, der Hundeführer Zdenko Kováč schritt mit der Schäferhündin Meite die Schachtdeckel ab, und oben wie unten herrschte ein Gewusel, dass es nicht mehr schön war.

Den Schmuck – eine Halskette mit Anhänger, passend dazu ein Fingerring sowie Ohrringe und einige Armreifen – verbrachte man ins Forensische Institut, ebenso den ledernen Beutel mit den kunstvoll eingebrannten Buchstaben LAP – es handelte sich um einen filigranen, deutlich geschwungenen Schriftzug. Die Suche nach Mikrospuren, Fasern, Blut, Fingerabdrücken, wurde nicht nur an Schmuck und Beutel vorgenommen, sondern auch an den davor platzierten Steinen. Selbst Staatsanwalt Schoop stieg letztlich in Kanalklamotten, um einen amtlichen Augenschein zu nehmen.

Er kletterte aber nicht weiter als ein paar Stufen die eisernen Bügel hinab.

»Wir sehen zwar noch keinen Zusammenhang, aber ein Beutel Schmuck dort unten – da stimmt etwas nicht«, sagte Dienstchef Koni Meier zur Chefin Kriminalpolizei, als diese sich kurz in der Kripoleitstelle blicken ließ. Scheu ergänzte, man arbeite bereits mit dem Dienst Sachfahndung zusammen, um die Herkunft des Schmuckes zu ermitteln. Vielleicht würde man ihn ja in der Aktenhaltung finden. Er merkte zu spät, dass seinen Teamkollegen die Oberflächenvergrößerung aufgefallen war, die er unbewusst und ganz automatisch an sich vorgenommen hatte. Immer wenn die Chefin Kriminalpolizei zugegen war, konnte Scheu nicht umhin, sich aufzumanteln. Ein Stachel, der in ihm saß, ganz besonders seit er auf dem Prüfstand war. Ob auch sie davon wusste? Bestimmt. Und: Ob womöglich Robert Schoop sich über seinen Rapportstil bei Meier beschwert und ihm diese Suppe eingebrockt hatte? Er konnte es sich kaum vorstellen. Schoop war zwar ein eitel Fatzke mit manikürten Finger- und Zehennägeln, die höchstwahrscheinlich lackiert waren – einmal pro Jahr wenigstens, an der Fastnacht –, und mit Haaren, die, modisch durchgestuft, stets frisch gewaschen wie in einer unsichtbaren Brise wehten, aber der hätte einem das direkt und unter vier Augen gesagt.

Was Freund und was Feind – es war so schwierig, zu unterscheiden!

»Und was haben wir bei der Toten?«, fragte Meier nicht weniger angespannt in die Runde hinein.

Windlin offerierte: »Vielleicht ein Beziehungsdelikt.«

»Nur mit wem hat eine Frau in Zürich eine Beziehung, deren Knochen, Zähne, DNA, deren Kleider und Schuhe uns so konsequent anschweigen?«

»Eine verschworene Gemeinschaft«, probierte Windlin die Stimmung aufzulockern, »eine Geheimbeziehung.«

»Ich glaube noch immer nicht, dass der Geschlechtsverkehr mit ihrem Einvernehmen stattgefunden hat«, widersprach Imogen. »Ach ja, beinahe hätte ich's vergessen ob der ganzen Schmuckgeschichte: Wir haben neue Daten bekommen. In ihren Hautrillen an den Fingerkuppen sind Verätzungen festgestellt worden, die von Chlor stammen, und auch auf dem Schürzchen hat es Spuren von Chlor.«

»Chlor?«, fragte Scheu.

»Chlor, wie es in vielen Reinigungsmitteln zu finden ist. Ein Bleichmittel und zur Desinfektion geeignet. Mit der genauen Analyse rechnen wir bis heute Abend.«

Scheu murmelte vor sich hin: »Und es gibt keine Vermisstmeldung, noch immer niemanden, den wir verständigen können. Wir haben es hier mit einer Toten zu tun, die keiner vermisst.« Er atmete einmal tief durch. »Wir suchen nach einer Unbekannten. Wir suchen nach ... einem Geist.«

Schritt für Schritt ging er den fensterlosen Raum ab und betrachtete die Ansammlung von Ermittlungsgegenständen, Fotos, Berichten, Notizen, bis seine Augen schließlich an einem Mind-Map mit lauter losen Enden hängenblieben, das Lutz – *ausgerechnet Lutz!* – angefertigt hatte.

»Theo, Bericht erstatten, *bitte*.« Mehr Höflichkeit war im Moment nicht drin. Diese Halskrause machte ihn ganz wahnsinnig. Die Botschaft, ich bin ein schwaches Pflänzchen, rührt mich nicht an, war ja geradezu eine Aufforderung, dem Mann weh zu tun.

Lutz schien nur darauf gewartet zu haben. Sämtliche Gaffer auf den Fotos habe er identifiziert, auch die einzelnen Takes des Videojournalisten inventarisiert und einzeln abrufbar gespeichert. Immerhin habe er nun alle Personalien hier – er winkte mit einer Kladde, die er seinem Aktenthek entnommen hatte – fein säuberlich notiert.

»Gut. Danke, und könntest du als Nächstes bitte klären oder klären lassen, wann und wie der rote Teppich an die Bändlistrasse 108 gelangt und nach oben in Balz Egles Büro transportiert worden ist, wo doch der Lift nicht ging, im Weiteren, ob Spuren von grobem Werkzeug an der Innenseite des Schachtdeckels auszumachen sind und woher Häubchen und Schürze stammen? Bitte, wäre das möglich«, beinahe hätte er noch angefügt, *oder ist das vielleicht zu viel für dich*, »Theo?«

Lutz ließ sich Zeit, die erteilten Aufträge in eine weitere Kladde zu schreiben. Minutiös. Dann nickte er unbestimmt.

Scheu atmete aus. Trostsuchend wandte er sich wieder seinem Team zu, Windlin, Hochstrasser, Kant. Die gaben ihm jetzt Halt. Nachdem er eben – *vor Meier!* – auf dem eigenen Ärger ausgerutscht war. »Armin, wie weit bist du mit der Taxizentrale?«

Hochstrasser hatte sich eine Liste sämtlicher in Frage kommender Taxifahrerinnen und -fahrer beschaffen können, die er nun der Reihe nach abtelefonierte, aber einer, der ebenfalls Dienst hatte und als Standplatz den Heimplatz angab, ein gewisser Omar Moussa, sei zurzeit eines Begräbnisses wegen in Kairo.

»Ägypten, weiter geht's nicht!« Scheu schauderte.

»Der perfekte Ort für eine kleine Dienstreise, Leo!«, sagte Dienstchef Koni Meier strahlend. »Dort brauchst du wenigstens keinen Schirm. Pack schon mal die Koffer, Leo, heut Abend geht ein Flug!«

Entgeistert starrte Scheu seinem Chef ins Gesicht. Keiner sagte etwas, alles wartete darauf, dass ... dass ...

»Koni, ich ...«, stammelte Scheu, aber da prustete die Mannschaft schon los, am lautesten Windlin, der junge blonde Windlin.

»Ich habe seine Handynummer«, klärte Hochstrasser auf, »aber in ein paar Tagen will er schon wieder zurück sein.«

Derweil sich Scheu den Schrecken aus den Lungen atmete, fragte Meier, noch immer grinsend: »Imogen? Du hast mit der Kanalmannschaft gesprochen, stimmt's?«

»Ja. Insgesamt waren zehn Männer beteiligt respektive stehen in näherer Verbindung zum Fundort. Sie waren als Tagmannschaft oben oder gingen mit in den Kanal. Es handelt sich um: *Cavelti* Andrin und *Fellini* Giuseppe – sie haben die Geschädigte entdeckt. Mit ihnen unterwegs waren *Cebić* Mladen, *Codreano* Gheorghe und ebenfalls ein Giuseppe, genannt Giusi, *Bossa* aus Verona. Mit Scheu runtergegangen waren *Cavelti* und *Herrmann* Karl, ein Deutscher.«

»Herrmann – ist das der dünne, alterslose?«

»Ein schmaler Halm, ja. Das ist der, der das erste Mal hinter dir hergegangen ist. Gut. Nach dir runtergestiegen sind mit der Kriminaltechnik ein gewisser *Tessarini* Renzo, ein kleiner rundlicher Römer, wenn du dich erinnerst, *Egle* Fritz und wieder ein Rumäne, *Blidaru* Grigore. Oben mit gingen *Blanc* Marouf und *Horn* Stelios, Marokkaner und Grieche ...«

»Bei denen scheint die Integration zu funktionieren!«, ließ sich Lutz hören.

»Sag das noch mal!«

»Ein Marokkaner und ein Grieche.« – »Bei denen scheint die Integration zu funktionieren«, sagten nun Lutz und Imogen zeitgleich.

»Nein: *Egle!*«

»Genau. Der zusammen mit seinem Bruder und Vater wohnt, ich weiß«, antwortete Imogen betont locker.

»Und dabei zuckst du die Achseln? Warum hat er mir das nicht gesagt? Das hätte er mir doch sagen müssen! Er hat es gar nicht erwähnt. Er war nur dagestanden ohne einen Ton ... Weil mich dieser blöde Teppich so irritiert hat, darum.«

»Er war der, der als zweites Schlusslicht hinter der Kriminaltechnik sicherte.«

»Zweites Schlusslicht, so ein Blödsinn – das braucht es doch gar nicht! Auch wenn man sich horizontal verschiebt, einer als Sandwichabschluss reicht vollkommen.«

Scheu befand, jetzt sei es Grund genug, Egles einen Privatbesuch abzustatten. Jetzt würde er mit eigenen Augen sehen können, wo und wie diese drei Männer logierten. Nach Ägypten wollte man zwar nicht, aber immerhin den See hinauf, nach Männedorf. Zwischenzeitlich sollten ihm die Kollegen sämtliche Berichte über Chlor, Schmuck, Mikrospuren auf seinen Tisch legen. Er würde später wiederkommen und sie sichten. Egal, ob dann schon Nacht wäre. Jetzt war er an etwas dran. Koni Meier lächelte ihm aufmunternd zu und bemerkte: »Schirm nicht vergessen, Leo!«

Egles wohnten in jenem weißen Wohnhaus, das Scheu von Imogen beschrieben bekommen hatte. Es thronte auf einer sanften Anhöhe am oberen rechten Ufer des Zürichsees. Das gesamte Gebäude war auf den Namen des Vaters eingetragen. Im Parterre und im ersten Stock wohnte je ein Ehepaar, im zweiten Stock wohnten die beiden Brüder Friedrich und Balz, und zuoberst in der Penthouse-Maisonette mit grandioser Terrasse residierte: der Stammvater und Patriarch – Maximilian.

Allein die Architektur empfand Scheu als Affront.

Er parkte auf einem Besucherfeld und eilte durch den Strichregen dem Eingangstor entgegen.

Das gesamte Anwesen war von einem Zaun sowie gestutzten Buchsbäumchen umsäumt, drei Palmen waren für den Winter in Jute eingepackt. Auf dem Vorplatz plätscherte ein Springbrunnen mit einer dicklichen Putte, aus deren Füllhorn Wasser in eine üppige Muschel floss. Noch mehr Wasser in diesem wasserreichen November, dachte Scheu.

Die Gegensprechanlage knatterte. Eine Stimme fragte etwas. Scheu konnte nicht ausmachen, ob es die Stimme des Alten war oder die eines seiner Söhne. Er nannte seinen Namen, und die Stimme krächzte, ja, ein Fräulein Imogen Kant habe ihn bereits angekündigt. Das musste der Alte sein.

Ein metallischer Ton erklang, und das Tor mitsamt dem eingearbeiteten Familiennamen Egle schwang majestätisch auf, Meisterwerk eines Kunstschlossers. Hier war viel Geld im Spiel. Scheu bestaunte die Geschmeidigkeit, mit der sich das Tor nach seinem Eintreten wieder schloss. Als er durch das Spalier der typisch hellen Jurakalkquader, mit denen viele wohlhabende Leute ihre Gärten aufmotzten, den Pfützen möglichst ausweichend, zur Haustür sprang, nahm er immer zwei Stufen zugleich. Mit einem Summen öffnete sich die Tür; er schlüpfte hinein.

Scheu fand sich in einem marmornen Vorraum zu einem Lift. Durch eine weitere Gegensprechanlage klang nun deutlich die Stimme Maximilian Egles: »Steigen Sie ein, ich beame Sie rauf.«

Grotesk.

Der Lift wies anstelle von Knöpfen Schlösser auf. Er war vollständig mit bronzierten Spiegeln ausgekleidet. Als sich im obersten Geschoss die Türe lautlos öffnete, stand Scheu bereits mitten in Maximilian Egles Wohnzimmer.

»Treten Sie ein, legen Sie ab, kommen Sie näher.« Der alte Mann trug das, was man am ehesten einen Hausmantel nennen konnte, aus Kaschmir und mit eingewirktem Wappen auf der Brust. In seinen Mundwinkeln klebte schon wieder Speichel. Scheu übergab ihm seinen nassen Mantel und sah vorsichtig an sich herunter. »Hier, bitte«, sagte da Egle bereits und hielt ihm Plastiküberzieher hin, »dann muss unsere Putzfrau nicht so viel reinemachen. Die gute Seele hat nämlich grad Urlaub, Sie verstehen.« Er lächelte betont trübsinnig.

Vergeblich stupfte Scheu mit dem Fuß von allen Seiten an das Plastik. Erst als er das Ding genauer betrachtete und Breit- von Längsseite unterscheiden konnte, gelang es ihm, mitsamt Schuh hineinzuschlüpfen. Eins, zwei. Dann drückte er den Rücken durch. Egle überragte ihn um Längen, ganz ohne dass er sein Kinn vorschob. Der Mann hatte Format. Auch wenn er eher dürr war, lang und schmal und fleischlos um die Knochen, seine Aura suggerierte etwas Großes, Machtvolles, ob man das nun mochte oder nicht.

»Ja, Herr Egle, ich bin eigentlich wegen einem Ihrer Söhne hier, dem Fritz.«

»Ich weiß, ich weiß. Fritz und Balz werden noch zu uns stoßen. Derweil müssen Sie mit mir vorliebnehmen. Was darf ich Ihnen anbieten? Einen Jerez vielleicht, einen kräftigen Oloroso, um gegen eine mögliche Erkältung vorzubeugen? Ich liebe seine tiefe Bernsteinfarbe.«

»Danke. Wasser genügt vollauf.«

»Ein Wasser!« Egle lachte. »Womöglich auch noch ein stilles! Haben wir nicht schon genug Wasser allüberall?« Unaufgefordert holte er zwei hochstielige Sherrygläser aus einem Mahagonischrank und tischte den Jerez auf.

»Dazu passt ganz vorzüglich Halwa. Ich habe es extra aus Griechenland einfliegen lassen, und auch den Jerez besorge ich mir direkt beim Händler. Es geht doch nichts über die rechte Provenienz. Reisen Sie, Herr Scheu?«

»Zurzeit nur von der Ober- in die Unterwelt.«

»Aha«, machte Egle gedehnt, und ohne wirklich zuzuhören, goss er den Jerez ein. In die quadratisch geschnittenen Halwablöckchen piekste er einzelne Kunststoff-Zahnstocher in den Farben Hellgelb, Hellblau und Rosa. Dann sagte er: »Bitte, bedienen Sie sich! Qualität ist ein Genuss!«

Widerwillig tat Scheu einen Schluck und schob ein Stück Halwa nach.

»Nicht wahr? Das mundet.« Egle schien zufrieden mit der bühnenreifen Präsentation seiner Welt.

Warum nur war es aber so, dass, wenn Scheu den einen Egle sprechen wollte, immer auch ein anderer zugegen war? Diese drei Männedörfler kamen ihm vor wie die Hütchen des Verwirrspiels eines Gauklers. Unter welchem Hütchen befindet sich der Schatz? Auf alle Fälle war die Münze nie da, wo sie vermutet wurde. Man musste aufpassen, wachsam sein. Wieder erinnerte er sich an seine Notiz, als er die drei Herren das erste Mal im Chefbüro an der Bändlistrasse angetroffen hatte: *Wer hat die Macht?* Vielleicht hätte er nun die Gelegenheit, diese eine Frage wenigstens zu klären. Man musste geschickt sein, man musste beobachten.

Es fiel ihm auf, dass Egle beim Atmen leicht röchelte. Ein nahezu unhörbares Säuseln, das hin und wieder in ein untergründiges Rasseln überging. Unangenehm. Mittlerweile hatten sie in einer ebenfalls weißen Sofaecke Platz genommen, kühles anorganisches Leder, durch keinerlei Zierkissen aufgehübscht. Scheu tat noch einen Schluck und ließ dabei seinen Blick durch Egles Wohnzimmer gleiten. Ein etwa fünfzig Quadratmeter großer Raum, weiß gefliest, mit einem schwarzen Flügel, der in der Diagonale zweier Eckfenster glänzte. Die Stiche an den Wänden zeigten städtische Szenen des alten Zürichs, soweit das Scheu erkennen konnte. Das Limmatquai, den Lindenhof, die Wasserkirche. Im weißen Kamin knisterte die Glut, ab und an knackte ein Holzscheit, das sich ergab.

»Achtzehntes und neunzehntes Jahrhundert. Unser Zürich, die

Wasserstadt! Wussten Sie, dass keine andere Weltstadt so viele Trinkbrunnen hat? Und schauen Sie, hier« – Egle hatte sich wieder erhoben und war zu einem der Stiche in Scheus Nähe stolziert –, »der Lindenhof war einmal fast gänzlich von Wasser umgegeben! Und da, die Wasserkirche – mitten in der Limmat! Und der Chefiturm auch – das muss Sie doch interessieren als Polizist!«

»Unser Turicum ist nicht nur eine Wasserstadt, es war auch einmal eine Hafenstadt«, reklamierte Scheu seinen eigenen Anteil an Bildungswissen und ärgerte sich sogleich über sich selber. Dieser Hang, jeden Fehdehandschuh aufzugreifen, solange er nur von einer wohlhabenden Person, einem *Jemand*, hingeworfen worden war. Man müsste das endlich überwinden können.

»So ist es, so ist es in der Tat«, bestätigte Egle theatralisch. Gleichwohl klang er irgendwie bekümmert dabei. Er gab zwar den weltmännischen Connaisseur, aber in Scheu wuchs der Eindruck, dass er in seiner Luxusklause abgeschieden vor sich hin lebte – und über diese Einsiedelei eifersüchtig wachte.

Wiederum vollkommen lautlos schob sich die Lifttüre auf, und die beiden Brüder traten in den Raum. Scheu sah ihre Spiegelbilder, pastellene Schemen, in der bodentiefen Fensterfront. Balz ging von hinten zügig auf ihn zu und reichte ihm noch über die Sofakante hinweg die Hand, in der anderen hielt er eine PET-Flasche. »Guten Abend, Herr Scheu.«

Fritz blieb einen Moment stehen, um dem älteren Bruder den Vortritt zu lassen. Maximilian Egle schluckte geräuschvoll den Jerez hinunter. Zusammen mit den beiden Brüdern war nicht nur etwas Aufreizendes, Nerviges in den Raum getreten, sondern zugleich eine tiefe Trauer. Scheu fertigte eine neue Gedankennotiz an: Grund der Trauer?

Amüsiert registrierte er, dass Balz Egle lederne Slippers trug, Krokodilhautprägung, weiße Kappe, rahmengenäht, sein Bruder aber ausgefranste Schlappen aus blauviolettem Plüsch. Was für ein Figurenkabinett!

»Guten Abend, Herr Egle«, eröffnete Scheu das Gespräch, demonstrativ zu Fritz Egle gewandt, »ich wollte Sie noch einmal sprechen, da Sie ja auch unten im Kanal waren am Tag des Leichenfunds.«

»Es ist nichts Ungewohntes, dass ich hinuntersteige, Herr Scheu, es tut mir leid, das gehört zu meinem täglich Brot.«

Es tut ihm leid? Als Scheu allzu schnell nachfragte, geriet das Gespräch bereits zu Beginn auf eine schiefe Ebene. Und als Fritz Egle wie beiläufig erwähnte, dass er nur ein einfacher Kanalarbeiter sei, der mit neunzehn das Gymnasium abgebrochen habe, glitten Scheus Brauen in die Höhe. »Der Ehrgeiz hat mich nie angestachelt, es meinem Vater oder Bruder gleichzutun, eine Karriere in diesem Sinne interessierte mich ganz einfach nicht.« Auf die Frage, *in welchem Sinne denn?*, blieb Fritz Egle eine Antwort schuldig. Überhaupt reagierte er auf Scheus Erkundigungen interesselos, jedoch nicht ohne das nötige Maß an Höflichkeit. Scheu vermutete den Schatten der Trauer, die noch immer mit den Männern im Raum schwebte, vor allem um seine Schultern gehüllt.

Balz hingegen schwitzte und fuhr sich mit den breiten Fingern über die Stirn. Tastete unstet seine Frontallappen nach Antworten ab, die er nur zerstreut und mit mangelnder Abstimmung auf die jeweiligen Fragen geben konnte, und holperte schließlich durch eine wirre Schilderung über den Verlust der Mutter.

»Fritz war sieben und ich zwölf Jahre alt, als das Schicksal Maman ereilte.« Man hatte die Mutter französisch Maman genannt? Wie nobel. Scheu erschrak ein bisschen darüber, dass er so gar kein Mitgefühl empfand.

Aber da schwang ein Missklang mit in dieser Erzählung, eine Dissonanz, deren er nicht habhaft wurde.

Seither sei der Vater für das Wohlbefinden der Söhne zuständig gewesen, schloss Balz Egle. Maximilian Egle ließ sich erneut zwei Halwastückchen in den Mund fallen und suckelte daran herum. Scheu hatte den Eindruck, einer Posse beizuwohnen.

Oder einer Tragödie? Von Balz strahlte Wärme aus, eine Art Fürsorglichkeit für den jüngeren Bruder.

Vielleicht, so überlegte Scheu weiter und hörte nur noch mit einem Ohr hin, was nun Maximilian Egle über das Pianospiel seiner verstorbenen Frau erzählte, vielleicht hatte Balz den Platz der Mutter bei Fritz eingenommen, die Rolle des Hingebungsvollen, Rücksichtsvollen. Fritz jedenfalls schien sich an Balz anzulehnen wie ein verängstigtes Kind. Dabei waren die beiden Männer heute dreiundsechzig und achtundfünfzig Jahre alt. Und genau das war der springende Punkt: Wieso stieg ein bald Sechzigjähriger noch freiwillig in die Kanalisation hinab?

Scheu stellte diese Frage unvermittelt.

»Die Kanalisation ist unser Zuhause«, konstatierte Maximilian Egle. »Es war ganz selbstverständlich, dass einer von uns nach unten ging. Bei so einem Zwischenfall. Und Balz ist dafür nicht mehr geeignet.«

Er nannte es Zwischenfall. Nicht Fund. Nicht Leiche. Nicht tote Frau. *Es ist ein Zwischenfall für ihn*, notierte sich Scheu im Kopf. *Und Balz ist dafür nicht mehr geeignet.* Welche Kälte da mitschwang.

»Na ja, wer so ein schönes Daheim hat wie Sie, hier oben am Hang von Männedorf, mit Seeblick und allem, der kann wohl kaum die Kanalisation sein Zuhause nennen, oder?«, stachelte ihn Scheu an. Den Schmuck hatte er bislang noch nicht erwähnt. Diesen Trumpf sparte er sich auf.

»Das hat sich so ergeben, das hat sich einfach so ergeben, Herr Scheu.« Der alte Egle legte etwas Endgültiges in seinen Tonfall.

Scheu machte eine weitere Gedankennotiz: *Alles über die Brüder herausfinden. Auch über ihre Frauen- oder ihre Männerbekanntschaften, alles.*

Dann rüstete er sich innerlich auf. Es war an der Zeit, dass er etwas Wesentliches in das Gespräch eingab. Scheu offerierte den Happen mit Genuss: »Bei uns hat sich auch etwas ergeben. Auch wir haben heute einen ganz außerordentlichen Zwischenfall erlebt«, hier stoppte er betont, »wir haben nämlich einen Fund gemacht. Wir haben, etwas weiter unten im Streckenabschnitt, in einem stillgelegten Abflussrohr und nur ungenügend hinter Steinen und Kieseln versteckt, einen Lederbeutel mit Schmuck freigegraben. Genau, meine Herren, einen Lederbeutel mit Schmuck. Wir wissen noch nicht, ob dieser Schmuck etwas mit der toten Frau zu tun hat. Aber ich habe Ihnen hier ein paar Fotos mitgebracht, vielleicht erkennen Sie darauf etwas, was uns weiterhilft. Und: Bitte, behalten Sie dieses Wissen vorerst für sich, es soll nicht an die Öffentlichkeit. Noch nicht.« Damit legte er einen Stapel mit Bildern auf den hellgrauen Lacktisch, der als verbindendes Element zwischen den weißen Sofas stand. Scheu beobachtete genau, welcher der drei Egles als Erster die Fotos in die Hand nahm. Er hoffte, damit die Frage der Macht zu klären.

Die silbernen Armreife, der Fingerring, die Ohrringe, die Halskette mit ihrem Anhänger aus weißen und roten Steinen waren auf den Fotografien abgebildet. Weitere zeigten die Fundstelle, den Beutel, die herausgeschabten Kiesel aus dem Abflussrohr.

Indes, Scheu blieb verwirrt. Der Vater enttäuschte mit seiner Zurückhaltung. Fritz, der jüngere Bruder, machte überhaupt keine Anstalten, sich über die Bilder zu beugen und zuzugreifen, und Balz hetzte die Abzüge durch seine Finger, als könne er sich daran verbrennen. Da war kein Zeichen von Macht. Bei keinem der drei. Wenigstens nicht deutlich genug für Scheu.

Balz Egle meinte, er könne zu den Bildern nichts sagen. *Beim besten Willen nicht*. Beim besten Willen. Auch die Stelle im Kanal sei ihm lediglich von Plänen bekannt, selber steige er schon seit Jahren nicht mehr hinunter. Ohne Übereilung legte er die Bilder zurück auf den Tisch. Scheu wusste, dass er jetzt die Stille aushalten musste. Es schien, Fritz gebe sich einen Ruck. Er beugte sich vor. Etwas ruhiger und konzentrierter als sein Bruder ging er Aufnahme für Aufnahme durch. »Schöner Schmuck. Ist er aber wertvoll?« Das klang wie Spott. Nur wer Macht hat, spottet, dachte Scheu.

»Dazu kann ich mich nicht äußern«, antwortete Scheu langsam und beobachtete weiter.

»Tja, ich kenne ihn nicht, diesen Schmuck. Nie gesehen. Aber wir haben da unten schon so vieles gefunden, Portemonnaies, Handtaschen, auch rostige Dreiräder und Motorradpneus. Weggeworfen, das Loch hinab und tschüss.«

»Ich hab's vernommen«, sagte Scheu, dem diese Kanalgeschichten allmählich auf die Nerven gingen.

Als Letzter griff Maximilian Egle mit seinen langen knochentrockenen Fingern nach dem Stapel. Die Adern, die seinen Handrücken überwucherten, wirkten wie festgewachsene Krallen.

Ruhig glitten seine aschigen Augen über die Abzüge, einen nach dem anderen. Dabei schüttelte er kaum merklich den Kopf wie in stillem Bedauern. Als Scheu sie schließlich wieder einstecken wollte, bat er darum, eine Fotografie noch einmal betrachten zu dürfen. Es war die, auf der die einzelnen Stücke sorgfältig um den Schmuckbeutel herum positioniert waren. Scheu fragte sich, ob er es sich bloß einbildete, dass die Zeit für einen Augenblick stillstand.

Aber auch er, Maximilian Egle verneinte. Nichts konnte er zu diesem Fund sagen, *rein gar nichts*. Schon wieder klebte Spucke in seinen Mundwinkeln.

Als sich Scheu wenig später von seinem Sitz erhob und vor dem Lift die Überzieher abstreifte, warf ihm der jüngere Egle, der Fritz, noch nach: »Dann suchen Sie mal schön nach der Herkunft dieser Preziosen. Die Provenienz entscheidet, die Provenienz, sagst du nicht immer so, Vater?«

Er klang, als würde er gegen seinen Vater anstänkern. Dieser war plötzlich kreidebleich.

Er klang wie ein rotzfrecher Bengel.

Kapitel 11

Der Regen hatte die ganze Donnerstagnacht hindurch gegen die Scheiben geprasselt und auch am Freitag nicht pausiert. Die winterliche Trübheit, die noch vor Feierabend selbstisch zwischen den Häuserschluchten blubberte, machte Scheu zu schaffen. Als er von seiner Besprechung mit Schoop zurückkam, spiegelten sich die Weihnachtslichter in den Lachen, dabei war Nachmittag.

Der Wind trieb lange Schleierbahnen vor sich her. Nie erwachte in dieser Jahreszeit ein Tag ganz aus seinem Dämmer.

Gedankenverloren starrte Scheu gegen die Fensterscheibe. Ein nicht enden wollender Aufmarsch von Tropfen-Tambouren, die südwärts defilierten.

Mittlerweile hatte Imogen eingesehen, dass Arbeiten bei sperrangelweit geöffnetem Fenster nicht rund ums Jahr möglich war. Sie hielt den letzten Spalt durch eine Keksdose definiert, aus der sie hin und wieder naschte. Das konnte allerdings nicht verhindern, dass Scheu fror. Er fand, es zog. Dies, die Kälte, die Dunkelheit und die Nässe – und ein paar Dinge, über die er nicht nachdenken mochte – sorgte dafür, dass er ganz unfroh war.

»Magst einen?«, fragte Imogen und hielt ihm die geöffnete Keksdose hin.

»Danke, nein«, sagte er. Und dann mit Hundeblick: »Du gehst?«

»Tja, heute bringt das nichts mehr. Jetzt ist erst mal Freitagstraining angesagt. Ich werde am Wochenende hier sein. Du?«

»Ich?« Scheu zögerte. »Ich bleibe noch.«

»Du fährst aber nicht wieder in selbstherrlicher Mission den See hinauf und belästigst städtische Beamte in deren Privatdomizil?«

»Das geht dich nichts an.«

»Und es geht aber auch nicht an, dass du immer nur so halb

privat mit Egles sprichst, auf Stippvisite sozusagen. Dein Bild von denen ist ja völlig verzerrt. Von allen dreien.«

»So? Was weißt denn du von meinem Bild?«

»Ich weiß von Egles, und auch dank meiner Erfahrung hier in der Kapo und ganz allgemein im Leben weiß ich, dass diese drei nicht einfach nur so schwarz-weiß sein können, wie du sie gerne malst.«

Scheu faltete seine Hände im Nacken und legte den Kopf hinein. Imogen hielt seinem Blick stand, sie sagte schlicht: »Ich habe die beiden Brüder vorgeladen, einen nach dem anderen, wie sich das gehört. Sie kommen dann Montag früh. »

Scheus Wirbel fühlten sich an wie festgehakt, er konnte den Hals nicht bewegen.

Imogen ließ sich nicht beirren. Offenbar schnurrte in ihr, einmal angekurbelt, ein Motörchen, das seine Empörung in die Welt spotzen musste. Die Freitagabendempörung, vielleicht stank es ihr ja ebenfalls, das Büro teilen zu müssen. So eine erste Arbeitswoche zu zweit, mit einem wie ihm – herrje, wenn man das nur nicht jeden Freitag über sich ergehen lassen musste.

»War das die Lettin, mit der du am Mittag telefoniert hast?«

»Ja, das war die Lettin.«

»Trefft ihr euch wieder heute Abend?«

»Jaha.«

Er sah, wie Imogen die Schultern sacken ließ. »Leo, du steckst in einem Tetralemma.«

»Ich stecke bitte in was?« Endlich bekam er seinen Nacken frei, nur um in der nächsten Position – diesmal vorgereckt – zu spüren, wie er auf ein Neues festhakte.

Imogen fuhr ihren Computer herunter, stand auf und schloss fürsorglich das Fenster. Dann schaute sie ihn an. »In einem Tetralemma. Einer Figur, die von vier Richtungen bestimmt wird: Zusprechen, Absprechen, sowohl Zu- als auch Absprechen und Weder-Noch.«

»Aha«, murmelte er verständnislos und versuchte mit kleinsten Bewegungen, und möglichst von seiner Kollegin unbemerkt, die Halswirbel zu lockern. Das fühlt sich schon gespenstisch nah an Lutzens Halskrause an. War man in Gefahr, grad ebenso zu enden? Oder spielten einem die Spiegelneuronen einen Streich? Imogen hatte im Sommer davon berichtet, als sie von ihrer Fortbildung kam. War das jetzt wieder etwas Neues: Tetralemma?

Aber Imogen war noch nicht am Ende. Sie hebelte ihre Shape-Ups von den Fersen und zog die weißen Stiefelchen an. »Die Position, die du innehast, wenn du dich dagegen wehrst, droht dich in Erstarrung zu versetzen. Die Alternative, mit der du liebäugelst, führt dich in ein Dilemma. Du negierst, dass alles miteinander etwas zu tun haben könnte, und doch suchst du eine Verbindung in allem.«

»Du liest die falschen Bücher, Imogen Kant.«

»Und du solltest vielleicht einmal deine Muster durchbrechen, Scheu. Querfeldein gehen. Radikal.«

»Wohin denn?«

»Schau, ich mach's einfach für dich. Das ist jetzt die Tetralemma-*Aussagen*logik: Eine Aussage kann wahr und nur wahr sein; sie kann falsch und nur falsch sein; sie kann sowohl wahr als auch falsch sein, und sie kann weder wahr noch falsch sein. Vier Richtungen. Tetralemma.«

»Und jetzt? Was mach ich jetzt damit?«

»Geh drüber hinweg, querwegs!«

Er stutzte.

»Muss ich noch deutlicher werden?« Sie seufzte tatsächlich auf. »Du kannst dich mit einer Frau treffen, sie spannend finden, dich vielleicht sogar etwas in sie verlieben. Es kann wichtig sein für dich oder auch nicht. Nur tu endlich etwas! Und tu das, was du tust, gut. Tschau dann!« Und damit war sie weg, verschwunden.

Scheu rieb sich das Genick. Konnte es sein, dass er so etwas wie männliche Verlorenheit transpirierte? Wie hatte sie ihn erst kürzlich noch genannt: Schwerenöter? War er ein einsamer Wolf? Im Notstand?

Schon heute früh hatte Imogen zu ihm gesagt, keiner verstehe so schön zu leiden wie er. Dabei war nur das Wetter schuld an seiner Laune. Und überhaupt: Was konnte er denn dafür, dass er vorsichtig war! Sorgfältig wählte, seine Schritte mit Bedacht plante und lieber drei- als nur zweimal überlegte, bevor er sie tat? Bevor er etwas machte, was er später bereuen könnte?

Sich etwas vormachte ...

Bald würde sie kommen. Ihn unten erwarten. Abholen.

Sie war längst wichtiger geworden, dringlicher in seinem Leben als dieser Mordfall. Sie verursachte ein waberndes Gefühl in ihm, das unruhig flammte, und er wusste, dass das falsch war.

Oder war es – auch – *nicht falsch*? War es richtig? Keins von beidem, beides? Hatte Imogen recht, und alles war verbunden miteinander und er – verspannt und strapaziert – in der Mitte dieses Ganzen? Wie auf einem Folterbrett, Arme und Beine in vier Richtungen gezerrt.

Scheu verließ das Büro und schlurfte aufs Klo. Er betrachtete sich im Spiegel. Müde. Alt. Viel älter als Mitte vierzig sah er aus. Die dunkelbraunen Augen lagen unter schweren Lidern beinahe glanzlos, die Stirn in Falten, und sein Fünftagebart stachelte verstaubt.

Er wusch sich die Hände, schaufelte sich Wasser ins Gesicht. Mit feuchten Fingern kämmte er sich die Haare aus der Stirn. Sie lagen gewellt und ließen sich nur widerwillig bändigen. Er kontrollierte das Bild, ohne sich dabei erneut in die Augen zu schauen. Ein solches von Sorge und Kümmernis umwölktes Gesicht mochte er nicht ansehen. Dann zog er den Pullover über den Kopf und roch an seinem T-Shirt.

Zurück im Büro, rollte er etwas Deodorant in seine Achselhöhlen und riss ein frisches Hemd aus seiner Verpackung. Geschenk einer Verflossenen. Eine kurze impulsive Liebe, wenn man die Frau befragte. Eine Unbedachtheit, sein Urteil. Das Hemd war Jahre alt und auf Retro gestylt. Aber es frischte ihn modisch auf, wie er befand, als er sich im Fensterglas ansah. Er knöpfte sich die Manschetten zu und stopfte die Schöße in die Jeans. Dann roch er noch einmal an seiner Achsel. Das musste genügen. Er war bereit.

Ihr Anblick verschlug ihm den Atem. Verstohlen schaute er zu ihr hoch. In ihrem zimtfarbenen Haar perlten Tropfen. Sie hatte sich eine Frisur gesteckt – stecken lassen? –, die ihr attraktives Gesicht warm umspielte. Luftig hoch frisiert und zurückgehalten von mit Glimmer versehenen Klammern, mit einzelnen Strähnen, die, gelockt, ihre Wangen entlangschmeichelten. Das alles in einer Schlichtheit, in einer Selbstverständlichkeit, die grandios wirkte. Das Kostüm, das sie heute trug, war rostbraun, die Bluse lindgrün, plissiert. Und er hatte noch nie eine Frau kennengelernt, die grüne Strümpfe so elegant tragen konnte wie Ieva Bērziņa. Er war froh, dass er sich das neue Hemd angezogen hatte. In seinen Schuhen begann es schon wieder zu pflotschen, als sie zu ihm sagte: »Danke für den großen Umschlag.«

Scheu hatte ihr die Unterlagen kopieren und ins Hotel liefern lassen, die man im Staatsarchiv zum Fall ihrer als verschollen geltenden Mutter aufgestöbert hatte. Ebenso sämtliche Kopien, die ihm von Hubschmid mit der internen Post zugestellt worden waren. Seinem Empfinden nach war das nicht viel. Kopien von Aufnahmeprotokollen, Fahndungsberichten, Aktennotizen, amtlichen Vorgängen. Im Weiteren Unterlagen und Kopien, die Claudia Steins Eltern, Ievas leibliche Großeltern, damals beigebracht hatten: Schulzeugnisse, drei Fotos zu Fahndungszwecken, ein Beschrieb der Kleider, die Claudia bei ihrem Verschwinden mutmaßlich getragen hatte. Tagebuchaufzeichnungen, darunter die Kopie einer handgeschriebenen Notiz, wohl das, was Ieva *Brief* genannt hatte: Worte und Sätze, an Claudia Steins neugeborenes Kind gerichtet – Jungmädchenpläne und Phantasien.

Traumgespinste. Wer ermöglichte schon einer ungeplant Mutter gewordenen Minderjährigen den Schulabschluss und später ein Studium der Archäologie, bei dem sie zusammen mit ihrem Kind ferne Länder bereisen könnte? Damals?

Für die ermittelnden Beamten war denn auch genau dieser Abschnitt im *Brief an mein Kind* maßgeblich dafür verantwortlich, dass man bei Claudia Steins Verschwinden ein Untertauchen in ein anderes Land für sehr wahrscheinlich hielt. Es war die Hippiezeit, die wilden Jahre, Jahre voller Aufbruch. Drogen. Freier Liebe. Und irgendwann war es dann wohl einfach zu spät gewesen für Claudia Stein, zurückzukehren und zu sagen: Hallo, ich bin übrigens deine Mama, die, die dich vor zehn oder zwanzig oder dreißig Jahren im Stich gelassen hat ... so irgendwie musste das gewesen sein. Das dachte er aber nur.

Sie sagte: »Es war schön und schmerzlich zugleich, diese Unterlagen zu lesen, Leandro, aber ich danke Ihnen. Es tat weh, und doch« – sie protestierte gegen seinen Blick –, »ich danke Ihnen aus tiefstem Herzen. Heute möchte ich Sie zum Essen einladen.«

Wieder so ein Tetralemma, Ievas Reaktion auf den Umschlag.

Erst jetzt bemerkte Scheu, dass neben ihnen ein Taxi im Regen wartete. Das gelbe Schild war ausgeschaltet. Ein bisschen erstaunte ihn, dass Ieva mit einem normalen Taxi anreiste. Er hätte bei einer Frau, die sich eine Übernachtung für mehrere Hundert Franken leisten konnte, zumindest eine Hotellimousine erwartet.

Ieva hatte sich für diesen Abend das *Ristorante Orsini* am Münsterhof ausgesucht, ein Lokal, das zum *Hotel Savoy Baur en Ville* gehörte. Für die kurze Strecke vom Taxi durch den schmiedeeisernen Torbogen und die wenigen Stufen zum Eingang des Restaurants empor hielt Scheu Ieva einen Schirm. Er hatte ihn voll erleichterter Dankbarkeit zwischen sich und ihr auf der Rückbank des Taxis entdeckt. Ein roter Knirps, mit glitzernden Steinchen an Stockspitze und Griff bestückt. Ein Damenschirm, der trotz seiner zehn Speichen aufgrund der engen Kuppel, die sein Kiel spannte, nur einer Person Schutz bot.

Das *Orsini* verzichtete auf akustische Gewalt. Sein Orchester bestand aus dem gedämpften Gemurmel der Gäste und königlich klingendem Besteck. Schwerem Besteck. Eine wunderbare Hintergrundmusik nach Scheus Verständnis. Dank der Raumaufteilung saß auch keiner der Gäste dem andern auf. Ieva und Scheu konnten sich ungestört unterhalten.

»Für Sie hätte ich wohl eine Damenkarte bestellen sollen«, sagte Ieva erheitert.

»Was soll das sein?«, fragte Scheu.

»Eine Karte ohne Preise. Nun wählen Sie schon, es geht auf mich.«

Scheu las sich dennoch sorgfältig von Gericht zu Gericht.

»Mögen Sie die italienische Küche, Leandro? Leandro, das ist doch ein italienischer Name, nicht?«

»Schon, ja.«

»Darf ich Sie fragen, wo Sie aufgewachsen sind?«

»Kreis fünf, Zürich. Hinter den Geleisen.« Als keine weitere Frage folgte, sah er auf und grinslächelte. »Gern sogar, ich mag die italienische Küche sehr gern.«

Schließlich bestellte er zur Vorspeise einen Artischockenbodensalat mit Parmesan und zur Hauptspeise Taglierini mit Seezungenstreifen an Zitronensauce. Ieva schürzte die Lippen. Ihre Augen waren strichfein. Großzügig bestellte sie sich ein Carpaccio di Manzo Classico, gefolgt von Steinbutt vom Grill mit geschmortem Fenchel. Den Wein ließ sie sich vom Ober empfehlen.

»Und? Haben Sie Ihren Bericht geschrieben?«

Scheu musste überlegen, worauf sie anspielte. Ach ja, er hatte ihn ihr gegenüber wohl erwähnt, den Binzer Bericht. Und nein, er hatte keine weitere Zeile verfasst, nicht eine einzige.

»Ich«, versuchte er heiter, »bin noch einmal drum herumgekommen.«

»Wie das?«

»Meine Kollegin, Imogen Kant, war im Büro. Also haben wir uns über den Fall unterhalten. Danach bin ich nach Hause gefahren und habe doch noch etwas geschlafen.«

»Hatten Sie daran gezweifelt?«

»Sie gäben eine gute Verhörbeamtin.«

Zusammen mit dem Aperitif, Limettensekt, wurde ein Amuse-Bouche gereicht. Eine undefinierbare Masse auf einem Silberlöffelchen mit geschwungenem Stil. Scheu ahmte Ieva nach, wie sie die Masse zusammen mit etwas Bruschetta aß. Nur ganz leise und weltabgewandt summte der Tinnitus in seinem Ohr. Von draußen wurden Regenfahnen an die Fensterscheiben gepeitscht. Aber hier drinnen herrschte die warme Atmosphäre einer Stube. Scheu hätte nicht gedacht, dass er sich in einem Hochwertrestaurant so wohlfühlen könnte. Heimatberechtigt fast. Noch nicht einmal das Kerzenlicht wirkte aufgesetzt. Langsam entspannte er sich. Ihm war ganz gravitätisch.

Während der Vorspeise redeten sie über die klimatischen Unterschiede ihrer beiden Länder, und beim Hauptgang plauderten sie bereits über Musik, die sie während ihrer Jugend gehört hatten und zu der sogar Scheu erste Tanzversuche unternommen hatte. »Aus mir ist leider kein guter Tänzer geworden. Ich glaube, ich habe Koordinationsschwierigkeiten, motorisch.«

»Obwohl Sie sich mit Motoren auskennen.«

»Obwohl mein Ursprungsberuf Automechaniker ist, ja.«

Scheu konnte sich nicht sattsehen an seinem Gegenüber. Mittlerweile schaute er ganz unverfroren. Und was Grinsen und was Lächeln war, konnte er nicht mehr unterscheiden. Eins floss ihm ins andere. Der Wein, für einen Biertrinker wie ihn eher ungewohnt alkoholhaltig, tat seine Wirkung.

Ievas Augen schimmerten wissend, wie die Facettenaugen einer Fliege. Wenn sie mit einer seiner Antworten nicht einig ging, zogen sie sich zu den bereits vertrauten Strichen zusammen. Und während sie ihm eine Antwort um die andere gab wie abgezählte Perlen, während sie überlegte und abwog, was und welchen Teil ihres Lebens sie preisgeben sollte, schaute sie nicht links und nicht rechts, sondern behielt Scheu fest in ihrem Blick. So dass ihm heiß wurde bis unter den Haaransatz. Zweimal beobachtete er, wie sie sich mit der Zungenspitze die vordere Zahnreihe inwendig abfuhr, als rolle sie die vorgesehenen Worte zur Prüfung dagegen, bevor sie sie aussprach. Und wenn sie sprach, dann nur durch schmale Lippen, die gerade mal so weit geöffnet waren wie nötig. Welche Entlastung, die seltenen Momente, in denen sie lachte! Welche Erleichterung, ihre Mimik lebendig in Bewegung zu sehen, Weichheit verheißend. Weiblichkeit. Und Wärme. Doch noch etwas Wärme in dieser nasskalten Novemberzeit.

Vielleicht müsste man, sobald dieser Fall aufgeklärt war, tatsächlich einmal Urlaub machen. Es musste ja nicht grad Ägypten sein. Aber eben doch sich irgendwo fern der gängigen Wildwechselpfade wieder neu an sein Leben herantasten und sehen, wer man auch noch war – außerhalb der Funktion, weg vom Arbeitsbereich.

Scheu registrierte ohne Verwunderung, dass Ievas Antworten immer ein, zwei Sekunden zu spät erfolgten, die Zeit, in der sie ihn mit Blicken bannte.

Einander dermaßen näherkommend, griff Scheu aus einem Impuls heraus, vielleicht weil er das Bedürfnis hatte, noch etwas mehr von sich mit ihr zu teilen, unvermittelt in seine Jackeninnentasche und zog eine Fotografie hervor, die er Ieva über das gestärkte Tischtuch zuschob.

Die Augenstriche, die gerade Linie ihres Mundes, Scheu war ganz verzückt.

»Was ist das?«, wollte sie wissen.

»Schmuck, den wir gefunden haben und noch nirgends zuordnen können. Ich dachte mir, Sie könnten mir dabei vielleicht helfen. Weil Sie sich doch darin auskennen. Sieht der wertvoll aus für Sie?« Er wusste, dass er seine Kompetenzen überschritt. Und plötzlich spannte auch seine Hose; er musste sich unbedingt bequemer hinsetzen.

Auf Ievas Gesicht wechselte der Ausdruck von interessiert zu professionell. Wie schmal können diese Augen werden?

Sie hielt das Bild so, dass es ihm die Sicht auf sie verwehrte. Dann schaute sie ihn an. Sie war so schön. Er hatte sie für sich gewonnen mit diesem Vertrauensbeweis, noch einmal für sich gewonnen, für einen kurzen Augenblick. Scheu grinste, zufrieden wie ein Kater auf der Ofenbank. Wie von fern hörte er ihre heisere Stimme sagen: »Oft ist Schmuck seiner Beschaffenheit nach wenig wertvoll. Sein Wert liegt im Blick des Betrachters.«

Sie sind wertvoll in meinem Blick.

»Um Ihnen eine Antwort geben zu können, müsste ich die einzelnen Stücke sehen. Real, meine ich. Aber nach dem, was mir dieses Bild hier zeigt, handelt es sich bei den Steinen im Anhänger möglicherweise um Diamanten. Sehen Sie, das sind kleine Diamantrosen, im Altschliff in Korn gefasst, und die roten Steine, das werden wohl Rubine sein. Hübsch, mit dem Fingerring als Pendant. Und das hier« – sie zeigte mit ihrem unendlich langen, unendlich schlanken Fingern auf die Ohrringe und Armreife –, »das hier könnte auch Billigsilber sein. Dutzendware.«

Ihr Anblick war eine Wucht. »Ring und Anhänger aber scheinen mir in ihrer Fasson antik. Heute macht man das nicht mehr so. Da könnte man ansetzen.« Ihre Stimme säuselte wie Sommerwind. »Ein neuer Fall, Leandro?«

Das Erwachen aus seinem Tagtraum war unangenehm. Er brummelte etwas in den Kragen seines Retrohemdes hinein und langte dann über den Tisch, um das Foto wieder an sich zu nehmen. Ieva legte den Kopf in den Nacken und blinzelte lustig. »Das dürfen Sie wohl nicht, mir aktuelles Material zeigen?«

»Nein, das darf ich nicht. Bitte entschuldigen Sie.«

Er stand etwas ruckartig auf und blickte sich suchend um. Mit zwei Fingern stützte er sich auf die Tischplatte. Dieser Ton war schrill. Der ganze Raum wankte. Der Ober bedeutete ihm mit einem Nicken die Richtung. Befangen hampelte Scheu durch das Restaurant zur Toilette.

Als er zurückkam, dampfte vor ihm ein Espresso. »Ich wusste nicht, ob Sie lieber Kaffee oder Espresso nehmen.«

»Mit Milch geht auch Espresso ganz gut.« Ich klinge wie eine Memme, dachte er.

Erst im Taxi, bei der Rückfahrt durch den Regen, schwang sich ihr Gespräch noch einmal zu den Höhen auf, die im *Orsini* kurzzeitig so leicht zu erklimmen gewesen waren. Ieva lachte und legte ihre Hand auf Scheus Arm. Eine unglaubliche Berührung.

Vor dem Hotel wartete sie diesmal wie selbstverständlich darauf, dass er ausstieg und ihr die Tür des Wagens öffnete. Dann schritt sie ihm majestätisch in die Lobby voran, sagte etwas zum Receptionisten, dem Hirschgeweih, und nahm die Treppe aufwärts. »Damit Sie einmal sehen können, wie ich hier wohne.«

Scheu folgte ihr gehorsam. Auf dem oberen Treppenabsatz kreuzte ihr Weg den Weg des Zimmermädchens mit dem zu Schneckenzöpfen geflochtenen Haar. Wie neulich wisperte sie in einer fremden Sprache in ein Handy hinein und wandte sich von den Gästen ab. Als Scheu sah, dass sie gleichzeitig versuchte, einen Stapel frische Wäsche unter den Arm zu klammern und eine Türe aufzusperren, ohne auf das Handygeplauder zu verzichten, sprang er ihr zu Hilfe. Sie wehrte ab und schaute ihn mit traurigen Augen an. Vermutlich hatte sie Heimweh, die Arme.

Die Junior Suite 408 war enttäuschend klein. Die Möbel kamen Scheu zusammengestückelt vor wie aus einem Brockenhaus. Der vorherrschende Farbton war rot, Teppich, Tagesdecke, Vorhänge, sogar die beiden Ledersessel und die Couch im Salon leuchteten wie Kirschen. Ieva bedeutete ihm, Platz zu nehmen. »Die Bar schickt uns gleich noch einen Schlummertrunk nach oben«, und als sie sein Gesicht sah, »danach können Sie gehen. Nach Hause oder in Ihr Büro, Ihren Bericht verfassen, wenn Sie denn wollen.«

Scheu wusste plötzlich nicht mehr, wohin mit seinen Blicken. Der Sessel furzte obszön, als er sich auf ihr wiederholtes Bitten darin niederließ. Rechter Hand thronte ein Flachbildschirm auf einem antiken Schubladenmöbel. Daneben stand ein Tischchen mit Intarsien, das mit Blättern, Mappen, Zeitungsartikeln, Fotos und Notizen übersät war. Eine der beiden Schubladen stand offen. Scheu erkannte darin den kantonalen Manila-Umschlag.

Jemand klopfte an die Türe. Ieva sprang auf und bewegte sich geräuschlos durch den Raum. Sie hatte die Schuhe abgestreift und ging auf grünen Strümpfen. Ach, sie war ja so zu Hause in sich und der Welt!

Ein Livrierter folgte ihr ins Zimmer, zwei bauchige Tassen auf einem Silbertablett transportierend. Ieva bedankte sich in einer Sprache, die Scheu für Russisch hielt.

»Chai Latte«, sagte sie, »ungezuckert.« Dass er gerne nachsüßen dürfe, nahm Scheu als Einladung zum Trotz.

»Das besondere Muster ist wohl das viele Geld wert«, entfuhr es ihm. Offensichtlich entschloss sich Ieva, die Spitze zu überhören. Sie erklärte ihm, wie man mittels Zimtpulver, aufgeschlagener Sahne und eines Löffelstiels ein solch kunstvolles Blatt in den Milchschaum zeichnen konnte.

Er nickte gereizt und probierte.

»Ich habe das hier kennengelernt, in der Schweiz.«

»Das ist aber nicht typisch Schweizerisch. Diese Verzierungen ...«

»Was ist es dann?«, fragte sie und schaute ihn mit einem wehmütigen Drängen an. Scheu räusperte sich seine Stimme im Hals zusammen und erinnerte sich endlich des Geschenks, das er doch für sie im Antiquariat erworben hatte. Eine warme Welle flutete seinen Körper, und er schämte sich fast ein bisschen für seine Launenhaftigkeit. Aus der Innentasche seines Mantels, den abzulegen er sich nicht getraut hatte, holte er ein eingewickeltes Heftchen. Zwei feuchte Flecken bedeckten das Seidenpapier. Er streckte es ihr über die beiden Tassen hinweg entgegen.

»Was ist das?«

»Ein Buch mit alten Schweizer Kinderliedern. Ich dachte mir, damit haben Sie doch wenigstens etwas, was Sie mit Ihrer Herkunft verbindet. Ihre Mutter hätte Ihnen diese Lieder bestimmt gern vorgesungen.«

In Ievas Augen trat der November, nicht lange, und ihr Gesicht sah aus wie die Wohnwagen an der Bändlistrasse. Mit einer Mischung aus Anziehung und Bestürzung starrte Scheu sie an. Schlieren links und rechts, abwärtswandernd. Endlich grub Scheu nach einem Taschentuch. Vergeblich, er hatte keines.

Als er sich von seinem Sessel erhob und, Worte der Verabschiedung murmelnd, auf die Tür zubewegte, blieb sie sitzen. Unsicher, was er mit dieser Situation anfangen sollte, stand er einen Augenblick lang noch im Türrahmen, mit den Händen in der Luft, wie nach den rechten Worten greifend. »Morgen, Ivea, am Samstag, wenn Sie wollen, nehme ich Sie an einen Ort mit, an dem es schweizerischer zu- und hergeht, als das manche Schweizer wissen. Zweimal wollte ich Sie schon traditionell ausführen. Das ist mir jedes Mal gründlich misslungen. Aber am Samstag weiß ich, wohin ich Sie gerne mitnehmen möchte.«

Über seine eigenen Worte erschrocken, hastete er kurz darauf die Treppe hinab.

Kapitel 12

Unterwegs hatte Ieva anhalten und sich einen wasserfesten Mascara kaufen wollen. Es war früher Samstagabend, viel Volk unterwegs. Während Scheu im Wagen vor der Drogerie wartete, klopfte ihm ein Fußgänger gehässig auf den Kofferraum. Sein Wagen auf dem Trottoir zwang alle zu einem Hindernislauf.

Nur wenige Meter weiter fuhr Scheu noch einmal rechts heran, um einen Regenschirm zu erstehen. Danach verlief die Fahrt ereignislos. Unbeschwert war sie dennoch nicht. In Scheu befanden sich zwei Seiten in Widerstreit. Die eine, die sich offenbaren wollte, und die andere, die eine solche Offenbarung gänzlich überflüssig fand. Er fühlte sich vor sich selbst ins Lächerliche gezogen und zupfte doch immer weiter an sich herum. Für einen bösartigen Augenblick war er sogar versucht, eine Extrakurve einzulegen, nur um noch einmal über sein Vorhaben nachzudenken. Um überhaupt: nachzudenken. Aber genau das wollte ein anderer Teil verhindern. Der Teil, der Instinkt vor Verstand setzte, der das Unwillkürliche dem Willkürlichen vorzog. Der geschehen ließ, was der andere blockierte.

Kurz vor der Stadtgrenze, nur wenige Meter bevor das Zürcher Seebach-Quartier in das Rümlanger Lettenquartier mündete, verringerte er das Tempo. Dort, wo wenig hinter einer Tankstelle ein Glaskasten auf einem Holzpfosten thronte, bog er rechts auf ein Parkareal ein. Es dunkelte zwar schon, aber in der Peripherie seines Gesichtsfeldes erkannte er, dass in dem Glaskasten ein Miniatur-Planwagen stand mit einem weiß gewandeten, grell geschminkten Püppi. Das muss neu sein, dachte er. Oder vielleicht hat man auch nie so genau hingeschaut. Und: Ich war schon lange nicht mehr hier.

Früher war er alle ein, zwei Monate mit seinem Mountainbike von Zürich-Affoltern, wo er wohnte, nach Zürich-Seebach gefahren. Diese Strecke, zuerst geradewegs runter zum Katzenbach, dann vorbei an der Eidgenössischen Forschungsanstalt Reckenholz, am Biohof entlang und Felder rauf ins Wohngebiet, um keine zehn Minuten nach seiner Abfahrt im Seebacher Eichrainquartier anzulangen, war für ihn die Fährte, auf der er immer wieder nach Hause finden würde. In beide Richtungen.

Unbewusst war die Nähe zum Eichrainquartier mit ein Grund gewesen für seine Entscheidung, in das mammutgleiche Isengrind-Hochhaus einzuziehen, und das, obwohl er sich bei Vertragsunterzeichnung dazu hatte verpflichten müssen, offizieller Begrüßer aller Neuzuzüger seines Verteilgangs zu werden. Für rund vierzig Wohnungen, seit bald zwanzig Jahren schon, war er zuständig. Musste vorbeigehen. An fremden Türen klingeln und Hände schütteln, wenn jemand einzog. Musste Informationsblätter über die *Siedlung im Isengrind* verteilen und die eine oder andere Frage zum Gebrauch der Waschküche, dem Wo des Fahrradkellers, dem Wann des Abholtags für Karton oder Papier beantworten. Gerade gestern hatte er die Unterlagen in einen Briefkasten geworfen, weil niemand zu Hause gewesen war.

Keiner im Isengrind wusste um seine Anstellung bei der Kantonspolizei. Niemand stellte Fragen. Einige öffneten die Türe nur einen Spaltweit, und die, die ihn baten einzutreten, waren an den Fingern einer Hand abzuzählen.

So schlimm war dieser Frondienst nicht. Die räumliche Nähe zu seinen Leuten wog mehr.

Scheu parkte zwischen zwei Mercedes-Limousinen. Sich selber halblaut Mut zuredend, griff er den neuen Schirm, stieg aus und ging einmal um den Wagen herum, um Ieva die Tür zu öffnen. Als er den Schirm aufspannte, merkte er, dass die Federraste nicht funktionierte. Er versuchte den Schirmstock nicht allzu sehr ins Wanken zu bringen, als er den Schieber mit der einen Hand unmittelbar unterhalb des Kiels fixierte.

Der Belag der nahen A1 sandte sein nasses Rauschen. Die Luft roch nach Abgasen und feucht.

»Wo sind wir hier?« Ieva blickte zu den Holzhäuschen, die in Reih und Glied standen. »Ist das so etwas wie *Swissminiature* – ich habe davon gelesen im Hotelmagazin – in Melide, im Tessin, nicht wahr?«

Scheu musste ungewollt lachen. »So kann man das vielleicht tatsächlich nennen. Die Schweiz *en miniature*. Klein, in jeder Hinsicht.« Und für sich murmelte er: »Und sie wird auch nicht mehr wirklich groß.«

Etwa drei Dutzend solcher Häuschen standen da. Einige sahen aus wie Chalets mit ihren holzgeschnitzten Fensterchen, andere zollten einer Westernstadt Reverenz, aufgebockt mit Vorgarten, Balkon, Außentreppe, Blumenbeet und Gartenzwerg, umzäunt, Parzelle für Parzelle, adrett, wie mit dem Millimeterband abgemessen.

Bei einem der hinteren Häuschen, das in lieblicher Pastellfarbe nass schimmerte, öffnete Scheu das Gartentor. Linker Hand prangte ein marmornes Vogelbad, dessen Wasseroberfläche konkav zitterte wie eine Blase kurz vor dem Zerbersten. Hatte man das nicht damals in Südfrankreich, in einem Steinhaus in topfebener Landschaft, gekauft? Und dann – zusammen mit anderen Brocante – hierhergeschleppt?

»Was lungerst du so verstohlen in unserem Vorgarten herum, Leo! Muss ich etwa die Looli rufen wegen dir oder was?«

»Fritjof, hoi. Ich bringe Besuch«, versuchte Scheu seine Überrumpelung zu überspielen.

»Ja, und mit was für einem schönen Paraschuri du da angelatscht kommst.«

»Den Schirm habe ich eben erst gekauft.«

»Versteht halt keiner mehr sein Handwerk heute. Nicht die in der Stadt unten, die nicht. Kommt rein. Leo, gib her. Den flicken wir dir. Das lässt ja die Berufsehre nicht zu, so etwas.«

Der Mann mit Namen Fritjof führte die beiden eine schmale Holzstiege hinauf und öffnete ihnen die Tür zu seinem Heim. Auch im Innern war alles mit Holz ausgekleidet. Roh, und auch die Decke war aus Holz. Der Besitzer bot seinen Gästen Platz auf einer Eckbank. »Was darf es sein? Brüünlig? Bei diesem Wetter das Einzige.« Und schon stellte Fritjof zwei Porzellantassen auf den Tisch und goss schwarzen Kaffee hinein. »Süesslig? Lessi für die Dame?«

»Fritjof, sie versteht dich doch nicht.«

»Aber ich kann raten. Gerne etwas Zucker, danke.« Auf Ievas Gesicht breitete sich ein argloses Lächeln aus, das Scheu nicht ganz glaubwürdig erschien. »Was für eine Sprache sprechen Sie, wenn ich fragen darf?«

»Ieva – das ist Fritjof. Fritjof, das ist Ieva«, warf Scheu dazwischen, Ievas Frage absichtlich überhörend. Sie spielte das Spiel mit und sagte fröhlich: »Angenehm.«

»Schon, ja«, bestätigte Fritjof, dann zu Scheu gewandt: »Deine Schyyge?«

»Ieva ist eine Bekannte aus Lettland. Wir haben«, hier zögerte er, »beruflich miteinander zu tun.«

Und was machst du dann hier mit ihr, schien Fritjofs Blick zu fragen, nach all dieser Zeit?

Die Türe sprang auf, und ein Mädchen mit glatten Zöpfen trat ein, gefolgt von einer jungen Frau. Das Mädchen lief auf Scheu zu und hopste neben ihm auf die Bank. »Der Leo ist da!«, juchzte es in die Runde, als sei das die Kunde des Tages. »Der Leo ist da!«

»Hallo, Leandro«, sagte die junge Frau, »hast dir ja ganz schön viel Zeit gelassen seit deinem letzten Besuch.«

Scheu schaute betroffen. Dann rückte er sich gerade und sagte: »Livia, darf ich vorstellen, das ist Ieva. Ieva: Livia, Fritjofs Frau.«

»Hoi, ich bin die Seraina!«, mischte sich das Mädchen ein und schüttete sich selber eine Tasse Kaffee ein. Livia trug eine Schüssel Selbstgebackenes herbei. Erst dann setzte sie sich dazu. Etwas ruppig bat sie Ieva, sich doch zu bedienen.

»Wie lange seid ihr schon wieder hier?«, fragte Scheu betont sachlich, an Fritjof gewandt.

Dieser wollte aber etwas anderes in Scheus Frage gehört haben und antwortete: »Das weißt du doch. Du gibst ja neuerdings sogar öffentlich den Experten, nicht wahr?«

Scheu hüstelte.

»Die Sonderregelung gilt nur für den Sommer. Jetzt, im Winter, muss Seraina in die Nueschä. Sie ist ja schon neun, und die Nueschäfuchser wollen ihr das Ruechä-Wissen beibringen.«

Bevor er sich der Peinlichkeit seiner Handlung gewahr werden und sie verhindern konnte, hatte sich Scheu bereits mit dem Hemdsärmel den Kaffee von den Mundwinkeln gewischt. Ein letztes hoffnungsloses Zwangslächeln der Tischplatte entgegen, dann wusste er, dass es an der Zeit war, Ieva aufzuklären. Er sagte: »Wir hier in der Schweiz, wir haben nicht nur die Schweizer in ihren Wohnungen und Häusern. Wir haben auch«, hier stockte er, wie sollte man sagen?, eine Minderheit?, ein spezielles Volk?, »*uns*: die Jenischen.«

»Die *Jenischen*?«

»Die Fahrenden.«

»Wobei du ja ein *Beton*jenischer bist«, spöttelte Fritjof.

Seraina griff sich Leos Hand und streichelte sie tröstend. Scheu strich dem Kind mit der anderen Hand über den Scheitel. Es war eine warme Bewegung, eine unbefangene.

»Was Fritjof Ihnen da sagt, Ieva, stimmt. In der Schweiz gibt es dreißig- oder fünfunddreißigtausend Menschen, die von den Jenischen abstammen. Und nur noch wenige sind tatsächlich fahrend.«

»Zigeuner?«, versuchte Ieva.

»Nein. Wir sind Jenische. Aber man nennt uns Zigeuner, Tugger, Kessler, Fekker, Spengler, Vaganten, Lumpenpack«, sagte Fritjof, »der Namen sind da viele. Einige von uns sind immer noch dabei, unsere Geschichte zu erforschen.«

»Sind Sie Roma?«

»Auch der Völker sind viele. Und alle in Bewegung, seit Jahrhunderten. Aber sind Name und Herkunft nicht völlig irrelevant? Hier sind wir«, sagte Fritjof. Sollte wohl heißen: Hier bleiben wir auch. Er stand auf, nahm den schadhaften Schirm und verschwand. Scheu wusste, er würde zu Hansjakob hinübergehen, einem Schirmflicker der alten Schule. Hansjakob und seine Elsie waren damals mitgefahren, nach Südfrankreich, und hatten dem jungen Scheu die Großeltern ersetzt. Sie waren nicht die einzigen Stellvertreter in seinem Leben geblieben, seine gesamte Familie bestand aus Stellvertretern – je nachdem, von welcher Seite man sie betrachtete.

Seraina, die noch immer dabei war, versonnen über Scheus Hand zu streicheln, hielt ihm plötzlich ihr eigenes schmales Handgelenk vor die Augen und schwenkte es herausfordernd herum. »Gefällt dir so was immer noch? Willst du noch eins? Sie sprang auf, holte sich drei unterschiedlich eingefärbte Lederbändchen aus einer Lade und begann, ihm ein Zwillingsarmband zu flechten. Auf ihrem Gesicht lag stille Zufriedenheit.

»Ja nu. Wie geht's dir denn, Leo? Kommst du zurecht in deiner Wohnung oben?«, fragte Livia.

»Alles im Lot im Adlerhorst.«

Er sah, dass seine klassische Antwort, das Drüberhinwegreden, nicht angemessen war. Man würde mit just diesem Verhalten, das einst zum Bruch geführt hatte, den Spalt nicht kitten können. Livia schob den kleinen Vorhang zur Seite, und ihr Blick verlor sich in Regenbetrachtungen. Dann half sie ihm doch, sie fragte, weiterhin zum Fenster hinaus gewandt: »Und? Bleibt ihr zum Essen? Fritjof hat sein Dachspatent erneuert. Wir haben noch Ragout von gestern. Vom Spitzlig. Und Murmeltier haben wir gfünklet, davon ist auch noch genügend übrig, so dass es gut für alle reicht.«

Zweimal erschrak Scheu, als sein Bein unter dem Tisch, sie saßen beengt auf der Eckbank, an Ievas Bein stieß. Mit der Zeit aber wurde diese Berührung natürlicher, von Zufall bestimmt, mehr war das nicht, nur Zufall, hundskommuner Zufall, wenn man so dicht beieinandersaß und sich bewegte und redete, und zudem, wer hätte denn behaupten können, dass es Absicht war?

Ieva schien behaglicher Stimmung zu sein. Sie lachte und langte zu, trank sogar Selbstgebrannten und lobte ihn, Scheu, für diese gute Idee, sie hierhergefahren zu haben.

Er spürte es, dass er sich entspannte. Diese wenigen Stunden eines Privatlebens, das er sich in letzter Zeit so selten gönnte, wollte er nun auskosten. Etappenweise berichtete er Ieva von seiner Geschichte. Davon, dass in der Schweiz seit jeher eine gewisse Abneigung gegen Nicht-Sesshafte genährt wurde. Davon, dass diese Abneigung im frühen zwanzigsten Jahrhundert bei den staatlichen Behörden in einen nie dagewesenen Aktivismus ausartete, angetrieben von den Machenschaften eines Hilfswerks, das sich »Hilfswerk für die Kinder der Landstraße« nannte, und dass dieser Aktivismus darin gipfelte, dass zwischen 1926 und 1973 über sechshundert Kinder und Jugendliche ihren Eltern gewaltsam entrissen worden waren – oft auf Nimmerwiedersehen.

»Man wollte das sogenannte Vagantentum ausrotten, den schadhaften Trieb im Innern der Sprösslinge verkümmern lassen und sie mittels Fremd- und Heimplatzierung zu brauchbaren Bürgern machen. Und verbraucht wurden sie.«

»Sie sagen das, als hätte es nichts mit Ihnen zu tun, Leandro?«

Er atmete hörbar aus. Jetzt oder nie. Aus irgendeinem Grund war Ieva in sein Leben getreten. Aus irgendeinem Grund waren sie beide hier. Er mit ihr an seiner Seite. Bein an Bein. Schenkel an Schenkel. Stoff an Stoff. Wärmeleitend. Jetzt oder nie. Aus irgendeinem Grund also: *jetzt.*

»Ich war eines jener Kinder, die man geraubt hat. Meiner Mutter von der Brust weg. Und dabei hatte ich ein noch einigermaßen gutes Los. Ich bin ja kein Verdingkind geworden, mir hat kein

Pfaff in die Hose gelangt, Entschuldigung, aber das muss einmal gesagt sein« – Livia hantierte unüberhörbar mit dem Geschirr –, »doch, das will ich jetzt mal laut und deutlich sagen: Ich habe auch Glück im Unglück gehabt. Meine Ziehfamilie war eine gute. Man hat mir viel Liebe entgegengebracht.«

»Das bestreitet ja auch niemand«, beschwichtige Livia und griff sich Scheus Hand, die sie nun in einer Geste der Mäßigung zu kneten begann. In diesem Moment kam Fritjof zurück und mit ihm eine beklommene Stille. Sein Blick lag auf beider Hände. Dann kurz auf seiner Frau Livia. Dann lange auf Scheu.

»Hansjakob schickt seine Grüße. Er und Elsie kommen vielleicht nachher auch noch rüber. Ihr bleibt doch zum Essen, oder?«

In Scheus Ohren klang das fast wie eine Drohung.

Nachdem man Hansjakob und Elsie in der engen Stube begrüßt und dann, beim Essen, die Würze des Gulaschs ausreichend gelobt hatte, fuhr Scheu beim Kaffee schließlich mit seiner Erzählung fort. Erst als er volljährig war, durfte er Akteneinsicht in seine eigene Herkunftsgeschichte nehmen. Wie viele andere ging er den unheilvollen Spuren nach und in der Zeit zurück, seiner wahren Familie entgegen. »Einige von uns wurden wieder Fahrende. Andere, wie ich, blieben den Betonwohnungen treu. Viele verleugneten.«

Er leugnete nicht. Er wusste, der einzige Weg aus dem Dreck hinaus war durch den Dreck hindurch. Und dreckig fühlte er sich damals, beschmutzt. Und das von beiden Seiten: von seiner Adoptivfamilie – die ja dieses System irgendwie mitgetragen hatte als Abnehmer eines jenischen Kindes – und von seinen biologischen Eltern, »die einfach nicht stark genug waren, nicht schlau genug, das abzuwenden. Ach, ich weiß doch auch nicht!«

Scheus Weg ging also geradewegs und mitten hindurch durch das Archiv, und dann, mit dem gewonnenen Erkennen, kam die aktive Suche nach seinen eigenen Eltern. »So fern von Ihrer

Geschichte, Ieva, ist die meine nicht. Auch ich habe gesucht.« Deshalb verstehe ich Sie ja so gut, liebe feine zarte Ieva, dachte er. Er habe letztlich beides in sein Leben integriert, führte er nun nüchtern aus, das Jenische und das Sesshafte.

»Aber du wurdest Looli«, warf Fritjof ein.

»Ja, ich bin Polizist geworden. Aber immerhin lernte ich die Sprache, das Jenische, und gewöhnte mich an die Küche, die Cervelatsalate, die Ragouts aus eigener Jagd. Immerhin stehe ich zu meiner Herkunft, bolzengerade.«

»Tja«, Fritjof spie es förmlich aus, »wie sonst hättest du bei einer so trümligen Sache mitmachen können wie dieser saublöden Reportage, du Nilper!«

Scheu schluckte leer. Grabesstille nahm Platz wie ein Wächter. Dann endlich verscheuchte Ieva die Geister dieser offenbar heiklen Anspielung, indem sie beschwichtigend in den Raum hineinfragte: »Sind Sie hier denn alle verwandt miteinander?«

»Irgendwie wohl schon«, sagte Fritjof, und wieder galt sein Blick Scheu.

Musste denn alles, was man mit dieser Frau unternahm, schiefgehen? Konnte man nicht einmal, einen einzigen Abend nur, alles richtig machen? Etwas Freude haben im Leben?

Wie lange ist das überhaupt schon her, dass man zuletzt so richtig ausgelassen war und fröhlich? Scheu betrachtete die Menschen um sich herum, Fritjof mit seinem Schnauzer, den kleinen stechenden Augen, den vielen Falten um den Mund; Livia mit ihrer olivfarbenen Haut und dem Duft nach Sandelholz, den langen glatten schwarzen Haaren, ihrer kehligen Stimme, die immer irgendwo zwischen Hals und Gaumen ripste; Seraina, Livias Nichte, mit den grünen Augen, dem gezöpfelten Haar, wie sie beflissen und wie in einer anderen Welt ein Lederbändchen für ihn flocht; Hansjakob und Elsie, die beiden Alten, Scheu hörte deren weiche Worte, die Art, wie sie mit Belanglosigkeiten das Gespräch in seichtere Gewässer treideln wollten, was ihnen schließlich auch gelang. Einen zu genauen Blick auf Ieva vermied er. Dass sic ihm zugeschaut hatte, dass sie seine Freude über das verschmitzte Blinzeln der beiden alten Leute beobachtet hatte, war ihm keinesfalls unangenehm. Mit Ruhe nahm er wahr, dass es ihn besänftigte.

Das war sein Daheim. Doch, auch. Trotz allem.

Die Reise damals war ein einmaliges Erlebnis geblieben. In jeglicher Hinsicht. Seinem Lebensglück entsprach es nicht, die Zelte immer wieder abzubrechen und anderswo neu aufzuschlagen. Die wiederkehrenden Verhandlungen mit Gemeindevorstehern, Großgrundbesitzern und Kleinbauern um die Erlaubnis, den Wohnwagen für einen, zwei oder drei Tage auf deren Boden abzustellen, hatten ihn zermürbt. Nach zwölf Monaten hatte er sich bei der Polizei eingeschrieben, wie er das nannte. Dennoch suchte er beständig die Nähe der Seinen, wollte von ihnen auf dem Laufenden gehalten werden darüber, wer wo war und wer was tat.

Ob sie einen Rehbock geschossen hatten oder einen Dachs.

Wie es den Kindern ging, allen Verwandten.

Als Seraina das selbstgebastelte Ledergeflecht um Scheus Handgelenk band, ruhte Fritjofs Blick erneut auf dem Gesicht seiner Frau. Geduldig half sie ihrer Nichte, den Knoten zu binden. »Sei nicht so zappelig.«

Dann sagte Fritjof: »Wenn ihr vor Mitternacht geht, verpasst ihr womöglich noch das Spektakel.«

»Welches Spektakel?«, fragte Ieva, und auch Scheu hob die Brauen.

»Ach!« Fritjof lehnte sich zurück. »So ein paar Puure aus dem Aargau fahren neuerdings nachts hier vorbei und schießen auf die Wohnwagen, die vorne stehen.«

»Was?« Scheu sprang fast auf von seinem Sitz. »Aargauer mit Schusswaffen?«

»Ja, so einer aus dem hintersten Krachen.«

»Du weißt sogar, wer?«

»Ich habe den Halter des Wagens ermittelt«, sagte Fritjof, »da staunst du, was, alter Looli!«

»Aber das musst du doch anzeigen, Fritjof!«

»Chabbis. Die schießen nur mit Gummischrot.«

»Fritjof! Hier wohnen Kinder!«

»So weit kommt's noch, dass mir ein Betonjenischer sagt, was ich zu tun und zu lassen habe.«

Livia beruhigte: »Wir haben die Sache dem Präsidenten der Radgenossenschaft gemeldet. Er hat alles Nötige eingeleitet, Leo, die Polizei ist informiert.«

Scheu fühlte sich plötzlich peinlich berührt davon, einer Randgruppe anzugehören, die aus vorbeifahrenden Autos beschossen wurde. Ieva schien es ihm anzumerken. Ausgleichend spannte sie Seraina in ein Gespräch über Lederbändchen mit Anhänger ein, Scheu hörte verschiedene Markennamen die Runde machen, ein Gespräch, das in seiner Unverfänglichkeit alle Schwere wegpustete.

Noch einmal davongekommen.

Was war das nur für eine Achterbahn, in der man da – wie in einer ewigen Schlaufe – gefangen war?

Nach einem letzten Kaffee machten sich Ieva und Scheu auf den Weg. Fritjof begleitete sie bis zu ihrem Wagen. Der Regen hatte nachgelassen, nur ein- oder zweimal plumpste ein schläfriger Tropfen auf eine Stirn. Scheu öffnete Ieva die Türe, ging dann um den Wagen herum und kletterte selbst hinein. Er ließ die Scheibe herunterfahren. Fritjof lehnte sich mit beiden Unterarmen auf den Türholm. Er nagte an einem Zahnstocher herum, schob ihn von links nach rechts und wieder zurück. Dann schaute er Scheu ins Gesicht. »Übst du noch?«

»Hin und wieder. Wenn ich die Zeit dazu habe.«

»Du weißt, wie die Wette ging. Du hast verloren. Spätestens nächstes Mal spielst du mit mir auf der Fekker Chilbi Leetzeme.«

»Ich übe. Und wenn ich sage, ich übe, werde ich auch ein oder zwei Lieder spielen können auf deinem Handörgeli. Verlass dich drauf.«

Wieder verschob Fritjof das Hölzchen in seinem Mund. Dann nickte er langsam und hob die Hand zum Gruß, ehe er sich umdrehte und zurück zu seinem Haus hinter der Tankstelle in Zürich-Seebach trottete.

Kapitel 13

Der Sonntag kam wie ein Trauergeleit. Schon früh am Morgen war Scheu aufgewacht und konnte sich zu nichts entschließen. Ein verlorener Tag und das bereits um sieben.

Der Regen war ein fadenscheiniges Tuch auf dem Gesicht, auf dem Handrücken, der Handinnenfläche, wenn man sie ihm entgegenstreckte. Es war, als sehe man alles durch einen Filter. Er konnte kaum glauben, dass er gestern bei Fritjof Gruber gewesen war. Dank Ieva war dieses Wunder, das er lange als uneingestandenen Wunsch in sich getragen hatte, eingetroffen. Ein Abend mit ihnen allen zusammen, fast ohne Streit. Beinahe wie früher. Beinahe wie damals, in dem einen Jahr, das seinen Adoptiveltern allen Mut abverlangt hatte, um ihn ziehen zu lassen und sich am Glauben festzuhalten, dass gerade in diesem Ziehenlassen Verbundenheit verwurzelt war.

Scheu hockte, eine Decke um die Beine geschlagen, auf dem Balkon. Er blätterte in seinen Notizen. Dann schaltete er den Laptop ein. Staatsanwalt Schoop hatte ihm eine E-Mail geschickt, man möge jetzt bitte vorwärtsmachen. Offenbar war er vom schlechten Gewissen geplagt, warum sonst sollte er an einem Wochenende Mails versenden? Zwischen den wenigen Buchstaben klang Verzweiflungsheisern. Scheu räusperte sich. Es ging ihm ja nicht unähnlich. Dieses Herumeiern, dieses nicht Weiterkommen, diese Stockung – bei allem Hang zur Sesshaftigkeit –, Stagnation ertrug er nicht. Nicht in seinem Beruf, nicht bei seiner Arbeit. Routine vermittelte ihm Sicherheit, vermittelte Beständigkeit, Raum, aber der totale Stillstand war bedrohlich. Eine Zwangsjacke, man durfte sich jetzt in nichts hineinsteigern. Man musste ruhig atmen. Still überlegen. Die richtigen Schlüsse ziehen. Und dann vorwärtsgehen. Beherzt.

Nur *wohin?*

Wohin.

Er wusste, dass Imogen heute im Büro war, und er überlegte, ob er sie anrufen sollte. Entschied sich dagegen. Öffnete eine E-Mail von Theo Lutz, die hätte er gern noch eine Weile übersehen und links liegengelassen, wenn denn Lutz das auf irgendeiner feinstofflichen Ebene hätte spüren können. Ist man also immer noch sauer auf ihn, stellte Scheu nicht ohne Selbstironie fest.

Lutz berichtete vom Teppich. Der Teppich sei mit der Firma Umzugsblitz an die Bändlistrasse 108 befördert worden, und zwar genau an jenem Mittwoch, den die Egles dafür als Liefertag deklariert hatten.

Gehässig tippte Scheu ins Antwortfeld: *Und warum weiß die Empfangsdame, Loredana Ilić, nichts davon?* Er schlug die Taste für senden an. Die Antwort kam postwendend: *Vielleicht weil die Empfangsdame Loredana Ilić ihren Dienst jeweils erst um halb acht antritt und die Lieferanten bereits knapp vor sieben, zeitgleich mit Herrn Maximilian Egle, ins Gebäude gelangten?!*

Hockt der also auch am PC, durchfuhr es Scheu. Zögerlich, nachdem er zweimal angesetzt hatte, tippte er: *Und was ist mit dem Schachtdeckel? Irgendwelche Spuren von Manipulation?*

Das Beste wäre, man täte so, als wäre Sonntagsarbeit im Dienst des Chefermittlers eine Selbstverständlichkeit.

Auch diese Antwort kam postwendend – wie schnell konnte der eigentlich tippen, wo der doch noch so auf Schonung bedacht war mit seiner jammervollen Halskrause? *Keine derartigen Spuren, keinerlei Anzeichen einer Manipulation von innen.*

Scheu vertippte sich und musste noch einmal neu ansetzen: *Und das Häubchen? Das Schürzchen?*

Sorry, Leo, aber es ist Sonntag.

Die Bilder seines inneren Stereoskops überlagerten sich. Lutz. Schoop. Cavelti. Die Leiche. Der Stadtpolizist. Döbeli. Egle eins und Egle zwei. Der Alte. Und plötzlich, Scheu wusste nicht wieso, wurde ihm Ieva hoch verdächtig. Die schöne Schweden-Lettin. Was machte sie eigentlich noch hier? Hatte sie keine Geschäfte zu tätigen? Trödelte sie? Es war doch nichts Neues herausgekommen bei der Recherche, den Umschlag hatte sie ja nun. Weiter konnte er ihr auch nicht helfen.

Warum also blieb sie? An ihm und seinen jenischen Verwandten konnte es nicht liegen. Sie wirkte ziellos.

Aber war sie das? Hatte damals nicht sogar Hochstrasser gesagt, *sie wollte aber zu dir, sie war gar nicht davon abzubringen*?

Was wusste Ieva über ihn?

War es ein Zufall oder war es Plan, dass sie genau zu ihm, Leandro Scheu, gekommen war? Nach Zürich im November.

Die falsche Zeit, der falsche Ort, um Urlaub zu machen. Das musste auch eine Lettin einsehen. Eine zimthaarige. Grünbestrumpfte. Nicht?

Wie leicht sie sich doch in jedes Bild einfügte, ganz egal, ob *Orsini* oder Eichrainquartier. In ihrer so demonstrativ zur Schau gestellten Unaufdringlichkeit ahnte Scheu die Absicht. Das macht sie doch verdächtig? Jemand, der nicht ausspricht, was er denkt. Der einfach so mitläuft. Hier und da Informationen aufschnappt. Um dann, im entscheidenden Moment, zuzuschlagen.

Aber *womit*? Und *warum*?

Und: *Weshalb sie*?

Sein Milchkaffee war kalt geworden. Scheu überwand sich und drückte den letzten Schluck die Kehle hinunter.

Ratlos ließ er seine Blicke schweifen, hinüber zu den Tannen, den Birken, den Buchen; der Wald wartete ab. Kein Bussardpärchen, das kreiste. Noch nicht einmal der kesse Rotmilan. Nur der Regen. Immer nur der Regen, Regen. Wenigstens bleibt einem so der Novemberhochnebel erspart, überlegte Scheu, dann stand er mit einem Ächzer auf und begab sich in seine Wohnung zurück. Man musste schauen, wo man die alten Wanderschuhe verstaut hatte.

Bereits eine halbe Stunde später parkte er seinen Dienstwagen an der Dreiwiesenstrasse nahe dem FIFA-Gelände. Zu Fuß ging er in Richtung Wald. Der Regen, eine zarte Sprinkleranlage, störte ihn nicht.

Hier irgendwo musste es sein. Auf dem Stadtplan, den er mit seinen Handyaufnahmen abgeglichen hatte, konnte er drei mögliche Quellen ausmachen, die im Winkel von Dreiwiesen- und Adlisbergstrasse jede für sich den Ursprung des Wolfbaches reklamierten.

Ein einsames Gebäude, das Wildhüterhaus Dreiwiesen, stand da wie ein Grenzstein zwischen Wald und Wiese. Im nassen Feld dahinter tat Scheu ein paar Schritte, und schon fand er sich vor einer eingedolten Quelle, Lebensader des Waldbodens und nur wenige Hundert Meter, vielleicht einen Kilometer weiter schon missbrauchter und seiner Freiheit beraubter Wolfbach.

Der Rand des Feldes war gesäumt mit Abfall. PET-Flaschen, Getränkedosen, Plastikbeuteln. Die einen schossen mit Schrot auf Wohnwagen, die anderen warfen ihren Müll auf fremde Äcker. Halunken und Galööris allesamt.

Das Wasser rummerte und raunte unter dem Deckel. Der war mit seiner Normgröße zu knapp bemessen. Standard über einer Quelle, die sich nicht an Standards hielt. Wer nicht achtgab, hätte mit einem Fuß leicht abrutschen können. Sich das Bein verklemmen. Einen Knochen brechen. Erinnerungen, wie er als kleiner Junge, vielleicht war er fünf, vielleicht sechs, in den Stiefeln seiner Adoptivmutter zum Nachbarhaus stolperte. Die Nachbarsfamilie war im Urlaub, und aufgrund des anhaltenden Sommerregens überflutete deren Keller. Männer und Frauen in gelben Pelerinen bevölkerten sein Erinnerungsbild und, auf diese laut rufenden, kesseltragenden Menschen zueilend, er, Klein-Leo, in viel zu großen Stiefeln. Wie von einem Magneten angezogen durch die geschäftigen Erwachsenen, zu denen er unbedingt gehören wollte – nichts war schlimmer, als alleine zu sein –, deren Kreis er entgegenlief, er hatte nichts gesehen und nichts geahnt, schon gar nicht den Schachtdeckel, aber drüber gestolpert war er und über dem offenen Schlund liegengeblieben, bäuchlings, quer, unter sich das rauschende Wasser. Scheu wusste nicht, ob das Phantasie war oder ob er wahrhaftig Strudel gesehen hatte damals. Ob er überhaupt die Zeit gehabt hatte, irgendetwas zu sehen, in den Schacht hinabzublicken, oder ob das einfach Farbschichten waren, die mit jedem Mal Wiedererzählen und Von-den-Adoptiveltern-erzählt-Bekommen aufgetragen wurden, aber während er so dastand auf dem weiten Feld, einen Schritt vom Untergang entfernt, sah er sie, die Strudel jener Zeit unter ihm.

Es war leicht auszumachen, wohin der Wolfbach von hier aus floss. Im Garten des Grenzsteinhauses wucherte das Schilf, und auf der anderen Straßenseite rumpelte er als zartes Bächlein durch ein unordentliches Bett. Scheu folgte seinem Lauf. Der Boden war einmal schmatzend feucht, dann wieder von Dornen überwuchert und federnd. Scheu suchte sich seinen Weg möglichst nah am Bach.

Die Tobelwände glänzten lehmig nass. Feines Wurzelwerk lag frei und baumelte wie dünne Tentakel der Erdzeitgeschichte. Langte nach dem Wasser, das alles forttrug, was leicht genug war, auf seiner gekräuselten Oberfläche mitzuschwimmen. Feuchte Blätter klebten am Lehm, Stöckchen hatten sich in den Wurzelfingern verfangen. Das Bachbett selbst schimmerte schmutzgelb.

Scheu setzte einen Fuß vor den anderen, seine Wanderschuhe hielten der Nässe, die ihn ins Erdreich sog, stand. Verstohlen und schmal, befand er. Schmal wie Ievas Finger, so schnürte sich dieses Bächlein in den Wald hinein. Fraß sich in die Tiefe und tat dabei ganz unscheinbar. Die Stämme der Bäume glänzten, hier und dort entdeckte Scheu eine glückliche Schnecke.

Damals, als Kind, hatte er mit den Nachbarskindern Schneckenrennen veranstaltet. Die keiner je gewonnen hat. Spannend war allein die Vorbereitung, die Ahnung, das Begehren, der Wunsch.

Nicht lang und der Bach entwand sich Scheus Begleitung. Scheu versuchte noch, das Ufer zu wechseln, sprang von West nach Ost, aber auch dort: zu viel Matsch. Und westlich wucherten dicht die Brombeerranken vom Spätsommer. Da war kein Durchkommen mehr. Scheu drehte um und stach quer hinüber bis an die Tobelhofstrasse. Unter ihm, so wollte es der Stadtplan, zog der Eisenbahntunnel seine Röhre von Stettbach nach Stadelhofen. Wieder so eine Unterwelt. Zürich war ganz durchsiebt davon.

Manchmal fragte sich Scheu, wie viel mehr man nicht wusste im Gegensatz zu dem, was man zu wissen glaubte. Ließe sich so etwas überhaupt in Zahlen ausdrücken, in Prozenten? Der Ruhepol des Nichtwissens, der hatte schon auch sein Gutes.

Vielleicht sollte man einfach noch eine Weile so weiterspazieren, nichts suchen in den Gedanken, nur alles ruhig ziehen lassen durchs Gehirn. Es wird das Rechte dann schon anklopfen an der Rinde, wenn es denn wichtig ist. Immerhin ist Sonntag.

Kleine Holzbrücken verlegten den Weg von West nach Ost und wieder zurück, hin und her, zick und zack. Von den rückwärtigen Gärten der Häuser führten gewundene Pfade in den Wald hinein. Vom Wald her besehen, wirkten sie wie Fluchtwege in die Zivilisation.

Der Wolfbach wurde nun schon etwas breiter, da, wo er einen Zufluss erfuhr, wurde er sogar stark. Und laut. Hier und dort lag ein Baumstamm quer über dem Bett, bemoost und steif, wie ein gefallener Krieger. Das Tobel stieg steil an, und Scheu befürchtete, den Bach erneut zu verlieren, als sich der Weg östlich davonstahl. Die Karte sagte etwas anderes. Also ging er weiter. Sein Gehirn war mittlerweile eine weiße Leinwand, auf der sich die Bilder abwechselten, klick klick klick, die die wichtigen Momente seines Lebens geprägt hatten. Immer wieder sah er sich als Kind. Als Jugendlicher. Nur um das eine Bild, den Morgen, als er von seinen Eltern erfuhr, dass sie nicht seine wirklichen Eltern waren, machte die Erinnerung einen weiten Bogen.

Der Kiesweg, auf dem er ging, nannte sich nun großspurig Hottingerbergstrasse. Bei der von Autos befahrenen Waldhausstrasse führte er wieder zurück zum Wolfbach. Dort, wo der Bach die Waldhausstrasse unterquerte, fiel er in mutigen Kaskaden die Stufen hinab.

Seine Knie hatte sich Scheu oft aufgeschlagen als Bub. Seine Hosen mussten ebenso oft geflickt werden wie seine Socken gestopft. Scheus Adoptivmutter hatte ihn selten getadelt, geschimpft eigentlich nie. Sein Adoptivvater gehörte zum Schlag: *Nicht geschimpft ist genug gelobt.* Auf und Abs erlebte Scheu zumeist alleine, unterwegs im Hauswald damals. Was heute wohl nicht anders ist.

Der Bach strudelte in einen künstlich angelegten Geschiebesammler. Scheu öffnete ein Gatter und drang in den geschützten Bereich vor. Bemooste Steinquader leiteten das Wasser in das tiefe Oval. Um unter der nächsten Straße hindurchzugelangen, musste es sich durch einen eisernen Rechen filtern. Auf der anderen Straßenseite schoss es wie befreit aus einem Tunnel hinaus. Der Tunnel hatte die Form eines umgestülpten Eis. Vorbote einer Aufgabe, die den Bach weiter unten erwartete. Wissen wir immer, wann uns eine Aufgabe erwartet? Erkennen wir das?

Der Wald wucherte wild, der Boden war abschüssig, Scheu hätte nicht hinuntergelangen können zum Bett, es sei denn auf dem Hosenboden. Aber ein Kind bin ich nicht mehr, auch wenn ich mich neuerdings öfter so benehme.

Am gegenüberliegenden Ufer stand ein Baum kopfüber. Die Bruchstelle an seinem Stumpf ließ Gewalten ahnen, Stürme. Oder eine einzige große Wucht, die dem Sockel seinen Baum nimmt.

Je mehr sich Scheu auf seinem Abwärtsspaziergang der Stadt näherte, umso mehr Spuren von Zivilisation fand er vor. Sitzbänkchen. Einen alten Schuh. Grellgrüne Hundekotsammeleimer. Weggeworfene Papiertaschentücher. Laternen. Ein einzelner Nuggi, baumelnd an einem Ast. Er, Scheu, hatte als Kind Daumen gelutscht. Den leichten Überbiss hatte man erst spät mittels eines Monoblocks korrigiert. Für eine tadellose Zahnkorrektur mussten die Schräubchen stetig enger gezogen werden. Scheu fuhr mit der Zunge die Festung seiner Zähne ab. Außen und innen. So hat das Ieva auch gemacht. Was ist da, das ich nicht sehen kann?

Klick klick klick klick klick. Durch die laublosen Baumkronen schimmerte links oben die markante Wölbung der Kuppel der Kreuzkirche. Dann kam ein weiterer Geschiebesammler. Der Bach wurde durch künstlich angelegte Stufen in seinem Lauf gebremst, bevor er sein Schwemmgut im Rund der Anlage offenbaren musste. Ein verlorengegangenes Spielzeug drehte in einer Wasserwalze. Ein Plastiktraktor oder eine Raupe vielleicht. Blätter, Holz, Unrat, Fremdmaterial, das nicht in den Kanal eingeschwemmt werden sollte. Scheu blickte sich um. Eiserne Einstiegbügel führten die kahle Mauer hinab auf einen Gitterrost, der bei Hochwasser zusätzlich als horizontaler Rechen diente.

Unter Scheus Füßen fiel das Bachwasser senkrecht in die Tiefe. Es toste und schlug um sich, bevor es verschwand, um sich dann als plätscherndes Bächlein, nur wenige Meter weiter, quer durch einen Spielplatz zu schlängeln. Kleinkinderschaukel, Rutschbahn, Kletteranlage mit Netzen, Balancierseile. Kein Kind. Einzig vom nahen Krishna-Tempel klangen Menschenstimmen.

Er selbst war ein bewegungstüchtiges Kind gewesen. Klettern, Graben, Springen, und die Welten in seiner Phantasie waren voller Forts, Tipis und Wagenburgen.

Heute trug er leichtes Übergewicht. Das auch.

Das auch.

Vereinzelte Schachtdeckel, die sich parallel zum Wolfbächlein hielten, wiesen darauf hin, dass unter Scheus Füßen ein Teil des Wassers bereits eingedolt war. Und am Bungertweg war es dann ganz zu Ende, das freie Wanderleben des Wolfbaches. Hier holperte er über große runde Steine in den Kanal hinein und verschwand in dessen Tiefen.

Scheu klopfte seine Wanderschuhe aus. Streifte den Dreck am hohen gelben Gras ab, das noch vom letzten Sommer verblieben war. Was nun?

Neue Erkenntnisse hatte ihm dieser Spaziergang keine gebracht. Ruhe und Entspannung vielleicht und Bilder, viele viele Bilder.

Der Regen hatte beinahe aufgehört, und oben im Wald hatte er ihn auch kaum gespürt. Scheus Ärger über die Stagnation aber hatte sich etwas aufgeweicht. Das schon. Vielleicht ist man jetzt etwas weniger verfahren innerlich. Er atmete einmal tief durch, füllte seine Lungenflügel mit so viel Luft, dass er fast zu platzen glaubte. Klick klick klick machten die Bilder in seinem Kopf, und plötzlich schlug er sich mit der Hand an die Stirn, *ich Nilper*! Die Bilder waren es, die Bilder, die er sich noch nicht angeschaut hatte, und dabei hatte Lutz extra darauf hingewiesen! Er habe ein Inventar sämtlicher Fotografien und Videoaufnahmen erstellt, Bild für Bild – mit diesem Hang, sich selbst herauszustreichen.

Schaulustige, Zaungäste, Tatorttouristen, tumbes Volk – die wollte er sich jetzt einmal zu Gemüte führen. Es würde ihn doch wundern, wenn da nicht der eine oder andere Egle drauf zu erkennen wäre.

Oder – schlimmer, undenkbar fast – Ieva, die Frau mit dem grünen Seidenfoulard.

Er schritt zügig den Berg hinan, ein kurzes steiles Stück, das ihn ins Schwitzen brachte. Mit dem Bus fuhr er wenig später zur Kirche Fluntern, wo er ins Tram zum Zoo wechselte. Von dort war es nur noch ein kurzes Stück zu laufen. Sein Dienstwagen stand in stoischer Ruhe und machte keinen Anschein, die vielen Perlen, die quecksilbrig glitzerten, abschütteln zu wollen.

Scheu wechselte die Schuhe und verstaute die verschmutzten Lowa in einer Plastiktüte. Kein Grund, Reto Holzer von der Garage unnötig Arbeit zu machen. Kurz dachte er an die Putzfrau, die Egle erwähnt hatte, und daran, dass sie in Urlaub sei.

Als er losfuhr, war er schon beinahe aufgeräumt vor lauter Tatendrang.

Die Bilder durchsehen!

Klären, wer Egles Putzfrau ist!

Protokolle studieren! war nur der Anfang der Liste, die Scheu als Gedankennotiz auf der kurzen Fahrt ins Stadtinnere anfertigte. Diesen Nachmittag wollte er im Büro verbringen. Tätig sein, weiterkommen, fündig werden. Da muss doch etwas zu schaffen sein!

Wenn im Großen der Erfolg auf sich warten ließ, könnte man so doch immerhin einen kleinen einheimsen. Meiers Gesicht, zum Beispiel, wenn ich bei der Montagskonferenz in der Kripoleitstelle eine gelungene Kombination präsentiere.

Das Erste, was ihm auffiel, war, dass seine Bürotüre offen stand.

Das Zweite, dass Lutz an seinem Schreibtisch saß und in Blättern herumfummelte.

»Was soll das?«, schoss es aus Scheu, bevor er überhaupt denken konnte. Es fiel dem Kollegen nicht zu, sich ohne Scheus Erlaubnis in dessen Büro aufzuhalten.

»Was, was soll das? Ich suche etwas!«, erwiderte Lutz.

»Und was bitte hast du in meinem Büro zu suchen?« Scheu war sich der Doppeldeutigkeit seiner Frage bewusst, das brachte ihn nur noch mehr in Rage, und er fügte an: »Ist dir eines denn noch nicht genug?«

»Spinnst du jetzt? Ich suche die Fotos mit dem Schmuck, sie sind nicht mehr in der Kripoleitstelle.«

»Die habe ich!«

Lutz richtete sich zu seiner vollen Größe auf. Womit er Scheu um anderthalb Köpfe überragte. »Wieso entwendest du Fotomaterial? Du hättest ja einen Abzug bestellen können oder eine Laserkopie anfertigen.«

»Und wieso schnüffelst du in meinem Büro herum?« Scheu war schon ganz verdrossen, da nützte alles Aufmanteln nichts, Lutz' Kopf thronte über ihm, künstlich erhöht durch die Provokation Halskrause, ein wie durch Vetternwirtschaft eingesetzter Herrscher über sein unrechtmäßig entmündigtes Volk. Da begann Lutz auch noch zu lächeln. Dieser Kerl musste aus dem Büro. Scheu drückte ihm beide Fäuste gegen die Schultern, so dass Lutz rückwärts gegen die Ständerlampe taumelte. Die wenigstens ging krachend zu Boden. Aktenordner, Blätter, Mäppchen, Stifte, alles segelte durch die Luft. Den muss man jetzt bodigen. Ein unwilliges Gerangel entstand, bei dem beide Männer eher halbherzig aufeinander losgingen – und an ihrer Halbherzigkeit beinahe erstickten. Die dumpfen Flüche, die sie ausstießen, erinnerten an Urlaute. Gegrunze und Gegrochse.

Plötzlich stand Dienstchef Koni Meier in der Tür. »Aufhören! Sofort!«

Sichtlich erleichtert, ließen die beiden voneinander ab. Lutz strich seine Hose glatt und stupste die Halskrause in Position; er gefiel sich wohl in der Pose des Gekränkten. Scheu dampfte.

»Ihr seid mir zwei schöne Mitarbeiter. Was ist denn in euch gefahren? Ach! Ich kann es mir schon denken!« Meier griff sich an die Stirn. »Leo, *ich* habe Theophil beauftragt, in deinem Büro die Fotos zu holen. Sie gehören in die Kripoleitstelle, nicht in deinen Privatbesitz. Wo kommen wir denn hin, wenn hier ein jeder macht, was ihm grad gefällt. Koordination, ich sage es immer wieder, auf die Koordination kommt es an. Morgen um zehn treffen wir uns in der großen Runde. Ich will, dass bis dahin alles an seinem rechten Platz ist, und« – kurz wurde er wieder autoritär – »ich fordere, dass ihr euer Problem ohne weitere Querelen löst.«

»Er hat die Bilder mit nach Hause genommen, in seinem Büro sind sie nicht«, sagte Lutz. Scheu warf ihm einen zornigen Blick zu.

Sofort ging der Chef erneut dazwischen, diesmal dezidierter: »Leo, jetzt hör aber auf. Merkst du nicht, dass du auf bestem Wege bist, deine Karriere gegen die Wand zu fahren? Ungebremst?«

Worte wie ein Schlag. Worte, die Scheu von den Beinen holten, er hielt sich mit beiden Händen an der Tischkante fest.

Meier sagte ruhig, aber bestimmt: »Wir erwarten noch etwas von dir, du bist ja erst, was? Vierzig? Mitte vierzig? Auch wenn du dich zurzeit wie sechzehn benimmst. Zugunsten deiner eigenen Karriere, Leo, *hör jetzt zu!,* zugunsten deiner eigenen Karriere solltest du dich endlich am Riemen reißen.«

Leo würgte an einem Kloß, sein Kopf war immer noch heiß, als der Dienstchef fortfuhr: »Ich meine es ernst, Leo. Ich sehe dir nun schon eine Weile zu, und ich fasse es nicht, wie du dich im Schweinsgalopp mit vollem Karacho verrennst. Das entspricht nicht deinem Modus operandi. Was habt ihr zwei beide überhaupt hier zu suchen an einem Sonntag? Habt ihr kein Leben außerhalb? Nichts, womit ihr euch voneinander ablenken könnt? Theo, gerade du solltest wissen, wie wichtig Entspannung ist! Und Leo, wie du wieder aussiehst? Was hängt da an deinen Hosensäumen? Dreck? Und erst deine Haare, Leo! Und was ist das da an deinem Handgelenk? Ein Lederbändeli? Gegen wen oder was in deinem Leben rebellierst du eigentlich?«

»Aberglaube, Zigeuner-Hafechäs ...«, bemerkte Lutz, und schon wieder plusterte sich Leo auf, er würde endlich zuhauen.

»Das geht so nicht, Männer! Ihr riskiert beide eure Position, Mann! Mann, Mann, Mann.«

»Dann habe ich nichts mehr. Aber der da auch nicht«, murmelte Scheu. Und dann etwas lauter: »Und wann schafft es René endlich, mir meinen Rollladenschrank zu bringen!«

»Da kannst du warten, bis du schwarz wirst!«, pfefferte ihm sein Kollege entgegen. Aus dem Flur trat überraschend Imogen hinzu, eine dampfende Tasse ihres Grüntees in der Hand.

Scheu starrte sie an, als könnte sie für ihn ein Rätsel lösen: »Ich will meine helle Beizung zurück. In diesen Möbeln lässt sich nicht klar denken«, jammerte er unbeholfen.

»So, jetzt habe ich genug von eurem Gekeife. Schlimmer als die Waschweiber drüben im Propog, alle beide!« Das saß. Jeder bei der Kapo wusste, dass nirgends so viel getratscht, so viel gemobbt und so viel geplagt wurde wie im provisorischen Polizeigefängnis. »Packt jetzt zusammen, geht nach Hause. Und morgen seid ihr pünktlich und anständig wieder hier. Wem das nicht gelingt, der kann gerne bei der Stapo anheuern und in Zukunft die Stadt bestreifen. Tschau miteinander.« Damit drehte er seiner Mannschaft den Rücken zu, und Scheu und Lutz konnten alleine dazu sehen, wie sie sich, jeder einzeln, aus der Wut des andern lösten. Rasch schlüpfte Imogen zwischen den beiden durch und ging zu ihrem Arbeitsplatz. Scheu starrte zu Boden. Dann setzte auch er sich, unendlich langsam, in Bewegung. Lutz zog kopfschüttelnd ab.

Scheu brauchte nicht lange, um in seiner Mappe, die auf dem Tisch lag, die Fotos zu finden, nach welchen Lutz vorgegeben hatte zu suchen. Er griff sie sich und verließ wortlos den Raum.

Dieser Sonntag war im Eimer.

Zu Hause fand Scheu am Boden, an seine Türe gelehnt, einen Umschlag. Darin lagen die Infoblätter der Siedlung Isengrind. Auf einem kleinen Ausriss Notizpapier stand: *Die haben Sie mir letzten Monat schon einmal gegeben, ich wohne seit Oktober da. Gruß, M. Hugi.*

Kapitel 14

Waren das Kreise, die sie zogen? Rillen, in denen sie spurten? Falls ja, müsste man den Standort wechseln, den Blickwinkel, die Perspektive. Den Ausgangspunkt. Immer wieder arrangierte das Team in der Kripoleitstelle die Fakten neu, suchte nach Ähnlichkeiten und Verbindungen und hoffte auf einen Lichtblick und sei's einen noch so schmalen. Was hatte man denn schon an gesicherten Spuren?

Die Chlorrückstände an den Händen der Toten und an ihrem Schürzchen stammten von einem Reiniger, hundskommuner, enttäuschend handelsüblicher Ware. Chlor und Schürzchen rechnete man mittlerweile am ehesten einer Putzfrauentätigkeit etwa in einem Hotel zu. Es war nicht anzunehmen, dass eine Frau, die ihre eigene Wohnung reinigte, dazu eigens Häubchen und Schürzchen montierte.

Demzufolge hatte Lutz bei größeren Reinigungsfirmen, in Hotels und Seminarzentren angerufen, ob deren weibliches Personal entsprechende Arbeitskleidung trug. Ein Unterfangen, das bislang ergebnislos geblieben war, und zugleich ein Auftrag, mit dem nun die Praktikantin Wyniger weiterbetraut wurde. Die Nachforschungen in einschlägigen Kleiderkatalogen im Internet hatten keine Ergebnisse gezeitigt. Auch der Laden für Berufskleidung an der nahen Langstrasse führte besagte Stücke nicht in seinem Sortiment. Doch man musste dranbleiben. Die Vermutung, dass es sich um eine Art offizielle Arbeitskleidung handelte, schien nach wie vor einleuchtend. Es war die bestmögliche aller Annahmen. Windlin hatte kurz eine Fasnachtsverkleidung in Betracht gezogen und sich bei den in Frage kommenden Geschäften nach entsprechenden Kostümen erkundigt. Aber wieder nichts. Natürlich nichts. Lauter nichts, das einem da aufstieß.

Und noch eine weitere Spur, die ins Leere verlief: die DNA. Die spermienlose Samenflüssigkeit fand sich in keiner Datenbank. Das Ausland hatte nicht reagiert und wenn, dann abschlägig. Keiner kannte die Frau, nirgends war sie gemeldet. Ihre Identität blieb ein Rätsel.

Das am Tatort sichergestellte Münz war normales Umlaufmünz, es wies zwar Abdrücke und Verunreinigungen auf der Oberfläche auf und in der gerippten Randprägung fanden sich verschiedene Schmutzpartikel, aber nichts Spezifisches, nichts Brauchbares, *nichts nichts nichts und wieder nichts.*

Am Pflasterstein konnte lediglich die DNA der Toten gesichert werden, keine täterische, leider, der Stein selbst stammte höchstwahrscheinlich von einem im Gebüsch zurückgebliebenen Restbestand jener Sanierungsarbeiten, die kürzlich an der Florhofgasse durchgeführt worden waren. Ein weiteres Indiz, das auf eine Affekthandlung schließen ließ.

Der vermutete Geißfuß, mit dem das Opfer malträtiert worden war, konnte auch bei dem erneuten Durchforsten der Hecken und Gebüsche nicht sichergestellt werden. Stattdessen ein paar plattgedrückte Kartons und eine durchnässte Wolldecke, ein fadenscheiniges Ding, aber geruchsintensiv, das wohl länger dort herumlag, vielleicht schon über ein Jahr, eine kaputte Sonnenbrille sowie ein einzelner löchriger Handschuh, gestrickt aus buntem Nylongarn. Ferner Spielzeug aus der nahen Kinderkrippe, von irgendeinem Tier, vermutlich einem der weit über tausend Stadtfüchse, angenagt, und selbstverständlich der übliche Müll: Blechdosen, Getränkebüchsen, kaputte Flaschen.

Schließlich der Schmuck: Nichts war als gestohlen gemeldet, kein Treffer, nicht mal ein angedeutetes Atemhäuchchen eines Treffers. Scheus Laune war ganz verhagelt vor lauter Nichts. Er hätte jetzt gerne aus einem Fenster geschaut. Den Regen geschaut. Die Tropfen defilieren sehen. Oder wie sie fallen und unten aufklatschen auf dem gepflasterten Hof. Alles wäre besser, als hier zu sein mit lauter Nichts in der Hand.

Allmählich hörte er den Kollegen wieder zu. Nur wofür, war ihm schleierhaft. Die Autos auf den Videobändern – unauffällig. Er klaubte etwas Schmutz unter seinem Daumennagel hervor. Die Nachbarn – ahnungslos. Biss sich den Daumennagel schließlich ab. Dann spürte er Meiers Blick auf sich, es war ein grabender Blick, einer wie mit einer Schaufel.

»Imogen, was haben deine Befragungen erbracht?«, fragte Scheu mit Anstrengung.

»Ja, also, die erste habe ich heute früh um sieben mit Herrn Balz Egle geführt. Die entsprechenden Protokolle sind im Computer einsehbar. Demnach hier nur meine subjektiven Eindrücke: Balz Egle, Leiter Abwasser und Kanalisation in Zürich, Alter dreiundsechzig, machte auf mich einen relativ offenen, den Umständen entsprechend leicht angegriffenen, aber doch zuvorkommenden und fast gelösten Eindruck. Es stört ihn, dass in Zitat *meiner Kanalisation eine Frau zu Schaden gekommen ist* Zitat Ende, und er bietet uns von seiner Seite und seitens der Stadtentwässerungsbetriebe jede erdenkliche Unterstützung an. Er wäre sogar bereit, persönlich mit uns noch einmal hinabzusteigen.«

»Was? Jetzt plötzlich?«, fragte Scheu. Aber Imogen ließ sich wie üblich nicht aus dem Konzept bringen. Kleine kompakte Kröte. Von der könnte man vielleicht die Contenance zurückerlernen, wer weiß.

»Während des gesamten Gespräches blieb er gleichmäßig höflich, beinahe dienstwillig, würde ich es nennen. Er hatte sogar sein Handy ausgeschaltet, bevor wir begonnen haben, fast demonstrativ, als Bezeugung seiner Beflissenheit vielleicht. Oder aber, und das glaube ich eher gespürt zu haben, seiner echten Anteilnahme und seines Willens beizustehen. Er leerte zwei PET-Flaschen Mineralwasser während des Gesprächs, die hatte er mitgebracht, und schwitzte sie gleich wieder aus, aber das ist bei ihm ja, glaub ich, etwas Organisches, typbedingt, und blieb ansonsten unauffällig.«

»Und der junge, der Fritz? Der war aber schon auffällig, oder?«

»Das kann ich so nicht bestätigen, Leo, nein. Auch bei ihm findet ihr das vollständige Gesprächsprotokoll im Computer. Mein subjektiver Eindruck von Friedrich Egle, Kanalarbeiter, Alter achtundfünfzig, ist, dass es sich bei ihm um einen Menschen handelt, dessen Biographie schon früh einen Knacks bekommen hat. Seine Mutter starb, als er sieben war. Er sagt, er habe den Verlust nie verkraftet, und es wirkte auf mich echt. Während sein Bruder Balz zusammen mit dem Vater die Familie leitete, er nannte es wörtlich Zitat *Balz und der alte Herr managten dann alles Weitere* Zitat Ende, schlingerte er von einem Extrem ins andere. Er sagt, er war wohl auf der Suche nach irgendetwas, was ihm einen Halt gegeben hätte. Doch, Leo, er sprach ganz offen darüber, man muss den Menschen nur Zeit geben, dann zeigen sie sich schon. Also, weiter. Die Schule und eine nachfolgende Karriere haben ihm nichts bedeutet. Er brach nach einer Ehrenrunde vor der Matura ab und kam dann nach diversen Gelegenheitsjobs schließlich im Betrieb des Vaters unter ...«

»Was haben wir hier eigentlich? Eine Wasserwerksmonarchie?«

»... im Betrieb des Vaters unter und ist dort seither verblieben. Als Kanalarbeiter. Schmuck, Fundort, Fotos des Opfers – Fehlanzeige.«

»Und? Glaubst du ihm?«, fragte Meier.

»Hm, naja. Beim Fundort hakte ich nach, den müsse er doch schon einmal gesehen haben. Da hat er gestutzt und dann gelacht, den schon, ja, aber nicht in dieser Weise. Ich habe beide Brüder danach gefragt, weshalb sie zusammenleben. Das ist ja doch etwas seltsam. Das fanden beide übrigens auch, und doch sei es für sie zum Normalen geworden. Nach einer wilden Jugendzeit des eher unsteten Friedrich Egle, sei er notfallmäßig – er war wohl völlig abgebrannt zu jener Zeit – beim Bruder untergekommen. Und dort irgendwie hängengeblieben. Nach Frauenbeziehungen befragt, zuckten komischerweise beide die Achseln. Weder der eine noch der andere hatte je eine längere Beziehung, und sie sind auch beide momentan mit niemandem liiert. Tja, dann abschließend noch dies: Friedrich Egle lehnte Kaffee, Wasser, Tee ab und, so schien mir, wartete geduldig, aber nicht besonders glücklich auf das Ende meiner Befragung.«

»Und jetzt? Glaubst du ihm das alles?«

Imogen wandte sich Scheu zu, nicht ohne zuvor etwas Liebevolles in ihren Blick gelegt zu haben: »Ich glaube dir, Leo, dass da vielleicht etwas im Verborgenen liegt bei dieser Familie Egle. Auch dass es vielleicht nichts Schönes ist. Aber dass es irgendetwas mit unserem Fall oder unseren beiden Fällen zu tun hat, Leo, das hat sich leider nicht erhärtet.«

Scheu nickte. »Und der Grund der Trauer?«

Sie schüttelte bedauernd den Kopf. »Ich glaube, Leo, es ist der Verlust der Mutter, der alle drei so plagt. Sie haben damals wohl irgendeine Weiche falsch gestellt, die Egle-Männer. Und sind dann auf dieser falschen Spur festgefahren. Es gibt so viele Schicksale, Leo, die wir nicht ermitteln können.«

»Was mich stört«, äußerte sich nun Armin Hochstrasser, der dafür bekannt war, erst dann zu sprechen, wenn er wirklich etwas zu sagen hatte, und der deswegen von allen gemocht wurde, »ist Fritzens Formulierung, dass Vater und Bruder *alles Weitere gemanagt* haben sollen. Was genau ist damit gemeint? Mir stößt diese Wortwahl auf, euch nicht auch?«

»Wer hat die Macht?«, flüsterte Scheu kaum vernehmlich in den Raum hinein, dann sagte er es lauter: »Wer hat die Macht? Mein Gefühl sagt mir, dass Egles etwas mit der Sache zu tun haben. Aber: Wer dirigiert hier wen?«

»Du meinst, die jungen den Alten oder umgekehrt?«, fragte Imogen Kant.

»Nehmen wir doch bitte noch einmal an, dass diese drei Herren in irgendeiner Weise in das Verbrechen verwickelt sind. Die Verhältnisse dort sind so wenig einsehbar. Kannst du bitte nicht noch einmal aufzählen, was du zudem herausbekommen hast, Imogen?«

Imogen richtete sich bequemer ein in ihrem Stuhl, dann holte sie aus: »Der Vater, Maximilian Egle, geboren 1922 in Zürich, war von 1975 bis 1987 Leiter der damaligen Abwässerbetriebe, davor hatte er verschiedene, zum Teil hohe Positionen inne, auch in der Privatwirtschaft, zum Beispiel bei Siemens oder Electrolux. Oberst im Militär, diverse Mitgliedschaften. Die Mutter, Madeleine Egle, geborene Pannatier, Jahrgang 1928, aus einer wohlhabenden Weinbauernfamilie in Martigny im Kanton Wallis, verstarb 1962 an einem Uteruskarzinom, also Gebärmutterkrebs. 1973 zog der Vater mit seinen beiden Söhnen, Balz Egle, geboren 1950 in Zürich, und Friedrich, genannt Fritz, geboren 1955 in Zürich, nach Männedorf. Balz hat bald Karriere gemacht, Polier, Bauführer und später Leiter des Seewasserwerks Lengg, von wo er nach der ordentlichen Pensionierung seines Vaters auf dessen Posten übergewechselt war. Kein Drama, kein Medienspektakel, Balz Egle sagte dazu Zitat *Ich war froh, endlich vom Seewasserwerk wegzukommen* Zitat Ende. Wie es scheint, passt ihm sein Job, er wird von seinen Mitarbeitenden an der Bändlistrasse geschätzt, das habe die kürzlich durchgeführte anonyme Mitarbeiterbefragung ergeben. Fritz Egle hingegen wirkt, als ob er stehengeblieben sei. Mit neunzehn, kurz vor der Matura, hat er, wie bereits gesagt, die Schule geschmissen. Aus heiterem Himmel, er konnte mir nicht erklären, wieso. Offenbar ist er dann ein paar Monate herumgelungert, jedenfalls hat sich sein Bruder dahingehend geäußert. Darauf ist er als einfacher Kanalarbeiter in den Betrieb eingestiegen. Vielleicht war er reuig wegen des Ungemachs, dass er Vater und Bruder seit Jahren bereitete?«

»Ich bitte dich, wenn jeder auf diese Art für seine Jugendsünden büßen müsste«, wandte Lutz ein.

»Auf jeden Fall ist er das bis heute geblieben, Kanalarbeiter. Anscheinend unverändert, man weiß es nicht.«

»Das ist es?« Meier wollte wie üblich Tempo machen.

»1973, als der Vater das Haus mit dem elterlichen Erbe kaufte, wohnten sie zuerst noch alle drei in der oberen Wohnung. Später zog Balz und dann eben auch Fritz in die untere. Ein bisschen mehr Platzbedarf oder den Wunsch nach Privatsphäre schienen sie also doch verspürt zu haben, die zwei. Obwohl mir das ja immer noch zu wenig wäre.«

Windlin klatschte mit beiden Händen auf seine Oberschenkel und sagte: »Himmel, mir auch! Wenn ich noch bei meinen Eltern wohnen müsste, zusammen mit meinen Geschwistern, das wäre für mich die Hölle!«

Jeder wusste, dass der junge Blonde mit seiner Bewerbung bei der Polizei einer vorbestimmten Zukunft entkommen war. Die elterliche Fischzucht auf dem Lande hatte er lieber gegen Ermittlungsarbeit beim Kanton getauscht. Und seinen Tausch bislang auch nicht bereut. Dazu war er noch zu jung im Dienst, fanden die einen. Dazu war er schlicht zu frohgemut, die anderen.

»Finanzielle Verhältnisse?«, fragte Hochstrasser.

»Solvent. Für einige Betreibungen, die der jüngere Sohn Mitte zwanzig verursacht hatte, stand der Vater finanziell gerade.«

»Betreibungen, wofür?«, hakte Scheu ein.

»Autokauf auf Pump, Stereoanlage, die üblichen Männerstatussymbole halt.«

Windlin schaute auf. »Sorry«, seufzte Imogen. »Ach ja, und noch was. Die Erzählungen über die Mutter machten auf mich einen doch etwas zwiespältigen Eindruck, bei aller Trauer. Man vermisst sie, aber dennoch schien man sie nicht besonders gern gehabt zu haben. Ich spürte keine Wärme, als das Gespräch auf sie kam, bei beiden nicht. Und: Sie hat ihre Söhne wohl etwas zu eng an sich gebunden.«

»Sexuelle Übergriffe?«

»Wie kriegt man das so schnell heraus? Sicher eher eine Art seelische Vereinnahmung. So klang das jedenfalls für mich. Wollte alles wissen, wo sie waren, was sie taten und so weiter. Sie sei in jedem Raum immer schon anwesend gewesen, kaum dass man ihn betrat, so in etwa hat das Fritz ausgedrückt.«

»Es war bestimmt nicht einfach, als Kind über den Tod der Mutter hinwegzukommen. Drache oder nicht, eine Mutter bleibt eine Mutter.« Damit hakte Scheu diesen Posten ab. Regte sich da etwa Mitgefühl bei ihm? Mit Egles? Er fragte: »Haben die sich denn überhaupt gar nicht gewundert, dass du ihnen persönliche Fragen stellst?«

»Nein. Es schien eher so, zumindest bei Balz, dass ich ihm gar nicht genug Fragen stellen konnte. Das war sogar recht eigenartig, wenn ich es bedenke.«

»Naja, den eigenen Gefühlen während einer Befragung so viel Bedeutung zuzumessen ist nicht immer angebracht. Ich wäre da vorsichtig«, sagte der Dienstchef bestimmt. Dabei schaute er von Imogen zu Scheu und dann wieder zurück zu Imogen. »War's das?«

»Nun, da ist doch noch etwas. Beide Brüder haben nie geheiratet. Und wenn man den Angaben der Mieterschaft, die im untersten Stock wohnt, Glauben schenken soll, dann haben sie wohl die eine oder andere Freundin geteilt. Mit den Mietern habe ich nämlich auch noch gesprochen am Wochenende, telefonisch, dieser Bericht ist noch nicht getippt.«

»Wie darf man das verstehen, *sie haben sich die Freundinnen geteilt*?« Scheu horchte auf, nun wieder ganz Ressentiment.

»Offenbar wurde öfter zuerst Balz mit einer Dame gesichtet, später immer auch der Fritz. Mit jeweils derselben. Ich habe die Adresse von wenigstens einer Exfreundin. Ich werde dem nachgehen, wenn du willst, Leo.«

»Wart mal ab, bevor wir zu tief in schmutziger Wäsche graben«, sagte nun endlich Staatsanwalt Schoop. »Ich frage mich nämlich, ob uns das alles wirklich weiterbringt. Nur weil wir niemand anderen haben, einfach die städtischen Beamten verdächtigen, das ist Ermittlungsgebaren in Wildwestmanier.«

Imogen kniff die Lippen zusammen. Scheu schwieg betreten.

»Von unserer Seite«, begann nun Dr. Isa Glättli, »können wir nur noch einmal bestätigen, was wir alle schon wissen. Ihr sucht nach jemandem, der äußerst gewaltbereit ist. Das war mehr als nur eine Impulstat. Ein bewusster Wille zur Schädigung des

Opfers muss da schon mitgespielt haben, bei allem Affekt. Großer Ärger, Wut, Zorn, ein zorniger Mensch. Die Tatsache, dass er nur zweimal zugeschlagen hat und damit den Schädelknochen zerbarst, zeigt das deutlich. Der Pflasterstein deutet auf Affekt hin. Aber auch die anderen Verletzungen müssen wir in Betracht ziehen. Die vermutete Vergewaltigung – diese Frau hat kein schönes Ende gehabt.«

»Also doch ein Intimizid?«, fragte Hochstrasser.

»Wir kommen nicht weiter!«, fuhr ihm Leo Scheu dazwischen. »Wir kommen so einfach nicht weiter. Wir stellen uns immer und immer wieder dieselben Fragen. Die Frage ist doch aber viel eher: Was wissen wir *nicht*? Was *sehen wir nicht*? *Was fragen wir nicht?«*

»Es sind doch aber meistens Beziehungsdelikte«, versuchte Windlin die These zu retten.

»Also«, lenkte Scheu ein, »nehmen wir einmal eine Beziehungstat an und drehen die Chose um einhundertachtzig Grad: was, wenn es keine Beziehung gab?«

»Das kann es sein, diese Frau ist wie ein Geist! So sagst du doch immer, Leo. Ohne Bezug zu allem. Was Leo meint, ist: Was, wenn sie noch keine Beziehungen hatte, weil sie noch gar keine haben konnte? Weil sie vielleicht erst kurze Zeit hier war, noch niemanden kannte? Richtig, Leo?«, fragte Imogen.

»Ich würde sogar noch weitergehen: Was, wenn es diese Frau nicht gibt, weil es sie nie gab?«

»Red weiter!«, sagte Koni Meier.

»Ich denke da an eine Sans-Papiers ...«

»Also doch ein Foto an die Medien geben?«, bot schließlich Windlin an.

Till Schmassmann, Dienstchef Mediendienst, zwitscherte durch die Zähne, aber Scheu wiegelte ab: »Wir können das Bild mit dem Computer verändern, so dass sie ...«

»... weniger tot aussieht«, schloss Schmassmann seufzend.

»Eine bessere Idee habe ich nicht. Wenn sie eine Sans-Papiers ist, kann es sein, dass andere Sans-Papiers sie erkennen. Es wäre nicht das erste Mal, dass wir einen anonymen Hinweis erhalten. Wir sollten es versuchen. Machst du das, Till, zusammen mit Imogen, ja?«

»Wird eine Belohnung ausgesetzt?«, fragte Sabrina Wyniger.

»Dafür ist es noch zu früh«, entschied Koni Meier.

»Armin, schaust du noch einmal die Bänder durch, ob einer der Wagen allenfalls ein Modell sein könnte, das von einem der Egles gefahren wird? Sie, Frau Wyniger, gehen weiter den ominösen Kleidungsstücken nach, und du, Theo, stellst bitte das Journal fertig.«

Im Flur traf Scheu auf Imogen. Sie sagte: »Meier ist sauer auf dich wegen der fehlenden Fotografie.«

»Weshalb? Ich habe die Bilder doch gestern noch zurückgelegt.«

»Ja, aber das eine Foto mit allen Stücken und dem Beutelchen fehlt. Leo, du kriegst es nicht mehr auf die Reihe.«

»Blödsinn«, fauchte er halbherzig und rauschte ab.

Der ägyptische Taxichauffeur, der seinen Standplatz beim Heimplatz hatte, wurde auf mittags am Flughafen Kloten zurückerwartet. Scheu selbst wollte ihn dort abholen. Windlin aber hatte so hoffnungsfroh geschaut, dass er ihn mitkommen ließ. Die beiden sprachen während der Fahrt nur wenig.

Man brauchte dringend neue Erkenntnisse. Aber Schoop hatte recht. Man verbiss sich zu sehr in die Egles. Nur weil sie einem unsympathisch waren.

Während der Kaffeepause hatte Scheu noch einmal sämtliche Fotografien, die an den Wänden hingen, betrachtet. Für ihn war das Bild der Toten beinahe unerträglich, wie sie dalag, die Glieder in bizarrem Winkel verdreht. Etwas im menschlichen Hirn rebelliert, wenn die gewohnte Ordnung durcheinandergebracht wird. Manche Menschen reagierten mit Ironie oder Sarkasmus. Anderen wurde schlecht. Scheu machte es einfach nur traurig. Die lichtstarren Pupillen der Frau hatten einen so verlorenen Eindruck vermittelt. Als ob sie sogar noch in ihrem anonymen Tod daran zweifelte, je jemand gewesen zu sein. Ein Mensch. Mit Blut in den Adern, das pulsierte und floss.

In Scheus Kopf rauschte es. Der Tinnitus vermengte sich mit den Geräuschen, die in der Kanalisation vorherrschten. Sein Kopf war wie ein umgestülptes Ei, durch das Wasser schoss, ein Orchester probte in ihm die Sekunden vor dem ersten Taktschlag des Dirigenten. Die Scheibenwischer gaben das Metronom.

Wer war hier der Dirigent?

Wer dirigierte?

Wer hielt den Stab?

Kurz nur hatte er Zeit gehabt, einen Blick auf die Bilder zu werfen, die Lutz sortiert und nummeriert hatte. Schaulustige, Empörte, Interessierte, Schockierte. Hälse gereckt und Hände in den Taschen, Damen und Herren, Freaks und Punks. Dann waren seine Kollegen wieder zurückgekehrt, fast heiter, nachdem sie alle Pausenwitze abgeklatscht hatten. Scheu wusste, dass auch das dazugehörte, die zeitweilige Überdrehtheit aller, um Druck abzulassen. Pausen waren dazu da.

Omar Moussa war erstaunt, aber nicht schockiert, dass er am Gate von zwei Beamten in Zivil abgeholt wurde. Nein, er hatte keinen dringenden Termin, und ja, er käme gerne mit zum Heimplatz. Seine Schicht begänne erst abends um neun, bis dahin würde man die Fragen wohl geklärt haben.

»Ist immer noch übel, was«, sagte er von seinem Sitz aus im Fond des Wagens.

»Was denn?«

»Das Wetter. So einen November habe ich hier noch nie erlebt. Meist ist Nebel. Aber dieser Regen ...«

»Wie lange sind Sie denn schon in der Schweiz?«

Moussas Antwort war korrekt, zehn Jahre. Noch immer verheiratet mit einer Schweizerin, noch immer Vater von drei Kindern. Das klang schon fast zynisch.

»Reicht denn das Taxifahren, um eine Familie zu ernähren?«

»Wir wohnen in einer Genossenschaftswohnung. Wir wissen uns zu bescheiden.« Oder bissig. Dass seine Frau zwei Jobs nachgehen musste, einem als Korrektorin bei einem Zürcher Verlag und einem als Putzfrau in privaten Büroräumen, passt wohl nicht in sein Selbstbild, ergänzte Scheu in Gedanken.

Am Heimplatz blieben alle drei im Wagen sitzen und unterhielten sich, wie es schien, rein informell. Ohne Zweifel hatte Moussa schon einschlägige Begegnungen mit der Polizei erlebt, nicht selten wurden gerade Menschen seines Äußeren – dunkelhäutig, bärtig, hager – zur Personenkontrolle angehalten. Aufgegriffen, auf dem Weg zum Einkauf, zum Zahnarzt, zur Schulpflege. Scheu bemerkte, wie Moussa versuchte, ruhig zu bleiben. Es nicht persönlich zu nehmen.

Immer öfter berief er sich bei seinen Antworten aber auf einen Höheren. Verbaler Ausdruck seiner Suche nach Beistand. Nach Hilfe. Rückhalt im Vertrauten.

»Ich rekapituliere also: Sie haben nichts Auffälliges gesehen, keinen Wagen, der zu schnell fuhr, keinen Streit gehört, keine Kampfhandlung beobachtet. Ist das richtig so?«

»Ist richtig.«

»Und was haben Sie gesehen, das *un*auffällig war?«, fragte Scheu.

»Wie meinen Sie?«

»Was war, sagen wir einmal, *wie immer* in jener Nacht?«

»Ach so. Hm, da muss ich überlegen.«

Der leichte Schweißgeruch schien noch aus dem Flugzeug zu stammen, ein Film, der sich in die Kleidung gesogen hatte, in das violette Hemd, das unter der schweren schwarzen Lederjacke dumpf dünstete. Scheu fühlte mit ihm: verreisen, das war doch das Schlimmste.

»Ich habe Dienst gehabt von neun Uhr abends bis sechs Uhr früh. Mit Pausen, natürlich. Ich habe verschiedene Fahrten gemacht, die genauen kann Ihnen meine Chefin geben, die weiß ich jetzt nicht mehr auswendig.«

»Die Fahrten sind uns egal. Was war wie immer, als Sie hier am Heimplatz standen und warteten – verstehen Sie?«

»Wenige Passanten …, es regnete, ja. Ein Mann mit Hund, nein, eine Frau mit Hund. So ein schmutziger, kleiner. Ich sehe den Hund öfter, die müssen hier irgendwo wohnen. Ich weiß das so genau, weil es doch mein letzter Abend vor meiner Abreise war. Nur, falls Sie sich wundern …«

»Eine Bettlerin?«, unterbrach ihn Scheu.

»Das kann ich nicht sagen. Bei Allah, ich schaue mir nicht alles so genau an, wenn ich hier Pause mache und warte. Ich höre Musik, esse etwas Mitgebrachtes. Denke nach.«

»War sie ärmlich gekleidet? Lumpenschals um den Hals gewickelt, Hut auf dem Kopf?«, insistierte Scheu.

»Kann sein. Kann aber auch nicht sein.«

»Um wie viel Uhr war das?«, unterstützte ihn Windlin. »Es reicht, wenn Sie uns das ungefähr sagen.«

»Das kann ich nicht, auch nicht nur ungefähr. Sie fragen mich danach, was wie immer war. Und ich sage Ihnen, Allah ist mein Zeuge, ich sah eine Frau mit einem weißen Hund. Ich sah vielleicht auch den Mann mit der Drehorgel, aber das muss vorher gewesen sein, am frühen Abend. Der Mann spielt seit kurzem dort drüben, wo die Akustik durch das Dach verstärkt wird. In Pausen höre ich ihm gerne zu.« Als er merkte, dass das nicht reichte, fügte er an: »Ich sah die wenigen Autos der Nacht, zuerst die Ausgehautos, dann die Heimkehrautos.«

»Erinnern Sie sich an die Frau. Woher ist sie gekommen, und wohin ist sie gegangen?«

»In welche Richtung, meinen Sie? Hm, sie kam wohl von da drüben und ging dann in Richtung Kunsthaus.«

»Sie kam vom Schulhaus?«

»Ich weiß es nicht! Ist das überhaupt ein Schulhaus da drüben? Wie soll ich das wissen?«

»Trug sie etwas in der Hand?«

»Sie trug ihre Handtasche oder sie trug sie nicht! Hören Sie, werte Herren, bitte, Allah, steh mir bei, was Sie da von mir wollen, ist zu viel verlangt. Ich versuche mich wirklich zu erinnern. Sehr sogar.«

Scheu nickte. Es hätte freundlich aussehen sollen. Gerne sympathisch. Als ihm das nicht recht gelingen wollte, sagte er: »Gut, danke, Herr Moussa. Haben Sie vielen Dank. Wir fahren Sie jetzt nach Hause, wenn Ihnen das recht ist. Und bitte, halten Sie sich zu unserer Verfügung, vielleicht tauchen noch weitere Fragen auf. Dann hätten wir Sie gerne kontaktiert.«

»Sie wissen ja, wo ich wohne«, sagte er verzagt. Dann flehentlich: »Meistens fahre ich Nachtschicht. Ich bin froh, wenn Sie nicht vor elf oder zwölf Uhr anrufen.«

»Geht in Ordnung«, pflichtete ihm Windlin bei, der den milden Tonfall Scheus aufzunehmen versuchte, »ich notiere: *nicht am Vormittag*. Dann haben Sie nichts zu befürchten.«

Das allein klang schon zum Fürchten.

Als sie Omar Moussa vor dessen Haustüre absetzten, rief ihm Scheu noch eine Frage hinterher: »Wo putzt eigentlich Ihre Frau?«

»Nur privat. Sie ist bei keinem Unternehmen unter Vertrag. Sie macht das selbständig, aber alles korrekt, sie bezahlt ihre Beiträge.«

»Erlauben Sie mir noch eine letzte Frage: Trägt Sie dabei, ähm, ein Schürzchen?«

Der Ägypter runzelte die Stirn in schierer Verständnislosigkeit.

»Ist schon gut, ist gut«, sagte Scheu schnell. »Wir melden uns dann, wenn noch etwas sein sollte.«

Im Kabuff bei der Schlüsselrückgabe der Dienstwagen schickte Scheu Windlin schon einmal vor, er käme nach. Nachdem er sichergestellt hatte, dass Windlin weg war, blätterte er unruhig in den Zetteln: Wer hatte nach ihm den Wagen übernommen, den er am Wochenende gefahren war? Unterwegs mit Ieva zum Eichrainquartier? Als sie Gelegenheit genug gehabt hätte, in seinen Unterlagen zu grusteln?

Wer käme noch in Frage, wenn nicht sie, das Bild entfernt zu haben?

Lutz!

Lutz war am Sonntag darauf mit genau diesem Wagen nach Hause gefahren. In Scheus Kopf purzelten alle Gedanken wild übereinander; der Dirigent war in den Orchestergraben gefallen. Wollte der ihn irgendwo reinreiten?

Hatte der ihm nicht schon genug genommen?

Die nächste Blitzrecherche ergab, dass heute eine Simonetta Brown, Mitarbeiterin der IT-Abteilung, mit besagtem Wagen unterwegs war. Gut, dass man sich hier eintragen musste, *gut gut gut.*

Oben, in seinem neuen Büro, dem weißen, Gedanken abwehrenden, blätterte er ungehalten im internen Telefonverzeichnis. Simonetta Brown war nicht zu erreichen. Er suchte erneut, diesmal nach ihrer Handynummer, und hinterließ eine Nachricht auf ihrer Combox – nichts, aber auch gar nichts gelang einem hier –: *Dringend!*

Den Mantel brauchte er gar nicht erst auszuziehen. Im Trab ging er die Treppen hinab, zurück zum Schlüsselbrett. Dort schrieb er sich ein und brauste schließlich, untypisch schnell und ohne Renato gewinkt zu haben, mit einem Dienstwagen aus der Tiefgarage und davon.

Kapitel 15

Ieva stellen. Herausfinden, ob sie das Foto an sich genommen hatte. Und wenn ja, herausfinden, warum. Natürlich könnte man bei digitalen Fotos weitere Ausdrucke beschaffen, das war nicht die Frage. Die Frage war viel eher, weshalb Ieva glaubte, diese Fotografie besitzen zu müssen. Falls sie sie genommen hatte. Falls sie es gewesen war. *Falls.*

Er dachte gar nicht daran, dass Ieva außer Haus sein könnte, er dachte überhaupt nicht sehr weit, höchstens so weit, wie sein Herz gegen die Brust hämmerte. Bis es sich wieder zusammenkrampfte. Er wollte direkt zum Hotel fahren. Die Lettin aus dem Zimmer klopfen und in Erfahrung bringen, was das Ganze sollte. All das, das ... die ... der Zirkus, den sie hier mit ihm veranstaltete.

Aber mit ihm konnte man es ja machen. Trottel, der er war. Nichtswisser und Nichtskönner. Hohlkopf. Narr. Gleich wäre er da, gleich ...

Umso überraschter war er, als er sie in der Schweizergasse auf den pelzbewehrten Sitzen einer Bar einen Latte Macchiato trinken sah. Die orangen Schirme wehrten den Regen hoheitsvoll ab, aber als Scheu eine Notbremse machte, schwappte das Novembernass über den Bordstein.

»Leandro!«, rief sie erstaunt. Ihr Blick war hell und kristallin.

Tut so, als könne sie kein Wässerchen trüben, grade sie! Eine plötzliche Entrüstung flutete Scheu. Die Zeit, nachzufühlen, nahm er sich nicht. Alles, was er spürte, war, dass es ihn heiß und stark machte, auch wenn die Hitze einem Zorn entsprang und die Stärke nichts anderes sein konnte als Widerstand.

»Warten Sie, ich leg nur schnell das Geld auf den Tisch!«, rief sie ihm munter zu.

Dass er von hinten ausgehupt wurde, fachte seinen Ärger zusätzlich an. Es war der jähe Zusammenprall ungleicher Szenen: er, zornig, verunsichert und verstimmt über die abhandengekommene Fotografie, vor sich hin siedend in seinem überheizten Dienstwagen, hinter ihm die aufgebrachten Feierabendfahrer, die auch nur nach Hause wollten, und neben ihm diese Bar, diese Lounge, mit den gebleichten Schaffellen und den lächerlich grellen Schirmen, und – das vor allem! – sie, mittendrin, selbstlos zufrieden beim Trinkgeldgeben, alleiniger Grund für all den Aufruhr, ohne sich dessen bewusst zu sein.

Scheu musste mit Gewalt zwei Zentimeter von ihr abrücken, um endlich aus seiner Starre zu fallen und den Fuß aufs Gaspedal drücken zu können, als sie so dicht neben ihm saß. Er schielte zur Seite. Wasserfeste Wimperntusche, Handtasche mit Markenzeichen. Ein weiterer schneller Blick verriet ihm, es war derselbe schwere sandfarbene Lederbeutel mit den mattgoldenen Metallringen, von denen er wusste, dass sie kalt waren, kalt und niemals wärmeleitend würden. Zirzender Schmuck an beiden Ohren. Ein umwerfend duftender, hellgrauer Strickponcho, der ihr locker über die schmalen Schultern fiel und mit seinen Posamentzipfeln ihre Knie berührte. Diese knochigen weißen Knie, die durch die Seide ihrer Strümpfe schimmerten. Um ihren Hals wand sich das Tuch. Das grüne Seidenfoulard, das er zu sehen geglaubt hatte, oben beim Kunsthaus, wie es in der Menge verschwand; ihr Gesicht war geradezu überglänzt von Unschuldsbeharrung!

»Was machen Sie hier, Ieva?«, kam es ihm brüsk über die Lippen.

Sie schüttelte still den Kopf.

»Hören Sie, ich muss Sie da etwas fragen. Am besten, ich mache es jetzt gleich. Ich bin für klare Verhältnisse.«

Nun schaute sie ihn mit unschuldigen Augen an. Ihre Iris war gesprenkelt, grau-gold. Scheu räusperte sich frei. »Also: Haben Sie widerrechtlich etwas aus meinem Wagen entwendet, als wir das letzte Mal zusammen in die Stadt gefahren sind?«

»Ob ich *was*? Sie spinnen ja!«

»Bleiben Sie sitzen. Ich bringe Sie zu Ihrem Hotel, da vorne ist es ja gleich, *jetzt bleiben Sie doch*! Es war nur eine Frage.«

Bevor er weiterreden, ihr irgendetwas Begütigendes sagen konnte, klingelte sein Handy. Er fuhr rechts ran und hielt vor der *Hummerbar*, nur wenige Meter vom *Hotel St. Gotthard* entfernt.

»Ja? Am Apparat, ja. Wo? In Männedorf? Aha. Ist schon jemand ausgerückt? Aha. Und zur Ursache? Der aufgefundene Schmuck? Nein? Doch, das war gut, dass du mich informiert hast, danke. Nein, ich fahr gleich selber hoch. Nein. Oder doch, ja, sag denen, die sollen so lange dort bleiben. Ist gut. Mach ich. Danke dir, Armin. Tschau.«

Mit einem Daumendruck klickte er Hochstrasser weg. Dann blies er die Backen auf. Als er unter reuevoll angehobenen Augenbrauen zu Ieva hinüberschaute, schämte er sich. Man hätte die Frage auch anders stellen können. Sie betrachtete durch traurige lange Wimpern ihre Finger. Jade und Bernstein. Der Anblick rührte ihn vertraut an. Gleichzeitig verübelte er sich diese Schwäche. Und genau diese Zerrissenheit war ihm sattsam bekannt. Er fragte sich, ob er überhaupt je wieder einen Fuß auf sicheren Boden bringen würde, mit dieser Frau in seinem Land. Er begann zögernd: »Hören Sie, Ieva ...«

»Jetzt hören Sie mir einmal zu, Leandro: Ich will vergessen, was Sie mir da immer wieder unterstellen, wenn Sie einwilligen, noch ein letztes Mal mit mir zu Abend zu essen. Ich habe meinen Rückflug gebucht. Ich komme hier ja doch nicht weiter. Ich muss«, hier stockte sie, »ich muss wohl meine Mutter verlorengeben.«

Ein schwerer Atemzug rang sich Scheus Hals empor. Jetzt hätte er sie gerne berührt. Seinen Arm um ihre Schultern gelegt, seinen Oberschenkel an den ihren gedrückt. Ihr von seiner Körperhitze abgegeben.

Ob so ein Poncho einen überhaupt genügend wärmen konnte?

Das Steuerrad fühlte sich feucht an, da, wo er es umklammert hielt.

»Also gut. Aber ich muss vorher noch kurz den See hochfahren. Wir haben da eine Meldung ..., also ... ich muss einfach noch schnell bei jemandem vorbeisehen. Danach bin ich frei. Für Sie.«

»Den See entlang, das wäre schön!« Er konnte nicht erkennen, ob da nicht auch etwas Mokantes in ihrem Ton lag. Vielleicht war es ja tatsächlich Freude. Das war halt so eine Sache mit fremdländischen Akzenten, nie konnte man sich sicher sein. Manchmal musste man sich einfach einen Ruck geben, einen kleinen Vertrauensvorschuss zugestehen. *Springen.*

Ohne weiter zu überlegen, fuhr er los. Sie rauschten am Hotel vorbei über den Bahnhofplatz zum Central, den Seilergraben hoch – hallo, Springer, schau mich, ich springe, ich spring! – und in den Hirschengraben. Kurz dachte Scheu daran, dass er der Bettlerin mit dem Hund noch nachgehen wollte, er hielt es in einer weiteren Gedankennotiz fest, dann schüttelte ein Schauder, der aus seinem tiefsten Inneren zu kommen schien, einen Großteil Spannung von ihm ab, und er führte den Wagen etwas leichter durch den Verkehr. Ievas Präsenz verbreitete das Flair von Rechtmäßigkeit, Folgerichtigkeit, Stimmigkeit bis ins kleinste Detail.

Wie bei diesem Tetralemma: Es könnte auch richtig sein, sie mitzunehmen, es könnte geradeso gut das Rechte sein.

Scheu wusste, dass er sich damit etwas vormachte. Er lenkte sich mit Tropfenbetrachtungen ab. Tropfen auf Windschutzscheiben, Tropfen auf Heckleuchten. Tropfen auf Straßenbelag und Tropfen, die von geöffneten Schirmen sprangen.

Die hartnäckige Restspannung, die in seinem Körper verblieb, setzte sich zusammen aus der Neugier darüber, wie Egles reagieren würden, wenn sie ihn auftauchen sahen. Und den Bedenken, wie er das mit Ieva regeln sollte vor Ort. Er konnte sie unmöglich mitnehmen. Zu Personen, die im engeren Umfeld von

Ermittlungen standen. Wenngleich ... Egles hatten sich bisher auch immer bockig gegeben, wenn er mit einem von ihnen alleine sprechen wollte. Ihm war klar, dass das keine Antwort sein konnte. Nun denn. Dieses Problem wollte er lösen, wenn es sich stellte. Vorerst hatte er auf den Verkehr zu achten. Das Fisseln des Regens hüllte sie in eine nachlässige Unwirklichkeit.

»Zürich wird auch Wasserstadt genannt«, durchbrach er das Schweigen, das sich im Wagen ausbreitete wie eine Wucherung. »Wir haben den See, die Limmat, die Sihl. Und wir haben die meisten Brunnen, so sagt man.«

»Wie meinen Sie, die meisten Brunnen?«

»Die meisten Brunnen pro Quadratmeter. Keine andere Stadt der Welt hat so viele.«

»Stimmt das auch?«

»Ich weiß es nicht. Aber es wäre schön, daran zu glauben, finden Sie nicht?« Und als sie nicht antwortete, fügte er, in Verwirrung gebracht, hinzu: »In einer Sache wenigstens herausragend zu sein. Besonders, einzigartig.«

»Kann es sein, dass Familie eines Ihrer großen Lebensthemen ist?«, fragte sie ihn unvermittelt im Tonfall einer Angriffsfanfare.

Er schnappte nach Luft.

»Wie mit einem Pappschild vor der Brust laufen Sie herum, Leandro, auf dem steht: Großer Bruder zu mieten. Kann das sein, Leandro?«

Noch bevor er etwas zu seiner Verteidigung vorbringen konnte, fegte sie über seine Gefühle hinweg: »Ach, kommen Sie! Sie wollen es doch so unbedingt allen recht machen. Im Hotel greifen sie liederlich arbeitendem Personal, das sich zu allem Unfug auch noch unprofessionell verhält, helfend unter die Arme, sie lassen sich von fremden Kindern Lederarmbändchen ums Handgelenk knüpfen, erbitteln sich damit im selben Augenblick irgendeine Verzeihung von dessen Onkel oder Patenonkel oder was auch immer, und Zeit, einer verlorenen Lettin die Sterne über dem Katzensee zu zeigen, nehmen Sie sich auch. *Perfekt!* Überall und jederzeit zur Tröstung bereit!«, sagte sie stimmlos lachend. »Wirklich perfekt nach allen Seiten hin! Tsss, Zürich, Weltstadt mit den meisten Brunnen …«

Das Rotlicht war grauenhaft lange rot. *Erbetteln. Es heißt: erbetteln.* Wirklich, außergewöhnlich lang.

Was hatte man getan, sie dergestalt gegen sich aufzubringen? In sein Grübeln hinein sagte sie, nun eher unentschlossen: »Suchen Sie noch immer nach Ihrer Familie?«

»Meine Familie?« Er atmete aus, erleichtert, dass seine Stimme den Dienst nicht versagte. »Die habe ich gefunden. Seinerzeit, als ich volljährig wurde und Einsicht in die Akten der Pro Juventute nehmen durfte.«

Ein bisschen reden, weitererzählen konnte nicht schaden, befand er, gewissenhaft darauf achtend, den Wagen möglichst ruhig auf der Straße zu halten, bei Rot anzuhalten, bei Grün zu fahren.

»Mein Vater war schon gestorben. In einer Haftanstalt, in die man Leute wie ihn zwecks Umerziehung steckte. Meine Mutter, Gott sei dank, lebte noch. Auch Geschwister habe ich, stellen Sie sich vor. Ich bin bestens versorgt, was Familie anbelangt, ich habe sogar deren zwei, vielen Dank.«

»Wie schön«, sagte sie. Und er, kaum hörbar: »Viele Verwandte, verstreut in der ganzen Schweiz. Alles Betonjenische, wie ich.«

Sie äußerte beiläufig, sie habe über die Jenischen im Internet gelesen, tat dann so, als ob sie nachdächte. Dann fing es an. Wortgeklingel, während er fuhr. Es führte seine Gedanken weg vom Weg, auf dem er sich befand. Ich soll wohl nicht grübeln, und er wollte auch nicht grübeln. Frauen sind so. Oszillierend. Ungestüm. Und diese hier, einen Atemhauch von ihm entfernt, kittete und stopfte die Schrunden und Löcher, die sie eben noch aufgerissen hatte, wie eine Arbeiterin im Akkord.

Dieser Fall ist ein einziges großes Loch! Kaum hat man es von Unrat befreit, kommt wieder einer und wirft seinen Kram hinein. Wobei Ievas Kram kein Kram war, sondern eine Lehrstunde in Geschichte. Eine, die Scheu nun in die weiten Weiten Lettlands führte, in wilde Wälder voller schmalstämmiger Birken und auf Wiesen, deren Anfang und Ende man nicht sah. Sie redete und redete, und er betrachtete die Lichtflecken, die an ihnen vorbeizogen, schaute über den See.

»Auch in Lettland gibt es wieder Zigeuner. Speziell Liepāja, zu Deutsch Libau, ist mit der Geschichte der Zigeuner verbunden. Systematische Massenerschießungen sollten in den 1940er-Jahren den Vernichtungskrieg Hitlers vorantreiben. Wer nicht erschossen wurde, kam im Gaswagen um sein Leben.«

Sie erzählte das mit einem Vibrieren in der Stimme. Scheus Tinnitus hob zu einem Crescendo an. Drohte ihm Gefahr? Er rieb sich nacheinander beide Ohren aus.

Sie redete. Sie redete. Sie verwirrte ihn und spann ihn ein. Aber nein, es war nur ein Rückblick in ihre eigene Geschichte, die Geschichte ihres Landes, das abwechselnd von russischen und von deutschen Machthabern für eigene Zwecke missbraucht worden war. »Eigentlich sind wir Letten ein friedliebendes Volk. Sagt Ihnen die *singende Revolution* etwas, Leandro?«

Ihre Stimme war so besänftigend, Scheu liebte diese Musik, die im ungewohnten Sprechrhythmus mitklang. Und Ieva hörte gar nicht auf damit, zu berichten, davon, dass die Balten in ewig langen Menschenketten ihre damals verbotenen Volkslieder, die Dainas, sangen. »Friedliche Kundgebungen waren das, Leandro, friedlich und ohne jegliche Gewalt. Eine einmütige Bewegung für unsere Unabhängigkeit. In einem gewissen Sinn, Leandro, müssen wir Letten, genauso wie Sie und die Jenischen, die alte Identität erst wiederfinden. Wir probieren uns aus in ehemaligem Volkstum und geben gleichzeitig darauf acht, nicht zu einer musealen Kopie unserer Selbst zu verkommen. Es ist die Suche nach Identität. Sie verbindet uns miteinander, Leandro.«

Wieder einmal staunte Scheu darüber, mit welch einfachen

Worten ihm Ieva die Welt erklärte. Die Frau, die ihn ins Schlingern brachte, seiner Halterung entriss. Man ist dabei, etwas Falsches zu tun. Man weiß es, und – man tut es doch.

Die Lichter der Pfnüselküste, wie das linke Seeufer gegenüber der Goldküste genannt wurde, schummerten über dem See. Selbst der Zürichsee teilte seine Uferbewohner in Reiche und Arme, Begünstigte und Subalterne. Die Straße war feucht vom hauchdünnen, aber beständigen Regen, Lichtkegel glitten darüber, und immer, wenn ihnen ein anderer Wagen entgegenkam, reichten sich die beiden Scheinwerferpaare für einen kurzen Augenblick die Hand.

Wegen des Feierabendverkehrs dauerte die Fahrt länger als vermutet. Erst eine gute Dreiviertelstunde nach ihrer Abfahrt vor der *Hummerbar* in Zürich langten sie in Männedorf an.

Scheu parkte unmittelbar vor dem Tor. Er hatte sich einsäuseln lassen durch Ievas Bericht, hatte sich gegen die mahnende innere Stimme seines Tinnitus verhärtet, um den Nachhall des kurzen Streites abzuwehren, hatte über nichts nachgedacht, und Leandro Scheu war drauf und dran, etwas sehr, sehr Dummes zu tun, aber was wollte man, der Regen, der See, die Frau da neben ihm!

Als er sich in der Gegensprechanlage vor dem großen Tor gemeldet hatte und das Schloss aufsprang, schlüpfte hinter ihm auch Ieva mit aufs Anwesen. Er schaute sie betrübt an, dann schwoll dieses zornige Gefühl über sein eigenes Unvermögen erneut an und blies ihn wie von innen heraus mit heißer Luft auf – es richtete sich nun voll und ganz gegen die drei Egle-Männer.

Scheus Verhalten war eine Unmöglichkeit. Und es war gegen jede Weisung.

Die Kollegen der zivilen Patrouille empfingen ihn am Aufzug. Er stellte sich vor, knapp. Ieva erwähnte er nicht. Höchstwahrscheinlich halten sie sie für eine Kollegin. Ieva verhielt sich aber auch rücksichtsvoll. Blieb in der Nähe des Aufzugs stehen, sie will sich niemandem aufdrängen, dachte Scheu, sie will nur einfach in meiner Nähe sein, sie spürt mich, meinen Aufruhr, hat es von Anfang an getan. Eine unglaubliche Frau und: Man brauchte sie jetzt.

Damit man jetzt nichts Dummes tat.

Nichts Saudummes.

Zunächst gelang es ihm noch ganz ordentlich, den Wohlmeinenden zu geben. Aber kaum dass Scheu in diese leblosen Vatersöhneaugen geblickt hatte, die er plötzlich für alle Klassenunterschiede der Welt verantwortlich machte, bemerkte er, wie sich seine Körperhaltung veränderte. Denn da stand er, der Abwässermonarchiepatriarch! In seinen Kaschmirlatschen, dem dazu passenden Kaschmirkimono, mit dem kühlen kränkenden Blick und diesen unvermeidlichen Speichelspuren an den Lippenrändern – der Brenner füllte Scheus Brustkorb wuchtig mit Heißluft an und ließ seine Stimme eine halbe Oktave in die Höhe schnellen, als er ausrief: »Na! Herr Egle! So sieht man sich wieder. Was war denn bei Ihnen los, heute Abend, erzählen Sie mal. Guten Abend, die Herren. Welch Furor hat Sie denn geritten?« Sein Hass war ohne jede Schleuse. Diese andauernde Stagnation! Diese Stockung in allem, was er tat! Das gesamte Fiasko seiner Ermittlungen! Die Fahndung, die komplett ins Leere lief! Seine Verdächtigungen, die ihn nach allen Richtungen hin trieben, nur nie in die eine, richtige, das alles schlug ihm hier wie Wind entgegen, den er – *du Lusche!*, rauschte sein Tinnitus – nun als Aufwind für seinen wuchtigen Auftritt nutzte. Er stand jetzt schon ganz breit in der Hüfte.

Das schien Maximilian Egle nicht zu imponieren. Er sagte: »Sie haben sich umsonst nach Männedorf bemüht, Herr Scheu. Meine Söhne und ich, wir hatten lediglich einen kleinen Familienzwist. Alles halb so wild. Nicht so, wie es aussieht.«

»Wie sieht es denn Ihrer Meinung nach aus, Herr Egle, hm?« Scheu probierte, wie es war, die Hände in die Hüfte zu stemmen.

»Ach, nun tun Sie bloß nicht so überlegen, als ob Sie noch nie aus Ihrer Haut gefahren wären. So etwas kommt in den besten Familien vor.«

»Sind Sie das denn? Eine beste Familie?«, fragte Scheu und bemerkte, wie Ieva zwei, drei kleine Schritte machte und dabei die Füße sacht anhob. Auf dem Boden lagen die Holzsplitter und Teile eines Flügels, der nun nie mehr erklingen würde. Scheu ließ seine Blicke betont langsam über die Überreste schweifen.

»Ach, das. Das war der Flügel meiner Frau, vormals der meiner Schwiegermutter. Er war schon seit Jahrzehnten stumm. Ein Staubfänger. Mehr nicht.«

»Jetzt, wo Sie's erwähnen: Wie steht's mit Ihrer Putzfrau? Ist sie schon zurück aus ihrem Urlaub?«

»Was interessiert sich die Kantonspolizei für mein Reinigungspersonal? Habt ihr mit eurem eigenen Dreck nicht genug zu tun?«

War er also doch ein bisschen erschüttert, der alte Sack? *Gut,* triumphierte es in Scheu. *Gut gut gut,* und: *weiter so!* »Beantworten Sie bitte einfach meine Frage, Herr Egle.«

»Marciella war heute wieder da. Sieht man das nicht?«

Gut gut gut gut gut, Egle verliert die Contenance! »Das ist ja wohl eher eine rhetorische Frage.« Für das, was nun folgen sollte, stellte sich Scheu so hin, dass er sowohl die beiden Söhne, die bislang stumm geblieben waren, als auch den Vater im Blickfeld halten konnte. »Sagen Sie bitte, trägt Ihre Putzfrau Schürzchen und Häubchen, wenn sie bei Ihnen saubermacht?« Er kam sich vor wie ein Westernheld kurz vor dem entscheidenden Griff zum Gurt.

»Darauf, äh, habe ich noch nie geachtet«, sagte Maximilian Egle irritiert.

»Nun?«, fragte Scheu, an die beiden Brüder gerichtet. Beide zuckten die Achseln. Balz Egle hatte ein noch röteres Gesicht als sonst, Fritz wirkte eisgrau.

Scheu wandte sich an die Kollegen der zivilen Patrouille, die zögerten, schockiert und belustigt zugleich über dieses unerwartete Schauspiel, das ihnen da ein Ermittler der Kapo Zürich bot.

Der jüngere der beiden sagte schließlich: »Ein Streit, ausgehend von Herrn Friedrich Egle.«

Über diesen Streit hatte Hochstrasser Scheu mit seinem Anruf informiert. Die Mieter vom unteren Stock hatten den Lärm nicht mehr ausgehalten und die 117 alarmiert. Es habe gedonnert, gescheppert, gedröhnt und gekracht. Im zentralen Informationssystem ist der Fall eröffnet worden, und die zivile Patrouille der regionalen Polizei war ausgerückt. Ein Teil des Mobiliars lag in Trümmern, im Flügel steckte eine Axt. Während der eine Beamte zusammen mit Fritz Egle die Axt wegräumte, hatte der andere der Dienststelle gemeldet, dass sich die Situation entspanne. Der Familienstreit wurde ins Journal eingetragen, in der Datenbank war zu den Egles nichts zu finden. Der Mann auf der Dienststelle aber hatte bemerkt: »Wenn mich nicht alles täuscht, sind doch genau zu dieser Familie in einer anderen Sache Umfeldabklärungen gemacht worden. Imogen Kant hatte deswegen bei uns angerufen, die kennst du doch auch noch von der Spiegelneuronen-Weiterbildung. Vielleicht ist das ja wichtig. Ich rufe gleich mal noch bei den Kollegen an.«

Fritz sog geräuschvoll Luft durch die Nase.

»Er habe das Andenken seiner Mutter beschmutzt«, fuhr der Beamte ungerührt weiter. »Die Axt habe er aus dem Garten hinter dem Haus mitgenommen, wo er einen Baum gefällt habe. Eine Esche. Unter ihr liege die Urne der Mutter begraben.« Der Beamte hielt einen Moment inne. Dann sagte er abschließend: »Die Situation ist aber wieder ruhig. Wir sind nur geblieben, weil man uns sagte, dass Sie noch kommen würden.«

Scheu blickte von dem einen zum anderen, dann zu Balz, Fritz, und schließlich wieder zu Maximilian Egle. Er spürte, wie der Brenner in seinem Inneren nachließ, und befürchtete einen verfrühten Sinkflug seines Heißluftballons. »Ich weiß zwar nicht, was Sie alle verbergen, meine Herren. Aber dass Sie etwas verbergen, liegt auf der Hand. Wollen Sie nicht einfach damit rausrücken, hm? Herr Egle? Sie? Oder Sie?«

Er hätte sich jetzt gerne nach Ieva umgesehen, aber sie stand nicht mehr da, wo er sie vorher in seinem Rücken gespürt hatte.

»Also, wenn wir dann bitte gehen könnten …«, sagte der ältere Beamte.

»Bitte, ja«, antwortete Scheu leutselig, »geht ihr ruhig. Schönen Abend noch und vielen Dank, gell!«

Dann holte er tief Luft. Einen Moment im Unklaren, was er als Nächstes tun sollte, schritt er durch das beinahe klinisch weiße Wohnzimmer, bestimmt mit Chlor gemoppt, betrachtete die Stellen, an denen Erdschlieren das Weiß des Bodens verunzierten, hob hier und da einen Fuß, um auf keine Scherbe, keinen Holzsplitter zu treten, und überlegte, wie er seinen eigenen Abgang gestalten sollte. Auf jeden Fall aber wollte er vermeiden, dass der Heißluftballon über ihm zusammenfiel und ihn unter seiner Hülle begrub. So eine Niederlage durfte Ieva nie miterleben. Ieva. Er sah jetzt, wie sich die Lettin wie in Zeitlupe in den Schatten drückte. Gut, dass sie da war, gut, dass sie hier bei mir ist. Sie würde ihm alles verzeihen, liebe feine zarte Ieva, gut gut gut.

Von den Egles sagte keiner auch nur Piep. Scheus Spontanbesuch schien nicht die erhoffte Wirkung zu haben. Keine Wasserfallbeichte, kein Sterbenswörtchen, nichts. Schon wieder nichts. Aber diese abgrundtiefe Trauer, die mal vom einen, mal vom anderen der drei Männer tropfte …

Eigentlich hatte er die letzte Karte, an der er sich in seinem Blatt festhielt, nicht frühzeitig herzeigen wollen. Für einen Ermittler war es immer vorteilhafter, wenn er die wesentlichen Sachen durch den Verdächtigen selbst aussprechen ließ. Wissensvorsprünge sollte man nicht leichtfertig aus der Hand geben, und war es nicht das, worin ihm der Dienstchef durchaus Lob entgegengebracht hatte, seine Fähigkeit, solide Einvernahmen zu machen, seine eindrückliche Art, sich vorzubereiten, und überhaupt seine Genauigkeit, seine Gründlichkeit im Vorgehen?

Aber die Blicke, mit denen diese snobistischen Eglebrüder nach Ieva langten, diese Blicke waren für Scheu zu viel. Er trumpfte auf: »Nun, in den besten Familien kommt ja so allerlei vor.« Sein Lachen war nur schlecht gespielt. »Wie man hört, teilt man sich nicht nur die Wohnung, sondern auch so manche Dame.« Ein grober Verstoß gegen sein Credo, er wusste es, nicht unter die Gürtellinie zielen bei Befragungspersonen. Überhaupt: Keinen Zynismus aufkommen lassen, Zynismus war der Anfang vom Ende. Aber dieses Trio trieb ihn dazu. Es ist deren Schuld.

Balz schüttelte enttäuscht den Kopf. Fritz schaute unbeteiligt, glatt wie Industrieglas.

Und plötzlich wusste es Scheu! Plötzlich wusste er, wer die Macht hatte! Es ist dieser Friedrich Egle, dieser kleine Hilfsarbeiter, dieser Familienversager! Mit irgendetwas hat er seinen Vater und den Bruder in der Hand.

Hier wollte er den Gewehrlauf, die Mündung seines imaginären Westernrevolvers ansetzen. Ihm war heiß bis in die Haarspitzen. »Geben Sie mir bitte eine Liste mit Namen und Adressen ihrer letzten drei Beziehungen, jetzt! Sofort!«, verlangte Scheu und schaute dabei vermeintlich Maximilian Egle an. Aus dem Augenwinkel beobachtete er, dass Fritz lächelte. Und sich Balz erstaunlicherweise ... entspannte?

Was lief hier schief? *Schon wieder?* Er doppelte nach. Und noch einmal und noch einmal. »Wir werden bei diesen Damen Erkundigungen anstellen über alles, was Sie betrifft, meine Herren. Ihren Lebensstil, Ihre Vorlieben, den Umgang, den Sie pflegen, wir werden herausfinden, mit welchem Duschmittel Sie sich duschen und mit welcher Zahnseide Sie Ihre Zahnzwischenräume säubern, und dann werden wir schon sehen, was Sie verbergen, meine Herren. Die Wahrheit kommt früher oder später ans Licht, das tut sie immer«, log er sich künstlich in Rage, »und bei Ihnen, das sag ich Ihnen hier und jetzt auf den Kopf zu, ist sie nur noch zwei winzige, zwei minimalst kleine Schritte vom Rampenlicht entfernt.«

»Haben Sie jetzt geendet, Herr Scheu?«, donnerte die Stimme Maximilian Egles durch den Raum.

Während sich Scheu nach Ieva umdrehte, wandelte sich Maximilian Egle wieder zum Herrn des Hauses. Er ging mit ausladenden Schritten auf Ieva zu, streckte ihr die Hand entgegen und stellte sich vor. Weltmännisch bedauerte er die betrüblichen Umstände ihrer Begegnung und fragte völlig überflüssigerweise, ob sie etwas trinken möge. Himmel Herrgott, wenn sie jetzt zu sprechen anfing! Mit ihrem Akzent! Wenn das Meier erfuhr, dass er eine unbeteiligte Person mitgenommen hatte! Wenn –!

Wann nur war man zu dieser lächerlichen Karikatur seiner selbst geworden?

Ieva schüttelte den Kopf. Scheu entging nicht, dass die Brüder noch immer zu ihr hinüberglotzten. »Sie sind auch bei der Polizei?«, fragte nun Friedrich Egle.

Die Situation drohte Scheu total zu entgleiten. Mit einer Kopfbewegung bedeutete er Ieva, den Lift zu rufen. »Jetzt!«

Als sie aus der Schattenecke neben dem zerstörten Flügel hervortrat, fielen ihr die Haare ins Gesicht. Maximilian Egle stand seltsam abgewandt. Balz unternahm einen Schritt und blieb stehen. Er schaute. Fritz knetete seine Fingerknödel. Geräuschlos öffnete sich die Türe zum Fahrstuhl. Endlich!

Nichts wie weg hier. »Also gut, meine Herren. Sie hören von mir.«

Scheu folgte Ieva dichtauf in den Lift.

Er hatte das starke Bedürfnis, sie gegen die Blicke der drei Männer abzuschirmen. Und: Er spürte heiße Scham.

Bei dem versprochenen Abendessen in einem hellen Restaurant nahe dem See hatte man über alles andere geredet als über das, was in der Wohnung der Egles vorgefallen war. Man hatte geplaudert und gescherzt, geflirtet vielleicht, die Schwere des Vergehens weggeprostet und jedwede Schuld hinuntergespült.

Auf der Rückfahrt in die Stadt brachte Ieva dann das Kriminalmuseum erneut aufs Tapet.

»Das haben Sie mich schon einmal gefragt.«

»Ich kann mir darunter einfach nichts vorstellen.«

»Nun, Ieva« – er kostete ihren Namen, *Ieva Ieva Ieva*, und dachte daran, dass es wohl eines der letzten Male sein würde, dies zu tun –, »alte Waffen, ein paar vergrößerte Fotografien, zurechtgemachte Schaufensterpuppen in antiken Dienstuniformen. Die eine oder andere Installation. Nichts Weltbewegendes.«

Als sie nicht lockerließ, ergänzte er gerade noch: »Unser Museum wurde Anfang des zwanzigsten Jahrhunderts als erstes Kriminalmuseum der Schweiz eröffnet. Vornehmlich diente es zu Ausbildungszwecken des Polizeinachwuchses. Heute wird es für Gruppenführungen gebraucht, mit einer Diashow, einem Film. Aber es hat etwas Verstaubtes. Dinge, die man darin sieht, die nicht ganz der Wirklichkeit entsprechen.«

Hegten nicht viele Verbrecher den geheimen Wunsch, erwischt zu werden? Gesehen und gehört zu werden und damit präsent zu sein in einer Form, die nach zusätzlicher Anerkennung fragte? Das Verlangen, mit ihrer ganzen Persönlichkeit, ihren Taten, den guten und den bösen, akzeptiert zu sein? Ein inhärenter Drang nach Absolution – oder Untergang?

Und hatten nicht auch andere, sogenannt Unbescholtene, grad ebendiesen Wunsch? In ihrer Ganzheit gesehen und anerkannt zu sein? Mit allem, was da unzulänglich schien und all den stillen Toden, die man zeit seines Lebens gestorben war?

Heute konnte es nicht noch schlimmer kommen. Sie hatte ihn nackt gesehen, im übertragenen Sinn natürlich, aber dennoch: entblößt. Und sie hatte die Größe gehabt, ihn nicht darauf anzusprechen. Mit keinem Wort.

Also denn.

Im Kriminalmuseum wurde offensichtlich, weshalb Scheu gezögert hatte. Zwei altertümliche Schaufensterpuppen stellten lebensgroß eine Szene nach. Auf ihren Perücken klebte Staub. Das Schildchen bezeichnete den einen als *Landjäger* und den anderen als *Vaganten*. Ein Schimpfwort, dem einer wie Scheu nur mit Schweigen begegnen konnte.

Ieva respektierte das. Auch jetzt wieder. War sie nicht eine ganz wundervolle Frau? Scheu wusste, dass es aussichtslos war, aber ein bisschen träumen darf der Mensch, nicht wahr?

Nach einer Besichtigung ohne Worte, bei der er in einer Ecke gestanden hatte und Ieva von Zeit zu Zeit an einen Schaukasten herantrat oder das eine oder andere Foto kommentarlos betrachtete, sagte sie schließlich: »So also muss ich mir Ihre Arbeit vorstellen, Leandro. Danke, dass ich das sehen durfte. Jetzt möchte ich gerne nach Hause.«

Nach Hause. Nach Lettland, irgendwo an der kalten Ostsee. Aber nein, nach Hause, das war ja – vielleicht für nur die eine einzige letzte Nacht – die Junior Suite im *Hotel St. Gotthard*!

Wenn man doch noch einmal mit ihr diese Treppen hinaufsteigen könnte, ins rote Polster sinken, seinetwegen einen Chai Latte trinken! Nur das eine Mal.

Der Wagen rollte scheinbar geräuschlos.

Montagnacht um halb zwölf.

Und Ieva.

Als sein Handy klingelte, fuhr er zum zweiten Mal heute vor der *Hummerbar* rechts ran. Es war Simonetta Brown. Sie bestätigte, dass sie unter dem Beifahrersitz eine Fotografie von einem Schmuckbeutel und einzelnen Schmuckstücken gefunden habe.

Die Fotografie musste Scheu aus den Akten gerutscht sein, als er seine Mappe auf den Hintersitz gelegt hatte.

Dann wäre also auch das geklärt, dachte Scheu, ein Irrtum, auch hier.

Ieva traute er sich kaum mehr anzusehen.

Kapitel 16

Am Dienstagmorgen ging es Schlag auf Schlag. Heute war es eine Woche seit dem Leichenfund, und je länger es noch dauerte, einen entscheidenden Schritt vorwärts zu tun, umso mehr schwand die Wahrscheinlichkeit, etwas herauszufinden. So viel war sicher. Und das konnte Scheu nicht akzeptieren. Nicht jetzt. Bei allem, was er zu verlieren hatte. Seinem Ansehen im Korps. Seiner Integrität. Aber – nach der letzten Nacht –, auch seinem zögerlich aufkeimenden, seinem neuen Gefühl für sich selbst. Dafür, was er eigentlich im Leben wollte, ganz privat.

Früh, sehr früh war er ins Büro gefahren und hatte sich in aller Ruhe und mit der Intensität des konzentrierten Eifers eines Auferstandenen sämtliche Akten noch einmal vorgenommen, die Gesprächsprotokolle, Mind-Maps und die Bilder, *endlich auch die Bilder*. Und wie erwartet, er verbuchte diesen Erfolg ganz beiläufig und mit voller Rechtmäßigkeit für sich allein, war er auf einer der Fotografien fündig geworden: Ein grünhaariger Punk war ihm aufgefallen.

Nicht lange, da fand er in seiner Erinnerung klick klick klick das dazugehörige Bild: Damals, am Dienstag vor einer Woche, als er zusammen mit diesem Cavelti und dem anderen beim Nike-Brunnen aus dem Brunnenschacht nach oben kletterte, war es gewesen. Da hatte er diesen jungen Burschen schon einmal gesehen. Und hier stand und glotzte er voller Trübsal, wie es den Anschein machte, und auf einem zweiten Bild grad noch einmal. Selbst auf den ungeschnittenen Filmdateien, die Lutz vom Lokalfernsehen zugesandt bekommen hatte, dem sogenannten Footage, war sein Haarschopf wenigstens einmal zu entdecken.

Bei der Konferenz in der Kripoleitstelle brachte Scheu seine neue Erkenntnis vor, und Lutz durfte erfreulich ungehindert mit Namen und Adresse des Betreffenden aufwarten.

»Ganze Arbeit«, sagte Scheu und wusste für den Moment selbst nicht, welcher Teil dieses Lobes auf ihn selber abfallen sollte. »Willst du und Hannes dem mal nachgehen? Wenn das ein Bekannter ist, weil er, wie du sagst, schon öfter von zu Hause ausgerissen ist und zudem auch wegen mehrmaligen Verstoßes gegen das Betäubungsmittelgesetz geführt wird, dann dürfte dem das Prozedere bekannt sein. Frau Wyniger, etwas Neues zu den Arbeitstextilien? Nein? Dann gehen Sie jetzt einmal mit Lutz und Windlin mit, da lernen Sie etwas.«

Er war ganz aufgeräumt, fast heiter. Ging es also endlich voran. Das retouchierte Foto der Unbekannten fragte im Tages-Anzeiger nach Identität und Angaben, die zur Klärung des Verbrechens führen könnten. Hochstrasser hatte mit einem Redakteur des *Blick* ausgehandelt, auch ihm das Bild zur Verfügung zu stellen, unter der Bedingung, die Tote nicht wieder als Schürzchen- oder Häubchenleiche zu betiteln. Die Textredaktion hatte sich zwar daran gehalten, die Bildredaktion hatte jedoch unter das Foto eine schmissige Skizze einer dürftig bekleideten Frau mit Häubchen und Schürzchen hingeklatscht. Eine grobe Verletzung der Vereinbarung. »Daily business«, wie Koni Meier resigniert feststellte. »Machen wir das Beste draus. Die Apparate jedenfalls laufen heiß.«

Das eine oder andere Mal während dieser Morgenkonferenz rutschte Scheus Blick zum Staatsanwalt hinüber. Geputzt und geschniegelt wie eh. Aber es hatte nicht den Anschein, dass ihm irgendetwas von Scheus gestriger Verfehlung zu Ohren gekommen war. Gut so. Hatte man also etwas Galgenfrist, bevor man sich für sein unsachliches Verhalten zu verantworten hätte. Wobei unsachlich, Scheu gestand es sich ein, eine gewaltige Untertreibung war.

»Kaffee heute auch für dich, Leo?«, fragte Windlin, als sie alle in die Pause abgezogen waren. »Ich habe Milch und Brötchen eingekauft. Hast du überhaupt schon etwas gegessen heute? Äh, Leo? Du siehst nicht besonders gut aus, wenn ich dir das so offen sagen darf.«

Nach der Konferenz machte sich Scheu auf, beim Kunsthaus die Bettlerin zu suchen. Er war so richtig in Fahrt. Viel zu lange hatte er sich von seinen eigenen Beschädigungen ablenken lassen. Er vermutete, dass sie obdachlos war und – wie viele – auf den immer selben Pfaden schnürte. Schlimmer, viel schlimmer als ein Leben im Wohnmobil dieses Umgetriebensein. So vollständig wurzellos. Falls er mit seiner Vermutung recht hatte, falls sie die Gegend um das Schulhaus herum tatsächlich des Öfteren frequentierte, könnte sie etwas gesehen haben. Bettlerin und Punk, das waren die neuen Stränge, an denen man sich festhalten und entlanggehen konnte.

Der Drehorgelspieler war noch nicht da. Vom Kunsthausrestaurant drinnen winkte ihm der Kellner zu. Scheu trat ein. Sein Mantel klebte ihm an den Beinen. Ausschütteln konnte er ihn jetzt nicht. Unentschlossen blieb er stehen. Hotzenköcherle kam und wünschte einen guten Tag. »Gibt's schon etwas Neues?«

»Es gibt immer etwas Neues.«

»Oh, gibt man sich heute wieder abgeriegelt?«

Das war missglückt.

Wenig später konnte Scheu beim Sicherheitspersonal des Kunsthauses in Erfahrung bringen, dass der Slowene zumeist am späteren Nachmittag auftauche und mitunter in einem der umliegenden Restaurants anzutreffen sei, wo er eine Pause mache, um sich aufzuwärmen. »Er steht da zwar im Trockenen, aber der Wind, der zieht halt schon kräftig durch.«

Ebenfalls bekannt war die Frau mit dem Hund. Sie folgte keinem bestimmten Bewegungsmuster, war mal hier, mal da anzutreffen, zu unterschiedlichen Tages- und Nachtzeiten, aber immer gerne um das Kunsthaus herum. »Weil hier die reichen Leute sind. Armer Welpe. Was für ein Leben dem bevorsteht, immer da draußen, immer unterwegs, nie irgendwo zu Hause, kein trockenes Plätzchen für sich.«

Scheu horchte auf. Kein trockenes Plätzchen. Karton und Wolldecke! Bei der Umgebungsinspektion hatte man Karton und Wolldecke sichergestellt. Er ließ sich vom Büro den genauen Fundort durchgeben.

Wieder draußen, band er seinen Mantel fester zu. Grau waren die Wolken, schwer und dunkel verhängten sie den Himmel. Eine plötzliche Melancholie hielt Scheu mit einem Griff umklammert, der seiner eigenen Traurigkeit nur einen Fluchtweg ließ: als kreatürlicher Laut den Hals hinauf. Er fühlte sich wie ein Tier, ein domestiziertes wohlverstanden, das man aus seinem gewohnten Käfig getrieben hatte, hinaus in eine Welt, die doch voller Gefahren war und schlimm.

Zum Glück reagierte die Türe prompt auf das Schilpen des Funkschlüssels, Scheu kroch in seinen Wagen. Er starrte auf den Heimplatz, ohne etwas zu erkennen. Laut und in unartikulierten Stößen kam die Luft seine Kehle hinaufgeschossen. Zwei, drei, vier Atemzüge lang. Dann wurde es gespenstisch still in seiner Brust.

Einkapseln. Ich muss abschließen für einen Moment. Das Schloss knackte.

»Puh«, sagte er überrascht in den Raum hinein, und dann noch einmal, puh.

Was war das eben gewesen? Eine Panikattacke? Woher hat die einen so unvorhergesehen übermannt? Scheu horchte auf seinen Tinnitus. Das stete Tönen hatte in seiner Beständigkeit etwas Familiäres. Der Laut schwang auf der gewohnten Frequenz, »kein Alarmsignal also«, murmelte er. Und atmete tief aus. »Noch drei solche Züge, und ich habe meinen Totraum entleert.« Seine Lunge schmerzte.

Eine kleine Weile blieb er in dem Wagen sitzen.

Wann nur ist mein Selbstvertrauen dermaßen verschüttgegangen? So schnell gewöhnte sich einer nicht an neue Umstände, nicht, wenn er Leandro Scheu hieß. Und dass einen eine schöne Lettin aus den Socken haute, hatte auch noch nichts mit einem drohenden Burnout zu tun. Oder mit irgendeiner Störung. *Ja*, man war auf abschüssigem Gelände unterwegs, und *ja*, man hatte sich da wieder aufgefangen. Selbsttätig und allein.

Ein Ausfall, nur ein kleiner Ausfall, ermunterte sich Scheu. Man würde später, wenn das alles vorbei wäre, über die Frage eines möglichen Urlaubs nachdenken. Gründlich. Ein paar Tage ausspannen, doch, wieso nicht auch er? Man könnte ja, mit einer Daunendecke und einem Kissen vielleicht, auch ganz gemütlich auf dem Balkon mit einem Buch ... nicht jetzt, später. Jetzt war er Leandro Scheu, Angestellter der Kantonspolizei Zürich, Ermittler mit einer Fährte.

In einem bepflanzten Hinterhof, unter einer aufgebockten Baubaracke, einigermaßen geschützt vor dem anhaltenden Schauer, fand Scheu das *trockene Plätzchen*. Hier musste es gewesen sein. In den Abdrücken breiter Schuhe sammelte sich das Regenwasser. Eindeutig Polizeistiefel. Und das daneben, das könnten Hundepfoten sein. Gerade als er sich wieder aufrichtete und den Kragen höherschlug, sah er etwas um die Ecke flitzen. Schnell wie ein Strich – vielleicht der Schweif eines Hundes auf Halbmast?

»Halt, warten Sie einen Moment!«, rief er in den Wind. Es war wie in einem jener Träume, in denen man mit aller Kraft zu rennen versucht und die Beine doch nicht vorwärtsbringt. Die Schwerkraft war zu groß, Scheu sank zu Boden.

Das auch noch. Und: Was passiert mit mir? Waren seine letzten bewussten Gedanken.

Als er wieder zu sich kam, kitzelte ihn etwas im Gesicht. »Gut, brav machst du das, fein, Strahl ...«

»Bah!« Er schüttelte sich. »Pfff – eine Hundeschnauze!«

»Tja, wenn's hart auf hart kommt und einer schon mal im Dreck liegt, hilft man auch einem Tschugger, gell, Strahl. Zudem kann ich einen Tschugger nun wirklich zuletzt an meinem Schlafplatz gebrauchen.« Am Gesichtsausdruck der Obdachlosen konnte Scheu ablesen, dass er eine jämmerliche Figur abgab. Musste man neuerdings für jeden der Hanswurst sein?

»Geht's?«, fragte sie und nickte bedächtig. Die Rute des Hundes schlug nun, da Scheu bereits saß, im Dreck wohl, aber dennoch aufrecht, heftig hin und her. Mit der einen Hand wehrte Scheu die Schläge ab, mit der anderen stieß er sich vom Boden ab. In sicherem Abstand von ihm wartete die Frau. Sie sagte: »Ich weiß gar nicht, ob ich Strahls Enthusiasmus teilen soll oder nicht. Immerhin haben Sie mich das letzte Mal, als wir uns begegnet sind, wie Luft behandelt.«

»Mich erfüllt diese Situation hier auch nicht gerade mit Wonne. Aber froh bin ich schon, dass ich noch da bin ... es mich noch gibt.«

»Was war denn?«, fragte sie, indem sie für ihre Schuhe eine trockenere Position suchte. Scheu stand nun in voller Breite vor ihr – ganze drei dieser mageren Figur würden in ihn passen. Dann sagte er *puh*, zum dritten Mal an diesem Tag, und hoffentlich zum letzten. Abwartend maßen sich die beiden mit Blicken. Eine Alkoholikerin, ja. Eine Obdachlose. Eine jener zig Gestalten, die in Zürich ein Leben neben der Gesellschaft führten. Ihre Haare klebten an den ausgemergelten Konturen ihres Gesichts wie angeschmutzter Flachs. Ihre Haut war pockennarbig und verbraucht, ihre Lippen farblos. Sie wandelte eher auf der toten als auf der lebendigen Seite, wenn man denn so sagen konnte. Ihr Handgelenk, das unter dem viel zu kurzen Ärmel eines nassen Wollpullovers hervorschaute, als sie ihrem Hund den Kopf tätschelte, war weidendünn. Das Ärmchen eines Kindes. Die Erkenntnis, wie Leben auch noch möglich war, kam Scheu jedes Mal hart an, wenn er mit solchen Halb- oder Viertelexistenzen in Berührung geriet. Er hob wie zur Entschuldigung die Schultern.

»Ich bezahle Ihnen einen rechten Brunch dafür, dass Sie mich gerettet haben. Mit Gipfeli, Weggli, Fleischkäse und allem.«

Und Wein, vervollständigte er in Gedanken, wenn es denn sein muss, auch mit Wein.

Im Kunsthausrestaurant musste er den Polizeimacho raushängen, um mit dieser Frau, dem Hund und seiner eigenen, vor Dreck starrenden, Kleidung Einlass zu bekommen. Hotzenköcherle hatte erzürnt auf den überflüssigerweise und wie eine Siegerfahne hochgehaltenen Ausweis und dann auf Scheus Schuhe geschaut, ihn aber schließlich passieren lassen.

Für das, was er vorhatte, wählte er wiederum den Platz im hinteren Teil des Restaurants. Hier war er genau vor einer Woche mit Imogen gesessen und hatte eine Schale getrunken. Hier wäre es gut.

Schuldete man ihr eigentlich immer noch Geld? Sein Leben war in Unordnung geraten. Darüber gab es keinen Zweifel. Aber er war dabei, die Ordnung wiederherzustellen.

»Sie wissen, weshalb ich Sie sprechen will?«

Die Frau brach ein Brötchen und streckte die größere Hälfte der Hundeschnauze hin, die auf ihrem Schoß leise, aber eindringlich winselte.

»Sie erinnern sich an mich? Sie erinnern sich daran, dass wir jemanden aus dem Kanal gezogen haben letzte Woche, ja? Sie waren da, Sie …«

»Sehe ich blöd aus?«, fuhr sie ihm dazwischen. »Nur weil unsereins nicht so schickimicki ist, nur weil unsereins nicht so viel Kohle hat! Nur weil wir vielleicht nicht so sauber sind und die Flöhe mit unseren Hunden teilen, heißt das noch lange nicht, dass unsereins auf den Kopf gefallen ist! Noch lange nicht.«

Sie hatte laut gesprochen, und sie hatte ausgemacht nölig gesprochen; die wenigen frühen Gäste im vorderen Abteil schauten schon aufmerksam zu ihnen hinüber. Und Hotzenköcherle erst. Es schien, die Mahlzeit verleihe ihr neue Kraft. Scheu kam ihr zuvor. »Also. Und weil Sie so gescheit sind, gerade weil Sie so viel mitbekommen, was in dieser Stadt läuft, will ich mich mit Ihnen unterhalten.«

Sie musterte ihn misstrauisch. Wie viele vom Alkohol Gezeichnete wies sie eine ausgeprägte Mimik auf, eine Stummfilm-Mimik.

»Einverstanden?«, versuchte er.

»Ja, wenn der Tschugger etwas von einem will, dann siezt er einen.«

Scheu legte seine Hand auf ihren Astarm. *Bitte*, schien diese kurze Geste auszudrücken, *bitte nicht*.

Vier Brötchen, eine Linsensuppe und ein Dreierli Wein später ging ein Strahlen über ihr Gesicht. Er hatte nicht viel erfahren, sie stammte aus Bern ursprünglich, das merkte er nicht nur an ihrer Wortwahl, auch ihr Dialekt verriet sie. Und sie lebte wohl schon geraume Zeit auf der Straße. Neuerdings mit Hund.

Zum Hergang in besagter Nacht hatte sie keine Informationen beizufügen, sie war anderswo gewesen und wollte von alldem keine Ahnung haben.

Wieder einmal eine mehr.

Draußen streckte ihr Scheu seine Karte hin, *falls Ihnen noch etwas einfällt,* zusammen mit einem Fünfzigernötli.

Er wollte Hoffnung, unbedingt. Wie hatte Imogen gesagt? Man muss den Menschen nur Zeit geben, dann zeigen sie sich schon. Sie würde sich ihm zeigen, diese Obdachlose, es drängt sie danach, sich mir zu zeigen, dachte er gegen seine Enttäuschung an. Früher oder später wird sie es tun.

Gerührt schaute er der Frau zu, wie sie Note und Kärtchen sorgfältig zusammenfaltete und in einem knallroten Portemonnaie verschwinden ließ. Scheu hatte das Gefühl, an ihr etwas wiedergutmachen zu können, das eigentlich anderen galt. Einer ganzen Reihe von anderen.

Mit einer Höflichkeit, die Sympathie ausdrücken wollte, verabschiedete er sich von ihr, ihrem Hund warf er ein Augenblinzeln zu, na du, mach es gut. Danach war er ziellos durch den Regen gebummelt, der Innenstadt entgegen.

Dieser neue, warme Eindruck einer jungen Zuversicht, der in ihm pulsierte, seit er sich gestern Nacht mit einem langen, tiefen gefühlvollen Kuss vor ihrer Suite von Ieva verabschiedet hatte, erfüllte ihn erneut. Es war, als ob mit diesem Kuss ein alter Scheu in ihm aufgeweckt worden wäre. Oder besser: ein junger, der da auch noch in ihm hauste. Einer, der nicht mit dem Leben haderte. Einer, der auszog, es zu meistern. Egal, wie viele Steine man ihm in den Weg gelegt haben mochte, er würde Anlauf nehmen und sie allesamt mit Schwung überspringen.

So war er doch einmal gewesen, bevor ihn eine plötzliche Erkenntnis in zwei teilte, nicht seine Welt, nein, *ihn* in zwei Hälften schlug, die er nie mehr richtig zusammenbringen würde, sein Lebtag nicht.

Was hatte man damals nicht alles verloren, welche Illusion schießenlassen müssen, worauf nicht alles verzichten! Familienillusion. Lebensillusion. Und wie schnell man sich doch von alldem verabschiedet hatte, wie willig man auf dieser abschüssigen Bahn unterwegs war, einem eigenen Untergang entgegen. Warum nur hatte man sich so ungewehrt von sich und den eigenen Bedürfnissen entfernt?

Mich gibt es noch, dachte er, und dieses Denken war ein ganz klein wenig auch ein trotziges, nur: Das kann man sich verzeihen.

Die Weihnachtsbeleuchtung am Neumarkt baumelte wie zarte Sterne über seinem Kopf. Im Gegensatz zu seiner Kleidung war das Niederdorf festlich getrimmt. »Was soll's«, sagte er halblaut und öffnete die Türe zum Frisiersalon zu seiner Linken.

»Leo! Das ist aber eine Überraschung!«, begrüßte ihn Henry.

»Hast du Zeit?«

»Ja, das geht grad gut. Nimm Platz. Haare und Rasur?«

Flink war Henry an seiner Seite. »Willst du dir vorher vielleicht deinen Mantel …? Das ist aber auch ein Wetter draußen, stimmt's, Nicole?«

Erst jetzt sah Scheu eine junge Dame mit kurzen schwarzen Haaren neben der Shampoo-Auslage stehen. »Darf ich dir Nicole vorstellen, sie arbeitet neu bei mir. Sie macht dir auch gerne eine Maniküre, wenn du das einmal probieren willst. Wir haben Weihnachtssonderangebot: drei für zwei.«

»Drei für zwei *was*?«

»Schnitt, Rasur und Maniküre: drei Posten zum Preis von zweien. Die Maniküre wird nicht berechnet. Irgendwie muss man ja in eine feierliche Stimmung kommen, wenn das Wetter schon nicht will.«

Die warme Kopfdusche, das Klappern der Schere, die geübten Finger in seinem Haar, der weiche Pinsel auf seiner Wange, all das schläferte Scheu ein. In halbwachem Zustand nahm er wahr, dass ihn die Berührungen tatsächlich erreichten. Eine ungekannte Empfindsamkeit ergriff von ihm Besitz, und er ließ es gern geschehen. Seine rechte Hand, die er lose in Nicoles Handbett ruhen hatte, war ganz aufmerksam. Nerv für Nerv registrierte Scheu jede Positionsveränderung seiner Fingerglieder. Nur von fern erreichte ihn das Bild hässlicher abgebrochener Fingernägel – waren das seine?

Süß war die selige Vergessenheit, in die er abglitt; er schlummerte ein.

In der Regel war sich Scheu gewahr, wann er träumte. Luzides Träumen, auch das Beeinflussen von Träumen, war ihm nicht selten möglich. Er versank wie kürzlich schon einmal in tiefem dunklem Wasser, erkannte sich in dem Traum, aber erkannte nicht, war er Zuschauer oder Schwimmer oder beides zugleich … Oder war er der Regisseur eines Unterwasserfilms, Jean-Jacques Cousteau auf der Suche nach einem Schatz?

Gold, gelb und leuchtend lag es da, das viele Geschmeide, in einer mit karmesinrotem Samt ausgeschlagenen Truhe. Königlicher Stoff flauschte unter seinen Fingerkuppen, fühlte sich wohlig weich an. Immer wieder musste er die Kostbarkeiten berühren, befühlen, wie sie sicher auf dem roten Tuch lagen und glänzten glänzten glänzten ...

Als er durch das Gebläse des Föhns in den Dienstagvormittag und zurück in die Realität von Henrys Coiffeursalon am Neumarkt im Zürcher Niederdorf erwachte, wusste er noch nicht, dass ihn etwas an seinem Traumbild störte.

»Habt ihr viel zu tun?«, erkundigte sich Henry freundlich.

»Schon, ja.« Scheu hätte ihm gerne gesagt, dass er Henrys Klo von unten gesehen hatte, nur um mitzuerleben, wie dieser reagierte. Er ließ es bleiben. Er hätte ja doch nicht weiter darüber sprechen dürfen. So ein Fehltritt, wie der von gestern, sollte bitte schön der einzige in seiner Karriere bleiben. Wenn er damit bei Meier und Schoop noch einmal davonkäme, wäre ihm das eine Last von seinen Schultern. Und ohnehin, so vermutete er, wusste Henry Bescheid. Henry wusste immer Bescheid. Was in seinem Quartier vor sich ging, blieb ihm nie lange verborgen. Er war Friseurmeister. Er hatte Ohren. Er hatte Augen im Kopf.

»Ist was mit deiner Registrierkasse?«, fragte Scheu, als er bemerkte, dass Henry in der Schublade nach einem Portemonnaie kramte. Es sah aus wie das Portemonnaie einer Serviertochter, füllig und breit. »Sie klemmt. Seit vier Tagen. Aber es ist bald Weihnachten, alle haben Stress, bis jetzt ist noch keiner vorbeigekommen, der sie flicken könnte. Zu blöd aber auch, gell. So schön, wie die ist.«

Nachdenklich zählte Scheu das Geld ab und legte noch fünf Franken dazu als Trinkgeld. Mit einer Sorgfalt, der Scheu heute schon einmal begegnet war, versorgte Henry die Noten und das Münz in die entsprechenden Fächer.

Und plötzlich durchfuhr es ihn wie Strom! »Jetzt weiß ich, was mich stört! Ein Schatz auf rotem Samt!«, rief er aus.

»Äh, das muss ich jetzt nicht verstehen, oder?«, stutzte Henry.

»Ein Schatz im Meer, auf roten Samt gebettet!«

Damit griff er sich seinen Mantel vom Haken und entfloh den ratlosen Blicken seines Friseurs und dessen neuer Arbeitskollegin und rannte zurück in langen Schritten durch die Pfützen den Neumarkt hinauf, über den Parkplatz des Obergerichts, vorbei am Gärtchen der Pro Helvetia, vorbei am Kunsthausrestaurant und quer über den Platz, wo immer noch sein Wagen stand.

Er brauchte nicht lange zu suchen. Die Obdachlose wärmte sich im Kioskhäuschen beim Pfauen auf, der junge Hund schlotternd neben ihr auf der Bank.

»Du, schon wieder?«

»Können Sie bitte mitkommen? In mein Büro? Jetzt gleich?«

Es brauchte nicht viel Druck, und Jolanda Hegetschwiler, genannt Jole, Heimatort Bern, erzählte, was sie in jener Nacht gesehen hatte.

Scheus Aufatmen war bis in den langen Flur hinaus hörbar, wo Windlin einen schluchzenden Grünhaarigen soeben für eine kurze Pause ins Abstandszimmer schloss.

Kapitel 17

Der Schnappschritt der Chefin Kriminalpolizei schmatzte über den blauen Kunststoffboden. Schon weit vor seiner Zeit strahlte dieser ein verjährtes Flair aus, Fabrikat *von Anbeginn auf Ewigkeit*, wie Scheu das einmal genannt hatte, als es um die Verschönerungsmaßnahmen der Büroräumlichkeiten ging. Eine Aktion, die einem dann besagtes antiseptische Möbelsystem bescherte, den Boden in seiner Nostalgielust aber unbehelligt ließ.

Schnapp, schnapp, schnapp, schnapp, Imogen stand mit gerunzelter Stirn im Türrahmen und blickte Scheu an. Beide warteten und vermuteten. Ein Seufzer durchfuhr Scheus Körper, er kam mit der Gewissheit, dass *er* gemeint war. Die Chefin Kriminalpolizei trat ein. Scheu richtete sich in seinem Stuhl gerade.

»Ich konnte gestern Abend nicht mehr dabei sein. Also, was haben wir?«

»Jolanda Hegetschwiler, Jahrgang 1958, ohne gemeldeten Wohnort, aber mit Heimatort Bern, hat etwas beobachtet.«

»Ist das die Obdachlose?«

»Gemäß Imogens Nachforschungen übernachtete sie früher hin und wieder in der Notschlafstelle, ja. Also, sie hatte letzte Woche, in der Nacht von Freitag auf Samstag, etwas beobachtet. Unter einer aufgebockten Baubaracke Nähe Schulhaus Wolfbach hatte sie ihren Rausch ausgeschlafen. Sie nennt dort einige Kartons und eine Wolldecke ihr Lager. Es dient ihr als Refugium, seit sie nicht mehr in der Notschlafstelle zugelassen ist. Wegen des Hundes. Sie hat einen kleinen Welpen. Strahl.«

»Dass sich solche Leute aber auch immer einen Hund anschaffen müssen!«

Scheu schaute seine Vorgesetzte irritiert an. Die Beziehung zwischen der Frau und dem Hund war ihm wie eine letzte Verbindung zu einem normalen Leben vorgekommen, der Wille, Verantwortung wahrzunehmen. Vielleicht der eine Faden, der Jolanda Hegetschwiler hielt. Er schluckte seine Emotion hinunter und fuhr fort: »Frau Hegetschwiler ist so gegen acht Uhr abends aufgewacht. Bei ihrem Spaziergang durchs Quartier wurde sie Zeugin, wie sich eine Frau und ein Mann in der Nähe des Kunsthauses stritten. Die beiden waren anscheinend bekannt miteinander. Sie sprachen Portugiesisch, Italienisch oder Spanisch, so meint sie jedenfalls. Sie sprachen aber nicht lang und nicht viel. Als die unbekannte Frau davonrennen wollte, setzte ihr der unbekannte Mann nach. Wenig später will die Zeugin gesehen haben, wie der Mann die Frau in einen Wagen schubste und mit ihr davonfuhr.«

»Ist diese Frau Hegetschwiler überhaupt glaubwürdig?«, unterbrach die Chefin Kriminalpolizei.

Imogen hörte mit gehobenen Augenbrauen zu, so als wollte sie Scheu unter deren Bogen Schutz bieten. Befriedigt nahm Scheu wahr, dass er sich in Sicherheit fühlte. Mit fester Stimme sagte er: »Für die Glaubwürdigkeit der Zeugin Hegetschwiler sprechen zwei Indizien. Erstens: Beim Streit habe die Unbekannte den Mann mit einer Handtasche abzuwehren versucht. Aus dieser Handtasche sei dasjenige Portemonnaie gefallen, das Frau Hegetschwiler mittlerweile ihr Eigen nennt. Sie behändigte es kurz darauf und behielt es seither in ihrem Besitz. Zusammen mit etwas Kleingeld, das sie vom Boden geklaubt habe. Es muss wohl aus der offenen Tasche gesprungen sein. Von einem Ausweis oder irgendeinem Dokument, das die Identität der Besitzerin der Tasche klären könnte, will sie leider nichts wissen. Ein VBZ-Billett war da noch, Tageskarte, sonst nichts.« Scheu wartete einen Moment, dann fuhr er fort: »Und zweitens spricht für die Glaubwürdigkeit der Zeugin Hegetschwiler, dass sie eine recht genaue Beschreibung des Wagens abgeben konnte und sogar Angaben zur ungefähren Abfahrtszeit machte. Zeitgleich mit dem Streit nämlich hatte sie die Presslufthörner einer Ambulanz gehört. Und diese Ambulanz konnte auf den Videobändern nachgewiesen werden.«

Kurz trafen sich Scheus und Imogens Blicke unter dem Bogen der Geborgenheit, beide bedauerten Hochstrasser, der seit einer Woche immer von Neuem diese Videos hatte durchforsten müssen. Scheu glaubte, auf Imogens Oberlippe ein Lächeln tänzeln zu sehen. Er lächelte kurz zurück.

Weiter führte er aus, dass es sich gemäß Aussage Hegetschwiler bei besagtem Wagen vermutlich um einen Off-Roader der Marke Mitsubishi handelte. *Natürlich kann ich das wissen, ich habe ja nicht mein ganzes Dasein auf der Straße zugebracht, auch unserein hat einmal ein Leben gelebt!* Dunkle Farbe, wahrscheinlich schwarz, matt lackiert, mit Zürcher Kennzeichen. Jolanda Hegetschwiler hatte auch das Schürzchen beschrieben, das Häubchen hatte sie nicht gesehen. Das Schürzchen aber sei klar und deutlich zu erkennen gewesen beim Licht der Laterne, wie es zwischen dem offenen Mantel hervorgeblitzt war. Das sei ihr besonders aufgefallen, *diese Tracht – das sieht man ja sonst selten in der Stadt*. Den Mann hatte sie als mittelalt, mittelgroß, oben breit wie eine Comicfigur, *Hulk oder Popeye, wenn er Spinat gegessen hat*, beschrieben, mit sehr hellem und sehr kurzem Haar und eher engen Kleidern, *wie ein Gigolo im Anzug*.

Ein erweitertes Team war bereits dabei, alle in Zürich gemeldeten Besitzer eines schwarzen Mitsubishi-Off-Roader zu evaluieren, die Polizeidatenbanken nach einschlägigen Bekannten zu überprüfen, die einen solchen Wagen fuhren, und Hochstrasser suchte gerade jetzt die Bänder noch einmal darauf ab – diesmal mit Lutzens Hilfe, den Scheu aus der Pause dazu abkommandiert hatte, jedoch nicht, ohne *bitte* zu sagen –, ob man besagten Wagen eventuell entdecken könne. Das erwähnte er gegenüber der Chefin Kriminalpolizei natürlich nicht, aber er kam nicht umhin, insgeheim zu bemerken, dass seine Stimme nicht mehr brach, als er Lutzens Namen aussprach. Er hatte ihn trotz aller Verdächtigung nicht der mutwilligen Behinderung der Ermittlungsarbeit, des bewussten Mobbings an seiner Person oder der Unterschlagung von Fotomaterial überführen können. Im Gegenteil. Bis jetzt tat Lutz alles, wozu er von Scheu aufgefordert wurde und das, ohne zu murren und offenbar korrekt.

Wie gern hätte Scheu ihn vor wenigen Tagen noch als Sündenbock in die Wüste geschickt. Man ist offenbar ein anderer geworden.

Scheus Bericht endete damit, dass er erklärte, Windlin sei gerade unterwegs, den Taxifahrer nach dem verdächtigen Wagen zu fragen. Vielleicht käme ja auch da etwas heraus. Dass einer der Egle-Männer einen Off-Roader fuhr, hatte sich als Wunschdenken herausgestellt. Falsche Richtung, Scheu. Aber über diese unrühmliche Extrarunde musste seine Chefin ebenfalls nichts wissen.

»Und was ist mit dem Punk, den ihr gestern Nachmittag hierhattet?«

»Florian Salzgeber? Da sind wir noch dran. Er ist im Propog. Was wir bisher aus ihm herausbekommen haben, ist, dass er wohl auch in dem Kanal drin war. Eigentätig. Und zwar, wie er sagt, nach dem Leichenfund, als die Tote bereits in der Rechtsmedizin lag. Ganz unzweifelhaft muss er Hilfe gehabt haben, allein hätte er den Deckel nicht hochgekriegt. Seine DNA wird derzeit überprüft.«

»Und was hat er da unten gemacht?«

»Das hoffen Windlin und Wyniger später von ihm zu erfahren. Wenn er genügend weichgekocht ist.«

»Ist diese Praktikantin immer noch hier? Wie lange hat die noch, bis sie fertig ist?«

»Keine Ahnung, das musst du Tschäppat fragen, der ist, glaub ich, mit ihr verwandt und hat ihr das Praktikum bei uns besorgt. Ist das nicht über deinen Tisch gelaufen?«

»Das war noch, als ich in Thailand im Urlaub war…«, antworte die Chefin Kriminalpolizei abwesend, indem sie ihre Blicke über Scheus Stapel, Packen und Gebinde schweifen ließ,

Arbeitsmaterial, das den größeren Teil des Bodens belegte. Die weißen Regale prangten überwiegend leer. Dann schloss sie auf die typisch übergangslose Art, die ihr eigen war: »Na denn. Geht es ja endlich voran.« Ihre Sohlen schnappten nach dem Kunststoffboden für die Ewigkeit.

Scheu horchte, bis das Geräusch verklang. Dann erhob er sich, ging schweren Schrittes zur Türe und drückte sie korrekt in den Rahmen.

»Na denn«, sagte er.

»Na denn«, sagte Imogen.

In der Polizeidatenbank war er schon lange fest eingerichtet, Marc de Beukelaer, neunundvierzig, ursprünglich aus Belgien stammend, Besitzer eines Mitsubishi-Outlander, matte Lackierung, schwarz. De Beukelaer, Testosteronspritze hoch drei, war von klein auf mit dem Gesetz in Konflikt geraten. Schlägereien, Betrügereien, Lastwagendiebstahl, Hehlerei, Erpressungsversuch, häusliche Gewalt – alle Jahre etwas Neues und fast immer allein unterwegs. Um Ideen war er nie verlegen.

Ein Unverbesserlicher, wie es schien. Einsachtundsiebzig groß, aufgrund seiner Bodybuilding-Vergangenheit an den Schultern verbreitert, und, so bestätigte sein aktueller Vermieter im Kreis fünf, er trug die Haare zur Zeit igelig kurz und wasserstoffblond.

Als Hochstrasser dazukam und bestätigte, dass er den Wagen abends um halb neun, dann um 02.23 Uhr und um 02.47 grad noch ein drittes Mal auf Band habe – diesmal aber war nur die Silhouette des Fahrers auszumachen, keine Anzeichen einer weiteren Person –, verfügte Staatsanwalt Schoop einen Haftbefehl.

Darüber hinaus sollte de Beukelaers Bewegungsbild mittels Handydatenauswertung sichtbar gemacht werden.

Dass es sich bei der sichergestellten Samenflüssigkeit um de Beukelaers DNA handelte, zu dieser Hoffnung bestand kaum Anlass. Aufgrund ausstehender Kinderalimente war seine Exfrau vor einem Jahr gegen ihn vor Gericht gezogen. Im Laufe des Verfahrens machte man auch einen Gentest. De Beukelaer war nicht zeugungsunfähig. Es sei denn, er hätte sich zwischenzeitlich unterbinden lassen.

»Gehst du selber ihn abholen?«

»Ich überlege gerade. Ich glaube, ich fahre zusammen mit Hannes hin. So oft war er ja noch nicht bei Zugriffen dabei.« Scheu schaute Imogen fragend an, sie hielt ihr Kinn vorgereckt und den Kopf in Schräglage, es schien, sie wog seine Entscheidung ab. Dann sagte sie »gut« und wandte sich ihren eigenen Stapeln zu. Auf Scheus mehrmalige Bitte hin hatte sie einen Telefonrundruf beim Sozialamt gestartet, um herauszufinden, wie man Jolanda Hegetschwiler am ehesten entgegenkommen könnte. »Man kann es ja mal probieren, vielleicht kommt man über den Hund an sie heran. Damit sie wenigstens wieder so etwas wie eine halbwegs erträgliche Existenz führt«, hatte Scheu gesagt, und Imogen hatte es nicht hinterfragt. Wenigstens nicht laut. Die Vorstellung, dass die Frau mit Hund den Winter auf zusammengepresstem Karton in einer nasskalten Nische zwischen Baubaracke und Erdboden verbringen sollte, empfand Scheu als unerträglich.

Gerade als Scheu Windlins interne Nummer wählen wollte, um den Zugriff abzusprechen, klopfte es.

Till Schmassmann, Dienstchef Mediendienst hatte den Blick unter den Arm geklemmt.

»Was Schlimmes?«

»Wie man's nimmt. Der Blick setzt nun selber eine Belohnung aus, *die zur Aufklärung des abscheulichen Verbrechens im Zürcher Wolfbachkanal führt.* Damit die *Schandtat an der Häubchenleiche gesühnt* werden kann.«

»Das wird unseren Täter nervös machen«, sagte Imogen.

»Ist das gut oder schlecht?«, fragte Wyniger, die hinter Schmassmann ins Büro hereingewitscht kam.

»Wir werden überschwemmt werden von Möchtegern-Miss-Marples und -Columbos«, meinte Scheu.

»Aber«, so Schmassmann, »dass die jetzt zu solchen Maßnahmen greifen, überrascht mich. Euch nicht auch?«

»Vorweihnachtszeit«, raunte Scheu, »die nutzt ein jeder auf seine Weise.«

»Zum Fürchten«, sagte Imogen.

»Habt ihr eigentlich schon mal daran gedacht, direkt mit der SPAZ Kontakt aufzunehmen?«, fragte Wyniger nun.

»Die Sans-Papiers-Anlaufstelle in Zürich?«, fragte Scheu zurück.

»Die Beratungsstelle für Menschen, die sich ohne Genehmigung im Land aufhalten, ja. Das könnte doch zu deiner These passen, oder?«

Scheu atmete einmal tief durch. »Ich hatte gehofft, die würden von sich aus auf uns zukommen. Falls sie etwas wissen.«

Schmassmann fand Scheus Hoffnungsfähigkeit respektabel, aber fehl am Platz. »Und auch für Geld wird sich ganz bestimmt keine Mitarbeiterin der SPAZ ausgerechnet beim *Blick* melden. Deine einzige Chance ist, dass du da mal persönlich vorbeigehst. Als Mensch, mit einem Namen, einem Handschlag und einem ehrlichen Gesicht.«

»Vielleicht rufe ich an«, mischte sich Imogen ein, »ich meine, bevor er da einfach so unangemeldet vor der Türe steht und alle in Furcht und Schrecken versetzt.«

War man nicht beim Friseur gewesen? Was war jetzt schon wieder falsch an ihm? Scheu ließ die Luft aus seinen Wangen. Das bisschen Schlagseite, das man offenbar noch hatte, würde sich ausgradigen. Irgendwann.

Nachdem Schmassmann das Büro verlassen hatte, wählte Imogen die Nummer der SPAZ. Diese Kollegin war immer so entschieden. Parkettsicher auf jedem Boden, die wäre bestimmt nicht ausgerutscht auf Egles weißen Platten! Man müsste sich von ihr etwas Glanz herleihen können, nur so ein klitzekleines bisschen Weihnachtsglanz. Man müsste nur willig darum bemüht sein, dann ginge es vielleicht.

Als sie ihm über die Tische hinweg entgegenblickte, waren seine Augen randvoll mit Bewunderung. Sie raunte: »Die SPAZ ist lokalisiert im Kreis drei. Zwischen der Stadtpolizei und dem Verein besteht die stillschweigende Übereinkunft, im nächsten Umfeld der Räumlichkeiten keine Personenkontrollen vorzunehmen. Sonst wäre das Angebot hinfällig. Kein abgewiesener Asylsuchender, keine illegal im Land arbeitende Ausländerin würde je den Weg zur Anlaufstelle wagen.«

Eine Frau Berger meldete sich. Imogen schaltete die Freisprechanlage ein. Ja, sie habe den erneuten Aufruf gesehen. Ja, bereits der erste Zeitungsaufruf sei ihr aufgefallen. Nein, sie kenne die Tote nicht. Nein, sie könne bei der Feststellung ihrer Identität nicht behilflich sein. Ja, wenn man das so wünsche, könne sie einmal herumfragen. Ja, sie würde sich melden, falls jemand helfen wolle. Helfen *wolle*, sagte sie.

Imogen notierte sich Datum, Uhrzeit und Verlauf des Gespräches mit Frau Sabine Berger und streckte den Zettel Scheu hin. Er nahm ihn voller Achtung entgegen. Sein Blick blieb auf ihrem Gesicht haften. Seine Lippen waren leicht geöffnet, er hirnte. Schließlich sagte er: »Ich habe es mir überlegt, Imogen. Ich rufe den FAD an. Jetzt, mit dieser *Blick*-Aufmache, ist mir das zu heikel, allein mit Windlin bei de Beukelaer einen Zugriff zu unternehmen. Da sollen besser die Profis ran.«

Sie nickte, wie es schien, erleichtert. Dann fragte sie: »Hast du etwas dagegen, wenn ich das Fenster wieder ein bisschen aufmache? Nur einen Spaltbreit?«

Kapitel 18

Einerlei. Er hatte den Rest des Nachmittags bis in den Abend hinein kommentarlos im Zweierbüro vor sich hin gefröstelt. Dieser kühle Glasregenvorhang würde ihn nun auch nicht mehr umbringen. Kurzerhand war er eine Station früher aus dem Zug gestiegen und marschierte nun von Zürich-Seebach die Felder entlang bis Zürich-Affoltern. Nicht, dass er sich Imogens Amphibiennatur allmählich annäherte, so weit war's mit den Spiegelneuronen dann doch nicht her, er konnte einfach im Gehen besser seine Gedanken fassen und dabei ungeniert vor sich hin brabbeln.

Der Abendhimmel war schwer und wogend, die Lichtverschmutzung der Stadt glomm düster an den Rändern. Unerschöpflich schienen die Füllhörner, aber Scheu bemerkte es: Die einzelnen Tropfen waren unförmig, beinahe von kristalliner Gestalt. Und beim Aufprallen auf Blättern und Äckern und Weg stob so etwas wie Dampf nach allen Seiten. Rasch wurde Scheus Haut fühllos, und seine Schuhe waren wie gewohnt durchnässt. Aber er hatte – das erste Mal in diesem Jahr – das bestimmte Gefühl, dass der Winter, der echte, der richtige, der mit Schnee und allem, nicht mehr fern sein konnte. Dass sich all das Flüssige verfestigen und greifbar würde.

Eine Ahnung wie das Einlösen eines Versprechens.

Er dachte nach über die Dinge, die ihn zur Zeit am meisten bekümmerten. Es hatte sich für Jolanda Hegetschwiler noch keine Lösung gefunden. Imogen, die Fleißige, hatte zugesichert, dranzubleiben und weiter herumzutelefonieren. Offenbar lebte Jolanda Hegetschwiler erst seit drei Jahren auf der Straße, seit knapp einem in Zürich. Ihre so präzisen Angaben über den Wagen, zusammen mit dem zornig hervorgebrachten Satz *auch un-*

serein hat einmal ein Leben gelebt, hatten Scheu unerwartet aufgewühlt.

Jolanda Hegetschwiler war dreiundzwanzig Jahre lang bei einem Automobilimporteur angestellt und davon die letzten sieben Jahre im Marketing tätig gewesen. Als ihr Ehemann mit beiden Kindern bei einem Autounfall in Südspanien fremdverschuldet starb, hatte sie losgelassen. Und war abgerutscht. Was hinter den wenigen Angaben, die Imogen für ihn recherchiert hatte, steckte, konnte nichts als ein überwältigend großes Schicksal sein. Eines, an dem die Frau entweder zerbrach oder ... Wenn man nur über den Hund an sie herankommen könnte!

Stur setzte er einen Fuß vor den andern.

Den Hürstwald durchschritt er ohne Taschenlampe. Seine Augen hatten sich während des Laufens über die Felder erstaunlich gut an die fahle Dunkelheit gewöhnt, und vereinzelte Stellen des Waldes waren hier flächig und offen. Der Mond leuchtete diese baumlose Flur schemenhaft aus.

Scheus Kopf war frei, er konnte nachdenken ohne Hindernis. Windlin hatte gestrahlt, als er ihm gesagt hatte, er könne in den frühen Morgenstunden zusammen mit dem Fahndungs- und Aktionsdienst de Beukelaer verhaften gehen. »Die sind geschult für harte Zugriffe«, bei diesem Satz ganz besonders hatte sich Windlins Gesicht geöffnet. Erstaunlich. Dass einen so etwas in Aufregung versetzen konnte. In Begeisterung? Für ihn, Scheu, wäre das mittlerweile Routine. Einfach etwas, was erledigt werden musste.

Ihn versetzte viel eher in Aufregung, dass der Punk, dieser Florian Salzgeber, gestanden hatte, im Kanal gewesen zu sein. Sogar mehrfach in den letzten Tagen. Zusammen mit seinem Freund, einem Bastian Sommer. Man hatte seine DNA sicherstellen können, auch in unmittelbarer Nähe des Schmuckfundortes. Darüber war Scheu ganz begeistert. Florian Salzgeber gab zwar vor, im Wolfbachkanal seine Haustier-Ratte gesucht zu haben, aber Scheu hielt einen Zusammenhang mit zumindest dem eigenartig verwahrten Schmuck für nicht ganz ausgeschlossen. Anhänger und Ring hatten mittlerweile durch eine Expertise als *relativ wertvoll, da aus dem späten 19. Jahrhundert*, geschätzt werden können, die Armreife und die Ohrstecker blieben industriell hergestellte Dutzendware.

Auch Robert Schoop war der Meinung, es herrsche Kollusionsgefahr, wenn man den Jungen zu schnell laufenließe. Morgen also würde der Staatsanwalt beim Zwangsmaßnahmengericht Antrag auf Untersuchungshaft stellen.

Das gab ihnen noch einmal ein paar Stunden. Und im besten Fall: ein paar Monate. Aber so lange würde das nicht dauern, dachte Scheu, aus dem würde schon früher etwas herauszubrechen sein. Ein junger Mensch wie der, den knackte man noch leicht.

Unter Scheus Schuhsohlen brach ein Zweiglein. Kurz darauf raschelte etwas im Gebüsch. Scheu hörte es: nah und deutlich. Er blieb stehen.

Jetzt lautlose Stille. Einzig Scheus Atem, der ging. Mit den Augen suchte er das unmittelbare Unterholz ab. Die alleinstehenden Baumstümpfe, die sich grau gegen grau von den Schatten abhoben. Die Schwellung des Buschwerks, gedrängt. Nassglänzende Wurzeltentakel. Das Halbdunkel bildete eine Mauer um ihn. Er war sich sicher, er spürte deutlich eine Art Präsenz neben sich.

In seinem Hals verengte sich etwas, und seine Augen forschten jetzt angestrengt. Er wusste, dass er nicht alleine war, befürchtete aber zugleich, es doch zu sein. Es war das Gefühl, das seine Kindheit modelliert hatte. Eine ursprüngliche Sehnsucht, der Wunsch nach Zugehörigkeit zu einem größeren Ganzen. Einer Ordnung, die irgendwo im Hintergrund wirkte und die gewöhnlichen Menschen gemeinhin verschlossen blieb. Mühsam unterdrückte er ein Seufzen.

Gerade als er weitergehen wollte, sah er sie: zwei enge gelbe Punkte, die ihn aus dem Dunkel überfielen.

Seine erste Assoziation war ein Leuchtpunktvisier, jemand hatte es auf ihn abgesehen. *Aber nein, nein.*

Er wartete regungslos.

Dann war das Rascheln wieder da, es kam aus einer anderen Richtung, und, Scheu sah es, unverkennbar: Die gelben Punkte blinzelten! Zwei gelbe Punkte, die ihn aus dem Unterholz im Hürstwald anvisierten und blinzelten.

Tapetum lucidum, die reflektierende Schicht hinter der Netzhaut eines Wildtiers, mehr nicht!

Von weiter rechts nestelte und rumorte es unbeirrt, und Scheu fragte sich, was das für die Augen zu bedeuten hatte.

Als das Rascheln offenbar näher kam, stockte ihm der Atem.

Jetzt war es ganz nah.

Hellhörig schaute er in die Nacht ... und erkannte einen Igel, der sich offenbar noch nicht genügend Fettreserven für den Winter angelegt hatte. Mutig watschelte er vor Scheus Füßen hin und her und schnüffelte den Boden ab.

Unglaublich, wie systematisch man an den schönen Dingen vorbeigehen kann. Scheu wartete, bis der Igel an ihm vorübergewackelt war und sein Stöbern im Unterholz fortführte. Noch glaubte er, dessen forschendes Schnauben zwischen den Blättern zu hören, da bemerkte er, dass die Präsenz, das Tier mit den gelben Nachtaugen, verschwunden war.

Fast traurig verharrte er. Er wartete darauf, bis auch die Igelgeräusche nicht mehr auszumachen waren. Dann gab er sich einen Ruck.

Bald schon leuchtete ihm durch den lichter werdenden Wald sein Wohnblock entgegen. Vertrautes Heim, jetzt auf Festlichkeit getrimmt. Kunststoffschneemänner, die über Balkone einstiegen, Lampions, Sterne und Glühlämpchenkordeln. Blinkendes Weihnachtsneon.

Aus einem der Fenster drangen Stimmen. Ein kurzer heftiger Radau, dann war wieder Stille. Nur seine Schritte über feuchtem

Kies. Dann der glänzende Straßenbelag mit seinem Lichtstreifen durch den einzelnen Kandelaber. Die Tropfen machten klatsch, klatsch, klatsch, wie er im Laufschritt auf sein Haus zuging.

Gerade als er vom Waldrand her einen Fuchs schrill keckern hörte, trat ein Mann aus dem Schatten der Häuserwand. Jählings schrak Scheu zurück. Der Mann rauschte an ihm vorbei, noch bevor Scheu *Guten Abend* sagen konnte. Er trug einen weiten Mantel, dessen Schöße hinter ihm her wehten. Es sah fast so aus wie die winkenden schwarzen Flügel einer Gargouille, eines jener Wasserspeier, die einem von Kirchdächern herab angurgelten.

Weg war der Mann.

Im selben Wald verschwunden, aus dessen Märchenhaftigkeit Scheu vor kurzem herausgetreten war.

Scheu schüttelte sich, als er endlich im Innern des großen Wohnblocks anlangte. Hier herrschte die anheimelnde Stimmung der guten Vorsehung. Nur noch wenig, dann wäre er daheim.

Aber dann – das hatte er all die Jahre, die er hier wohnte, noch nie erlebt! – beide Aufzüge: außer Betrieb.

Was für eine sonderbare Nacht. Scheu nahm die Treppe. Stufe für Stufe arbeitete er sich, nunmehr müde und erschöpfungsbereit, die Absätze hinauf, keuchte mit jedem Schritt mehr – *hörbar! Man wird ja noch zur Peinlichkeit!* – und erreichte schließlich die ersehnte Etage.

Im langen Flur flackerte das Deckenlicht. Auch das: ungewohnt. Kraftlos ging er Tür für Tür für Tür für Tür ab und sah schon von weitem, dass da etwas Halbhohes gegen seine eigene Wohnungstüre lehnte.

Noch einmal schoss ihm das Adrenalin durch die Adern, in seinen Ohren rauschte der Wald. Die Bilder taumelten alle übereinander: ein loser Schuh, auf dem Wasser treibende Stöckchen in einer Runse, ein lebloser Frauenarm, verdreht, ein eingedellter Kopf und Ratten, Ratten ...

Noch einen Schritt. Noch einen. Scheus Atem ging stockend, die Füße lagen ihm schwer in den Schuhen, als er sich vortastete durch den nur mehr sehr dürftig beleuchteten Gang. Gedanken schossen wild durch seinen Kopf, der Tinnitus schrillte Alarm. Man ist mit den Nerven ganz schön runter, dachte er noch, als er endlich zu erkennen glaubte, was da gegen seine Türe gelehnt lag. Misstrauisch – er glaubte seinen Augen nicht – tat er den letzten, entscheidenden Schritt an das Objekt heran.

Erschüttert beugte er sich nach unten.

Es war sein Paraschuri, sein geflickter Schirm.

Man ist erholungsbedürftig, ganz eindeutig.

An dem Schirm hing ein geflochtenes Bändchen mit einem Zettelchen dran: *Geh beschützt auf allen Wegen, durch Sonne, Wind und Regen, tagaus, tagein mit Gottes Segen.* Das Sprüchlein rührte ihn. In den krummen und unregelmäßigen Buchstaben vermutete er die Handschrift seiner kleinen Freundin, Seraina. Gerade heute.

Darunter erkannte er die Schrift eines anderen. Fritjof – der Mann mit dem Flügelmantel. *Macht dann vierunddreißig Franken fünfundsiebzig (Materialkosten inklusive).* Scheu fand das schieren Wucher, musste aber darüber lachen, als er die durchnässten Schuhe von den Füßen streifte, sie neben die schmutzigen Wanderschuhe stellte und in feuchten Socken seine Wohnung betrat. Vorsichtig knüpfte er das Bändchen auf und schnürte es sich ums Handgelenk. Ein weiteres also.

Entschlossen war er der Siedlung der Jenischen in Zürich-Seebach ausgewichen. Dieses Meideverhalten hatte begonnen, als Fritjof in Untersuchungshaft einsaß. Nach einem verletzenden verbalen Schlagabtausch über einer Tasse heißen Kakaos, die zwischen den beiden Männern dampfte, hatte ebendieser Kakao den Startpunkt einer Demarkationslinie gebildet, die des einen Lebensgewohnheiten von des anderen Sitten trennte. Erst mit Ieva an seiner Seite hatte Scheu es gewagt, wieder aufzutauchen. Und so zu tun, als wäre nichts.

Vierunddreißig Franken fünfundsiebzig schien ihm ein akzeptabler Preis für einen Waffenstillstand. Durchaus.

Ein Friedensabkommen könnte hintennach folgen.

Die Rollläden waren noch immer abgelassen. Er kurbelte sie hoch, damit die Pflanzen am nächsten Tag wenigstens etwas vom fahlen Licht abbekämen, zu dem diese Jahreszeit fähig war.

Lange starrte er aus seinem Fenster und betrachtete den Wald, in dem irgendwo ein Igel und ein Fuchs umherstreiften. In seiner Nase haftete noch deren Geruch. Es war etwas Wildes, Anarchisches, das er gerochen hatte, als ihm bewusst geworden war, dass er in dieser Nacht nicht allein unterwegs war. Etwas Ungezähmtes.

Dann zog er mit klammen Fingern seine Socken aus, Hose, Hemd und Unterhemd und ging sich ausgiebig duschen.

Frisch trocken gerubbelt und in einen blauen Pyjama gepackt, prüfte er seinen Anrufbeantworter: nichts. Den Kühlschrank: fast nichts. Wenigstens ein Bier.

Er holte noch die Bettdecke aus dem Schlafzimmer und machte es sich auf seinem abgewohnten Sofa gemütlich. Abwechselnd trank er einen Schluck und presste mit einem seiner Finger einen Knopf auf dem Handörgeli.

In regelmäßigen Abständen verschaffte sich der Blasebalg Luft.

Als Scheu, warm zusammengekuschelt wie eine kleine Katze, einschlief, lag das gelbstichige, stockfleckige Lehrbuch für Handharmonika aufgeschlagen auf der ersten Seite neben ihm auf der Couch.

In einer wohlgeformten ausholenden Sütterlinschrift stand dort ein Name geschrieben: Linard Padrutt. Darunter war die Fotografie mit dem Portrait eines Mannes geklebt, der scharf in die Kamera blickte. Er hatte Scheus Gesicht.

Kapitel 19

Kurz vor sechs Uhr morgens klingelten drei Männer an de Beukelaers Haustüre. Kaum dass dieser geöffnet habe – in Boxershorts und mit weißen Stoppeln wie Eisenstifte am Kinn –, standen sie auch schon in seiner Wohnung. Alle drei. Nur knapp erläuterte der FAD-Dienstältere, es gäbe da einen Haftbefehl der Staatsanwaltschaft und den Auftrag, ihn für eine Einvernahme abzuholen, er, de Beukelaer, habe mitzukommen.

Es sei klar zu sehen gewesen, dass der so Überraschte keine Waffe bei sich trug, was die Nuance einer Entspannung für Windlin bedeutet habe. Zusammen mit dem zweiten FAD-Beamten begleitete er de Beukelaer in dessen Schlafzimmer, wo der sich ankleidete. Die ganze Zeit über habe der Verdächtige den Blickkontakt vermieden, und als man ihm den Verschluss der Handschellen auf dem Rücken zusammendrückte, sei er in sich zusammengesackt. Windlin habe mit lautem Protest, mit Handgreiflichkeiten gerechnet. Mit dem Schlimmsten; dieses Verhalten habe ihn überrascht.

Kommentarlos habe man den Arrestanten dann in den zivilen Wagen verbracht, ein schnelles, starkes Fahrzeug, und ihn hinten rechts platziert. Hinten links, hinter dem Chauffeur, sei der Dienstältere gesessen, und Windlin sei mit seinem eigenen Wagen hinterhergefahren. Auf der Fahrt schließlich habe sich de Beukelaer doch noch laut Luft verschafft und Drohungen ausgesprochen, so dass sich der FAD dazu entschied, ihm die Handschellen anzulassen, als er ihn Scheu übergab.

So hatte es Windlin Scheu kurz vorher berichtet, und nun saß er da, Marc de Beukelaer, steil gegenüber von Leo Scheu und seitlich von Windlin, der bleiben durfte und sich soeben in Imogens Hälfte des Zimmers installierte.

Scheu war froh, dass Imogen das Fenster geöffnet hatte, kurz bevor der FAD den Verdächtigen abgeliefert hatte und sie den Raum verließ. Seine Ausdünstung war schier unerträglich. Jetzt schon. Alter Rauch, verdampfender Alkohol und Schweiß.

Scheu fuhr sich mit der Hand übers Gesicht und begann die delegierte Einvernahme. »Herr de Beukelaer, mein Name ist Leandro Scheu. Ich bin der leitende Ermittler in einem Tötungsdelikt, das sich vor wenigen Tagen in Zürich zugetragen hat. Eine tote Person wurde in einem Kanal gefunden, und unsere polizeilichen Ermittlungen haben zu Ihrer Vorladung geführt. Ich mache Sie darauf aufmerksam, dass wir Sie als Beschuldigten vorgeladen haben. Sie können die Aussage verweigern, und Sie können auch sofort einen Anwalt beiziehen, den Anwalt der ersten Stunde. Wir werden Sie nun befragen. Brauchen Sie einen Übersetzer?«

De Beukelaer verzog das Gesicht zu einer Grimasse. »Na, hören Sie mal, ich lebe seit über dreißig Jahren in der Schweiz!«

»Sie sind Doppelbürger. Wir werden die belgische Botschaft in Bern informieren.«

»Ich bin unschuldig! Sie brauchen gar niemanden über gar nichts zu informieren!« De Beukelaer raffte die Schultern.

»Tun Ihnen die Handschellen weh?«

»Und wenn? Das kümmert euren Verein ja doch nicht!«

»Möchten Sie einen Anwalt beiziehen? Können Sie einen nennen, den wir für Sie herbestellen sollen?«

»Ich habe nichts getan, verdammt!«

»Herr de Beukelaer, gibt es jemanden, den wir informieren sollten? Familie? Angehörige? Oder ...«

»Ihr könnt mich mal! Länger als vierundzwanzig Stunden bleibe ich ohnehin nicht hier! Das ist verboten!«

»... haben Sie Haustiere, für deren Unterbringung wir bemüht sein müssten?« De Beukelaer zog eine Schnute. Scheu wartete. Ihm schien, de Beukelaer überlege sich etwas. Als nichts kam, sagte er: »Also nicht? Niemanden?«

»Ich bin unschuldig, verdammt! Ihr könnt mir gar nichts anhängen!«

»Herr de Beukelaer« – dieser schnaubte seinen Protestbrodem dazwischen –, »Herr de Beukelaer, können Sie mir zuhören?«

Böse funkelten seine Augen, als er zusammen mit etwas Spucke ein gehässiges *Ja* ausspie. Also fuhr Scheu fort: »Haben Sie den Vorhalt gehört? Wollen Sie sich dazu äußern?«

»Sicher nicht. Ich habe nichts zu sagen.«

Scheu versuchte den Ärger, der sich in ihm aufbäumen wollte, wegzuatmen. Und nicht nur das. Er fragte sich schon jetzt, welches Wölkchen Luft noch nicht durch die verpesteten Lungen de Beukelaers gezogen war, das er sich vielleicht schnell schnappen sollte.

Es war wichtig, die Aggression des Gegenübers nicht zu kommentieren, weder mündlich noch körpersprachlich. Es war wichtig, wieder ganz er selbst zu sein. Scheu senkte den Kopf und wandte sich seinem Bildschirm zu. Hier wäre Ordnung zu finden, Fassung, Struktur. Während Windlin und der FAD unterwegs gewesen waren, hatte er die Befragung vorbereitet. Akkurat aufgelistet, sah er Frage um Frage auf dem Monitor leuchten; die Richtung, die er in diesem Gespräch vornehmen wollte, präsentierte sich wie ein Marschplan. Rhythmisch tippte er das Gespräch und vor allem de Beukelaers Antworten in den Rapport und schenkte dabei auch den Mikrospuren der Mimik des Beschuldigten Aufmerksamkeit. Und während er mit vier Fingern tippte, wurde er wieder ruhig. Er wusste, dass jetzt, gerade in diesem Moment, de Beukelaers Wohnung durchsucht wurde. Er wusste, dass man dessen Bewegungsbild der letzten Tage mittels Handydaten rekonstruierte; er wusste, dass er am längeren Hebel saß. Er sah auf und schaute de Beukelaer emotionslos ins Gesicht.

»Herr de Beukelaer, besitzen Sie ein Auto?«

»Ist das verboten?«, schleuderte er Scheu entgegen.

»Welche Marke?«

»Mitsubishi.« Er blickte zur Seite.

»Typ?«

»Outlander Turbo, 220 PS, wenn's recht ist.« De Beukelaer spuckte noch immer bei jedem Zischlaut über den Tisch, er hatte ein leichtes Diastema, eine Lücke zwischen den oberen mittleren Schneidezähnen. »Schwarz, matt lackiert.« Dann folgte wieder der Blick zur Seite. Scheu reckte den Hals und überprüfte, ob dort, seitlich von de Beukelaer, etwas zu sehen war, das nicht für dessen Augen bestimmt war, ob Imogen einen Aktenzipfel vergessen hatte wegzuräumen. Windlin schüttelte verneinend den Kopf. Gut, wie er aufpasst, dachte Scheu und tippte die letzte Antwort ein.

»Wo sind die Schlüssel?«

»Meine Schlüssel? Zu Hause! Stecken in der Fotze!«

»Stecken *in der Fotze*?«

»Ja, du Depp! Da staunst du, was! Ich habe eine Fotze, die mir die Schlüssel ölt.« Und als ihn Scheu unwillig ansah, sagte er: »Bäh! Das ist ein italienischer Schlüsselhalter, du Tubel. Da steckt man die Schlüssel zwischen zwei goldene Weiberbeine, und weg sind sie. Versorgt. *Comprends?*«

»Wo befindet sich diese Vorrichtung?«

»Diese Vorrichtung befindet sich bei mir zu Hause. Im Flur auf dem Sideboard, wenn du weißt, was das ist.«

»Wo steht Ihr Wagen geparkt?«

»Bei mir vor dem Haus! Ich habe einen Parkplatz, ich zahle monatlich dafür, ich habe keine Mietschulden!«

»Sondern?«

»Pah! Das hättest du jetzt gern!«

Scheu lächelte in sich hinein. Dieser de Beukelaer war erst eine Viertelstunde hier, und schon machte er Anzeichen einzuknicken. Zu Windlin sagte er: »Holen lassen. Aufladen, damit der Wagen keinen Meter weit mehr fährt.«

Sofort griff Windlin nach dem Telefon und gab die Anweisung weiter.

»Warum?«, schrie de Beukelaer. Er war völlig außer sich.

»Ihr Wagen wurde in der Nähe des Tatorts gesehen.«

»Den hab nicht ich gefahren!« De Beukelaer rückte auf seinem Stuhl hin und her, machte Anstalten aufzustehen, überlegte es sich dann anders, mit Windlin im Rücken.

»Wer ist noch zugelassen, Ihren Mitsubishi-Outlander zu fahren?«

»Niemand! Alle! Was weiß ich, jeder könnte das gewesen sein! Ich leihe den Wagen allen aus, die ihn haben wollen. Ich bin ein freundlicher Mensch!«

»Das wage ich zu bezweifeln, wenn ich Ihr Vorstrafenregister anschaue.«

»Deins möchte ich sehen!«

Scheu wartete. Den Blick hielt er auf de Beukelaer gerichtet. Scheu konnte lange warten. Unendlich lange. Zeitlos. Endlich fragte er ihn: »Möchten Sie etwas zu trinken? Ein Glas Wasser? Einen Kaffee?«, und wie erklärend fügte er noch an: »Es ist ja doch sehr früh am Morgen.«

»Kaffee. Mit zwei Zucker«, kam ihm murrend entgegengerollt. Windlin stand auf.

Als Scheu mit de Beukelaer für einen Moment alleine war, entschied er sich dafür, nichts zu sagen. Stattdessen erhob er sich, drehte dem Gefesselten halbwegs den Rücken zu und schichtete ein paar Mappen vom Boden ins Regal. Das tat er betont langsam und in gelassener Entspanntheit. Windlin schaute fragend, als er wiederkam, und stellte die Tasse mit dem Kaffee vor de Beukelaer auf den Tisch. De Beukelaer schnaubte das bereits bekannte Schnauben.

Plötzlich drehte sich Scheu um, stützte sich mit beiden Händen ab und kam mit seinem Gesicht ganz nahe an das Gesicht de Beukelaers heran. »Ich nehme Ihnen jetzt die Handschellen ab. Damit Sie Ihren Kaffee trinken können. Einverstanden?«

De Beukelaer pfiff abschätzig und schüttelte den Kopf. Dann zerdrückte er ein *Ja* zwischen seinen gespaltenen Raucherzähnen, und Scheu befreite ihn von seiner Fessel. Den Blick zu Windlin unterließ er, er wollte keine Unsicherheiten zulassen.

De Beukelaer ließ seine Arme vorsichtig nach vorne fallen, in der einen Schulter knackte es. Er rieb sich die Handgelenke und griff zum Kaffee.

»Um auf Ihre Wagenschlüssel zurückzukommen ...«

»Ah, die Fotze! Die hat es dir jetzt angetan!«

»... gibt es Ersatzschlüssel und wenn ja, wer hat die?«

»Das weiß ich doch nicht. Ich fahre immer nur mit dem einen Schlüssel, der schön geschmiert ist.«

Scheu fing erneut an zu warten.

»Nein, es gibt keine! Ich habe den Wagen Occasion gekauft, ich habe nur den einen Schlüssel. Was weiß ich, wer von den Vorbesitzern sonst noch welche hat!«

Scheu tippte mit vier Fingern.

»Wir haben Hinweise darauf, Herr de Beukelaer, dass Sie Ihren Wagen in der Nacht vom vierzehnten auf den fünfzehnten gefahren sind im Kreis eins.«

De Beukelaer schlürfte seinen Kaffee und behauptete, das sei er nicht gewesen. *Mitnichten.*

»Kennen Sie den Kreis eins? Waren Sie da auch schon unterwegs?«

»Was für eine bescheuerte Frage! Klar, war ich da schon unterwegs«, äffte er den Ermittler nach, »aber nicht in besagter Nacht!«

»Wo waren Sie denn in besagter Nacht?«, hakte Scheu nach.

»Weiß nicht! Zu Hause, auf Aufriss, in einer Bar, was weiß ich, allein wahrscheinlich.«

Je mehr der andere zappelte, umso ruhiger ging Scheus eigener Puls. Es war wie das Gesetz der Summe der Energie; egal, wie sie sich im Raum verteilte, die Summe blieb sich gleich.

»Wir haben eine Videoaufnahme, auf der ist Ihr Wagen zu sehen mit Ihnen als Chauffeur und jemandem auf dem Beifahrersitz. Wer war diese Person?«

»Was, *wer war diese Person*? Eine Fotze, irgendeine halt, was weiß ich!«

»Sie sind aufgebracht.«

»Das wärst du auch, wenn man dich so früh aus dem Schlaf zerren würde und hierher verfrachten.«

»Ist jemand grob gegen Sie gewesen?«

»Pah!«

»Ich war schon vor Ihnen in diesem Büro. Aber ich weiß, was Sie meinen. Schmeckt der Kaffee?«

»Geht so. Automatenbrühe.«

»Sie haben eine Kaffeemaschine bei sich zu Hause?«

»Eine Saeco.«

»Hm. Bedauere. Auch wenn wir Ihnen einen Kaffee aus der Kantine holen, an das Niveau eines Saeco-Kaffees kommt der leider nicht heran.«

De Beukelaer schüttelte wieder seinen Kopf und versprühte unangenehme Duftmoleküle im Raum. »Als ob für mich extra jemand *einen Kaffee in der Kantine* holen gehen würde ...«

»Nun, dieser hier lindert wenigstens die erste Not, hoffe ich.« Scheu entging nicht, wie de Beukelaer bei dieser Bemerkung zusammenzuckte. *Aha.* Irgendwo war da ein Scharnier, das er berührt haben musste.

Er wartete, bis de Beukelaer wieder zwei, drei Schlucke getrunken hatte. Dann fuhr er mit seiner Befragung fort. Sternförmig kreiste er sein Gegenüber ein und ging schrittchenweise voran. Hin und wieder flog sein Blick über Windlins Gesicht. Dieser hockte wie ein Bär im Honigtopf, weich und voller Glückseligkeit. Ich mache offenbar etwas richtig, fuhr es Scheu durch den Kopf. Und er spürte, dass er die Reverenz, die ihm der jüngere Kollege entgegenbrachte, dankbar aufsog.

Gegen Mittag hatte er de Beukelaer dann auch so weit, dass dieser immerhin die Möglichkeit gestand, in jener Nacht mit seinem Wagen im Kreis eins unterwegs gewesen zu sein. Und ja, er habe eine Frau bei sich gehabt, eine Prostituierte vom Sihlquai, wie er behauptete, an deren Namen er sich nicht mehr erinnere, eine Roma aus Ungarn, ein *Zigeunermiststück*, und die sei dann später ausgestiegen.

»Einfach so?«

»Einfach so.«

Scheu rekapitulierte, indem er aus dem Protokoll zitierte. Dann schaute er de Beukelaer in das stoppelige, schweißfeuchte Gesicht. »Können Sie folgen? Brauchen Sie eine Pause?«

»Ich habe Hunger«, war die Antwort.

»Gut«, sagte Scheu freundlich, »dann bringen wir Sie jetzt ins Propog, da gibt es Mittagessen.« Er trat hinter seinem Tisch hervor und legte de Beukelaer die Handschellen wieder an.

»Wie lange wollt ihr mich behalten?«

»Kommt ganz drauf an.«

»Worauf denn? Ich sag doch, ich war's nicht!«

»Zurzeit wird Ihr Wagen untersucht und Ihre Wohnung auf den Kopf gestellt. Staatsanwalt Schoop kümmert sich um den Haftantrag beim Zwangsmaßnahmengericht. Je nachdem, wie lange der Zwangsmaßnahmenrichter für seinen Entscheid braucht, bleiben Sie noch einmal achtundvierzig Stunden bei uns in Haft. Zusammengezählt mit den ersten achtundvierzig Stunden, die wir Sie ohnehin hierbehalten dürfen, ergibt das also sechsundneunzig Stunden.« Als Scheu bemerkte, wie der nun wieder mit Handschellen Gefangene zu schwitzen begann, fragte er: »Ist das irgendein Problem für Sie?«

De Beukelaers Lippen zitterten über den schadhaft gelben Zähnen. Er schob Ziffern hin und her, halblaut, als wäre er sich nicht gewahr, dass man ihn hören konnte, dann schüttelte er verstockt den Kopf.

In all das Widerwillige schien sich etwas Neues einzumischen. Verzweiflung. Und von Verzweiflung war es nicht mehr weit bis Mitgefühl.

Auf dem Weg zurück stieß Scheu mit Lutz zusammen. Die beiden taten gleichzeitig einen erschrockenen Schritt zurück und musterten einander. Dann sagte Lutz nur: »Tut mir leid« und hastete weiter.

Eigenartig. Scheu nahm die Treppenstufen doppelt, bis er in der Kantine anlangte. Er sah Wyniger, die Praktikantin. Und Windlin, der mit seinem Tablett einen Tisch suchte. Wieso nur muss Windlin auf ihr Winken reagieren?

Missmutig gesellte sich Scheu zu den beiden. Kaum dass er saß, begann die Praktikantin: »Der Punk hat nicht gelogen. Tut mir leid, Herr Scheu. Offenbar hat sein Vater tatsächlich ein junges Farbrattenweibchen, *Mausi*, in einem Anfall von Wut die Toilette hinuntergespült. Und unser Punk hat daraufhin die Kanalisation abgesucht, zusammen mit seinem Kumpan. Weder mit Schmuck, Herr Scheu, noch mit der Toten konnte er in Verbindung gebracht werden. Wir mussten ihn wieder laufenlassen.«

Das also.

Nach einer letzten kurzen Lagebesprechung zu einer Tasse Milchkaffee fuhren Scheu und Windlin mit dem Lift ins Untergeschoss und nahmen den unterirdischen Gang hinüber zur Kaserne ins Propog. Bei der Sicherheitsassistentin erkundigte sich Scheu, ob de Beukelaer gegessen habe.

»Ja und alles wieder ausgekotzt«, war die Antwort. Das gab ihm zu denken. Aber es weckte auch Hoffnung. Er wischte das Bedenken weg und hielt sich stattdessen an die Hoffnung. Die einzige, die er im Moment hatte.

Wortlos trat ihnen de Beukelaer entgegen, und wortlos unternahmen sie den Rückweg in Scheus Büro. Windlin durfte auch jetzt dabeibleiben; Scheu gefiel das, sehr sogar. Als sie eintraten, stand Imogen da mit wichtigem Gesicht. Kommentarlos händigte sie Scheu eine Mappe aus, dann verschwand sie. Während Windlin de Beukelaer auf einem Stuhl platzierte, überflog Scheu die Unterlagen.

Er begann: »Herr de Beukelaer, Sie erinnern sich an unser Gespräch von heute Vormittag?«

De Beukelaer nickte.

»Ich mache Sie an dieser Stelle noch einmal darauf aufmerksam, dass Sie das Recht haben, einen Anwalt beizuziehen. Können Sie einen nennen?«

De Beukelaer schüttelte den Kopf.

»Fühlen Sie sich imstande, dieser Einvernahme weiter zu folgen – ich höre, Sie mussten sich erbrechen.«

»Ich habe nichts zu sagen. Ich habe alles schon gesagt.«

»Herr de Beukelaer, mir liegt hier ein Bericht vor, nach dem man in Ihrem Wagen Blutspuren sichergestellt hat. Die DNA wird gerade überprüft. Wollen Sie uns etwas dazu sagen? Wessen Blut ist das? Wie ist es in Ihren Wagen gelangt?«

De Beukelaer schwieg hartnäckig.

»Vermutlich wird noch mehr auswertbares Material sichergestellt, Haare, Stofffasern, Hautpartikel ...« Scheu schniefte scheinbar mitfühlend, de Beukelaer hatte für den Bruchteil einer Sekunde zu ihm aufgeschaut. Nun hüllte er sich wieder in Schweigen, die Lider muffig gesenkt.

Ein ekelhaft süßlicher Geruch ging von ihm aus. Erbrochenes. Das würde man jetzt auch noch aushalten müssen. Scheu registrierte die Flecken auf de Beukelaers Hose. Er beugte sich vor und öffnete das Fenster etwas weiter. Nie hätte er gedacht, dass er das von selber tun würde in diesen grauen Novembertagen. Der Regen hing als bloßer Dunst in der Luft, dieser Nachmittag unterschied sich farblich kaum vom Vormittag. Aber etwas in de Beukelaers Haltung war anders. Er schien in sich zusammengesunken. Wie eine Sandburg am Meer. Und er stürzte mit jeder Minute mehr und mehr ein, man konnte das Rieseln förmlich hören.

Obwohl er die meisten Fragen unkommentiert ließ und offenbar darum kämpfte, noch einmal davonzukommen, wirkte er mutlos. Das war unübersehbar. Auch Windlin schien alarmiert.

Und irgendwie machte de Beukelaer einen getriebenen Eindruck. Als nämlich Scheu erwähnte, dass Staatsanwalt Schoop erst morgen mit ihm würde sprechen können, weil dieser heute seinen Hund nach einer kurzen Phase der Zwangsernährung doch noch würde einschläfern lassen müssen – er hatte das einfach so dahingesagt, so ganz von Mensch zu Mensch –, erschauderte de Beukelaer sichtlich. Als Scheu dieses Vibrieren der Hände und der Gesichtsmuskulatur in den Computer tippte, löschte er die letzte Zeile und präzisierte: *er zuckt just in dem Moment zusammen, als ich erwähne, dass der Hund ohne Zwangsernährung verhungern und verdursten würde, also ohnehin kein Leben mehr hat.*

Vorgetäuscht harmlos fragte er: »Haben Sie noch Hunger? Durst vielleicht?« Und wieder war da ein Schauer. Ausdruck irgendeiner Schuld, die den Arrestanten belastete. Aber auch wenn de Beukelaer ablehnend Luft durch seine geweiteten Nasenhöhlen blies, er war noch nicht so weit. Um den Druck zu erhöhen, begann nun Scheu damit, de Beukelaers Aussagen gezielt gelangweilt einer peniblen Überprüfung zu unterziehen. Vor dessen Augen rief er im Restaurant an, in dem de Beukelaer am fraglichen Abend gegessen haben wollte, und vor dessen Augen schüttelte er bedauernd den Kopf, weil sein Alibi nicht bestätigt werden konnte. Er war zwar bekannt in besagter Kneipe, aber an seinen Besuch wollte sich keiner erinnern.

»Die haben was gegen mich, was weiß ich! Vermutlich, weil ich einmal mit der Frau des Geranten rumgemacht habe. So ein *Scheiß*dreck!«

Aber auch der Kioskverkäufer hatte ihm an jenem Abend offenbar keine Zigaretten verkauft.

»Sie tun sich da nichts Gutes, Herr de Beukelaer«, sagte Scheu zwischen zwei Telefonaten. »Wollen Sie uns nicht die Wahrheit sagen? Danach fühlen Sie sich wohler.«

»Ha, bestimmt!«

Scheu wartete. Dann versuchte er es noch einmal mit: »Ein Glas Wasser? Jetzt, vielleicht?«

De Beukelaer kniff trotzig die Lippen zusammen.

»Nein? Macht nichts. Ich habe aber Durst. Hannes, würdest du ...« – »Gerne doch! Ein Mineralwasser?« – »Ja, das wär jetzt fein. Ein Mineralwasser, danke.« Scheu registrierte mit Glücksgefühl, dass Windlin mitspielte. Kurz darauf kam dieser mit zwei PET-Flaschen zurück. Beide Polizisten tranken nun je einen gehörigen Schluck. Geräuschvolle Stille. Übereinkunft. In Scheu jubelte es stumm.

Dann schüttelte er leise den Kopf und machte: »Tsss, armer Hund, der hätte einfach verdursten müssen ...« Gekonnt griff Windlin auf: »Ein Basset, gell?« – »Ja, ein ganz lieber, sein treuer Freund, Slobber«, und als Scheu sah, dass de Beukelaer reagierte: »der Hund war wie eine Familie für Schoop. Kennen Sie das Gefühl, de Beukelaer, wenn Ihnen jemand voll und ganz vertraut?«

De Beukelaer starrte Scheu mit drohenden Augen an.

»Hat Ihnen jemand vertraut, de Beukelaer? Hm?«, fragte er sanft. Kaum hörbar wie Nieselregen verharrte der Nachklang dieser Worte schwebend im Raum.

De Beukelaer schüttelte langsam und, wie es den Anschein machte, betroffen den Kopf. Scheu wollte diesen Moment nicht verpassen und setzte an: »Sie sind doch ein guter Mensch, de Beukelaer. Das haben Sie selber gesagt. Gut, Sie haben da Ihr Vorstrafenregister, das alles aber hält sich noch in einem gewissen Rahmen, nicht wahr? Sie haben eigentlich nie etwas Böses tun wollen, ganz bestimmt nicht jemandem ein Leid zufügen« – Scheu blätterte in Papieren und tat so, als ob er eine bestimmte Stelle darin suche –, »und seit dieser einen letzten Eskalation mit Ihrer Frau, heute Exfrau, haben wir von Ihnen ja auch nichts mehr gehört. Ein gutes Zeichen doch, nicht wahr? Ein Zeichen, dass Sie satt im Leben sind, dass es Ihnen gutgeht, nicht wahr?«

Beim Wort satt vermerkte er ein Aufzucken. Da war etwas.

Da war sogar ganz bestimmt etwas.

Während einer kurzen Nachmittagspause, man hatte de Beukelaer dazu ins Abstandszimmer verbracht, kam Imogen Kant auf Scheu zugerannt. »Wir haben etwas! Endlich, Leo!« Sie strahlte nach allen Seiten.

Es stellte sich heraus, dass Frau Berger, Beraterin bei der SPAZ, nun doch noch einen Hinweis zur Identität der Toten hatte machen können. Eine Sans-Papiers hatte sich bei Frau Berger gemeldet. Sie wollte die Tote auf dem publizierten Bild erkannt haben. Demnach handelte es sich um eine gewisse Ana Flor, Nachnamen unbekannt, aus Bolivien. Erst seit kurzem in der Schweiz. Und gemäß Angaben der Sans-Papiers, war Ana Flor seit einigen Tagen nicht mehr zu erreichen. Handyanrufe blieben unbeantwortet.

»Haben wir denn eine Handynummer?«

»Die rückt sie nicht raus. Aus Angst. Ich meine die Sans-Papiers. Man könnte die getätigten Anrufe vielleicht zu weiteren Sans-Papiers zurückverfolgen, zu deren Aufenthaltsorten, ihren illegalen Arbeitgebern ... Frau Berger sagt, sie habe die Nummer leider auch nicht. Ihr ist Ana Flor unbekannt.«

Scheu schnappte nach Luft. Eilig überschlug er seine Möglichkeiten.

»*Was?*«, fragte Imogen. »Was denkst du, Leo?«

Er berief eine Express-Sitzung ein mit Imogen, Windlin, Lutz und Hochstrasser. Einen DNA-Abgleich der Blutspuren würde er nicht vor morgen bekommen. Aber vielleicht war man ja mit der Handyauswertung in puncto de Beukelaers Bewegungsradius weitergekommen?

»Herr de Beukelaer, fühlen Sie sich imstande, dieser Einvernahme weiter zu folgen? ... Heißt das *ja*? Gut. Herr de Beukelaer, wir wissen nun aufgrund Ihrer Handydaten, dass Sie in der Nacht vom vierzehnten auf den fünfzehnten in der Nähe des Kunsthauses waren. Moment, warten Sie! Ich möchte das für Sie noch einmal zusammenfassen: Wir haben Sie und Ihren Wagen auf Video. Wir haben Blut sichergestellt, das vermutlich vom Opfer stammt. Das Opfer übrigens konnte mittlerweile identifiziert werden – es wird nun nur noch ein Kleines sein, herauszufinden, in welcher Beziehung Sie zu ihm standen. Moment noch! Mit Leugnen kommen Sie uns nicht davon, Herr de Beukelaer ...« Und ganz nach Plan forderte ihn Scheu jetzt eindeutig heraus: »Dürstet es Sie nicht einfach danach, reinen Tisch zu machen und die Wahrheit auszuspucken?«

Langsam, ganz langsam ließ de Beukelaer seinen Kopf sinken. Seine Schultern zitterten. Und was Scheu nun gar nicht mehr überraschte: De Beukelaer heulte hemmungslos.

Kapitel 20

Wenn ein Täter im Affekt handelt, ist er oft überfordert mit dem Ergebnis seiner Tat. De Beukelaer stammelte immer wieder: »Ich bin jetzt neunundvierzig, ich muss doch schauen, wo ich bleibe!«

Es war schwierig, was folgte. Zum einen weil de Beukelaer jeglichen Sinn für Chronologie verloren hatte, zum anderen weil die Schilderung der Tat aus seiner Sicht den beiden Beamten noch einmal alle Beherrschung abverlangte. De Beukelaer fehlte das Unrechtsbewusstsein komplett, seine Tränen waren Krokodilstränen, seine Niedergeschlagenheit galt einzig und allein sich selbst.

Egal, wie viele Tätereinvernahmen einer schon hinter sich gebracht hatte, ein Geständnis löste Gefühle aus, die von Triumph doch am weitesten entfernt waren. Trauer, Beklommenheit, Erschütterung, das waren nur die ersten Steine, über die Scheu und Windlin balancierten, um auf die andere Seite des Verbrechens, de Beukelaers Ufer, zu gelangen. Im Schilf seiner sprunghaften Erzählung zeichnete sich zu vorgerückter Stunde das folgende Bild eines möglichen Tatherganges ab: De Beukelaer, belgisch-schweizerischer Doppelbürger, geschieden in der Schweiz, Vater eines zweijährigen Sohnes, den er noch nie gesehen hatte und, wenn es nach seiner Exfrau ging, auch nie zu Gesicht bekommen würde, hatte allmählich genug vom Kleinganoventum – er musste an seine Altersvorsorge denken. Alle Tage malochen zu gehen, sich kaputtzuschuften wie die meisten, das war seine Sache nicht. Aber die Gelegenheitsjobs, sein letzter als Ungelernter bei einem industriellen Reinigungsdienst, sein vorletzter als Hilfsarbeiter auf einer Baustelle, sein vorvorletzter als Handlanger auf einem Autofriedhof, brachten weniger als wenig, so gut wie nichts, und wenn man einmal seinen Lebensstil, den Wagen, die Wohnung, seine Vorliebe für italienische Designerstücke, bedachte – *Mann, ich habe auch Rechte!, mir steht auch etwas zu!, in welcher Welt lebst du eigentlich, Bulle!* –, war klar: Ein neues Geschäft musste her. Eines, von dem er, einmal in Gang gebracht, ewig profitieren könnte. Eben die Altersvorsorge.

De Beukelaer grinste. Vor seinem inneren Auge spulte ein Film ab, Breitbildformat, Technicolor. Scheu hoffte, damit nicht allzu viel Zeit zu verlieren. Aber er musste ihn reden lassen, jetzt, da er endlich bereit war zu reden.

Auf die Idee war de Beukelaer just dank seines letzten Gelegenheitsjobs gekommen. Eine geniale Idee. Eine einfache Idee. Eine genial einfache Idee. Er sagte sich: Wieso nicht selber einen Reinigungsdienst aufziehen? Einen für Gutbürgerliche, aber Möchtegern-Halbseidene? Für solche, die einen eindeutigen Hang zu Ungesetzlichem hatten, denen der Gedanke an Macht Lust bescherte, die sich aber kaum selber etwas trauten, weil zu dumm dazu oder zu feige, die lieber zuschauten und träumten, statt zu verwirklichen, die aber, und das betrachtete de Beukelaer als das Geniale an seinem Plan, mit fortschreitendem Alter eben doch noch einmal, nur einmal, etwas so richtig Unartiges tun wollten. Und da kam er ins Spiel. Er und sein eigenes kleines Reinigungsunternehmen.

Er fand sie schnell, und er fand sie zu Dutzenden. Angegraute Bewohner der Stadtkreise zwei, drei und neun, Lüstler, die enttäuscht waren, enttäuscht über den gradlinigen Verlauf ihres langweiligen Lebens, entzückt und enttäuscht, dass die Maschen der Justiz zu grob geknüpft waren, um sie zu fangen, um je auch nur auf sie aufmerksam zu werden, auf sie und ihre petit-petit Vergehen, den Griff in die Bürokasse, den Kniff an den Sekretärinnenpopo. Ihnen schenkte er Beachtung, de Beukelaer, ihnen versprach er den Kick, die sie alt, gelangweilt und wohlhabend in ihrer Phantasielosigkeit darbten.

Einer bildete den Trittstein zum nächsten. Bald wäre die Bewirtschaftung der Kreise elf und zwölf angestanden, nicht zu hoch greifen, nicht zu schnell voranschreiten, das wusste er, de Beukelaer, dass der Aufbau seines Frührentnerdaseins mit Geschick und Geduld zu erfolgen hatte, und dabei konnte er die reichen Stadtkreise gut noch eine Weile aussparen. Lieber zuerst die Gartenzwergbesitzer bedienen, die Kleinbürger mit ihren Vorgärten, diese Scheinheiligen. Sie musste er Mann für Mann abklappern und auf seine Kundenliste nehmen, was taugte. Und dann verbinden mit den Ärmsten der Armen. Solchen, die mit noch weniger als nichts von nichts zufrieden wären. Solchen, die auch nicht aufmucken würden, wenn einmal ... nun ja.

»Ja?«

»Flinke Hände lassen sich ja auch für anderes einsetzen, oder nicht? Ob die nun einen Kandelaber wienern oder einen Schwanz, was macht das für einen Unterschied?«

Alles begann ganz unauffällig. De Beukelaer vermittelte eine erste Sans-Papiers an ein Bürgerhaus in Zürich-Wollishofen und verdiente an deren Stundenlohn und dem Spezialservice kräftig mit. Sie war eine Verzweifelte, ganz unten angekommen. Hatte sich schon seit Jahren illegal in Europa aufgehalten und umhertreiben lassen, war jetzt in der Schweiz und voller Angst, auch hier aufgegriffen zu werden. »Völlig paranoid war die. Bei mir bekam sie ein bisschen Sicherheit, Wärme, etwas zu essen. Und Geld, vergiss das mal nicht, ich habe die ja auch *bezahlt*!«

Bald kaufte er während eines Heimaturlaubs bei Muttern in Belgien in einem Spezialgeschäft die Schürzchen, dann folgten die Häubchen. Die Kunden waren begeistert. Günstige Hausreinigung in adretter Tracht. Und: Bitte, *bedienen Sie sich.*

Keiner würde es erfahren.

Es lief genial.

»Es lief also genial, ja?«

Es lief genial, es lief so genial! Bis zu dem Tag, an dem es aus dem Ruder lief. »Ich habe denen immer gesagt: keine Penetration, nur *à la française*. Aber dieser Sack, tsss!« Schweißpartikel und Spucke stoben nach allen Seiten. »Was musste ich auch unbedingt diesem Tipp nachgehen! Ein Kunde vermittelt an den nächsten, ich habe da ein Bonussystem aufgezogen, verstehst du: Pro vermitteltem Haushalt gibt's eine Reinigungsstunde zum halben Preis. Da wäre mit der Zeit ganz schön was zusammengekommen ...«

Und wieder: Breitbildformat. Technicolor.

»Sie sagten, bis zu dem einen Tag, an dem es aus dem Ruder lief?«

De Beukelaer senkte den Kopf. Seine Haarstoppeln glänzten. Die Kopfhaut darunter leuchtete rot. Der Gestank im Zimmer war kaum mehr zu ertragen.

»Ich hatte eine Neue im Gespann. Eine Junge. Nicht so, wie du meinst. Nein, sie war noch jung *hier*. Frisch in der Schweiz, eine so gemeint Junge also. Hatte keine Ahnung, wie's läuft. War via Italien reingekommen ...«

Er musste von Ana Flor sprechen. Scheu traten die Bilder vor Augen ... der abgewinkelte Fuß ... die aufgeschlagenen Gelenke ... ihr eingedellter Kopf.

»Es hätte auch alles klappen können.«

Scheu betrachtete nun seinerseits seine Hände. *Es hätte auch alles klappen können.* Ein Mensch hätte noch am Leben sein können. Er wartete. Dann fragte er: »Es hätte auch alles klappen können?«

»Ich war blöd. Ein Kunde hat mir also seinen Freund angegeben. Einer vom gehobeneren Kreis acht. Ich hätte wissen sollen, dass der aus meinem Segment rausfällt. Sobald die ein bisschen reich sind, ich meine *reich sind und es wissen*, nicht so wie die Bünzlibonzen in ihren Bernoullihäuschen, von denen ich auch schon einen auf der Liste habe, sobald die ein bisschen lebenserfahrener sind, stellen die Ansprüche. Aber die war auch störrisch!«

Als es Ana Flor gelang, aus dem Haus zu flüchten, habe der Kunde umgehend de Beukelaer informiert. Man musste ihn von der Dringlichkeit des Anliegens offenbar nicht lange überzeugen.

»Wie kann man nur auf eine so bescheuerte Idee kommen! Ein Putzdienst ist doch keine Tupperware-Party ... dieser Idiot von Kunde hatte seine Kumpels eingeladen!«

De Beukelaer fand die Entflohene schließlich beim Kunsthaus, wo sie auf einen Bus wartete.

Er parkt den Wagen am Bordstein. Er steigt aus. Er geht auf sie zu. Er streitet mit ihr. Er packt sie an den Handgelenken. Sie schlägt nach ihm mit ihrer Tasche. Er zerrt sie mit sich. Er schubst sie in den Wagen. Er schlägt auf sie ein. Er fährt sie zurück.

Er fährt sie tatsächlich zu der Tupperware-Party zurück!

»Man darf so etwas nicht durchgehen lassen. Einmal und du bist geliefert. Auch vor den Augen des Kunden. Das vor allem, da darf man sich keine Blöße geben, das ist wie bei den Tieren, sag ich dir! Und was ist schon dabei, Mann.«

Scheu schien es, de Beukelaer rede sich selber Mut zu, Berechtigung. »Ana Flor war ja eine Neue. Die war erst drei oder vier Tage in der Schweiz. Wie hätte ich wissen können, dass der das zu weit ging? Dass die *abhaut?*«

Ana Flor wurde dem Kunden wieder zugeführt. Ana Flor wurde mit ihm allein gelassen. Und während dieser sie vergewaltigte, wartete de Beukelaer im Wohnzimmer. »Solo. Die Tupperware-Spezis hatten sich abgesetzt.«

Es dauerte die halbe Nacht. De Beukelaer wusste sogar noch, welche Filme er geschaut hatte im TV. Technicolor, Breitbildformat.

Schließlich lud er sie in seinen Wagen. Scheu wusste nicht, mit welcher Legende de Beukelaer Ana Flor dazu hatte bewegen können, überhaupt noch einmal mit ihm mitzufahren, ob er ihr gesagt hatte, er bringe sie zu einem Arzt oder wohin auch immer, auf alle Fälle muss der Frau beim Kunsthaus geschwant haben, dass von ihm nichts Gutes mehr kommen würde, und so hatte sie einen Fluchtversuch unternommen.

»Der hab ich's dann gezeigt!«, schimpfte de Beukelaer. *Die Spuren auf ihren Oberschenkeln ... der Schulter ...* Einhändig war er weitergefahren. Bis er beim Rotlicht Ecke Florhofgasse hielt. Für einen kurzen Moment muss das Opfer so getan haben, als ergäbe es sich. Aber kurz nachdem de Beukelaer wieder angefahren war, gelang es Ana Flor, die Türe zu öffnen; sie ließ sich auf die Straße plumpsen und rannte davon.

De Beukelaer fuhr rechts ran und hechtete ihr hinterher.

Auf dem Innenhof des Schulhauses Wolfbach bekam er sie an den Kleidern zu fassen, dem Schürzchen, das sich löste, an ihrem Mantel, den er festhalten konnte. Beide stürzten zu Boden. Da sie in ihrem Entsetzen zu schreien begann, hatte er kurzerhand nach dem gegriffen, was in der Nähe war, und das war ein Pflasterstein gewesen. Dann schrie sie nicht mehr.

De Beukelaer hielt inne. Keiner sagte etwas. Die Schweißtropfen auf seinem Kopf waren zu kleinen Rinnsalen geworden. De Beukelaer rieb sich die Augen. Scheu reichte ihm ein Taschentuch und erhaschte beim Aufstehen immerhin einen Zug Luft, der durch den geöffneten Fensterspalt wehte.

»Ich wollte sie nicht umbringen. Ich wollte sie nur irgendwie zurückhalten. Die Schlampe hat mich so wütend gemacht!«

»Sie waren wütend. Sie haben zugeschlagen.« Scheu hoffte. Mit der ganzen Kraft seiner Seele hoffte er, dass er recht hatte. Und dass er endlich klären könnte, was er so schmerzlich vermutete und was ihm das Herz zu einer engen Faust zusammenkrampfte.

»Und dann musste ich sie ja irgendwie loswerden. Also ließ ich sie verschwinden.«

Der Toten hintendrein warf er das Schürzchen. Den Deckel schob er über den Schacht. Ihre Handtasche behielt er zurück. Dass ein Portemonnaie fehlte, das Ana Flor schon früher, beim Handgemenge mit ihm, verloren hatte, und dass ihm aus der Tasche loses Kleingeld auf den Hof des Schulhauses gefallen war, merkte er nicht. Und dass der Schachtdeckel nicht mehr dicht schloss, auch nicht. Den Geißfuß hatte er in derselben Nacht noch in der Limmat versenkt.

Das war's.

»Das war's?«

De Beukelaer atmete einmal schwer. Er starrte auf seine Knie.

Scheu wusste, dass nun Zug zwei seiner Strategie dran war, er sagte: »Gut. Dann lese ich Ihnen jetzt langsam, Punkt für Punkt, alles vor, was ich mir von Ihnen notiert habe. Um sicherzustellen, dass wir Sie richtig verstanden haben. Keine Angst, wir lassen uns dabei ausreichend Zeit. Also: Sie geben demnach zu, in der Nacht vom ...«

»Nein! Halt! Das dauert mir zu lange! Ich will jetzt gehen!«

»Sie *können* jetzt nirgendwo hingehen, Herr de Beukelaer«, sagte Scheu betont mitfühlend.

»Aber ich ... ich muss.«

»Sie gehen zurück ins Propog, Herr de Beukelaer, Sie bleiben in Untersuchungshaft, das ist doch klar.«

»Aber ich gestehe ja! Ich gestehe doch alles!«

Scheu überlegte. War dies der Moment? Er fragte: »Sollen wir jetzt jemanden benachrichtigen?«

»Die können doch nicht so lange ohne Wasser! Das überleben die doch nicht!«

Windlin schaute entsetzt. Er hätte wohl am liebsten wie bei einem Film vorgespult, die Zeit beschleunigt, gehandelt, irgendetwas getan; aber Scheu wartete schweigend.

Scheu konnte völlig zeitvergessen warten.

Unendlich lange.

Ganze Ewigkeiten lang.

Und endlich hob de Beukelaer an. Er sagte matt: »Die anderen drei sind im Keller eingesperrt. Im Luftschutzraum der Reinigungsfirma, für die ich gejobbt habe.«

»Wie lange schon?«

»Seit dem fünfzehnten. Ich musste mir doch etwas überlegen ... wie das nun weitergehen soll ... ich wusste nicht, wohin mit denen. Ich habe das doch nicht gewollt! Ich bin doch kein Mörder!«

»Hannes, los! Sofort!«

Aber Windlin flog schon aus dem Zimmer.

Kapitel 21

Es war Imogens Bemerkung gewesen, dank der er schließlich wieder daran gedacht hatte. Es war, weil sie gesagt hatte, *das hast du gut gemacht, Leo, wirklich grandios! Hannes schaut auf zu dir wie zu einem großen Bruder.*

Dienstchef Meiers Geburtstagsapéro hatte soeben begonnen. Ein früher Montagabend, das Gläserklirren noch heiser, die Gespräche klangen wie die schön-chaotischen Minuten vor einem Konzert, wenn sich das Ensemble einstimmte. Reden wurden im Kopf rezitiert und Tonlagen im Hals zusammengesucht für den großen Auftritt. Man war fröhlich und strahlte Zufriedenheit aus. Und selbst bei Scheu hätte alles gut sein können. Der Täter war gefasst und geständig, die drei Frauen befreit und in ärztlicher Versorgung – sie mussten zwar in naher Zukunft die Schweiz verlassen, aber immerhin hatten sie überlebt –, und sogar den Binzer Bericht hatte er fertiggestellt und abgegeben.

Der Binzer Bericht. Scheu hatte sich ein Herz gefasst und Windlin gefragt, ob er nicht einmal drüberschauen könnte. Er hatte sich diesen Schritt lange überlegt. Hochstrasser wollte er nicht fragen. Und Imogen Kant war halt Imogen Kant. Sie wäre bestimmt die Beste gewesen für diesen Task: Wortwahl, Formulierungsfreude, Rechtschreibung. Sie hätte gehobene Ausdrücke eingebracht wie Tetralemma oder Spiegelneuronen und solches Zeugs und damit klargestellt, dass nicht Scheu der Verfasser des Berichtes war. Oder eben: nicht der einzige. Zudem teilte man mit ihr ein Büro.

Verblieb noch Windlin. Noch nicht lang dabei, aber bereits ein vollwertiges Teammitglied. Eine jüngere, schlankere, vielleicht zum jetzigen Zeitpunkt auch sicherere Ausgabe von einem selbst.

Windlin wär's. Windlin sollte über den Bericht gehen, bevor Scheu diesen an Dienstchef Meier weiterleitete. Windlin würde es sportlich nehmen oder als Chance, die Bande zu Scheu enger zu knüpfen.

Das Resultat würde alle zufriedenstellen, dachte Scheu. Win win win win oder wie man dazu sagte.

»Noch nicht perfekt, Leo, aber immerhin, man merkt, dass du dich bemühst«, hatte Meier ihm beim Überfliegen der Seiten zugestanden. Und die Worte »graduell besser. Ein bisschen viele Synonyme vielleicht. Das übernächste Mal hast du's dann.« Dieses Urteil musste reichen, um für heute glücklich zu sein.

Trotz des einen zurückbleibenden Stachels: Jolanda Hegetschwiler war mit Strahl verschwunden. Zu einem Versuch mit betreutem Wohnen war sie nicht zu bewegen gewesen. »Sie will es so, Leo«, hatte Imogen ihn zu besänftigen versucht, »wer sagt denn, dass wir umso viel besser wissen, was für andere richtig ist? Ich meine wirklich, Leo, wie können wir uns anmaßen, es zu wissen? Such bitte nicht nach ihr.«

Vielleicht würde es Jolanda Hegetschwiler den anderen Obdachlosen gleichtun, die am Zürcher Flughafen Kloten des Nachts geduldet wurden. Einzige Regeln: nicht stinken, nicht betteln, nicht unangenehm auffallen. Dann durften sogar die Hunde auf, unter oder neben den Bänken liegen.

Scheu wurde aus seinen Tagträumen gerissen, als Imogen mit zwei Gläsern Sekt vor ihm stand und anstoßen wollte. »Das hast du gut gemacht, Leo, wirklich grandios! Hannes schaut auf zu dir wie zu einem großen Bruder.« Schon einmal hatte ihm eine Frau gesagt, er wirke wie ein Bruder.

Anstatt das Glas zu nehmen, streckte er Imogen Kant flüchtig eine fünfziger Note hin und sagte, mit einem Fuß bereits zur Tür hinaus: »Ich muss noch kurz wohin.«

Ich habe meinen Rückflug gebucht. Such bitte nicht nach ihr. Hannes schaut auf zu dir wie zu einem großen Bruder – Wie oft ließen sich diese Sätze im Kopf wiederholen auf einer kurzen Strecke von siebenhundert Metern?

Scheu rannte.

Ich habe meinen Rückflug gebucht.

Vor einer Woche hatte Ieva das zu ihm gesagt, *vor einer Woche*! Die Chancen standen neunundneunzig zu eins, wenn überhaupt noch eine Chance bestand.

Das Hirschgeweih sah ihn mitleidig an. Nein, Madame sei außer Haus. Als sich Scheu schon wieder umdrehen wollte, fügte das Hirschgeweih gleichgültig und ohne die Lautstärke zu heben an, Madame habe aber etwas für ihn hinterlegt.

»Wie?«

»Als Sie vor etwa einer Stunde aufgebrochen ist, hat sie mir gesagt, ich solle Ihnen diesen Umschlag geben. *Falls* Sie kommen, bevor Madame zurück sei.«

Scheu nahm ein braunes Couvert entgegen. Ratlos drehte er sich in der Lobby einmal um sich selbst. Dann gab er sich einen Ruck und setzte sich in einen der Sessel, dem Hirschgeweih abgewandt.

Sein Herz klopte ihm bis in den Hals.

Ohne Protest ließ sich die Selbstklebung lösen. Aus dem Innern zog er ein zweimal gefaltetes Blatt hervor. In schmalen hohen Lettern stand da auf Hotelschreibpapier:

Es schneielet, es beielet,
es got en chüele Wind.
D Meitli leged d Händsche a
und Buebe laufed gschwind.

Es schneielet, es beielet,
es got en chüele Wind.
Es früred alli Vögeli
und alli arme Bruderli.

Es schneielet, es beielet,
es got en chüele Wind.
Und hesch es Stückli Brot im Sack
so gibs em ärmschte Chind.

Machte sie sich über ihn lustig? Unwillkürlich straffte er die Schultern. Sein Blick glitt noch ein zweites und ein drittes Mal über die enge Schrift, fiel im Sturz von Absatz zu Absatz. Scheu drehte das Blatt um, um zu sehen, ob da noch etwas anderes geschrieben stand. Etwas Erklärendes. Was Hilfe bot oder Enträtselung. Dann, langsam, unendlich langsam, legte er diese eigentümliche Mitteilung in ihren Umschlag zurück und versorgte alles in der Mantelinnentasche. Seine Ruhe täuschte er vor. Als eine Gruppe Japaner hereinkam und auf die Rezeption zuging, nutzte er den Moment und hastete lautlos die Hoteltreppe nach oben. Er traute sich kaum zu atmen, bis er vor Ievas Suite angelangt war. Hier wartete er einen Augenblick. Keiner, der ihm nachkam. Keiner, der ihn sah. Was aber nun? Gemächlich leierte ein Wägelchen um die Ecke, angeschoben von einem Zimmermädchen, nein, nicht einfach nur von einem Zimmermädchen, von *dem* Zimmermädchen, das er zusammen mit Ieva schon mehrfach angetroffen hatte. Scheu überlegte nicht.

»Grüezi, meine Frau hat grad den Zimmerschlüssel bei sich, sie wartet in der Boutique nebenan auf mich, also drüben, und es regnet ja so stark, und könnten Sie mir nicht bitte kurz aufschließen, ich will nur etwas holen, den großen Schirm, wissen Sie, sie wartet dort auf mich, bitte, ja?« So schnell und so viel hatte Scheu seit Jahren nicht mehr gesprochen. Inbrünstig hoffte er, dass das Zimmermädchen sein Gestammel nicht verstand, dass sie aber die Syntax seiner Körpersprache richtig deutete, nämlich: Es ist mein Recht, ich darf da rein, und du schließt mir jetzt auf.

Sie stutzte. Gerade als er zu einem weiteren Überzeugungsversuch ansetzen wollte, wurde sie auf ihrem Handy angepiepst. Unwillig und leise auf Russisch fluchend, schloss sie mit der einen Hand die Suite auf, und mit der anderen fingerte sie nach ihrem Handy. Scheu huschte hinein.

Ievas Veilchenduft hing in der Luft. Er strömte von ihren Kleidern aus, die über das Bett und über den Sesseln verstreut lagen, sogar im Badezimmer. Scheu erkannte das grüne Seidenfoulard, ebenso die grünen Strümpfe, die plissierte Bluse, das dunkle Deux-Pieces. Er traute sich nicht, etwas anzufassen. Auf dem antiken Arbeitstischchen lagen wie damals die Blätter, Notizen, Hefte, die schmale Liederbroschur. Scheu trat näher heran. Eine Schublade war leicht geöffnet. Ein Zeitschriftenausriss blinzelte heraus, auf dem ein verwischter Stempel des Hotels prangte. Die Titelzeile traf Scheu wie ein Schlag: *Scheu ohne Furcht und Tadel.* Daneben die handschriftlichen Worte *Der könnte etwas für Dich sein, Ieva!* und eben der Stempel. Daher also! Daher war ihr so vieles über ihn bekannt, mit dem sie ihn hatte bezirzen können! *Sie wollte aber zu dir, sie war gar nicht davon abzubringen,* das waren exakt Hochstrassers Worte gewesen. Man hätte es da schon wissen können! Mann, wie blöd kann einer sein! Zum Trottel gemacht.

Diese Reportage über ihn war Teil einer Serie gewesen – *Erfolgreiche Jenische* –, die die Zeitschrift *Schweizer Familie* vor einigen Monaten lanciert hatte. Dabei ging es um die »Kinder der Landstraße« und was aus ihnen geworden war. Und er, Leandro Scheu, war eines von ihnen. Nach anfänglichem Werweißen hatte ihm die Kapoleitung grünes Licht zu diesem öffentlichen Auftritt erteilt, und außer ein paar explizit nicht formulierten Bemerkungen – einige Kollegen aus anderen Teams verstanden es vorzüglich, über Dinge hinwegzusehen und sicherzustellen, dass man bemerkte, dass sie darüber hinwegsahen – war die Resonanz größtenteils erfreulich gewesen. Besonders seine Adoptiveltern hatten eine Art Genugtuung verspürt und ihm das auch gesagt. Trauer, die im Erfahrungsraum seiner Adoptivmutter endlich einen Ort gefunden hatte, an dem sie verbleiben konnte, ohne zu belasten: »Nicht wenige Nachbarn damals, Leo, haben sich an den Kopf gelangt, als wir dich zu uns nahmen. Als ob an dir die Erbsünde fester haften würde als an allen anderen Kindern dieser Welt.«

Er überflog den Ausriss. Seine Kindheit bei ebendiesen währschaften Schweizer Eltern, seine Berufslehre als Automechaniker – daher hatte sie es also gewusst! *Obwohl Sie sich mit Motoren auskennen*, so hatte Ieva doch gesagt, als er seine Koordinationsschwierigkeiten beim Tanzen geltend machen wollte –, seine Ausbildung zum Kantonspolizisten und schließlich seine Erfolge als Ermittler bei der Kapo Zürich, alles, sein gesamter Werdegang, war da nachzulesen, und selbst ein Bild vom Isengrind und eines aus seiner Wohnung – er, auf seinem Sofa sitzend, das Handörgeli auf den Schenkeln! – waren abgedruckt. *Sie hatte alles schon vorher gewusst. Sie hat mich gezielt ausgesucht, weil … weil … weil ich in ihr Schema passte und weil … sie mich dirigieren konnte, um … damit …* »Ah! Ich komme nicht darauf!«

Scheu schob einen Wust Kleider zur Seite und ließ sich aufs Bett sacken. Mit aller Kraft hielt er seine Gedanken zusammen, bündelte sie und presste sie in die Bahnen logischer Synapsen. Was sah man hier? Womit hatte man es hier zu tun?

Sein Blick schweifte durch das Zimmer. Der Wirrwarr, der überall herrschte, saß ihm wie ein gehässiger Feind gegenüber. Es machte nicht den Anschein, als wäre sie überrascht worden. Es wirkte aber auch nicht wie damals, als er hier bei ihr war und Chai Latte trank. Es sah so aus, als ob sie sich lange gefragt hätte, was sie anziehen wollte …, als ob sie alles durchprobiert hätte und zu keinem rechten Schluss gekommen war. Wann tut das eine Frau? Wann und in welchen Situationen ist ihr die Wahl der passenden Kleider so wichtig, dass sie ihre gesamte Garderobe durchprobiert?

Er griff noch einmal nach dem Umschlag, den er vom Hirschgeweih erhalten hatte, und starrte auf Ievas blau geschwungene Zeilen.

Es schneielet, es beielet …, es schneit und schneit – was wollte sie ihm damit sagen?

Es goht en chüele Wind … ein kühler Wind geht. Scheu summte die Melodie zu dem Vers in seinem Kopf: *Es früred alli Vögeli, und alli arme Chind.* Alle Vöglein frieren und alle armen Kinder auch.

Er fühlte sich eigenartig erschöpft. Hätte man vielleicht doch eher bei den Kollegen bleiben sollen, bei Meiers Feier mittun, lustig sein?

Würde ihm denn nie wieder ein klarer, aufgeräumter Kopf zuteil?

Sein Denken kostete ihn Kraft über Gebühren, war verlangsamt durch die Wellen der Niedergeschlagenheit, die an ihm leckten; dahin wollte er nicht wieder abrutschen.

Noch einmal nahm er Maß an der Herausforderung dieses Zimmers. Wollte ihm dieser Tumult etwas sagen? Oder war sein Schauen und Warten nur die alte Torheit, die Ankündigung eines Rückfalls, etwas, was man unbedingt vermeiden sollte? Kraftlos sank er nach hinten, starrte die Zimmerdecke an. Wie erschossen fühlt man sich. Zu Hause würde er sich ein bisschen hinlegen müssen. Es war ja auch viel passiert. *Es früred alli Vögeli* …, immer wieder, zum Takt der Sekunden, die verstrichen. Der Minuten. Von einer übermächtigen Müdigkeit befallen, beschloss Scheu endlich, nach Hause zu gehen. Er stemmte sich vom Bett hoch und steckte das Papier in seinen Umschlag zurück. Im Vorbeigehen sah er aus dem Fenster, sah den Regen, wie er unten aufs nasse Pflaster prasselte, sah einen Mann, der eine Frau bei der Hand nahm und zu sich unter einen Schirm zog, und dann, dann sah er auch ihn! Deutlich und klar – den Hinweis.

Bestürzt riss er die Türe auf und stolperte hinaus, die Treppe hinunter und ins Freie. Rannte hinüber zum Bahnhof und zum Taxistand. Rief: »Männedorf! Und bitte schnell!«

Es gelang ihm nicht, sich bequem hinzusetzen. Wieder und wieder betrachtete er den Zettel. Hatte Ieva also einen Code in ein Schweizer Kinderlied eingeflochten! Einfach so, grad wie es ihr Großvater früher getan hatte!

Es schneielet, es beielet, es goht en chüele Wind, es früred alli Vögeli und alli arme Chind. Chind – dieses letzte Wort hatte sie ausgetauscht! Der Reim ging nicht auf: *Bruderli. Es früred alli Vögeli und alli arme Bruderli*, hatte Ieva geschrieben. Das war falsch! Eindeutig falsch! So falsch, dass es mehr sein musste als nur eine Verwechslung, eine sprachlich ungenaue Mischung aus Hochdeutsch und Dialekt, *Bruderli* statt *Brüederli*. *Bruderli* statt *Chind*.

Und ein Wort, das in diesem Liedlein nichts verloren hatte. Hineingepflanzt, um ihm mitzuteilen, dass sie zu den Egle-Brüdern gefahren war. Was anderes konnte es schon heißen? Welche anderen Brüder kannte man denn sonst? Keine!

Der Wagen rauschte über die Straßen, die Taxifahrerin gab Gas.

Aber warum?

Was wollte sie dort?

Was war damals, Montagabend, vor einer Woche, passiert, das ihm entgangen war? Weil er zu sehr damit beschäftigt war, seine Oberfläche zu vergrößern und dabei den letzten Zwacken Selbstbeherrschung fahrenzulassen ... Was war da gewesen, das er nicht gesehen hatte, nicht gehört und nicht bemerkt?

Was hatte Ieva mit den Egle-Brüdern zu schaffen? Die waren doch mindestens eine Generation älter als sie ...

Jesses.

Jesses. Eine Frage und eine Antwort, die in Scheus Hals zerbrachen.

Er erinnerte sich später nicht mehr daran, wie er die Taxifahrerin bezahlt hatte oder wie er durch das offenstehende Tor gerannt war oder wie er an die Türe gepoltert hatte.

Er erinnerte sich nicht mehr an die Ewigkeit der Liftfahrt von unten bis ganz nach oben, dorthin, wo Licht brannte, *wo immer immer Licht brannte, jedes Mal, wie in einer Kommandozentrale!*

Was ihm vermutlich sein Leben lang in Erinnerung bleiben würde, war das Bild einer in Tränen zerflossenen Ieva in stiller Umarmung des Familienoberhaupts. Ihr Kopf war seiner dürren Schulter entgegengesunken, und sie bebte in seinen Knochenarmen. »Es tut mir leid. Es tut mir so leid, mein Evchen«, sagte er ein ums andere Mal und endlich ohne Verwunderung zu Scheu gewandt: »Sind Sie hier, um uns abzuführen?«

»Nein, abführen? Wieso denn?«

»Sie wissen nicht?«

Und so kam es, dass an einem kaltwindigen Novemberabend die beiden Brüder, Friedrich und Balz, die Lettin Ieva Bērziņa, der greise Maximilian Egle und der Ermittler der Zürcher Kantonspolizei, Leandro Scheu, miteinander auf der weißen Sofalandschaft Platz nahmen.

Am meisten redete Maximilian. Etwas kurzatmig noch, aber ausführlich und mit einer Wärme in der Stimme, die Scheu vorher nie für möglich gehalten hätte. Balz weinte still vor sich hin, und Friedrich, nun, Friedrich starrte abwechselnd ins Kaminfeuer oder in Ievas Gesicht und knetete an seinen Fingerknödeln. Er saß von allen am weitesten entfernt. Dem Rahmen entfallen, dachte Scheu, allein.

»Mein Sohn war neunzehn, als für ihn die Welt ein zweites Mal zusammenstürzte. Als meine Frau, Madeleine Louise, ich nannte sie immer Loulou, verstarb, war das die erste große Tragödie für Fritz; Sie müssen wissen, Loulou und Fritz, das war etwas ganz Besonderes, das waren ein Herz und eine Seele. Es stimmt nicht, was du gesagt hast, Fritz, dass deine Mutter eine schlechte Person war. Du hättest ihren Gedenkbaum nicht zu zerstören brauchen. Deine Mutter hat dir nie etwas zuleide getan, im Gegenteil: Sie hätte alles für dich hergegeben! Wie viele Nächte habe ich auf sie verzichtet, weil sie lieber bei dir blieb, neben deinem Bettchen wachte, über dir wachte, Sohn. Nein, nein ... meine Loulou war absolut.«

Absolut. Loulou war absolut. Wer sagt so etwas? Scheu gelang es, dem Blick standzuhalten.

Maximilian Egle holte Luft. Dann fuhr er fort: »Die zweite Katastrophe kam, als Fritz erfuhr, dass sein Bruder Balz eine Liaison mit seiner Freundin eingegangen war, mit Claudia Stein.« Der alte Mann seufzte. »Dieses Fräulein Stein war damals schon Mutter einer kleinen Tochter. Eva. Evchen.«

Unwillkürlich wich Scheu seinem Blick aus. Aber auch Ieva konnte er jetzt nicht ansehen, ganz unmöglich. Auf dem Boden fanden seine Augen keinen rettenden Fleck.

»Fritzens Tochter.«

Donnerschlag. Knall in seinem Ohr. Rauschen. Maximilian Egles nachfolgende Worte drangen wie durch Watte an Scheu heran. Aber Bilder drückten sich durch Schwaden, und Scheu musste sie sich ansehen, sah sie, Szene für Szene, aufgerollt vor sich, die ganze Geschichte, alles, was einst war, eine Antwort auf jede Frage und damit die Lösung eines Falles, von dem er, Scheu, nie geglaubt hatte, dass es ihn überhaupt gab.

Oktober 1974. Zwei junge Männer und eine noch jüngere Frau, Mädchen eigentlich, in einem gestohlenen Boot. Fritz und Balz und Claudia – und Alkohol, der die Runde macht. Endlich wieder freies Leben – das Kind geboren, man darf jetzt wieder das tun, worauf man Lust hat. Die Luft ist feucht und klamm, Nebel kauert auf der Seeoberfläche, die durch zwei Ruder ungleichmäßig aufgeschlagen wird. Hin und wieder ein Lachen. Zuerst nur das von Claudia, dann das Lachen von Balz. Fritz rudert und schaut, und Fritz sieht nicht, was Balz noch mehr zum Lachen bringt. Er ist betrunken. Alle beide sind sie betrunken, vielleicht auch alle drei. Fritz weiß es nicht, Fritz rudert. Fritz zeigt seiner Claudia, dass er rudern kann. Ein Schiff lenken.

»Du gehst doch nicht mit, Fritz! Dich lässt sie hier zurück!«

O doch, Fritz wird mitgehen. Bestimmt geht Fritz mit, wenn Claudia in fremde Länder aufbricht, Fritz wird dabei sein, zusammen mit dem Kind, als Familie, eine eigene, neue. Befreite. Er wird weiter daran glauben.

Claudia lacht wieder. Sie gluckst. Nein, sie lacht. Fritz rudert. Die Blätter schlagen auf das Wasser, die Kanten finden ihren Einstieg nicht. Atem bleibt in Fetzen vor den Gesichtern stehen wie Wolken um Berggipfel. Eisverklebt. Fritz ist ernstlich bemüht, er spürt sauren Saft durch seine Arme pulsieren, sein Rücken schmerzt, die Beine wehren sich, nur die Arme, die ziehen, die ziehen, er ist froh, am Leben zu sein – nach all diesen Jahren, doch noch in einem eigenen Leben. Er sieht es klar vor sich, der Nebel ist die Leinwand, auf die er es malt. Da ist Liebe in der Schuld, ganz klar Liebe. Er hatte dieses Mädchen geschwängert, aber jetzt liebt er es. Er schnauft seine Liebe laut in die Luft. Balz lacht, Balz setzt die Flasche an. Balz reicht die Flasche weiter an Claudia. Wo sein Mund war, ist nun ihrer. Fritz kümmert sich wirklich. Er rudert. Sie wird das Hippieleben für immer hinter sich lassen. Sie und er werden Eltern sein. Aber Fürimmer braucht seine Zeit. Fritz hat es schon einmal erlebt. Er zieht das Ruder durch, jetzt schneidig wie eine Klinge. Das Wasser macht kaum ein Geräusch. Es sieht wie ein Spiel aus, da auf der Bank gegenüber, ein gespielter Kuss. Zwei Menschen, die er liebt, küssen sich. Das Wasser macht kaum ein Geräusch, die Ruderblätter sind scharf. Fritz könnte bis zum Ende aller Tage so weiterrudern, sich durch das Saure in seinem Körper hindurchrudern, Liebe ist, was zählt. Ruckartig schlingert der abgeschnittene Strick dem Boot hinterher. Claudias Blick sucht nach diesem Strick, dann lacht sie Fritz an, der das Boot losgeschnitten hatte.

»Ich gehe mit, natürlich gehe ich mit«, wiederholt Fritz.

Balz lehnt sich jetzt zurück, und Claudia schmiegt sich an ihn. Die zwei Menschen, die Fritz am liebsten hat, und er rudert, der Strick schlingert, die Blätter schneiden, die Blätter tauchen, sie tauchen tief, Fritz zieht jetzt voll durch, die Nebelfetzen, gespensterhafter Dunst, der überall auf dem Wasser liegt.

»Wer sonst, wenn nicht ich?«

Langsam, ohne jede Eile, aber geschickt, viel, viel zu geschickt, streift Claudia den Schmuck von ihren Armen, nimmt die Ohrringe ab, löst die Kette.

»Sorry, Fritz. Ich kann das nicht.«

Legt alles in die Bootsmitte, vor Fritzens Füße. Zum Schluss den Ring.

»Nicht jetzt und nicht mit dir.«

Balz, sein Bruder Balz, nimmt einen Schluck aus der Flasche, hält sie Claudia hin, an ihren Mund, der verschmiert ist von Lippenstift und Kuss, und plötzlich, mit einem entsetzlichen Satz, ist Fritz da, balanciert im schwankenden Boot, reißt die Flasche an sich und trümmert sie sich gegen den Schädel, einmal nur, so heftig aber, dass die Flasche bricht, *lieber will ich tot sein, als allein zurückzubleiben!*, ein Bild, gegen das sich der Verstand wehrt, das Boot schaukelt mächtig, der Strick zuckt, ein Ruder hat sich gelöst. Natürlich ist auch Balz aufgesprungen, natürlich steht auch Claudia, kämpft mit ihrem Gleichgewicht, ein Schrei *Fritz, nein!*, es könnte der von Balz sein, es könnte auch der von Claudia sein, beide klammern sich an seine Seite, und Fritz, mit der zerbrochenen Flasche in seiner Hand, schreit auch, schreit wie am Spieß, vom Kopf her blutet er und schreit und brüllt und tobt sich ganz in Rage, und beide Menschen, die er so unendlich liebhat, klammern sich heulend an ihn, halten ihn fest, halten sich an ihm fest, der jetzt mit der gezackten Flasche an seine Kehle fährt, sie aufzureißen, ja, das will er, ja, das tut er, Claudia ist schnell, aber nicht stark genug, hängt sich an seinen Arm mit all ihrem Gewicht, das so leicht ist, so leicht, so unerwartet leicht, ihr Gesicht so nah, dass Fritz Bluttropfen darauf spritzen sieht, kurz bevor er mit einem einzigen großen Wisch des Ellenbogens den ganzen Menschen von sich fortfegt, fort über den Bootsrand.

Ihr nach gleitet das Ruder, dorthin, wo ein durchtrennter Strick achtern treibt. Balz schreit: »Fritz, du blutest!« Diese Stimme kommt nur langsam zu Fritz durch. *Fritz, du verblutest!*

Balz muss das Ruder geschnappt haben, Balz muss eine Entscheidung getroffen haben, das Ruder, nicht die Frau, Balz hat Fritz zurückgerudert.

Und unvorhersehbar in seiner Konsequenz, während der eine blutet und heult, der andere dem Vater beichtet und dieser um Klarheit, Fassung, elterliche Besonnenheit ringt, bildet sich ein Geheimnis, wie eine Blase, die immer größer wird und alles um sie herum umschließt.

»Wir warteten einen Tag oder zwei, ob wir etwas von Claudia hören würden. Ein Tag oder zwei genügten, damit trat das Geheimnis in sein erstes Jahr.«

»Warum Geheimnis?«, fragte Scheu langsam.

»Fritz war der Vater, aber Fritz war noch minderjährig, und Fritz war völlig außer sich. Zu dem Kind hatte er keinen Bezug, wie denn auch, es war ja noch so klein. Wieso hätte er die Vaterschaft also für sich reklamieren sollen? Zumal niemand außer uns davon wusste. Sein ganzes Leben wäre ja dahin gewesen. Nein, nein«, sagte der alte Mann bitter, »das wäre nicht das Rechte gewesen, für keinen von uns.« Scheu hatte den Eindruck, Bilder stürzten auf den Mann ein, der mit einem Mal all seine Hochfahrendheit, seinen Dünkel abgelegt hatte und zu dem wurde, was er eigentlich war: ein müder alter Vater, der über dem Kummer, den ihm seine Kinder bereitet hatten, gram geworden war.

»Claudias Vater hatte für die schwedische Firma Electrolux gearbeitet, genau wie ich. Er gehörte zu meinem Team. Also habe ich den Faden zu ihm neu aufgenommen und die alte Freundschaft wiederbelebt. Er muss geglaubt haben, es sei aus Mitgefühl. Nun ja, auf irgendeine Art war es das ja auch. Für mich aber war es mehr. Es war die Möglichkeit, meiner heimlichen Enkelin, Evchen, für eine kurze Zeit wenigstens nahe zu sein. Denn war sie nicht auch Loulous Enkelin und damit zugleich ein Teil von ihr?«

Hier schöpfte Maximilian Egle mühsam Atem. »Als sich mit der Zeit herausstellte, dass Claudias Eltern mit der Aufsicht über ein kleines Kind restlos überfordert waren. Die Idee einer Adoption kam auf. Ich besprach mich mit Balz und Fritz. Wir waren uns einig, wenn schon weg, dann weit weg, damit man endlich zu einem Schlussstrich käme. Kontakte nach Schweden hatte ich noch. Dass ich mich also erneut einmischte und den Eltern von Claudia unter die Arme griff, um die Angelegenheit zu erledigen, schien uns allen das Beste. Es gab uns die Aussicht auf ein neues Leben, vielleicht auch wieder einmal ein unbeschwertes.«

Er rang nach Luft. »Wissen Sie, in diesem Haus ist das Lachen schon sehr, sehr lang nicht mehr daheim.«

Eine Weile senkte er die Lider, als sei er in Schlaf gefallen, und Scheu überlegte schon, wen er als Nächstes anschauen sollte. Für Ieva war er noch nicht bereit. Doch dann fuhr der Alte in seiner Erzählung fort: »Claudias Eltern glaubten ja, ihre Tochter sei einfach so verschwunden, abgehauen, wie man dazu sagte. Immer schon hatte sie ihren Eltern Kummer gebracht. Diese Claudia war ein Blumenkind, nonkonform, sie war nicht zu halten, und die Eltern waren ihr zu spießig. Sie wollte sie provozieren. Immerhin hatte sie das Kunststück vollbracht, mit fünfzehn schwanger zu werden und mit sechzehn zu gebären.«

Ja, schwanger von einem Ihrer Söhne, dachte Scheu.

»Sie hatte ihren Eltern gegenüber verschwiegen, wer der Vater war. Ich weiß nicht, wann sie damit herausrücken wollte und ob das nur Koketterie war. Die beiden hatten keine Ahnung. Und wir, die wir wussten, die wir gewusst hatten, wer der Vater ist und wohin Claudia verschwunden war, wir ließen sie in dieser Ahnungslosigkeit. Wir bestärkten sie sogar darin, wir hatten das nicht besprochen, nein, wir hatten nichts abgemacht, aber wir taten alle drei das Gleiche. Als Claudia nicht mehr wiederkam, glaubten wir ja allmählich selber an das Märchen ihrer Weltreise. Es war ganz einfach so, dass es eine andere Richtung, zu denken, gar nicht gab.« Dann, ganz leise: »Vielleicht mache ich mir da aber etwas vor.« Ein Zittern fuhr durch den alten Mann. »Ich habe für alles bezahlt, was nötig war. Steins waren nicht begütert, sie waren auch weniger weltgewandt. Ich glaube, sie waren ganz einfach froh, dass ich für eine Weile das Steuer übernahm und den Weg vorgab. Nicht jedermann geht mit einer Familienschande auf die gleiche Weise um, wissen Sie. Danach haben wir nie wieder darüber gesprochen. Keiner von uns. Mit keinem einzigen Wort.«

Scheu schluckte betreten. Eines verstand er noch nicht. »Aber wie sind Sie …? Wie haben Sie … das alles …?«

Ieva schaute Scheu lange und traurig an, bevor sie antwortete, und er schaute zurück. »Als Sie mir die Fotos zeigten, ist mir die Ähnlichkeit sofort aufgefallen. Der Schmuck sah genauso aus wie der, den meine Mutter auf einer Fotografie trägt, die ich von ihr besitze. Ich habe nach Hause gemailt und mir das Bild einscannen und schicken lassen. Es bestand kaum Zweifel. Und als ich dann mit Ihnen bei der Familie Egle war« – hier lächelte Ieva in die Runde –, »eigentlich hatte ich ja im Wagen sitzenbleiben und auf Sie warten wollen. Aber als ich das Tor sah mit dem Familiennamen, ist Ihnen das denn nicht aufgefallen, Leandro? Die Buchstaben, der Schwung, ganz besonders das L, sie waren doch identisch mit der Schrift auf dem Schmuckbeutelchen, den Initialen LAP! Ich musste einfach aussteigen und Ihnen folgen. Und da stand dann der Flügel, der war ja nicht zu übersehen, mit seinem Notenbrett, das dieselben Initialen trug, LAP, Leandro, LAP für Louise Alice Pannatier, Loulous Mutter. Und so erkannte ich ihn, den Familienschmuck, den Fritz Claudia zur Geburt der gemeinsamen Tochter geschenkt hatte, zu meiner Geburt.«

»Aber …?«

»Oh, nein, Sie irren sich! Ich habe lange gezögert. Ich habe gehofft, Sie würden sich wieder bei mir melden, Leandro. Ich habe so sehr gehofft, Sie stünden mir bei alldem bei. Speziell als ich aus den Medien erfuhr, dass Sie Ihren Fall aufgeklärt haben. Ich wartete darauf, dass Sie sich bei mir melden würden, aber Sie taten es nicht. Sie hatten mich benutzt und dann fallengelassen. Oder haben Sie mich jemals wirklich ernst genommen, Leandro? Sie haben mir nicht geglaubt, Sie haben mir misstraut. Also habe ich mir ein Taxi nach Männedorf genommen. Aber ich habe Ihnen eine Nachricht hinterlassen, habe ich nicht?«

»Doch. Doch, das haben Sie. Gott sei Dank.« Scheu atmete sichtlich auf.

»Eine sehr vorsichtige. Ich wollte nicht, dass man erfahren würde, dass ich in Ihren Ermittlungen herumpfusche, so sagt man doch? Also, ich wollte, sollte mir …«, hier zögerte sie, »etwas zustoßen, dass zuallererst Sie, und nur Sie, Bescheid wissen. Ohne dass ich Sie damit vor Ihren Kollegen kompromittiere.«

Unerwartet meldete sich Balz zu Wort. Die obligate PET-Flasche in der Hand, sagte er: »Den Schmuck, Herr Scheu, den habe ich dort hinterlegt.«

»Sie waren das?«

»Ich musste irgendwie auf uns aufmerksam machen. Ich wollte, dass Sie weiter und immer weiter ermitteln, bis Sie eines Tages vielleicht … aufgrund der Beschaffenheit des Schmuckes – was hätte ich denn tun sollen? Das war unser aller Geheimnis, nicht nur meins allein! Oder hätte ich sagen sollen: Und übrigens, Herr Scheu, da ist noch was?«

Scheu spürte plötzlich so etwas wie Mitgefühl, eine Art menschlicher Teilnahme an der Tragödie; es fühlte sich gut an.

»Jetzt, wo alles draußen ist, ans Licht gekommen ist gewissermaßen …, bin ich frei, darüber zu reden. Endlich alles sagen zu können … es ist so … erleichternd. Wissen Sie, als das mit der Toten passierte, als Sie da in meinem Büro standen und mich zum ersten Mal befragten, hatte ich gehofft, dass Sie derjenige sein würden, der uns alle erlöst. Ich habe das schon lange nicht mehr ausgehalten. Ich weiß nicht, ob Sie sich vorstellen können, wie das ist, mit so einer Schuld zu leben.«

Scheus Stereoskop jagte die Bilder im Multipack durch sein Gehirn. Zwei Brüder. Der eine spannt dem anderen die Freundin aus, kurz nachdem diese ein Kind vom ersten zur Welt gebracht hat. Ein Familiendrama auf dem Boot, eine Lüge, die anstelle einer Ertrunkenen weiterlebt.

»Erinnern Sie sich, Herr Scheu? Sie haben mich einmal gefragt, was das Schlimmste war, das mir jemals in meinem Leben zugestoßen sei.«

Scheu erinnerte sich. Balz hatte auf den Teppich verwiesen, das Geburtstagsgeschenk. »Nun, es war nicht der Teppich. Der Teppich ist mir ziemlich egal. Es war meine Zeit im Seewasserwerk Lengg. Können Sie sich vorstellen, wie es ist, tagtäglich damit beschäftigt zu sein, Seewasser zu Trinkwasser aufzubereiten und selber bei jeder einzelnen Sitzung Zürcher Leitungswasser aufgetischt zu bekommen, wenn man weiß, *ganz genau weiß,* dass da unten irgendwo der Körper einer Frau, eines jungen Mädchens liegt, das die Welt vergessen hat?«

Die PET-Flaschen. Darum also. Scheu schüttelte etwas Unsichtbares von seinen Schultern.

»Das. Das, Herr Scheu, war mit Abstand die schlimmste Zeit in meinem ganzen Leben. Aber Sie. Sie waren mein Retter! Ich hatte mir so gewünscht, dass Sie den Schmuck finden würden – und nicht aufgeben. Ich hatte sogar extra noch Markierungen an der Wand angebracht, die Kerben! Haben Sie sie gesehen? Haben Sie's bemerkt? Für jedes Jahr der Lüge eine! Und dabei hatte ich mich so beeilen müssen, weil Sie ja unbedingt noch einmal in den Schacht wollten und kaum warten konnten an diesem Tag. Ihre unbekannte Tote im Kanal – sie war meine Chance.«

Lange Zeit sprach niemand. Dann fragte Maximilian Egle: »Was passiert jetzt, mit uns, meine ich?« Sein Gesicht sah alt aus, uralt, aber auch gelöst. So als wären die Dinge nun endlich an ihrem rechten Platz, so als könne er nun bald loslassen. Und auch

Scheu merkte es mit einem Ruck: Von Fritz ging keinerlei Macht mehr aus.

Scheu räusperte sich. Da war noch etwas. »Und Ihre Putzfrau? Haben Sie Ihre Putzfrau eventuell … illegal beschäftigt?«

Endlich sprach Fritz, er sagte: »Also wirklich. Ihr Menschenbild ist so etwas von schief, das ist ja nicht zu fassen.«

Maximilian Egle schien diesen Versuch seines jüngeren Sohnes zu überhören, er wiederholte seine Frage: »Was passiert jetzt mit uns?«

Scheu hatte keine Ahnung. Er gab vorsichtig Antwort. Die Tote würde man vielleicht heben können, jetzt, wo man wusste, wo man zu suchen hätte. Sicher würde man nach ihr tauchen. Und wo es tiefer als vierzig Meter war, würde man die Kamera an einem langen Seil hinuntergleiten lassen und mittels Unterwasserbeleuchtung den Seegrund absuchen. Es würde einen DNA-Abgleich geben und dann hoffentlich ein friedliches Begräbnis. Frieden, dachte Scheu, hoffentlich endlich Frieden.

Was aber mit den beiden Brüdern geschehen würde, wusste er nicht. Und auch nicht, wie man mit dem Vater, diesem greisen Kapitän einer Familientitanic, umzugehen hatte. Das müsste die Staatsanwaltschaft entscheiden, nicht er.

Langsam, unendlich langsam hob er seine Hände zum Gesicht und vergrub es darin. Rieb sich die Stirn. Fuhr sich über die Brauen, strich sich die Ohren aus. Als er wieder aufsah, bemerkte er, dass es aufgehört hatte zu regnen.

Bald würde der Frost anschlagen.

Dezember

Kapitel 22

Hatte er gesabbert? Er fuhr sich mit dem Handrücken über den Mund. Er konnte nicht dagegen an. Ein breites Grinsen nahm von seiner Gesichtsmuskulatur Besitz und richtete sich ein. Die Dame neben ihm schaute erstaunt. Er war soeben aus einem kurzen Erschöpfungstraum aufgewacht und wusste, dass er für irgendetwas gefeiert worden war. Scheu sagte erklärend zu seiner Mitpassagierin: »Ich habe wohl irgendetwas richtig gemacht.«

Das Flugzeug landete zu früh. Um zwanzig nach fünf anstatt wie angekündigt um sechs Uhr abends. Scheu erinnerte sich, wie es in der Luft oben plötzlich dunkel geworden war. Stockfinster, bis er die Lichtpunkte der Stadt unter sich sah. So also ging Verreisen.

Das *Hotel Elizabete* an der Elizabete Iela 27 war ein zweistöckiges Holzhaus. Den Eingang hätte Scheu fast nicht gefunden. Er hatte nach etwas Eindeutigem Ausschau gehalten, etwas mit Beleuchtung. Einem Hotelschild vielleicht.

Nach einem steilen Treppenaufstieg dann ein schmaler Flur. Zimmer 14, abgeschrägte Wände. Scheu hätte sich leicht den Kopf stoßen können. Sogar er. Er drehte die Heizung zwei Stufen herunter. Viel zu heiß. Den Wintermantel warf er über den Dachbalken. Ein Blick hinein ins Badezimmer: Wanne mit Dusche und eine zweite Miniaturdusche neben der Toilettenschüssel. Scheu dachte an Putzpersonal. Das Bild von Schürzchen und Häubchen trat auf seine Linse. Klick. Der Gedanke an drei Frauen, die nun irgendwo waren, wo sie nicht sein wollten, und vielleicht bald wieder in der Schweiz als Sans-Papiers. Weil ein Leben als Unsichtbare doch besser war als das Leben, das sie flohen.

Scheu dachte an Schweizer Bürger, die sich diese Sans-Papiers als Putzpersonal gehalten hatten – die *speziellen Dienste* hatte man ihnen bislang nicht nachweisen können, und keine der Frauen sprach darüber; Scham, du unverrückbare Wächterin. Diese vorher unbescholtenen Schweizer Bürger bekamen voraussichtlich und je nachdem, ob nachweisbar war, dass sie über die tatsächlichen Arbeitsverhältnisse und den Aufenthaltsstatus der Frauen im Bilde waren, null bis dreißig Tagessätze Geldstrafe bedingt aufgebrummt – angepasst an ihre jeweiligen finanziellen Verhältnisse. Anstiftung zu Schwarzarbeit im besten Fall. De Beukelaers Kunde, der mit Ana Flor Geschlechtsverkehr gehabt hatte, konnte immerhin ermittelt werden. Die Resultate des DNA-Abgleichs waren unanfechtbar. Aber völlig unerwartet hatte de Beukelaer sein erstes Geständnis betreffend den Vorwurf der Vergewaltigung widerrufen: inzwischen sprach er davon, dass es sich um keine Vergewaltigung gehandelt haben konnte, da Ana Flor freiwillig mitgemacht habe, *einvernehmlich*, sagte er dazu in Juristendeutsch und hatte gelacht. In dubio pro reo, das wusste einer wie er. Unklar war, ob er darauf spekulierte, dass der Staatsanwalt dieses eine Verfahren einstellen würde aus Angst, damit vor Gericht Schiffbruch zu erleiden mangels eindeutigen Beweises.

Vielleicht hatte de Beukelaer das Geständnis in Sachen Vergewaltigung zurückgezogen, um sein Gewissen zu erleichtern; wenn keine Vergewaltigung stattgefunden hat, gab es auch keine Flucht und ohne Flucht keinen Kampf, letztlich keinen Tod. Die ganze Sache wäre überhaupt nicht passiert.

Mit einem Geständnis fängt die Untersuchung doch erst an, ein Satz, für den Staatsanwalt Schoop auf der Kripo Zürich weitum bekannt war. Eine kleine Chance bestünde noch: in dubio pro duriore. Im Zweifel für das Härtere. Schoop könnte nichtsdestotrotz Anklage erheben und damit den Richter über die vermeintliche Vergewaltigung entscheiden lassen. Dieser könnte de Beukelaer erneut befragen, vielleicht knickte der dann wieder ein. Auf jeden Fall dürfte es sehr schwer werden, die mutmaßliche

Vergewaltigung zu beweisen, falls de Beukelaer bei seiner neuesten Version bleiben sollte.

Es hatte sich nichts geändert. Scheu trat vors Fenster und schaute hinaus. Dichter Schneefall in großen Flocken.

Und doch, etwas hatte sich verändert, denn da war Riga. 1498 Kilometer Luftlinie von Zürich entfernt, weniger als drei Flugstunden nur. 2030 Kilometer, wenn er mit dem Auto gefahren wäre. Riga – lettische Hauptstadt am Fluss Daugava, historischer Boden des Baltikums – und er, Leandro Scheu, mittendrin.

Nicht allzu viele Schritte weiter entdeckte er an diesem Abend im Soussol eines Eckgebäudes ein Restaurant. Scheu vermutete, dass es *Frosch* hieß, *Fröhlicher Frosch*, *Tanzender Frosch*, *Lustiger Frosch*, so viele Frösche und Froschbilder überall. Er bestellte Toast, Rührei, Salat. Vorab bekam er ein Gläschen Likör offeriert, Rigaer Schwarzer Balsam, hatte man ihm auf Englisch erklärt. Scheu aß ohne Leidenschaft. Am Hintertisch war eine Gruppe Leute in ein Gespräch vertieft, halb Englisch, halb Lettisch, möglicherweise Literaten. Ein kurzer Blick bestätigte ihm, dass alle junge Männer unter dreißig waren. Aufbruchsstimmung, Schwung, Esprit sprach aus ihrem Tonfall. Wo sind die Alten? Kommen sie mit der Entwicklung nicht mit, überlegte Scheu. Offenbar ging es um ein Literaturfestival. Er dachte daran, dass die Frau des Taxifahrers Omar Moussa zwei Beschäftigungen nachging. Wie viele Menschen in Zürich kämpften noch um ein Überleben, strampelten, einzig um den Kopf knapp über der Wasserlinie zu halten? War das Leben je gerecht? Kam es je zu einem Ausgleich? Und hatte er, Scheu, seine eigene Balance denn gefunden?

Solange er bei jedem zweiten Besuch im Seebacher Eichrainquartier Gefahr lief, wegen Kleinigkeiten in Wut auszubrechen und mit seinen Verwandten und Bekannten zu streiten, solange er sich mit ihnen wie blöd bei Wetten maß, ganz egal ob Kraftwetten wie Armdrücken, Fingerhakeln oder Daumenhebeln oder

Wetten der schieren Rechthaberei, er verlor sie allesamt und immer zuverlässig; solange er also noch etwas zu beweisen hatte, wäre er nie wirklich frei. Nie stabil und in sich selbst daheim. Nie ausgeglichen, balanciert, justiert. Man hatte noch so allerlei in Ordnung zu bringen.

Nach einem Abschlusskaffee – Scheu hatte für sein Abendessen weniger als fünfzehn Minuten gebraucht – zahlte er und fand erstaunlich leicht zurück ins Hotel. Unter seinen Schuhen war der Schnee weich und fest zugleich, Folge eines Wetters, das die Welt umarmte und für sich einnahm. Er stampfte ihn sich von den Sohlen, bevor er eintrat.

Im Zimmer legte er sich bald schlafen und versuchte keinen weiteren Gedanken daran aufkommen zu lassen, dass er fort von zu Hause war. Verreist. Diesem neuen Gefühl des Unterwegsseins vertraute er noch nicht. Einmal stand er auf und drehte die Heizung noch weiter herunter. Hatte man sich Imogen schon angeglichen, so so. Der Schnee dämpfte jegliches Geräusch, das von draußen in sein Zimmer hätte dringen können; Scheu war ganz der Stille anheimgegeben. Mühelos schlief er wieder ein.

Diese erste Nacht blieb traumlos rein.

Den Frühstücksraum fand er im Kellergewölbe des Hotelgebäudes. Sorgfältig angemalte Wände, Lämpchen, geschickt platziert, es schien ihm, die Letten liebten ihre Restaurants unter der Erde. Als er sich setzte, bemerkte er, dass der Stuhl für die massive Tischplatte zu niedrig war. Er kam sich vor wie ein Sitzzwerg.

Wie klein sich wohl de Beukelaer fühlen mochte? Allein in seiner Zelle – zwei Scheiben Brot, eine Confiture und eine Lätta plus einen Milchkaffee ohne Zucker, Morgen für Morgen – die U-Haft könnte für ihn noch lange dauern. *Mit einem Geständnis fängt die Untersuchung doch erst an*. Als Doppelbürger bestand latente Fluchtgefahr, und damit war einer der drei Haftgründe für die U-Haft bereits gegeben. Seine Anwältin – ausgerechnet eine Frau, das erstaunte Scheu immer wieder – versuchte jetzt schon, alles in die Wege zu leiten für eine Strafmilderung. Klar, eine Affekthandlung nannte sie es, sein Ausrasten, kein planmäßiges Vorgehen, dafür sprach natürlich auch das Versteck, die Kanalisation. Bei einem Urteil, das auf Totschlag lautete, könnte das Strafmaß irgendwo zwischen einem und zehn Jahren zu liegen kommen. Näher bei einem, wenn es nach Frau Anwältin ging. Und selbst wenn man die anderen Delikte dazuzählte, Freiheitsberaubung, Anstiftung zu illegaler Prostitution und so weiter – bei guter Führung käme der nach zwei Dritteln seiner Strafe wieder heraus.

Und dann was? Wenn er seine Zeit abgesessen hatte, wäre seine Rente jedenfalls auch nicht gesichert. Scheu mochte gar nicht daran denken, auf welche Ideen einer wie de Beukelaer dann kommen würde.

Er drängte eine aufquellende Verzweiflung weg. Dorthin, wo er so vieles in sich versteckt hielt, das er nicht bewältigen konnte. Dorthin, wo er vor ihm sicher war. Dem Kontrapunkt zum *Ruhepol des Nichtwissens*, dem *Schlafkoma des Wissens*; dessen Antipoden.

Aus einem Radio plärrte Reklame. Ein junges Mädchen servierte ihm ein Glas Tee auf einem Silbertablett mit Serviette. Danach ein Körbchen mit dunklen Brotscheiben. Danach zwei Messer und zwei Gabeln, noch keinen Teller. Alles schön der Reihe nach, in einzelnen Gängen, von Küche zu Tisch.

Über Nacht war unentwegt Schnee auf Riga gefallen. Eine lautlose Invasion von eisigen schweren Flocken, die gekommen waren, um zu bleiben. Von draußen hörte man die Schneeschaufeln, mit denen die Menschen über die Gehsteige scharrten. Ganz unerwartet hatte Scheu das Gefühl, damit etwas Vertrautes zu erleben. War das so? Wurde man so schnell heimisch, wenn man verreiste? Über die akustische Kulisse? An einem gänzlich fremden Ort?

Ein großer leerer Teller wurde herangebracht. Aus der Küche drangen Geräusche, als würden Eier gebraten: etwas brutzelte, etwas spritzte.

Wenig später kam das Mädchen erneut und tischte einen Teller auf mit einem einzelnen Salatblatt. Daneben lagen drei Gurkenrondelle, drei Tomatenscheibchen, vier Käsescheibletten und drei hauchdünne Fähnchen Räucherschinken unter einem Quadratzentimeter Butter.

Das Spiegelei war doppelseitig gebraten.

Dem Mehl war offensichtlich Kümmel beigemischt worden, das Brot schmeckte würzig.

Noch während er sich durch die ungewohnten Frühstücksspeisen probierte, wurde ihm ein weiterer Teller, diesmal mit einer Kuchenschnitte, klebrig mit Schokoguss überzogen, herangetragen. Scheu hob den Teller an seine Nase, der Kuchen roch nach Ei.

Der Tee hatte mittlerweile eine neue Färbung angenommen, er leuchtete wie Bernstein. Er schmeckte gut. *Na denn, en Guete, de Beukelaer!*

Eingepackt in Wintermantel, Handschuhe, gefütterte Stiefel und mit einer Strickkappe auf dem Kopf, machte er sich auf den Weg. Die Gehsteige waren knietief eingeschneit, die vorherrschende Farbe weiß. Busse pflügten wie Eisbrecher durch den Schnee. Kinderwagen bockten. Autoräder drehten durch.

Scheu versenkte seinen Kopf im Kragen.

Immer wieder wandte er sich um und betrachtete die Szenerie. Die Gebäudelinien, den Straßenverlauf. Den Nachhauseweg wollte er später ohne Taxi schaffen. Allein.

Er hatte nicht daran gedacht, einen Reiseführer einzupacken, noch nicht einmal eine Straßenkarte. Ich bin verreist, ohne zu wissen, wie das überhaupt geht.

Die Altstadt fand er dann doch. Über ihn flogen einundzwanzig Tauben im Schwarm hinweg, lautlos. Beschallung kam von den Lautsprechern des Weihnachtsmarktes. Glühwein wurde angeboten, und ein einsamer Flötist blies ein Lied.

Möwen schrien.

Scheu schlug die Hacken aneinander, so dass Schnee stiebte, zweimal, dreimal. Er betrat ein Café. Die Heizkörper waren auch hier voll aufgedreht; er zog nicht nur Mantel, sondern auch Pullover aus. Strich das Haar nach hinten. Dann setzte er sich in eine Nische und starrte auf seine Hände, die auf dem Tischblatt lagen. Vertraute Hände. Sie griffen nach der Karte. Im Hintergrund spielte entspannt World Music, und die Gespräche der Gäste filterten sich durch das Klirren von Geschirr, das Brummen der Kaffeemaschine, das Dampfen des Milchaufschäumers. Scheu sah sich um. Die Sesselbezüge waren mit goldfarbenen Nägelchen ans Holz geschlagen. Die Tischchen schienen alt oder auf antik getrimmt. An einer Wand hinten, einer Wäscheleine entlang, baumelten Winterschals, Winterhandschuhe, Winterkappen. Die weißen Preisetikettchen wirbelten im Luftzug, wann immer die Türe ging. Scheus Blick fiel über den Fenstersims hinaus auf die eingeschneite Straße, wo Menschen hin und her stapften. Auf dem Sims lag ein Heft, an das ein Kugelschreiber gebunden war. Er nahm beides zur Hand und schaute es sich an. Auf dem Umschlagpapier stand in verschiedenen Sprachen *Was denkst du?* geschrieben. Er blätterte das Heft auf. Unterschiedliche Menschen hatten in ihrer jeweiligen Muttersprache Gedanken festgehalten.

Wo die Liebe hin ist …

Will my money last another day?

Qu'est-ce q'en pense ma grandmère?

Kyrillische Buchstaben, Buchstaben, die er nicht lesen konnte. Skizzen auch und Symbole. Was sollte er hineinschreiben? Worüber dachte er nach?

Worüber wollte er *nicht* nachdenken?

Darüber, dass sich Verjährung nach der Strafandrohung richtete? Daran, dass die passive Irreführung der Rechtspflege, welche Egles indirekt vorgenommen hatten, als sie sich für das Geheimnis entschieden und für die Lüge, die sie wider besseres Wissen in die Welt gesetzt und gepflegt, *aktiv gepflegt*!, hatten, dazu führte, dass eine Mutter für ihr Kind verloren war?

So viele Jahre verloren in Vermutungen! In dunklen Gefühlen und der dumpfen Ahnung, dass etwas nicht stimmte, *ganz und gar nicht stimmte*! Die Delikte, von denen man allenfalls hätte sprechen können, wenn es denn damals zu einer Befragung der Egles gekommen wäre – falsches Zeugnis und Begünstigung der Söhne, der Vater; unterlassene Hilfeleistung und falsches Zeugnis, die Söhne –, wären hinfällig: Man könnte sie alle nicht mehr belangen. Den Vater nicht, die Söhne nicht. So oder so nicht. Niemanden. Keinen von ihnen.

Und noch etwas plagte Scheu: dass Ieva den drei Männern offensichtlich verziehen hatte. Verzeihen *konnte*. Scheu wusste nicht recht, wie das ging. Verdrängen ja, aber verzeihen? Wieder gut sein lassen?

Neu beginnen? Er blätterte im Heft, suchte eine leere Seite, nahm den Stift und schrieb hinein: *Ist das hier mein Neubeginn?*

Hatte nicht auch er Ieva längst dafür verziehen, dass sie ihn ausspioniert und seines besonderen Schicksals wegen für ihre Zwecke auserkoren hatte?

Er bestellte einen Kaffee mit Milch. Als sein Blick der Bedienung unbeteiligt folgte, wie diese im hinteren Teil des Raumes verschwand, sah er sie. Großflächig. Gelb grundiert, mit schwarzen und weißen Buchstaben und Notenschlüsseln vorne dran. Tanzende Noten und Worte in einer Sprache, die er nicht verstand, deren Form er aber entschlüsselte, instinktiv wusste er, was sie bedeuteten. Es waren Funksprüche. Erinnerung zu Ehren von Ievas Großvater, Edijs, memorierte Menschengeschicke. Denkmal für die, die Rettung fanden und Asyl. Und die, die das nicht schafften.

Gab es sie also doch, die Wand und das Café. Ieva hatte ihm davon erzählt; war es also wahr.

Zeit, sie anzurufen.

»Ich bin hier, Ieva. Ich bin nach Riga gekommen. Wenn Sie wollen, können wir uns treffen.«

Die Beerdigung sei eine schöne gewesen, eine stille. In den endlosen Weiten eines ewigen Friedhofs hatte man Claudia Stein zur Ruhe gebettet. Das, was man von ihr noch hatte finden können. So sei Claudia doch noch gemeinsam mit ihrer Tochter gereist, das eine Mal wenigstens. Ieva wirkte entspannt, gelassen, als sie Scheu davon erzählte. Eine Lockerheit, die ihm neu an ihr war. Sie lachte ihn über den Tisch hinweg an, sogar richtig lebenslustig.

»Kommen Sie, ich zeige Ihnen Rīga!«, schlug sie vor, und Scheu folgte ihr hinaus in das nordisch blasse Winterlicht. Er würde nicht lange bleiben. Für sechs Tage lediglich hatte er gebucht.

Sie verbrachten jeden einzelnen zusammen.

Mittlerweile fiel auch Scheu das Lachen nicht mehr schwer, und als der Abschied kam, hatte er Mühe, seinem wie von innen heraus aufgeräumten Gesicht das Lächeln zu entziehen und eine Ernsthaftigkeit hineinzulegen, von der er annahm, sie sei angebracht. Er hob die Brauen, wellte die Stirn. Probierte es auf seine Weise. Vielleicht treudoof, vielleicht auch unschuldig. Wie nur gestalteten andere Menschen ihre Abschiede, wenn der Weg für ein Wiedersehen offenbleiben sollte?

»Möglicherweise müsste ich öfter verreisen«, leitete er den Abschied ein, »es war schön, Ieva, Sie hier noch einmal neu kennenlernen zu dürfen. Ich habe die Zeit mit Ihnen sehr genossen. Vielen Dank für das Umherführen.«

Sie hatten sich in das Café begeben, in dem sie sich unter den *Bērziņš Balladen* das erste Mal so richtig ausgesprochen hatten, und schlossen damit einen Kreis. Ieva saß Scheu gegenüber. Ihre rechte Hand ruhte seltsam fürsorglich auf ihrem Bauch. Fast wie … beschützend? Er starrte sie ungläubig an. Konnte das sein?

Ihr Lächeln kam, begleitet von einem mädchenhaften Ton, *ah*! Dann legte Ieva ihre freie Hand auf seinen Unterarm und lehnte sich zu ihm vor. Ihr Atem streifte seine Wange wie der Flügelschlag eines Engels. »Noch nicht. Aber ich hoffe, bald. Jetzt fühle ich mich bereit dazu.«

Scheu grinslächelte. Darauf verstand er sich. Er nickte leise in sich hinein. Nickte dann noch einmal. Und dann ein drittes Mal, seine liebe feine zarte Ieva anlachend. »Dann wünsche ich Ihnen von Herzen schon heute ganz viel Glück. Aber bevor ich gehe, Ieva, möchte ich noch, dass Sie eines wissen.«

»Ja?«, fragte sie.

»Ihre Bekanntschaft hat in mir vieles ausgelöst. Ich bin vielleicht nicht immer der Schnellste, wenn es darum geht, Veränderungen im eigenen Leben herbeizuführen. Aber«, hier stockte er und suchte nach Worten, »nun, Sie haben vieles in mir bewegt. Möbel verrückt, die vorher angeschweißt schienen, wenn Sie verstehen, was ich meine. Die neue Ordnung tut gut. Dafür danke ich Ihnen.«

»Stimmt. Immerhin haben Sie infolge dieser neuen Ordnung Ihr Reisegepäck wiedergefunden. War es im Keller? Auf dem Dachboden? Oder mussten Sie extra welches kaufen gehen, Leandro?« Sie funkelte voller Liebenswürdigkeit. »Kein Mensch sollte sich vor dem Verreisen fürchten. Man kommt sich selber so viel näher, nicht wahr, als wenn man immer nur die altbekannten Wege geht.« Sie strahlte richtig, dann sagte sie noch: »Und neue Schuhe, Leandro, bravo! Damit bleiben Ihnen die Füße trocken und warm, das ist so schön.«

Er hatte das Bedürfnis, sich zu erklären, etwas auszuführen, also sagte er: »Wissen Sie, ich kenne die Regeln des Scheiterns. Mit denen des Erfolges muss ich mich erst wieder vertraut machen.«

»Sie sind gestiegen im Ansehen Ihrer Kollegen, ja?«

»Also befördert hat man mich deswegen nicht. Aber, ja – ich glaube, ich habe in letzter Zeit das eine oder andere wiedergutgemacht.«

»Nun müssen Sie sich nicht mehr überall anbieten?«

»So haben Sie einmal zu mir gesagt. Dass ich mich anbieten würde, als Bruder oder Familie.«

»Das haben Sie jetzt nicht mehr nötig. Sie sind sich jetzt doch selbst genug.«

»Sehen Sie, auch ich kann mich noch weiterentwickeln.«

Mit einer erinnerten Umarmung, ihrem Atem an seinem Ohr, saß er nachdenklich im Taxi, das über die verschneite Fahrbahn dem Flughafen entgegenschlitterte. Wenn er die Lider sinken ließ, kam ein heißes, kribbeliges Gefühl in ihm hoch. Dann hielt er die Luft an, bis er wieder ausschnaufen musste. In seinen Ohren sang ein heller Ton.

Die Abflughalle war überschaubar; er fand sich rasch zurecht. Vor den hohen Fenstern fiel noch immer Schnee. Flugzeuge wurden enteist. Möwen kreisten. Abreisende Touristen spendeten ihre letzten lettischen Münzen für gute Zwecke, eine neue Stadtbibliothek, Unterstützung der Armen, ein Tierheim. Da es Scheu in den Beinen juckte und er nicht mehrere Kaffees lang herumhocken wollte, ging er im Flughafengebäude auf und ab. Beim dritten Durchgang entschloss er sich, in einen Shop einzutreten und Rigaer Schwarzen Balsam zu kaufen, Urlaubspräsent für seine Kollegen.

Urlaub. Was die können, kann man selber schließlich auch.

Neben der Kasse leuchtete ihm schon von weitem etwas entgegen. Gerührt trat er näher heran. Zuerst mit der einen, dann mit beiden Händen fuhr Scheu über die bunten weichen Socken. *Selbstgestrickt von Milda*, stand auf einem Etikett.

Wenn die Größe passte, könnte er Imogen ein Paar mitbringen.

Sie waren alle geringelt.

Kleines Glossar jenischer Begriffe

Brüünlig – Kaffee.
Fekker – Jenischer, Fahrender.
gfünklet, fünklen – am Feuer gebraten, am Feuer braten.
Leetzeme – Musik.
Lessi – Milch.
Looli – Polizist.
Nilper – Trottel, Narr.
Nueschä – Schule.
Nueschäfuchser – Lehrer.
Paraschuri – Regenschirm.
Puur – Sesshafter.
Ruechä-Wissen – Nichtjenisches Wissen.
Schyyge – Frau.
Spitzlig – Dachs.
Süesslig – Zucker.

Abkürzungen

117 – Polizeinotruf in der Schweiz.
FIFA – Fédération Internationale de Football Association.
IRM – Institut für Rechtsmedizin.
Kapo – Kantonspolizei.
Propog – Provisorisches Polizeigefängnis.
SPAZ – Sans-Papiers-Anlaufstelle Zürich.
Stapo – Stadtpolizei.
VBZ – Verkehrsbetriebe Zürich.

Dank

Mein herzlicher Dank geht an Kurt Bader, Betriebsleiter Betrieb und Unterhalt Kanalisation der Stadt Zürich (pens.), sowie an das Team von Entsorgung + Recycling Zürich – mit dem Gang durch Zürichs Abwasserkanäle hat sich mir ein alter Traum erfüllt; ein großes Dankeschön auch an Daniel Huber, Präsident der Radgenossenschaft der Landstrasse, für die wertvollen Gespräche über das Fahrende Volk der Schweiz; für seine Geduld und die jederzeitige Erreichbarkeit bedanke ich mich beim Chef Mediendienst der Kantonspolizei Zürich, Werner Benz, dessen fachliche Unterstützung mir Einblick gewährt hat in die Arbeit der Kripo Zürich; am Institut für Rechtsmedizin der Universität Zürich waren Dr. med. Christine Bartsch, stellvertretende Abteilungsleiterin der Forensischen Medizin und Bildgebung, sowie Dr. med. Katharina Dassler, Assistenzärztin, von unschätzbarem Wert für meine Fragen – danke; Bea Schwager danke ich für die präzisierenden Informationen und noch viel mehr für ihr Vorbild in Zivilcourage und die wertvolle Arbeit, die sie bei der Sans-Papiers-Anlaufstelle Zürich leistet.

Dank an Edijs Jumburgs, der bei der Kreation von *Ieva* mitgewirkt und mir Riga nähergebracht hat.

Christoph Altmann danke ich für die umsichtige Anleitung der literarischen Aufstellung zur Familiendynamik der drei Egle-Männer.

Bereitwillig beantwortet haben meine Einzelanfragen auch Esther La Beau und Patrick Schaerz, Rechtsanwalt – vielen Dank für das Entgegenkommen!

Danke für die Rückmeldungen meinen »Erstlesern« Ludwig A. Minelli und Dorothee Goetschel. Danke an meine Mutter, Evelyne Coën, für die Idee zum Titel.

Der Casa Zia Lina auf Elba danke ich für das Arbeitsstipendium in unerreicht ruhigem Ambiente.

Schließlich danke ich dem Aufbau Verlag dafür, dass er einen Roman von mir veröffentlicht, in dem es nahezu immer regnet – ganz besonders aber meiner Lektorin Angela Drescher, die mit Präzision und Feingefühl verlässlich jede unserer Begegnungen prägt.

Dies ist mein erster Kriminalroman – Michael, das kommt davon.

M. M.

Foto © Anne Bürgisser

MICHÈLE MINELLI, 1968 in Zürich geboren, hat Dokumentarfilme gedreht und Sachbücher, eine Reisereportage und den Roman »Adeline, grün und blau« veröffentlicht, bevor 2012 ihre grandiose Familiensaga »Die Ruhelosen« erschien. Sie ist Dozentin für kreatives Schreiben in Zürich. Verschiedene Preise und Stipendien.